五十年來的中國文學研究

（1950～2000）

龔鵬程 主編

臺灣學生書局印行

總　序

　　出版與人類文明發展的關係、出版社與學術文化發展的聯繫，都是不必再予強調或說明，早已廣爲各界所知之事。但一家出版社專以學術書刊爲其出版內容，專以服務學林爲宗旨，爲數畢竟尙少。學生書局四十年前創業時，卻選擇以此爲經營目標。四十年間，凡出版學術論著幾千種，創辦《書目季刊》等學術期刊若干種，與學界廣有聯繫，並獲圖書金鼎獎六座，爲學術發展貢獻的心力與物力，學界無不感謝。

　　書局的出版，以發揚中華文化爲目的，故其出版品以史料暨圖書文獻學、語言文字學、經學、文學、哲學與宗教幾個部分爲主，長期支持相關學門的研究與出版。因此，書局事實上也是一所重要的學術機構，它在這四十年間，參與也見證了臺灣這些學術領域的發展。

　　這四十年，恰好是臺灣從政府播遷時的風雨飄搖、百廢待舉，到逐漸穩立而發展的階段。政治、經濟、社會都在變化之中，學術研究亦不例外。四十年來，一步一脚印，奮鬥的歷程，獲致的成果，彌足珍貴。尤其是相對於大陸，在大陸實施三反、五反、人民公社、文化大革命之際，中華文化之發揚，是臺灣在歷史上不可抹煞的貢獻。這裡面有許多成果，後來也對大陸在改革開放之後，重新接上中華文化之大流頗有裨益。學生書局所出版的新儒家相關著作，即爲其中一個

明顯的例證。

因此，欣逢書局四十周年，我們覺得紀念它最好的方法，就是編一套叢書。回顧這幾十年來臺灣在中華文化的探究上做了些什麼。審茲舊躅，既可策勵將來，亦足以紀念此數十年間書局與學界共同努力的情誼。

回顧，仍從政府遷臺後起敘，照覽較爲周全。所論，則以臺灣地區對中國傳統文化的研究爲限。分圖書文獻學、語言文字學、經學、文學、哲學與宗教五部，供未來研究臺灣學術研究狀況者採擇。

學術史的整理，本身就極具學術意義。現在我們回顧這五十年的發展，已經有許多人許多事不可考、許多書刊論文找不齊了，倘不整理，將來必就湮滅；臺灣在中華文化研究上的貢獻，可能也會遭到漠視。因此，這個工作，其實也是刻不容緩的。本叢書受限於客觀條件，或許尚未能全面如實反映整個五十年間所有的成就，但希望能以此爲嚆矢，呼籲大家一同來正視當代學術史的研究。

龔鵬程

序

　　二次世界大戰之後，日本戰敗，歸還了臺灣。臺灣重新成爲中國的一部分。乃不旋踵而另一大部分赤化，國民政府遷抵臺灣，臺灣竟成爲「自由中國」，並代表整個中國參與聯合國等國際社會。昔爲邊陲，今成中心，世局變幻，實開千古未有之奇。

　　此後三十年，由於大陸鐵幕深垂，反帝反修、批林批孔、大煉鋼、大躍進、三面紅旗、文化大革命，運動不斷，又對傳統文化採敵視之態度，臺灣遂理所當然地成爲當時中華文化的代表者、維護者與發揚者。

　　固然這只是形勢上如此，究其實質，則臺灣當時百廢待興，政治經濟情況俱不穩定，學術發展力量薄弱，以及整體社會正趨向於現代化轉型，都使得所謂「復興中華文化」成果有限。但數十載經營，孜孜矻矻，也不會毫無成績。在當時，滄海橫流，中華文化行將被革掉老命之際，臺灣所發揮的作用，亦終不可抹滅。

　　大陸改革開放以來，兩岸形勢丕變。大陸成爲國際社會承認的中國代表者，中華文化也成了大陸朝野重新研討維護之物。政府固然努力以民族精神、傳統文化的旗號號召四海；知識界也透過尋根熱、文化熱、國學熱，來重新省思自我。這時，兩岸間對中華文化的研究，便成爲合作或競爭的關係了。臺灣對中華文化的詮釋，在這種情況下，依然有著不可忽視的地位。

這是總體的情境，具體落在中國文學研究方面看，則我要說：臺灣的中國文學研究是與它對中華文化之關懷分不開的，並非單純只是文學研究。

在臺灣的學科建置中，從事文學研究者，只在中國文學系（外文系宗旨別在，且混語言教育與文學訓練爲一，可暫置勿論）。可是中國文學系實質上乃是國學系，以宏揚中華文化，爲往聖繼絕學爲己任。大陸上在九十年代出現的國學熱所企圖在校園中建置國學院或培養國學通才之理想，事實上即爲當時臺灣各大學中文系之一般現象。

在國學的架構和精神內涵中，文學研究的地位，當然並不突顯，主流乃是宗經徵聖，欲由語文訓詁以明道。但我們也不要忘了，在那樣一個架構中，培養的人才，本以通博整體文化知識及涵養爲目標，故文學訓練，包孕於其中，並未偏廢。此非現今學科分化後，治某部之學即不理會其他部門者，所得比擬。就像我們看章太炎、黃季剛，固以經術小學名家，但文辭爾雅、詩歌雍懿，又何嘗無文學修養？我們在求學時，所見前輩先生，多是這類人物，詩文殆爲一般能力。藝能或有高下，文學無不素習。從遊者，獲教亦不僅在經術小學而已，詩酒風流，涵茹於默會致知之中。中文系所開設課程，歷代文選、歷代詩選、詞選、曲選，也都是各校不曾缺列的。授課並強調習作，教師均須批改。偶或興到，則師生間亦相唱和。因此，專業的、獨立的文學研究，雖不明顯，卻正體現了它的文化意蘊。中國文學，在這樣的學科架構中，乃是以中華文化的內涵之一而被體認、被實踐的。

這個特點，也影響到後來專業的、獨立的文學研究。中文系出身的學者，在研究文學時，習慣從大的文化角度看文學，會討論作者之心志性情、價值理念、道德態度、創作之時代、社會、文化狀況等，

經史小學乃至諸子學理學之知識，亦對他們的文學解析頗有助益。這些，都不是中文系以外的文學研究者所擅長的。

何況，專業文學研究者，在這種架構下也較難出現。許多人都不只做文學研究，例如王夢鷗的《禮記》、陰陽五行；徐復觀的儒家道家；黃永武的小學；黃慶萱的《易經》；曾昭旭的王船山；李豐楙的道教……等都是。縱使僅以文學為主要研究範圍的學者，也不像大陸那樣，只做某一時期某一文體某一專門對象。大陸的文學研究人才養成辦法，受其專業分科之影響，所以在中文系中還分漢語文專業、文學專業，文學中再分古代、近代、現代等，故與臺灣之文學研究人力狀況頗為不同。臺灣較少某一時期某一文體某一專著之研究專家，大部分人都是兼著做，各時代各文體都可以發言。即或其研究偏於某一時代某一文體某一專著，他們在學院中授課，仍然要開其他領域的課程，因為不可能僅開詞或小說就湊得滿鐘點任務。

就是專門只針對某一文類進行研究，如葉嘉瑩論詞、顏崑陽論詩，所論大抵也常是「詩外別有事在」，會申論到中國人文化心靈的層次。

因此，這是中文系這種學科建置、人力養成模式以及學術傳統，所形成的臺灣中國文學研究之基調。順著這個基調發展，我們的中國文學研究，也致力於發掘「中國性」。

所謂中國性，是追問中國文學與西方文學相較，其特性為何。此一特性不但是文學的、也是文化的。

在大學裡，中文系本來就處境特殊。它非實用、功利之學科，所學又與現世無甚關聯，其知識體系、型態、所用語言，無不與已現代化之大學內部邏輯相戾。它之獲得尊重或容忍，只是大家對於它在保存中華文化上尚有功能這個意義的體諒。中文系也突顯此一特點，刻

意彰明中華文化之精神價值，說明它與西方，或被認為是有普世價值之西方（現代）觀念有何不同。

故其文學研究與外文系學者較大的差異，就在於：外文系學者往往由普遍性上說，認為運用西方理論、觀念來解析中國文學，並無不當。中文系學者則覺得那最多只能是一參照體系，只是解析的工具，中國文學的獨特精神終與西方不同。闡明這種獨特性，事實上也就是對中國文學、中國文化的詮釋。

當然，隨著臺灣社會的變化，這一基本型態也是有起伏變動的。

五、六〇年代，中華文化的處境，在臺灣可說是「繼絕存亡」之頃。一方面相對於大陸之馬列化，棄中華文化如敝屣；一方面又面對逐漸現代化的臺灣社會，講明中華文化、存遺經以待後世，遂成為研究者最主要的工作。這個時候，談文學自不如講民族精神、聖賢經典切要。文學研究未成主流。研究文學所採用的，也是箋注經籍和知人論世之法，旨在發抉文豪詩哲之人格特質、心聲密意。

七〇年代開始，文學研究才逐漸被視為一獨特之領域，有其目的、方法與範疇，而不僅是思想史、社會史、政治史之附庸。這是現代學術科系分化原則導入中文系之故。因為現代大學中政治、經濟、歷史、哲學、社會、藝術，無不分立，只有中文系，什麼都包了。社會越來越現代化，結構分化的原則就越明晰，中文系處此時會，亦不能免於這種改變。雖然迄今中文系仍是國學系，但內部分化已然成形。在七〇年代首先分成三個大領域：義理、辭章、考據。義理，指對中國文化中思想、價值部門的研究；考據，指對中國文化中語言文學文獻方面的鑽研；辭章，則是對文學的探索。

這個時候，除了文學研究逐漸獨立、並獲得與窮究經術相同的地

位之外，也與外國文學研究發生了激盪。這當然有許多外在原因，促使其如此。但內在的理由，則是：既是文學研究，自然要與研究其他國別文學者，在文學研究的方法、目的、範疇各方面，放在同一個架構裡討論。就像政治系研究政治，經濟系研究經濟，理所當然就不會只談中國經濟、只爲了發揚中國民族的政治文化，而是要從人類的政治或經濟行爲中去觀察中國及西方如何思考相關問題。

此時遂亦有不少非中文系出身的文學研究者參與對中國文學的研究；或中文系的學者採用外邦文學理論、方法，對比其他國家的文學現象，來進行中國文學研究。不僅中外的藩籬漸次打破，研究中國文學，本來也僅限於古代，學者對現代文學毫無興趣，亦無了解，現今則亦逐漸討論起古今文學關聯或進行比較研究了。《現代文學》《中外文學》兩種刊物，均有大量中國古典文學研究，或古今中外的比較研究，正可以展現此一「文學研究」的性質。

如此一來，文學研究當然多彩多姿，非從前箋注經籍、知人論世之法所能囿。反而會對傳統的文學研究法多所質疑，或希望能在新塗與舊轍之間找到折衷之道。

八〇年代，就是個尋找新方法的時代，各色外國文學理論、方法，均被參酌使用於對中國文學的解析。中國傳統的文學觀念、批評方法，也漸經爬梳，逐步體系化。企圖爲中國文學批評重建身世史、爲中國文學理論建構系統，以與西方文論相對照。

整個中國文學研究的形式也有了新貌，傳統的箋、注、校、釋、札記、賞析、集證、讀後、序跋，均不再流行，學術研究基本上只以論文、研討會之方式進行。採用制式化的論文寫作格式、進行客觀化的研究、經過公開化的評論辯難，才能承認是學術研究。那種「奇文

共欣賞」「欣然會意」「多識前言往行以自畜其德」的文學閱讀方式，都不被鼓勵，也無與於學術之林。學術的推動，除了學者本人的興趣與努力之外，更仰賴學會、學系等組織性的運作。

這或許可以視爲中國文學研究的現代化。效率高了、產量多了、品牌也形成了、製作流程及產品更是規格化了。在這樣的過程中，雖然研究者對中華文化仍然抱持關懷，仍然致力於尋找中國文學的特質，仍然企圖說明中國文學批評的體系與方法，但技術工人越來越多，工具理性越來越強，客觀態度越來越明顯，對中國文學的價值認同、意義體會、整體含茹品味，事實上都在減弱中。

而就在這個時候，大陸逐漸改革開放，臺灣解除戒嚴，兩岸亦漸漸交流起來。大陸資料、研究成果及觀點，對臺灣中國文學研究者形成了新的衝擊。一方面，從心理上憬悟到我們幾十年來背負的文化傳承使命未免太沈重了些。我們自命爲中國文化的承擔者與代表者，現在分明有另一個龐大的群體也在表現著同樣的態度。故心情上既釋然又悵然。另一方面，大陸的研究資料豐富，足供採擇，令吾人見獵心喜，而實不免打亂了或衝擊了臺灣原先發展的脈絡。讓我們不得不騰出時間心力來迎接新資訊，認清新的競爭環境。再者，大陸幾十年來，中國文學研究，自成脈絡，也非毫無成就。可是過去由於兩岸阻絕，音訊久隔，如今正好補習功課，對之進行了解。此外，大陸的中國文學研究，觀點迴異於臺灣，既可供參考，又不免有商榷之必要。因此，八〇年代後期，臺灣的中國文學研究可說走上了一條新的路子。這個走向，使得七〇年代後期至八〇年代前半的一些成果中斷了發展之勢，變成要重新盤整再出發，其實是非常可惜的事。然此乃歷史之機也，除了因機應變之外，又能怎麼辦呢？

八十年代末期，另一個對中國文學研究產生具大的影響的因素，是本土化思潮漸趨興盛。在此之前，吾人未嘗不談本土化，但本土化指的是中國化。八十年代後期，本土化具體的只指臺灣這塊土地，強調要關懷臺灣的土地、歷史與人民。此一運動，所涉及者廣，單就中國文學研究而言，它就使中國文學研究顯得角色尷尬。早期維護、傳承中華文化的功績，忽然成了「打壓」本土文化的罪狀；對中國文學之鑽研，亦遭指為不關心臺灣文學；說臺灣文學是中國文學中的一支，則被批評謂未尊重臺灣文學的主體性。研究中國文學的人力，有一部分轉移去做臺灣文學，而且越來越多。中國文學系更是逐漸分化出臺灣文學系所。這自然漸弱也漸緩了中國文學研究的力量和進度。仍在從事中國文學研究者，因此項研究的意義遭到質疑，價值感喪失了，熱情自然亦不復再。追尋中國性的工作，漸成一場春夢，暫時又還沒有找著新的目標，是以就算仍持續進行研究，也只是學院中學術工業式的生產、形式化的技術操作而已。臺灣中國文學研究的核心力量已經消失或轉移了。

　　不再專注於探索中華文化的臺灣之中國文學研究，此刻只能做些文化研究。廣泛借用時興的西方文化理論，如後現代、後殖民、女性主義、酷兒理論等來討論中國文學，演練所習得的批評技藝，似乎成了九十年代後期自我怡悅的景觀。

　　這是五十年來臺灣的中國文學研究概況。詳細的分析，具見現在我編的這本書裡。這本書是為了紀念學生書局四十周年而編，實亦欲藉此紀念五十年來中國文學研究費心出力的人們。凡分三部分，第一部分以時間為序，分述五〇、六〇、七〇、八〇、九〇年代的研究狀況。第二部分以論述對象分，敘明這五十年來對漢魏南北朝唐宋文學

研究的情形。上古及明清部分，因故未能論列，不無遺憾。第三部分，則討論文學理論、文學史、文學資料、學會以及域外漢文學的研究狀況。寫作者除本身都有很好的研究成績外，也長期參與中國文學研究與教學，身在局中，述史當然如數家珍。但臺灣過去其實缺乏對當代學術史的整理，研究中國文學者，目光心力又往往遙注往古，於周遭事物未必縈懷。現在事過境遷，要鈎稽陳年往跡時，頗感難以著力。因此，敘述起來，恐怕僅得梗概，未來仍待補苴。我非常謝謝他們的辛勞，也請讀者們指教。

龔鵬程　中華民國九十年三月九日記於佛光大學

五十年來的中國文學研究

目　　錄

總　序 ————————————————————— I

序 ———————————————————————— III

五、六〇年代中國古典文學研究概況 ——————趙孝萱　1

七〇年代中國古典文學研究概況————————周益忠　29

八年代中國古典文學研究概況————————連文萍　59

九〇年代中國古典文學研究概況————————周慶華　89

漢魏六朝文學研究概況 ————————————廖棟樑　109

唐宋文學研究概況————————————————張高評　179

中國文學史研究概況————————————————毛文芳　217

文學理論研究概況————————————————林素玟　261

文學資料及文獻目錄之整理概況————————王國良　303

域外漢文小說研究概況 ———————————陳益源　337

學會運作概況 ————————————————龔鵬程　359

五、六○年代中國古典
文學研究概況

趙孝萱*

一、前　言

　　若與近二十年的多元與蓬勃相較，在臺灣二十世紀五十年代到七十年代這二十年間，中國古典文學研究的整體呈現毋寧是較爲沈寂而單一的。民國三十九年國府倉皇遷臺後，隨著時局與民生景況緩步穩定，學術與文化活動也陸續復甦。不過綜觀這二十年，學術活動並不頻繁多樣。既沒有如當今各門類各論題眾多的學術會議，也不太有資料彙編纂集等整理工作，同時也沒有與古典文學研究相關的學會出現。

　　整個五十年代，只有少數的古典文學相關研究書籍出版。除其中一部份爲學位論文的出版外，一大部份是五十年代以前在大陸的學者已經出版過的書籍，而在臺灣再重新排版發行。例如：梁啓超《中國

＊　佛光人文社會學院文學所副教授

韻文概論》（臺北：商務，1967）；羅根澤《隋唐文學批評史》（臺北：商務，1966）；謝无量《中國大文學史》（臺北：中華，1967）；陸侃如、馮沅君《中國詩史》（臺北：明倫出版社，1969）；劉師培《漢魏六朝專家文研究》（臺北：中華書局，1969）；蘇雪林《唐詩概論》（臺北：商務印書館，1958）；游國恩《先秦文學》（臺北：商務印書館，1968）；郭紹虞《中國文學批評史》（臺北：明倫出版社，1969）；陳柱《中國散文史》（臺北：商務印書館，1965）等等。

除了大量的再印書籍外，還有部份是學位論文的出版，以及少數短篇論文集結而成的一些的「論集」。當時古典文學研究相關書籍的出版多集中在某幾家大型出版社上，例如臺灣商務印書館、中華書局、臺灣開明書局、正中書局等。其他像啓明書局、光啓出版社、明倫出版社、廣文編譯所、帕米爾書店、文海出版社等也有零星的出版。還有部份是屬於學校的出版體系，如東海大學、華岡出版社；還有如嘉新水泥、中華文化出版事業委員會等贊助學位論文及著作的出版。當時出版單位集中且稀少，完全無法與今天百家爭鳴的蓬勃狀況相較。

期刊方面，除了幾本學術性的專刊外，許多古典文學的研究論文，是刊登在政論性或是綜合性的雜誌上。這與今天期刊分工很細、且益趨小眾化的情況完全不同。當時古典文學研究論文雖沒有今天多，不過有意思的是，當時許多報紙如「中央日報」、「中國時報」、「臺灣新生報」等都有版面，刊載了許多與古典文學相關的討論論題，例如考證一首詩，或介紹一位作家等。不像今天報紙上的副刊版面，是以新詩小說散文等文藝創作和社會批評等散論爲主。

直到五十年代底，學院中才陸續出現少數的碩士論文與學報，一直要到六十年代才出現數量較多的碩士論文。所以碩士論文的出現多

集中在六十年代。但當時的中文研究所十分稀少,只有臺大、師大、政大、輔仁、文化幾所。因此就當時碩士論文整體「量」的呈現與今天相比,恐怕只能以零星形容。除了大學學報、學位論文以及幾部以古典文學研究爲刊登對象的重要雜誌如《大陸雜誌》、《幼獅學誌》外,五十年代出現一些重要的文化性雜誌,如夏濟安編的《文學雜誌》(1956)、《文星》(1957)、《現代文學》(1960)、《純文學》(1967)等,古典文學研究也僅是其中的一部份而已。所以整體五十年代的研究成果不多,古典文學研究其實是在六十年代才有了較顯著的發展。

但是綜覽五六十年代的古典文學研究,在方法、論題與範圍上還是多見自乾嘉傳統乃至民國後「考據風」的承襲,較少見新方法與新領域的開拓。當時的古典文學研究,還全是中文系的天下,幾乎以當時幾所大學中文系的教授與研究生爲主。當時雖然有部份雜誌是以外文系出身的學者作爲主導如:《文學雜誌》與《現代文學》;同時也引介了一些西方文學理論,例如夏濟安早在1957年就在《文學雜誌》上以「英美現代文學批評」爲標題,發表了一篇題爲〈兩首壞詩〉的譯介文字。介紹了當時西方「新批評」的文學觀念與作法。雖然如此,在這類刊物中撰寫古典文學研究論文的學者仍多是中文系或歷史系的學者。

當時古典文學研究學界是以中文系出身的學者爲主體,而且當中絕大多數是在大陸就學爾後隨著政府遷臺的外省籍學者。像臺灣在七十年代以後,隨著《中外文學》的創刊,外文系出身的學者大量援引西方理論來作古典文學研究的現象在五六十年代還不可見,作比較文學的學者也還多未粉墨登臺。所以五六十年代的研究方法基本上承襲的是四五十年代以前大陸的古典文學研究觀念。因此多是傳統方法的

承襲，呈現的也多是民初以來國文系「國學」訓練下的研究視角。

其中最明顯的方法傾向就是一、偏重對文學資料的整理考定。以文獻學角度大量運用建立在目錄學、版本學、文字學、訓詁學、聲韻學等學科基礎上，如：箋注、校勘、考證、輯錄、標點等方法來「考定」資料，或是考證作品的繫年與本事。二、以史傳批評觀點對作者生平或年譜做考述的整理，並認為作者的人格或生平大事，會直接影響作品的表現。因此所有的作品研究都以作者傳記或是心境的研究作為研究的「基礎」或是「一切」。所以當時多數的中文系的大小論文，不管處理什麼論題，開宗明義一定要來段作者生平介紹。上述兩點，一言以蔽之，就是較偏重處理文學的「外緣」問題，對「文學」之所以是「文學」的內在認知還不十分清晰。而且學者們在精勤於豐富的資料之時，還不知道在文學領域中，應是透過這些資料，來洞悉作品的創作。

因此，當時雖不乏以新觀點對古典文學現象或規律作探索與總結，也不乏在單一文體的細節問題上有新的開拓與發現，但是因普遍對多元「方法」的省思還十分欠缺，以致整體的研究面向顯得比較單一。而且整體研究有偏重「古典」「經典」、輕「民間」「通俗」的傾向。例如若以各文類論文「量」的表現相較，研究領域明顯地偏重詩詞之韻文系統，小說戲曲等領域的研究則較少。在小說方面，又偏重唐傳奇或《紅樓夢》等等經「正典化」過程已入了文學史的「經典」，而《金瓶梅》的研究則乏人問津。戲曲方面，也多是偏重在關漢卿、湯顯祖等等在當時已「經典化」的作家與作品，像地方戲曲也完全不可見。

本文將從當時的出版書目、期刊論文、學位論文、系所學報等方

面觀察，而以各種文類的不同發展輔以研究方法分別加以評述。其中也將簡單評述各文類代表性學者的開拓與表現。

二、詩詞部份

(一)以箋注校勘為主流的研究方法

詩詞研究是五、六十年代的研究「主流」，幾乎佔了所有研究論文的四分之三以上。就以當時的碩士論文的數量統計，這二十年中以古典文學作為研究對象的論文約有近八十篇，而以詩詞或詩人為對象的研究就有五十幾篇。當時在中文研究所的學位論文，仍以採對詩作「校注」「箋注」的傳統方法最多。而校注的對象則不限朝代，通常是以一家詩，或是一本詩集來做校箋注的工作。像以樂府詩為對象者有李金城《樂府詩集漢相和歌詞校注》（師大，1966）。以漢魏六朝詩為對象的最多，其中有葉日光《詩人潘岳及其作品校注》（政大，1968）、尹正鉉《梁簡文帝詩箋注》（政大，1969）、洪順隆《謝宣城集校注》（文化，1966）、楊宗瑩《謝宣城詩集校注》（師大，1966）、陳建雄《謝康樂詩集校箋》（師大，1966）。其中巧合的是，在年1966這年還出現不同學校的研究生以完全相同的《謝宣城集》作為箋注對象。

至於唐詩與元詩則有：張學波《孟浩然詩校注》（師大，1967）、游信利《孟浩然集箋注》（政大，1967）、彭毅《錢牧齋箋注杜詩補》（臺大，1961）、陳弘治《李長吉歌詩校釋》（師大，1967）、何三本《元好問論詩絕句三十首箋證》（輔大，1969）。在1967年，竟又出現如去年的「鬧雙包案」，不同校同樣出現孟浩然詩集的校注。另外林端常

的《漢五七言詩考》（文化，1969）是以詩體形式作爲考據對象的論文；
如朱秉義《南北朝詩作者考》（文化，1966）也是利用考據功夫探源作
品的「作者」到底爲誰的碩士論文。王景鴻的《蘇東坡著述版本考》
（臺大，1969），則是以版本學的概念對蘇東坡的作品作版本上的探究。

　　以「詞」爲研究對象的碩士論文部份，也是以箋注校注訂釋考
釋的方法最多。方法也是找一家「詞」或一本詞集來校箋一番，以這
類方法撰寫論文的有：黃少甫《夢窗詞校訂箋注》（師大，1965）、張
曦《片玉詞校箋》（文化，1966）、賴橋本《白石詞校箋及研究》（師大，
1966）、金鍾培《清眞詞訂釋》（政大，1967）、詹俊喜《小山詞箋注》
（政大，1967）、徐文助《淮海詩注詞校注》（師大，1967）、蔡茂雄《六
一詞校注》（師大，1968）、江聰平《浣花集校注》（師大，1968）、鄭向
恆《東坡樂府校足箋注》（師大，1969）。另外王熙元的碩士論文《歷
代詞話敍錄》（師大，1963）是當時較少涉及「詞話」的論文。此書是
將各家詞話蒐羅「敍錄」，也是以類似考訂的功夫整理撰寫。

　　上述學位論文的「研究」方式，是當今已不流行，也很難再被
中文學界接受的研究方法，而當時卻蔚爲主流。這種方式其實只是將
「文學」作品當作「文獻」，施以文獻學上的研究方法。這種視逐句
「注箋」爲詮釋闡發的傳統方法，其實是一種只在學問「基礎」上耕
耘的研究法。雖然箋注考證等工作是作學問的起始，不過因爲這種「注
箋」方式可以施及任何非文學的「經典」；因此這類的「文學研究」，
事實上並未觸及文學之所以是「文學」的內涵論題。

　　另外當時作箋證校注的代表學者有王叔岷。他對陶詩作了大量
箋證與校勘的處理。如〈陶詩的校勘問題〉（《新潮》1967年12月）以及箋
證陶淵明「擬古詩」、「飲酒詩」、「雜詩」、「歸園田居」、「詠

史詩」及「詠貧士詩」等詩。除了箋注外，還有對於詩中故實典故時代加以考證的。例如對於蔡琰的〈悲憤詩〉，當時也有大量的考證。例如：戴君仁〈蔡琰悲憤詩考證〉《大陸雜誌》1952年6月、以及李曰剛〈蔡琰悲憤詩之考實辯惑與評價〉《師大學報》1967年6月等等。另外還有「作品繫年」也是一種偏於整理考據的研究工作，例如李辰冬對陶詩與杜詩做的許多作品繫年的工作即屬此例。像〈陶淵明作品繫年〉（《大陸雜誌》，1951年2月）、〈杜詩繫年〉《國科會報告》，1969年等。

當時林許多對《楚辭》的研究，也偏重在字詞詁解與名物考證上。如〈離騷名稱考釋〉《大陸雜誌》1958年9月、〈離騷校釋〉《政大學報》1960年5月或是〈九歌所祀之神考〉《大陸雜誌》1961年12月。張亨的〈離騷輯校〉《文史哲學報》1964年12月也是一本整理校釋〈離騷〉的研究。

(二)以史傳批評為研究方法

自孟子「知人論世」的傳統以降，「人品與文格」的牽繫，一直就是傳統批評的重要觀念。此一觀念，在二十世紀初又由梁啓超、胡適等人發展出實際的「史傳批評」方法。這種研究方法不外先推敲作者的「生平背景」或是「人格分析」，以詩論人、以人解詩，嘗試透過作者傳記的背景來作人格與文格的解說。因此，在當時的學位論文中，「其人其詩」的研究論題也十分常見。例如像王貴苓《陶淵明及其詩的研究》（臺大，1959）、吳德風《鮑照生平及其作品校正》（政大，1966）、康榮吉《陸機及其詩》（政大，1967）、林文月《謝靈運及其詩》（臺大，1969）等。

不過當時也有許多學位論文，似乎將「史傳批評」中對作者生平心緒的研究部份推到極致，以「作者研究」當作研究活動的一切，而完全不必涉獵「作品」。許多論文純粹以「人」爲研究對象，來作歷史性的考據工作，因此推估考證作家的生平、交遊、著述等「評傳」文章也是當時流行的研究方法。

例如陳恩綺《杜牧之研究》（臺大，1958）、姜林洙《辛稼軒傳》（臺大，1960）、吳蓮佩《歐陽修研究》（臺大，1965）、張立青《王勃評傳》（臺大，1966）、馬楊萬運《李長吉研究》（臺大，1969）等等。

除了生平外，也有論文是嘗試從作品中瞭解作家的某些思想與理想，例如齊益壽《陶淵明的政治理想與政治思想》（臺大，1966）。但是這類論文，關心的不是詩的本身，而是如何從詩中找出作者的思想線索，以充實對於作者生平思想的瞭解。或是希望從詩中找到作者人品與詩品的關連，例如：梁容若〈歐陽修的生平及其文學〉《新時代》1966年3月或是張嚴〈論左太沖詠史詩及其人格〉《文學雜誌》1958年9月。這類論文，不是希望從歐陽修的生平找到作品研究的關連性，就是希望從詠史詩的研究中找到左思人格的線索。此一研究觀念推到極致，就是當時一些「年譜」的出現。像楊承祖《張九齡年譜附論五種》（臺大，1959）梁慕琴《范石湖年譜》（臺大，1963）等。）其中也有作者研究又加箋注的論文，如黃啓方的碩士論文《賀鑄的生平及其詩詞附東山詞箋注》（臺大，1968），就可以清楚得知當時對上述幾類方法的重視。這些都是一種對作者的關注超越作品本身的「外緣」研究方法，研究關注的不太是作品本身或是作品反映出的面貌，而是關於「作者」的一切。

不過隨著二十世紀西方陸續發展出的一些如形式批評、結構主

義、解構主義等等觀念，莫不大幅淡化甚至否定「作者」對於「再詮釋」過程中的絕對性影響；再加上後來「接受美學」強調讀者的進入才是文本詮釋的完成。種種觀念都造成對「作者」在當代研究方法中日趨遭受忽視。因此，這類「史傳批評」已是近年來不太「流行」的研究方法。但是，當今雖不流行，也並非要完全否定這類從「作者」著手的研究路數。不過回顧五六十年代的文學研究風潮，的確可窺知臺灣這幾十年中研究方法與觀念的變化與開新。其實以「作者」爲研究對象的論文，未必沒有可觀可看之處。例如陶光的〈屈原之死〉《大陸雜誌》1950年10月一文，就從屈原的精神、性情、個性以及思想人格等方面深入地探討屈原之死，並以屈原懷疑了一切、否定了人生，因此不得不死的論點終結。雖從作者入手，但是論點頗具創見與深度。更重要的是能早在五十年代初就清晰掌握「文學作品必須映現宇宙和生命的全部」此一觀點。

　　因整個時代與世代思考傾向的影響，當時的研究學者少能超越上述兩類研究方法。不過仍不乏有學者以考據及史傳批評爲基礎有所拓展與開創。其中可以葉嘉瑩與林文月爲代表。葉嘉瑩應是五六十年代對詩歌研究最有闡發與創建的一位，她的短篇論文選集《迦陵談詩》（三民書局，1970）是當時少見具深入性與創發性的著作。她認爲必須由「客觀之理性」對作品作瞭解，因此葉嘉瑩也做考證工作，像是她在〈談古詩十九首的時代問題〉《現代學苑》1965年7月一文中就考定古詩十九首是東漢的作品。不過她的基本路數仍是從史傳批評出發，從「人」的因素發掘作品詩體與風格之所以形成的原因。所以像她在〈說杜甫贈李白詩一首談李杜之交誼與天才之寂寞〉《現代文學》1966年5月一文中論李杜之交誼或是論陶淵明之「任眞」與「固窮」等論

點，都是史傳批評「論人」方法的應用。即使她在〈從比較現代的觀點看幾首中國舊詩〉一文中，受了當時英美新批評的影響，從「意象」、「章法」與「句法」來分析杜甫、陶淵明和李商隱，不過她仍然是從詩人的「性格」「感情處理」或「遭遇」來說明這些意象與句法之所以形成與相互差異的原因。因此她的研究方法雖吸收了新觀點但仍以「舊傳統」為思維根柢。這種對於舊詩傳統的執著，使她到七十年代末以〈漫談中國舊詩的傳統〉（《中外文學》16、17期）與當時的新批評大將顏元叔以〈現代主義與歷史主義〉一文引發了小小的筆仗。

　　另外，葉嘉瑩還對王國維境界說多有闡發。在她早期的〈由人間詞話談到詩歌之欣賞〉《文學雜誌》1959年5月，就曾以「具體而真切的意象」來詮釋王國維的「境界」，並且以「聯想」作用來解釋「抽象之情思」與「具體之意象」的結合，，從《人間詞話》歸納出一種「通古今而觀之」的聯想與感受，給讀者一種觸發的文學欣賞法。後來在〈從義山嫦娥詩談起〉《文學雜誌》1957年12月一文中，他提供了一種以聯想與比較的方式精讀作品的解說方法。透過對詩詞廣泛的細讀與比較，再經過閱讀主體的聯想與感受，進而對作品作細密的分析。像〈論杜甫七律之演進及其承先啓後之成就：秋興八首集說代序〉《大陸雜誌》1965年1月一文，對七律律體之演進形成與杜甫對七律詩體成熟的貢獻，多有創見。不過她也是不忘提到是因杜甫個人擁有「一種極為難得的健全的才性——那就是他的博大、均衡與正常」他才能有如此集大成的容量。這還是從「史傳批評」「人」的因素出發而作的開創。另外，〈從人間詞話看溫韋馮李四家詞的意境：兼論晚唐五代時期在意境方面的拓展〉《純文學》1969年5月一文則是站在王國維《人間詞話》「意境」論點的基礎上再對詞家作更深入的實

際批評。

　　另外林文月則是針對「詩體」的特質開展論述。她最初也是以史傳批評爲基礎方法，寫了不少如：〈從「不能忘情吟」說到白居易的情感生活〉《文學雜誌》1957年6月、〈論陶淵明與謝靈運爲人及其詩〉《文學雜誌》1958年9月、〈陶謝爲人及其詩之比較〉《思與言》，1965年9月等文章都是一種「其人其詩」的研究路數。她後來逐漸將觀察焦點移到對於「詩體」風格的探索上，逐一探討了六朝的宮體詩（〈南朝宮體詩研究〉《文史哲學報》1966年6月）、遊仙詩（〈從郭璞的遊仙詩談起〉《現代文學》1967年12月）、田園詩、山水詩（〈論謝靈運的山水詩〉《文星》1959年12月、〈遊仙詩與山水：兼談莊老告退而山水方滋〉《純文學》1969年4月）等詩體的特質、發展及形成的背景。她指出山水詩具有「記遊→寫景→興情→悟理」的結構，又提出宮體詩人在寫作態度上深具寫實精神等論點。這種對於特殊歷史時空下不同詩歌類型的闡釋與整理，頗見獨到之處。隨後也出現黃曉玲以《唐代邊塞詩派研究》（文化，1968）這類將「邊塞詩」此一特殊詩體作討論的的碩士論文。

㈢其他方法

　　在當時的研究風氣中，相較而言，徐復觀對詩的分析就十分精微深刻。他反對完全不涉及作品內涵的文獻學的研究方法，因此，他的研究方法也就比較偏重作品的內在研究。例如〈釋詩的比興：重新奠定中國詩的欣賞基礎〉一文，就是深入討論賦比興三種不同技巧在詩中所呈現的不同效果，而特別突出「興體」在詩中的意義。另外〈詩詞的創造過程與表現效果：有關詩詞的隔與不隔及其他〉一文則是闡發王國維在《人間詞話》中略微談到的「隔」與「不隔」的問題。徐

復觀從陶淵明、李白、杜甫三種不同類型作者的創作過程與表現能力來思考「隔與不隔」的問題。後段還對葉嘉瑩、王國維「境界說」提出異義並澄清「隔與不隔」和易懂不易懂二者並不相同的觀念。而另外〈從一個試題及其說明看臺灣師範大學國文研究所，並從文學史觀點及學詩方法試釋杜甫「戲爲六絕句」〉一文則提出大量例證與論辯提出當時師大國文研究所入學考題「輕薄爲文哂未休」解釋的錯誤。並從〈環繞李義山錦瑟詩的諸問題〉一文，層層探討、面面俱到地先討論詩之所以難懂的原因；然後再從外緣問題先解決李商隱生平的問題、黨爭的問題；以及知遇、婚戀、人格的問題。然後在先略評過去對此詩的解釋，之後再從文義上、藝術性等方面提出自己對「錦瑟」的詮釋。此文證明他雖反對以考證爲主的文學研究方式，但也不是否定考證對文學研究中的意義與功用，而是反對視考據爲文學研究之唯一方法。他以實際的批評證明，考據應該只作爲解詩的基礎而已，能夠幫助研究者更瞭解作品的內蘊。但是工具性意義並非目的。

此外，廖蔚卿〈論古詩十九首的藝術技巧〉《文學雜誌》1959年9月也是一篇討論藝術技巧的「內在研究」。但是，廖蔚卿也曾寫過如〈南朝樂府與當時社會的關係〉（臺大文史哲學報，1951年12月）偏重探討社會時代與作品關係的論文。或是像田倩君的〈漢與六朝樂府產生時的社會型態〉《大陸雜誌》1958年12月，也是從社會批評的角度認爲作品既受所處社會影響，作品也「反映」了社會。

另外，許世旭的《李杜詩比較研究》（師大，1963）是當時少見以詩家相較爲焦點的學位論文。還有葉光榮《宋代江西詩派研究》（文化，1968）、黃啓方〈宋初詩壇與西崑體詩之研究〉《國科會報告》1969年，則是從「詩派」中所呈現的集體詩觀與風格加以剖析。最特別的

是當時也出現討論「女性作品」的論文：像陸完貞《中國女詞人敍錄》（師大，1965）以及黃淑愼《宋代女詞人研究》（文化，1966）兩本。不過那時應該不是受到「女性主義」或「性別論述」的影響，可能只是導因於「詞」本是一種非常女性化的偏「陰性」文本，女性書寫者也遠較其他文類爲多所致。另外簡明勇《律詩研究》（師大，1968）與張夢機《近體詩方法研究》（師大，1969）則偏重對「近體詩」詩體「形式」上的討論。這也是當時很少的切入方向。

當時引用西方理論來討論古典文學的少數中，中可舉陳世驤與施淑女爲代表。陳世驤是首先將「新批評」方法與比較文學觀念實際應用到中國古典詩研究的學者。他也是當時少見的以西方文學理論處理古典詩的研究者。他在〈中國詩之分析鑑賞示例〉《文學雜誌》一九五八年六月一文中強調詩的分析與鑑賞過程除了對詩的形式、音調與意象嫻熟外，還必須透過一種心靈作用，這心靈作用也就是一種直覺作用。而他也分析鑑賞了杜甫的〈八陣圖〉，指出它超越了五絕的一般特性，而表現了一種既莊嚴又悲劇性的情感。他並且以西方的命運觀相比，道出這是一種中國式崇高的悲劇情感。這已經把新批評觀念與中西文學比較的研究結合，並細膩提出鑑賞過程中心靈的變化與作用。另外〈時間律度在中國詩中的示意作用〉《史語所集刊》1958年11月一文則細膩地提出詩中時間感覺悠長或短暫的差異對全詩律度的影響，十分細緻精微。除此之外，也因爲他腦海中始終有西洋文學作對照，他會發現〈中國詩歌中的自然〉《文學雜誌》1959年4月這類中國舊詩獨特的現象問題。

施淑女的碩士論文《楚辭探微》（臺大，1968）後來以《九歌天問二招的成立背景與楚辭文學的探討》（臺大文史叢刊，1968）出版。此書

罕見地用了西方某些神話基型批評的觀念來討論《楚辭》。作者首先嘗試以佛來采（J.G.Frazer）《金枝》中的「聖婚」觀念來解釋九歌中的意識型態與神巫關係，並指出屈原作品所表現的「崑崙山的嚮往」的「崑崙山」，正好符合容格（J.J.Jung）的「樂園型」基型（archepyte）。在當時普遍以傳統方式「論詩」的情況下，此書以神話原型的觀點寫作顯得別樹一格。

三、戲曲部份

若就「量」的比例來看，戲曲方面的研究，絕不是當時的「主流」。不過若與古文小說相較，也還算受重視。當時的戲曲研究方法，可以分第一、考證考述的考據問題；第二、關於曲文辭藻、曲調格律等劇本寫作的問題；第三、關注守律、分場、分角等表演的問題。

在六十年代「考據」風盛行的時候，戲曲的研究方法，也多是「考述」「敘錄」一番。例如像金夢華《汲古閣六十種曲敘錄》（師大，1955）、張棣華《琵琶記考述》（師大，1964）、潘群英《湯顯祖牡丹亭考述》（政大，1967）、朱自力《拜月亭考述》（政大，1968）、呂凱《湯顯祖南柯記考述》（政大，1969）等。另外，也與詩詞一樣出現許多作者研究或是以史傳批評為根柢的作品研究，因此當時也有多數對於戲曲作家生平著述的考定論文。如：張李碧華《白樸考述》（政大，1969）、金學主《湯顯祖研究》（臺大，1963）、陳安娜《馬致遠研究》（師大，1967）。或是其人其劇的研究方法，如：朱丹昂《湯顯祖與牡丹亭還魂記》（臺大，1965）、何慶華《關漢卿及其作品》（臺大，1965）。而範圍還是侷限集中於元雜劇的關漢卿、馬致遠及明傳奇的湯顯祖等

幾部較著名的作品。至於戲曲部份的期刊論文，若與詩詞的期刊論文比較，數量顯著不及。而且特別集中在某幾位著述甚勤的先生身上。其中重要的學者有鄭騫、張敬、羅錦堂等等。

　　鄭騫的研究領域幾乎遍及自漢魏六朝一直到元明清的所有韻文學，但最用力還是在元曲與元雜劇上，一面從事各種版本、體式、格律、作者、目錄的考據整理補充，一面討論這些文類的形式變化或是互相的淵源、影響及比較等關係。用功甚勤、著述甚豐，且較集中在五十年代，是當時最重要的戲曲研究者。大致來說較偏重「外緣」問題或「形式」問題的探究，而不是著力於劇本內在如：角色性格、情節衝突、關目曲白或是情景相融等「敘事上」或「意義上」的問題；或者表演及劇場上的問題。其中對南北曲部份的討論有：〈北曲格式的變化〉《大陸雜誌》1950年10月、〈董西廂與詞及南北曲的關係〉《文史哲學報》1951年2月、〈從元曲四弊說到張養浩的雲莊樂府〉《文學雜誌》1957年4月、〈北曲格律研究〉《國科會報告》1967年、〈陳鐸北曲輯補目錄〉《書和人》1969年9月等文。

　　另外在元雜劇的部份，鄭騫也是頗有成果。〈元人雜劇的結構〉《大陸雜誌》1951年6月、〈關於元人雜劇的記錄〉《大陸雜誌》1951年12月、〈元劇作者質疑〉《大陸雜誌特刊》1952年7月、〈從元曲選說到元刻古今雜劇〉《大陸雜誌》1954年4月、〈元人雜劇的逸文與異文〉《學術季刊》1957年12月、〈太和正音北詞廣正二譜引劇校錄〉《淡江學報》1958年8月、〈關漢卿雜劇總目〉《大陸雜誌》1958年11月、〈臧懋循改定元雜劇評議〉《文史哲學報》1961年8月、〈新教梨園按試樂府新聲補正〉《文學世界》1963年12月等等。

　　張敬一直偏重處理南北曲韻律及聯套等聲音形式上的問題。〈南

曲聯套述例〉《文史哲學報》1966年8月一文,旨在說明南曲聯套的原則,以及曲套變化與劇情排場關係等的曲律問題,十分深入。後二年政大研究生汪志勇也尋此研究路數作了明傳奇的聯套研究:《明傳奇聯套研究》(政大,1969)。除上述研究外,張敬還有〈南北曲韻律考〉以及〈南北曲排調與唐宋大樂之淵源〉《文史哲學報》1962年9月等都不脫曲律韻調的觀察方向。〈元明雜劇描寫技術的幾個特點〉《大陸雜誌》1955年一文,可說另闢蹊徑討論明雜劇的描寫技巧的突破性論文,是當時戲劇研究比較特殊的切入角度。另外她還作〈南雜劇之研究〉《國科會報告》1965年,也是當時在多數元雜劇研究之外,較不同的研究論題。

　　羅錦堂與其師鄭騫一樣也是當年著述甚多的研究者,涉獵領域也不限戲曲,而在詩詞領域中也多見論文。他寫過一些對整體戲曲發展與演變過程的論述,例如:〈對話體韻文的發展〉《大陸雜誌》1954年11月、〈中國戲曲之演變〉《大陸雜誌》1961年12月以及〈明代戲曲的發展〉《文學世界》1965年6月。但很明顯地,從五十年代開始,他對「曲」作著持續的觀察與介紹,他的研究路數是整理描述多於評論分析。包括〈明代小曲〉《大陸雜誌》1954年7月、〈讀曲紀要〉《大陸雜誌》1955到1959、〈明清兩代小曲的流變〉《大陸雜誌》1955年6月、〈散曲的特質〉《大陸雜誌》1956年2月等篇。到了1956年,他以碩士論文《中國散曲史》(臺大,1956)發表。這是當年少數對散曲作著系統介紹評述的「散曲史」專書。幾年後,他又寫了〈北曲小令新論〉《大陸雜誌》1962年5月以及〈曲在文學上特有的風格〉《大學生活》1962年5月兩篇文章。

　　另外在元雜劇部份,羅錦堂在六十年代初期寫了多篇關於元雜劇

分類、題材等問題。如：〈論元人雜劇的分類〉《新亞學報》1960年2月、〈現存元人雜劇的題材〉《大陸雜誌》1960年、〈研究元人雜劇的途徑〉《中國一周》1960年2月。次年，羅錦堂以《現存元人雜劇本事考》（師大，1961）成爲臺灣第一部博士論文。昔年研究生能不作任何評析只作「本事考」就拿到博士學位，是今天的研究生絕不能想像的事。可見得除了一時代有一時代的文學外，一時代也有一時代的研究觀念與方法。後幾年，他開始思考南戲與明傳奇中的影響關係，寫了〈從宋元南戲說到明代的傳奇〉《大陸雜誌》1964年2月。

曾永義的《洪昇及其長生殿研究》（臺大，1967）是當時唯一一部涉及清代戲劇的碩士論文。當時的戲劇研究多集中在元明代，清代的戲劇尚乏人問津。另外的他的〈明雜劇體制提要〉《中山學術文化集刊》1968年11月則對明雜劇形式體制上的觀察。還有〈岳陽樓及其他題材相同的雜劇〉《中山學術文化集刊》1969年11月一文，則是比較同以「岳陽樓」爲題材不同雜劇的呈現，是當時少見類似「主題學」研究方法的論文。

其他對戲曲有著述的學者還有葉慶炳〈北詞廣正譜般涉三煞糾謬〉《文史哲學報》1951年12月、〈隔江鬥智與三氣周瑜〉《大陸雜誌》1952年12月、葉慶炳〈諸宮調在文學史上的地位〉《大陸雜誌》1955年5月以及〈元刻古今雜劇排名補正〉《學術季刊》1956年6月、〈諸宮調的體制〉《學術季刊》1957年7月等。葉慶炳的戲曲研究領域很駁雜，方法也很多樣。從糾謬、補正、題材研究、體制研究到某一文類在文學史上意義的觀察等等論題，無不運用。另外就研究領域而言，從北曲、元雜劇到諸宮調，也各有觀察。

在「中國戲曲史」方面，繼王國維《宋元戲曲史》、青木正兒《中

國近世戲曲史》後，孟瑤寫了《中國戲曲史》（文星，1965）。孟瑤《中國戲曲史》在宋元以前大抵依循王國維的架構，但是除了前人舊說之外，還網羅了近數十年中西學者發現的片斷史料，作了許多補充及擇集的工作。本書最重要的是近代戲曲部份中對地方戲曲的撰寫。她深入介紹了皮黃和各地方戲曲，包括秦腔、湖北戲、湖南戲、廣東戲、四川戲、雲南戲、浙江戲等。這是當時的戲曲史與戲曲研究比較少涉獵的。

四、小說部份

小說部份的研究方法，也是多以近於「歷史批評」對作品採「考證」或「考述」的方法。此類小說批評法就是對作者生平、作品源流、時代背景、素材、版本等問題的考據與辯證濃厚。當時的學位論文有皮述民《宋代小說考證》（師大，1960）。至於期刊論文，則有勞榦的〈論西京雜記之作者及成書年代〉《史語所集刊》1962年2月、饒宗頤〈虯髯客傳考〉《大陸雜誌》1959年1月。另外王夢鷗對作者以及寫作背景的考證探究十分有興趣，因此也是以歷史考據的觀點來研究唐傳奇。思考問題的途徑不外究其虛實；探其真偽。他寫了許多唐傳奇的相關考證文字。例如：〈枕中記及其作者〉《幼獅學誌》1966年12月、〈續玄怪錄及其作者考〉《幼獅學誌》1967年12月、〈略談續幽怪錄的編纂〉《中央圖書館館刊》1968年1月、〈霍小玉傳之作者及其寫作動機〉《政大學報》1969年5月。

樂蘅軍當時對宋代的話本《宋代話本文學之研究》（臺大，1967）做過徹底的研究。在當時，她是唯一能發揮王國維《紅樓夢評論》論

學方式的小說評論家。她一方面像王國維一樣專注於小說所蘊含的內在精神，以及這種精神的美學與倫理學上的意義。另一方面則從對於情節、象徵語言的觀念發展爲一種精讀的文本分析。在這類分析中，她掌握著情節與語言象喻下人物內在的心理過程與涵義。葉慶炳是頭一位發展出以「寫作技巧」爲精讀重心的評論家，而且他對小說的評論多集中在唐傳奇。他有：〈虯髯客傳的寫作技巧〉《文學雜誌》1959年10月以及〈談紅線傳〉《現代文學》，1967年12月。其中他提到〈紅線傳〉的文字特色，很有創意，是當時較偏重作品「內緣」研究的評論家。

　　另一個對唐傳奇研究較有著述的是尉天驄。他著有〈變文與唐人小說之研究〉《國科會報告》1962年、〈唐代小說的時代背景〉《東方文化》1964年5月、〈略論唐代的小說作家〉《文海》1965年5月等。他也是從「歷史批評」角度關注唐傳奇的時代背景與作者，不過特殊的是他另外考慮到變文與唐傳奇的影響關係。尉天驄也對其他朝代的小說多有研究。像是討論宋話本的形式問題：〈宋人話本形式之研究〉《國科會報告》1963年。比較元明小說的題材：〈元明小說題材之比較研究〉《國科會報告》1964年。以及水滸傳研究相關問題：〈水滸研究之綱要〉《國科會報告》1966年等。

　　綜觀上述從王夢鷗、葉慶炳、尉天驄等人可知，唐傳奇應該是當時最受矚目的研究對象。因此當時也有一些以唐傳奇爲研究對象的學位論文。如：丁鎭範《唐代傳奇及其影響》（師大，1961）與于兆莉《唐代傳奇研究》（文化，1968）。

　　至於紅學研究方面。當時最具代表性人物當屬潘重規。他的紅學研究的短篇論文包括：〈乾隆抄本百二十回紅樓夢稿題簽商榷〉《大

陸雜誌》1967年5月、〈論「乾隆抄本百二十回紅樓夢稿」中的楊又
雲題字〉《大陸雜誌》1967年8月、〈從脂硯齋評本推測紅樓夢的作
者〉《暢流》1959年5月、〈高鶚補作紅樓夢後四十回的商榷〉《新
亞學報》1963年2月等等。潘重規對於考證派紅學均欲探究的幾個問
題都有涉獵：例如紅樓夢的作者到底是不是曹雪芹？前八十回和後四
十回之間的關係到底如何？脂硯齋又是誰？脂硯齋與作者關係為何？
而他認為紅樓夢全書旨在反清復明或仇清悼明，又以寶玉代表傳國
璽、林黛玉代表明朝、薛寶釵代表清朝等等主張，也採用的是索隱派
紅學的研究路數。正如潘先生自己所指出的，他的紅樓夢研究工作涉
及索隱、考證及評論三方面。因此他可說是六七十年代「索隱派」「考
證派」的代表人物。

　　除了唐傳奇、宋話本以及紅樓夢之外，當時的學位論文還有關於
神話傳說的：鄭清茂《中國桑樹神話傳說研究》（臺大，1959）。有關
於明代白話小說「三言」的研究：如李漢祚《三言研究》（臺大，1964）。
有關於變文的研究，如：邱鎮京《敦煌變文研究》（文化，1965）。以
及中國小說對朝鮮小說的影響與比較研究，如：趙英規《明代小說對
李朝小說之影響：以剪燈新話、三言、三國演義為中心》（政大，1967）
等。另外還有成宜濟《孽海花研究》（政大，1967）尹和重《老殘遊記
研究》（文化，1970）兩本零星的晚清小說研究。另外馬森的《世說新
語研究》（師大，1960）、莊因的《楔子研究》（臺大，1964）兩本碩士論
文，都頗具創見。

　　當時在臺灣發行的小說史大致只有郭箴一的《中國小說史》（商
務印書館，1965）以及匿名出版魯迅的《中國小說史略》（明倫編輯部，1969）。
兩者都是前人舊作。而孟瑤的《中國小說史》1965年寫成。本書完全

以魯迅《中國小說史略》的架構為架構，除部份小章節作了更動與補充之外，所有對小說史分代分期、分類的大綱小目以及書目更為清晰之外，其他幾乎完全依循魯迅舊作。所以在方法論與史觀上，孟瑤未有超越前人舊作之處。話雖如此，她還是有部份不同的編排與討論。其中擴大了「小說」的意義，而將講唱文學的部份納入。例如她專節討論唐代變文，在清代部份特別加入彈詞與鼓詞的部份，這都是孟瑤小說史的特色。

五、文學理論部份

當時文學理論的研究幾乎都集中在六朝或是《文心雕龍》、《詩品》的討論上，而以《文心雕龍》尤多。

因為時代思潮的關係，當時《文心雕龍》的研究也有一部份是以文獻學觀念來討論的。例如張嚴就在六十年代從《文心雕龍》的輯注、序跋、歸類、版本、校勘、編次、真偽等等作多方面的研究。他每一篇論文都是關於《文心雕龍》輯錄編次的重要問題。例如：〈文心雕龍版本考〉《大陸雜誌》1960年6月、〈文心雕龍校勘新補序〉《大陸雜誌》1961年7月、〈文心雕龍五十篇編次及「隱秀篇」真偽平議〉《大陸雜誌》1961年10月、〈文心雕龍上下編輯注辯證〉《國科會報告》1962年、〈文心雕龍著錄歸類得失考略〉《大陸雜誌》1962年6月、〈歷代文心雕龍序跋迻錄〉《大陸雜誌》1964年4月等等。但是嚴格說這種研究方法雖有重要創見，但並未切及「文學理論」的核心問題。不過張嚴另有一篇〈劉勰文學觀探源〉《大陸雜誌》1962年3月，則是對劉勰文藝思想的來源做探源的工作。除了《文心雕龍》以

外，當時汪中有《詩品注》（臺北：正中，1968），則是當時對《詩品》
作註解的著作。另外劉春華的碩士論文《鍾嶸詩品彙箋》（臺大，1963），
也是以彙箋的工作處理《詩品》。

廖蔚卿應是當時對六朝文學理論進行系統深入討論的重要學者。
她所關注的範圍，完全在六朝，尤其對《文心雕龍》、《詩品》以及
六朝一般文學觀念有深入的探究。在她的〈六朝文論研究〉《國科會
報告》1965年一書以《文心雕龍》為主，參酌時人作品，將六朝文論
分為文德論、文直論、通變論、文氣論、神思論、風骨論、文體論、
修辭論、聲律論、批評論十個論題，其中論點多見創發。另外她還專
篇討論了劉勰的諸多文學理論見解：包括〈劉勰的創作論〉《臺大文
史哲學報》1964年12月、〈劉勰的風格論〉《大陸雜誌》1953年3月
以及〈劉勰論時代與文風〉《大陸雜誌》1954年11月。她在「風格論」
中分論風格的定義、決定風格的因素及風格的種類，並進而修正了黃
侃詮釋上的偏差。在〈劉勰論時代與文風〉一文中，依據《文心雕龍》
時序、才略、通變、明詩、定勢諸篇，並輔以鍾嶸、沈約諸家之語，
就政治時代等諸因素對文學風尚與風格的影響。後來廖蔚卿在〈六朝
的文氣論〉《思與言》1967年11月，又分析出六朝對於各種不同的「氣」
的定義與內涵。而分成性情個性的氣、才氣才力的氣以及志氣的氣和
文章的氣，最後從〈養氣篇〉談「氣的培養」的問題。以上種種論點
都頗見創發。

除了廖蔚卿外，徐復觀〈文心雕龍的文體論〉《東海學報》1959
年6月也對《文心雕龍》的「文體論」有極深入的闡發。除了一般將
「文體」定義在「體裁」之體上，又特別分出「體要」之體與「體貌」
之體。後文再分析《文心雕龍》「體性篇」的內涵，然後在更進一步

從「神思篇」、「體性篇」、「風骨篇」來論文體與人的關係以及文體與情性的關係。此文並不侷限在《文心雕龍》的討論,最後也綜論了文體論觀念在中國的演變與發展。徐復觀論文層層剖析、面面俱到,兼具學術深度與廣度。也是當時頗重要的著作。另外還有李宗懂《文心雕龍文學批評研究》（師大,1964）、李道顯《詩品研究》（文化,1964）兩本關於六朝文學批評的學位論文,也是集中在《文心雕龍》與《詩品》的討論之上。

　　除了六朝的文學理論之外,當時較有著墨的就是「宋代」部份。在學位論文部份有陳幼睿《宋詩話敘錄》（師大,1960）以及張健《滄浪詩話研究》（臺大,1965）。其中張健除了《滄浪詩話》的研究外,還針對宋代以後個別批評家的批評理論逐一探討,並寫了詳盡的專論。當時討論了蘇東坡、朱熹與王若虛三人:〈王若虛的詩論初探〉《暢流》1964年、〈蘇東坡的文學批評〉《現代學苑》1966年3月、《朱熹的文學批評研究》（臺北:商務,1969）等。張健在當時對宋金代文學批評理論的探索應頗有開創之功。此外他還廣泛地討論過古典詩歌及小說等等,這些篇章當時以《中國文學與思想散論》（臺北:商務人人文庫,1969）出版發行。

　　另外吳宏一的碩士論文《常州派詞學研究》（臺大,1969）是當時少見的詞論研究。他先從政治背景、社會環境、文學思潮等方面討論常州詞派的時代背景,然後從鑑賞論、創作論、探源流等方面對常州詞派詞學作深入的探究,論述周全而簡要。

六、文學史部份

　　當時有一些關於文學史的相關討論。其中可分爲文學史寫作、文學史問題與文學史方法三方面。首先討論文學史寫作的問題。當時出版的各種中國文學史很多。算算約有十幾本。不過多是二三十年代的舊作。例如馮沅君的《中國文學史》（臺北：啓明書局，1958）、劉大杰《中國文學發達史》（中華，1962）、林庚《中國文學史》（廣文編譯所，1963）、胡雲翼《中國文學史》（三民，1966）、謝无量《中國大文學史》（臺北：中華，1967）。其中值得一提的是葉慶炳的文學史撰寫。葉慶炳在六十年代撰寫了一部著重於「探討源流、介紹作家、考證掌故」的《中國文學史》（自印，1966）。此書應該達到了他原本的著書目的：希望「務使一編在手，對我國文學之流變及重要作家之作品特色與生平軼事能有相當深度的認識」。雖然有時對於問題的處理與交代稍顯簡略，立論的史觀也並不清晰，但是此書綱舉目張、條理清晰，對於代表性原典與古代相關理論原文的引用也頗爲完整。十分適合課堂講授與初學者自修。因此至今還是臺灣很普及的一部文學史。

　　在文學史研究方法上的思考，可以梁容若、徐復觀、王夢鷗爲代表。梁容若寫了許多對文學史方法的省思文章。例如〈如何研究中國文學史〉《書和人》1966年11月19日、〈中國文學史上的僞作擬作及其影響〉《東海學報》1964年6月、〈中國文學史研究序〉《新天地》1967年8月、〈評中華本劉大杰中國文學發展史〉《東海學報》1951年6月、〈中國文學史提要〉《圖書館學報》1962年8月等等。以及徐復觀〈中國文學論集自序：研究中國文學史的態度與方法問題〉《中國時報》1965年12月22日。他的《中國文學論集》（學生書局，1965）收

羅了許多陸續發表的短篇論文，自序中一段話說明了他對當時未把文學作品當「文學」作品研究方法的不滿與反省。他說：

> 目前所以不能出現一部像樣點的中國文學史，就我的瞭解，只因為大家不肯進入到中國文學的世界中去，而僅在此一世界的外面繞圈子。有的人，對於一個問題，蒐集了許多周邊的材料，卻不肯對基本材料——作者的作品——用力。有的人，對基本材料，做了若干文獻上的工作，卻不肯進一步向文學自身去用力。所以在這類文章中，使人感到它只是在談無須乎談的文獻學，而不是談文學，不是談文學史。

他另外提出當時研究者的幾種毛病，例如他反駁胡適文學史貶抑文言、拉抬白話並視之為活文學、死文學的觀念，他說：「文學史，是文學的歷史。是通過文學作品以發現有代表性的心靈活動及在此活動中所真切反映出的人類生活狀態的歷史。只有在稱為『文學的作品』中，才顯得出人類的心靈活動。」因此他認為文言或白話的區分，根本與文學或非文學的區分無關。接著他也提出現有文學史「進化」觀念的謬誤。他對「文學研究」觀念如此透闢清晰，獨步當時。

另外關於文學史方法上分期的問題，當時也多有討論。例如李辰冬的〈中國文學史分期的一個建議〉《民主評論》1953年3月、〈曹植的作品分期〉《大陸雜誌》1957年8月。還有張健〈由文藝史的分期談到四唐說的沿革〉《暢流》，1967年1月。

在文學史問題的思考上，應以臺靜農為代表。臺靜農提供的是文學史的視野，像〈論兩漢散文的演變〉《大陸雜誌》1952年9月一文就是以「史」的鳥瞰角度，從文學發展與時代思潮的角度來探討某一

文類在某朝的發展。另外他也會以文學史上的「探源」概念去思考某種文風或文類形成的原因。所以像〈論唐代士風與文學〉《臺大文史哲學報》1965年11月一文就是省思唐代世風對文學風格形成的影響；另外〈從「選詞以配音」與「由樂以定辭」看詞的形成〉《現代文學》1967年12月一文則是思考「詞」體是如何受音樂影響而產生。另外〈諸宮調雜劇南戲三者體制研究及其在文學史上的價值〉《國科會報告》1970一文則是從「比較」研究出發進而思考某幾類文體在文學史上的意義。

當時也也不少從詩史的角度對詩體本身的形成過程作探源的研究。例如廖蔚卿的〈建安樂府詩溯源〉《幼獅學誌》1968年1月、羅錦堂的〈唐詩溯源〉（《大陸雜誌》1955年11月）、〈唐詩源流考〉（《文學世界》1961年9月）〈唐代以前詩歌形式的演變〉《文學世界》1963年3月等等是研究建安樂府詩或唐詩形成的種種內在外的原因。在詞的方面則有鄭騫的〈溫庭筠韋莊與詞的創始〉《文學雜誌》1958年3月、〈明詞衰落的原因〉《大陸雜誌》1957年10月。都是以「史」的變遷作為論題的思考方向。

另外還有一些零星的文學史相關研究論文，有討論文學精神的如：李辰冬〈元明兩代的文學精神〉《藝與文》1950年12月。有討論時代作者群體性情與風格的如：廖蔚卿〈論魏晉名士的狂與癡〉《現代文學》1967年12月。有討論時代文學思潮與理論主張的如：王貴苓〈明代前後七子的復古〉《文學雜誌》1958年1月。還有研究書目的整理與蒐羅的如：羅聯添〈唐代文學研究書目〉《國科會報告》1967年。或是如「文選學」的相關研究：邱燮友〈選學考〉《師大國文研究所集刊》1959年六月與〈王湘綺文選學〉《國科會報告》1962年。

七、古文、駢文與賦

若與詩詞戲曲小說等相較，古文與駢文可說是當時最乏人垂青的文類。二十年中大概只能找到三本學位論文。邱燮友《古文運動史略》（師大，1960）、儲砥中《韓柳文比較研究》（政大，1966）以及張榮輝《清代桐城派文學之研究》（政大，1966）。另外，錢穆〈雜論唐代古文運動〉《新亞學報》1957年8月一文，除申述「文以載道」觀之外，又論各種題裁之文章，很是精闢。至於駢文部份則以張仁青最具代表性。他的碩士論文《中國駢文發展史》（師大，1969）是當時少有的以駢文此一次文類爲對象的文學史。另外他還有〈駢文在中國文學中的地位〉《暢流》1969年10月一文。

至於賦的部份，像田倩君的〈司馬相如及其賦〉《大陸雜誌》1957年8月就是從漢賦的由來、時代背景說到司馬相如其人。然後論述司馬相如子虛、美人、上林等賦。最後論司馬相如賦在文學史上的價值，這是部從史傳批評出發的論著。另外許世瑛應該是當時對賦頗有鑽研的學者。不過他除了〈枚乘七發與其模擬者〉《大陸雜誌》1953年4月一文寫的是漢賦外，其他寫的都是六朝抒情小賦的探討。如：〈我對洛神賦的看法〉《文學雜誌》1957年5月、〈寫在登樓賦後〉《文學雜誌》1957年10月、〈談談閒情賦〉《文學雜誌》1958年11月三篇。許世瑛研究賦喜歡以「比較」與「影響」的途徑出發，多所己見。例如他贊成何焯所言洛神賦不是是感甄而作的見解，並斷定子建作此賦是效法宋玉作神女賦，並模擬神女賦的意思與句法。因此他排比許多例證，且推論兩賦正顯示了先秦與魏晉文學的相異點。另外他論登樓賦，也從句法與意義的異同比較登樓賦受《楚辭》的影響。

七〇年代中國古典文學研究概況

周益忠*

一、前　言

　　七十年代的古典文學研究，正如這題目一樣，一方面在古典文學的傳統中，一方面又正在研究，研究如何轉變，如何推陳出新。而且整個大環境——七十年代，國府遷臺已二十年，歷經保釣運動、退出聯合國，先後和日美等國斷交，加上石油危機、美麗島事件等等的衝擊，那是一個島嶼騷動，社會不安，卻也充滿著變革與活力的時代。

　　如此社會上充滿著陣陣喧擾卻又令人驚喜的聲浪，伴隨著經濟起飛的成果，既要向前飛躍，又要隨時反省顧視，種種批判以及考驗乃接踵而至。古典文學的研究也有這種現像，逐步擺脫以前的沉寂安靜，隨著一些回國的學者以及新方法的引進，在古典文學的研究上雖尚未有大波浪，卻也呈現不少可觀的漣漪，這其中尤以對舊詩及小說的研究最為顯著。

＊　彰化師大中文所教授

二、七十年代古典文學的研究條件

　　當然要了解這時的研究概況，首先要了解外在的研究條件，在歷經兵馬倥傯的五十年代，經濟掛帥的六十年代後，七十年代逐步穩健發展的社會經濟，也提供了古典文學的研究一個相當完備的客觀環境。當時大量的古籍，迭經整理，校勘，影印出版。其中犖犖大者，應先提七十年代初完成的藝文印書編印的《百部叢書集成》，以及國立故宮博物院影印的《宋元古籍善本叢刊》，又如商務印書館的《四庫珍本》和《四部叢刊》，廣文書局的《古今詩話叢編‧續編》，鼎文書局更在楊家駱先生主持下編有《歷代詩史長編》，錄及之詩人及交遊凡二萬一千餘。

　　七十年代初中華書局也重印四十年代的《詩詞曲語詞匯釋》，另外臺大中文系也在臺靜農先生主持下編輯《百種詩話類編》分前後兩篇，前編為作家論，後編為詩論類，也為古典詩詞的研究奠定了良好根基。此外，國立中央圖書館刊印的《臺灣公藏善本書目書名索引》、《臺灣公藏善本書目人名索引》等等古籍的理出版都為古典文學的研究提供了充分的條件，而早在1966年創刊的《書目季刊》此時更是慘澹經營，對於古典文學研究的資訊交流也提供了可觀的服務。

　　此時，公私立出版機構相繼出現，乃至於國科會、教育部、新聞局以及民間的嘉新水泥等各種學術獎助學金的設置，使得學位論文、研究專著都增加了許多出版流傳的機會，也鼓勵了古典文學研究者，而在1979年成立的《中國古典文學研究會》更結合全臺各地的古典文學研究者，使得古典文學研究的學術整合，有了初步的進展，而每年一次的論文發表會，提供了古典文學論文發表的園地，而且建立講評

討論的制度，也對於其後方興未艾的各類型的論文研討會提供了示範的作用，這些都是討論七十年代古典文學的研究時所不能不特別提出來的。

三、古典文學研究概況

㈠新方法的引進

　　至於古典文學研究的成果，首先應提及志文出版社出版葉維廉的《秩序的生長》（1972）中的一篇〈靜止的中國花瓶〉以英美意象派的觀念來詮釋中國古典詩，尤其是唐詩，他提到典型的古典詩的特色為：各自獨立的意象所聯合構成的「純粹經驗世界」，泯除了一切人為的解說，讓自然如實的出現在人們之前。其後《中外文學》3卷，7、8期（1974年12月～1975年1月）亦連續刊登其〈中西山水美感的形成〉，篇中也都提出類似的觀點，雖然葉氏的觀點有其局限性，但在七十年代之初確實為古典詩的研究開拓了一個新的領域。當時志文出版社另又編印了陳世驤的《陳世驤文存》（1972），也介紹新批評的方法給國人，這論集收錄了〈中國的抒情傳統〉、〈中國詩之分析與鑑賞示例〉，乃至於〈原興：兼論中國文學特質〉等都可見作者的功力，其中〈中國詩之分析與鑑賞示例〉一文即運用新批評的方法鉅細靡遺地分析杜甫的五絕〈八陣圖〉。雖未引起回響，但他〈中國的抒情傳統〉一篇中的所揭示的「所有的文學傳統『統統是』抒情的傳統」的結語，確也在七十年代的古典文學研究造成了一定的影響，尤其在那從具體作

品出發的比較研究的年代中，「抒情」一詞更是屢見不鮮。

(二)新法看舊詩

當然七十年代最值得一提的就是所謂「新法看舊詩」，這源自於顏元叔在臺大比較文學博士班中積極倡導的以外國文學理論來研究古典文學，其後他結集其中五篇分析古典詩的論文名爲《談民族文學》，他的論文，呂正惠以爲：顯示他對外國的了解還是比較在行（〈新法看舊詩〉《中國文學哲研究的回顧與展望論文集》臺北：中研院文哲所，1992），比如他喜歡強調詩意象中的「性」意涵，且以之來分析王融的〈自君之出矣〉、李益的〈江南曲〉和白居易的〈長恨歌〉中的詞句都引起很大的爭議，而〈近試上張水部〉更擅自改題目爲〈停紅燭〉，甚至在分析杜甫的〈詠懷古跡〉的第三首時，將「荊門」誤爲「金門」、「朔漠」誤爲「索漠」而且還據之夸夸其談，皆呈露他在古典素養上的一些缺點，也使得顏氏在新批評的介紹工作上被說爲功敗垂成。

因而這時候在古典文學的研究最具影響力的要算葉嘉瑩，早先她以《迦陵談詩》（三民書局，1970）問世，收錄有〈中國詩體之演進〉、〈談古詩十九首之時代問題〉、〈一組易懂而難解的好詩〉、〈從 「豪華落盡見眞淳」論陶淵明之「任眞」與「固窮」〉、〈論杜甫七律之演進及其承先啓後之成就〉、〈說杜甫贈李白詩一首——談李杜之交誼與天才之寂寞〉等等內容自古詩十九首、陶淵明，以至於李杜，尤其是杜甫在七律上的成就，與其後他的「正統主義」的詩觀可說是前後一致。都可以看到他對詩歌這一大傳統的重視，在稍後他批判顏元叔的文章〈漫談中國舊詩傳統〉（中外文學2卷，4～5，期1973年9月及10月）中，這種觀點更加明顯，文中他提出兩個主要論點：

首先一個説詩者可能因對某一詩歌傳統不熟悉，在分析字質與
句構時不能恰到好處的掌握詩歌的各種意涵。其次，一個説詩
者如果對某一詩歌傳統的主流作品沒有深刻的認識，他對某一
首詩是否能給適當的評價是很值得懷疑的。

此外，他並且認爲：「詩經、楚辭、漢魏古詩、陶謝李杜等大家
的作品，是中國舊詩的正統源流，要養成　對中國舊詩正確的賞鑑力
必須從正統源流入手。」這個觀點也可以從《迦陵談詩》文中的主要
篇章看出。而葉先生以其對古典詩豐厚的學養使之成爲七十年代中「一
個極爲秀異的實際批評家」（呂正惠前揭文）。但也並非僅止於此，在
迦陵談詩第二冊中，除了兩篇有關於義山的論文外，更有篇〈從比較
現代的觀點看幾首中國舊詩〉即運用西洋現代文學批評中所重視的意
象的使用、章法架構、以及用字造句方面所表現的質地紋理，用來分
析他最傾倒的三位中國詩人陶淵明、杜甫、李義山，這其中他當然也
重視人的因素，尤其是他運用「情」來詮釋這大傳統下的詩人：陶、
杜及義山等乃成爲他論文的一大特色。

在那時代她能運用意象、章法結構等理論再加上其學養所形成精
到的字質分析確也風靡一時，受其影響最深的爲柯慶明，他既親炙葉
嘉瑩，又受到新批評的影響，而有《境界的再生》（幼獅文化，1977）以
及《境界的探求》（聯經，1977）二書，提出存在意識的觀點來詮釋古
典詩，在《境界的再生》〈於無字句處讀書——論文學作品的精讀〉
中他提出「一篇文字只有在它能表現一個完整的對生命的眞實感受
時，他才不再只是一堆辭藻而已。」以及用精神上的自覺來說解王國
維的境界，皆可看出。在〈論幾首舊詩〉中他更延續葉嘉瑩在〈從比

較現代的觀點看幾首中國舊詩〉的觸角，比如提及陶淵明的〈詠貧士〉詩他說：「在意象的轉換承接之際，其實並不突兀，他所使用的技法還是『溶』、『淡』並不就是『跳』、『切』」，以及對杜甫、李商隱詩更為精細的分析等等，應可見及在此之用力處，而〈論兩首序詩〉以「生存情境所作的反省」，來說阮籍、陶潛等詠懷詩人也都是值得一提的。

當然七十年代後期最引起注意的還是巨流圖書公司出版黃永武的《中國詩學》四冊，此書對當時古典詩的研究者貢獻最著。「它能把詩詞創作的修辭問題和新批評的觀念結合起來，靈活運用。它不像一些傳統式的作修辭分析那樣顯得用語陳舊，但卻因為以此為基礎，所以也不像一些舊學根柢不佳的「新批評家」那麼天馬行空，而給人粗疏之感。」當然，正如呂惠的批評「比較流於技巧方面，而喪失了大詮釋的可能性」，或許在設計篇、考據篇因篇內容所限，不得不然，但若衡諸思想篇，則呂氏之評並非無的放矢，但這也是那時代的限制所致。

談到詩歌若論及文學創作的本質問題，要擺脫從單純的觀點，諸如葉維廉的「純粹經驗」等等，或者在此時的自覺仍不夠，因而有些即興性質的提出「情感」、「存在意識」是七十年代的研究者普遍現像，到了七十年代之後，1980年12月，第二次古典文學會議中曾昭旭的一篇論文：〈文學創作與批評的哲學考察〉相當深刻的觸及這一問題，他從「文學創作要義」一節開宗明義就說到「文學創作的基本要義，就是人生的表現」，談到文學批評的要義時並且說「文學批評與文學創作活動的交會處，仍在那最高的統一心靈」等等，相當程度點出那時研究者由具體作品出發在思想探討上的不足，不過這樣，卻也

形成了八十年代的理論熱，也才有像蔡英俊的〈比興物色與情景交融〉、龔鵬程的《文學與美學》等提到古典詩「本質」上的問題，但這已是1986年的事了。

㈢對傳統詩話詞話的研究

　　當然在此時也不見得只對具體作品有興趣，對傳統理論的反省，尤其是詩話詞話的探討也正在展開，除了迦陵談詩〈由人間詞話談到詩歌的欣賞〉想要由點到線的展開，給鈍根者閱讀，有了一個開端，葉嘉瑩他更在《幼獅文藝》1974年發表〈對人間詞話『境界』一辭之義的探討〉強調境界之不同於意境，在其「生動」、「鮮明」的五根之感受，其立論可看出是從意象派（imagism）的重具象而捨抽象觀點出發。

　　後來王靖獻有〈王國維及其紅樓夢評論〉刊於《清華學報》（新10卷第2期，1974年7月），文中亦有論及「人間詞話」，後來黃維樑更全面的探討詩話詞話的問題，其中〈王國維「人間詞話」新論〉對於人間詞話的印象式批評的觀點有不少論述，此外〈詩話詞話和印象式批評〉則又對傳統詩話的傳統提出另有印象式批評外的《峴傭說詩》、《白雨齋詞話》等有體系，重解析的詞話專著，且又道「精簡切當的印象式描述」，乃不可或缺的批評手法之一，相當程度的呼應葉氏鈍根利根之說。此二篇後來收錄在氏著《中國詩學縱橫論》（洪範書店，1977），該書另收錄〈中國詩學史上的言外之意說〉從美學的觀點分為「因象悟意」、「一言多意」而加以闡釋，更提及當代劉若愚和梅祖麟分析唐宋詩詞的模稜現象及成因，及採用「變換律語法」的貢獻，而且觸及傳統批評好談言外之意，卻鮮究及「言外到底有甚麼意」？都應該

給後來理論熱下的研究者不少啓發。

㈣大師的研究貢獻

七十年代的古典文學，另外值得一提的是當時文壇上一些大師們的成就。

1.王夢鷗

首先值得一提的是王夢鷗，他的《文學概論》至今仍爲國內學理論的經典之作，而1971年出版的《文藝美學》更精益求精，由美學的觀點來討論文藝，而後更有《文學論——文學方法研究》（志文出版社）等等皆可見早在七十年代時他在理論上的領導地位。

更要提的是自1971年起，藝文印書館連續出版他主編的《唐人小說研究》一集、二集（1971）、三集，（副題本事詩校補考釋，1974）、四集（1974），這些研究成果的刊載，也影響到唐人小說熱。

至於在文心雕龍上則載於《中華學苑》的〈劉勰宗經六義試詮〉（1970年9月）、《故宮博物院圖書季刊1卷2期》的〈關於文心雕龍的幾點意見〉（1970年10月）、中國語文學會主編的《文教論叢》也發表〈劉勰提出文心二字試解〉（1971年1月），另外《中華文化復興月刊》4卷5期亦有〈從辨騷篇看文心雕龍論文的重點〉等等都可見他在龍學上亦可謂爲先驅之一。

其他散見的文學理論作品如《中華文化復興月刊》10卷4期的〈鍾嶸的詩品及其詩觀〉，以及陸續在《中外文學》發表的〈古代詩評家所講的純詩〉（2卷9期，1974年2月）、〈文學定義之一考察〉（1975年6月）、〈文人的想像與感情的隱喻〉（1979年2月）、〈貴遊文學與六朝文體之演變〉（1979年6月）、〈陸機文賦所代表的文學觀念〉（1979年7月）、

〈試論曹丕怎樣發現文氣〉（1979年9月）、〈從雕飾到放蕩的文章論〉
（1979年10月）等皆可見到他在古典文學研究及理論上的功力。

2.潘重規

另一個不容忽視的是潘重規，潘先生致力紅學和敦煌，貢獻非凡，
旁及其他古典文學，重要作品：首先在臺發表的有《錢謙益投筆集校
本》（文史哲，1973），而後臺北學海出版社亦出版其《樂府詩粹編》（1974），
學生書局也出版其主編的《中國古代短篇小說選注》（1974）。

另外敦煌變文的出現，對於古典文學的研究產生相當大的衝擊，
而潘氏在此的貢獻更是卓著，從1970年在香港新亞研究所發表的《敦
煌詩經卷子研究論文集》、《唐寫文心雕龍殘本合校》起，他已表現
出在此方面的研究成果，而臺灣學海書局也於1975年出版他的《列寧
格勒十日記》記載他於那非常時期的73年到前蘇聯列寧格勒尋訪到敦
煌文物的歷程，並記載蘇聯所藏紅樓夢寫本的情況。1976年他主編的
《國立中央圖書館藏敦煌卷子》亦在臺北石門圖書公司出版，該公司
亦接著出版他主編的敦煌論著，諸如《敦煌雲謠新書》（1977）《敦煌
俗字譜》（1978）《敦煌唐碑三種》（1979）《龍龕手鑑新編》（1980）。
此外，1979年載於《華岡文科學報》十一期的〈敦煌賦校錄〉以及《幼
獅學誌》所載〈敦煌唐人陷蕃詩集殘卷校錄〉等等，這種工作一直進
行到1980年代。既奠定他在敦煌研究地位，也將敦煌研究的成果衝擊
到古典文學上。

至於他在紅樓夢的研究上，首先有〈今日紅學〉載於《紅樓夢研
究專刊》八期（1970）〈紅樓夢口語化的完成〉1970年分別刊於《文藝
復興》一卷一期及《紅夢研究專刊》八期，而〈紅樓夢的發端〉載於
1971年《紅樓夢研究專刊》九期，〈紅樓夢的新觀點和新材料〉亦載

於1972年的《春秋》，另有〈甲戌本石頭記覈論〉載於《新亞書學術年刊》（1973年9月）〈紅學五十年〉載於《學粹》，又有〈紅學六十年〉分別見於《幼獅月刊》四十卷一期，和《紅樓夢研究專刊》第十一期（1974），後又有〈紅樓夢舊鈔本知見述略〉見於《書目季刊》十卷一期（1976），到了1979年猶有〈紅樓夢諱考〉（《大成69期》）問世。

3.蘇雪林

南臺灣的蘇雪林對於屈原和李義山也有其不同的見解，諸如《屈原與九歌》（廣京出版社，1973）、《天問正簡》（廣東出版社，1974）、《楚騷新詁》1978年（中華叢書編審委員會）到了1980年中華叢書又編纂其《屈賦論叢》。

屈賦之外以《玉谿詩謎》成名的他，於1970年亦有《中國文學史》（臺中光啓）、《唐詩概論》（商務印書館，1975）前書溯源殷商，談到甲骨文中亦有詩歌及散文，篇末二章更以〈西洋文他的輸入與五四運動〉及〈現代文學鳥瞰〉對現今文學到西方的影響及在創作上的成果皆有述及，也是此書的特色，而《唐詩概論》則可補唐代詩壇在一般文學史上敘述的不足，並爲研究唐代詩風及詩人的寶貴資料。

至於單篇的研究成果，他也有〈古人以神名爲名的習慣〉《成功大學學報6期》（1971）〈詩經所供給的典故、詞彙、成語〉見於《暢流》44卷1—2期，1971年，〈蘇詩之喜用擬人法以童心觀世界〉亦見於《暢流》45卷8期，1972年，〈蘇詩之間達氣暢筆端有舌〉，《暢流》45卷10期，1973年，〈蘇詩之富於哲理〉，《暢流》45卷11期，1972年，〈蘇詩之用小說俗諺及眼前典故〉《暢流》45卷12期1972年，以及〈詩經裏的神話〉《文藝復興》31期，也是1972年所作，也可見那時候是蘇氏寫作的高峰期。

4.高明

另外有高仲華先生，《高明文學論叢》於1977年問世，這是他為七十生日所整理的著作之一，集中所錄篇章，諸如〈中國文學研究法〉、〈談中國文學形式美〉、〈詩歌的基本理論〉、〈論中國詩〉以及有關修辭學的一些篇章，皆在七十年代中發揮其影響力，至於文集壓卷的〈中國文學理論的整理與創建〉原載於幼獅文藝，以如何創建一套文學理論而提出「文藝哲學」、「文藝心理學」、「文藝語言學」、「文藝社會學」以今日來看，這些論述雖為大家所熟知，但在七十年代時，則可謂開風氣之先，確有其眼光獨到之處。

5.徐復觀

至徐復觀先生所撰的《中國文學論集集》自1974在臺灣學生書局出版後，現已再版多次。在古典文學的影響力可說有目共睹，其中所佔篇幅較多的當推文心雕龍，計有〈文心雕龍的文體論〉、〈中國文學中的氣的問題──文心雕龍風骨篇疏補〉以及〈文心雕龍淺論〉一～七，其中文體論談到傳統文體觀念的混亂，與文類的相混，而提出文體三個方面的意義及其自覺的過程，並言及文體的基型及文體與情性的關係等等皆可見其在文學理論上的功力，而其他有關詩學的一系列篇章，諸如〈傳統文學中詩的個性與社會性問題〉、〈釋詩的比興〉、〈詩詞的創造過程及其表現效果〉、〈從文學史觀點及學詩方法試釋杜甫戲為六絕句〉、〈環繞李義山錦瑟詩的諸問題〉以及〈韓偓詩與香奩集論考〉等皆可見到徐復觀先生在詩學上的研究成果，尤其值得一提的是〈詩詞的創造過程及其表現效果──有關詩詞的隔與不隔及其他〉中論述天才型的不隔與工力型的不隔，並及用典的重要及其方法，對於後來研究詩者啓示更多。徐氏又有〈西漢文學論略〉文中論

點亦可見其對漢朝的研究，除了《兩漢思想史》外，在文學方面依然有其不可忽視的影響力。

　　6.劉若愚

　　另又有劉若愚，其有關於詩學的論著亦先後被介紹到臺灣，首先由杜國清譯本的《中國詩學》（幼獅叢書，1977），又有成文出版社賴春燕譯的《中國人的文學觀念》（1977），此譯本雖較爲簡略，但在七十年代確也對研究詩學者造成相當的衝擊，也給有心於新法論舊詩者諸多啓發。

㈤期刊論文集精選代表作品

　　期刊雜誌，諸如大陸雜誌、暢流、中華文復興月刊、幼獅月刊、幼獅學誌、現代文學，乃　至稍後的中外文學，皆爲古典文學研究者提供一重要園地，但是期刊論文有其時間性，除了圖書館外，一般人不易保存，重要論文每易散失，而後才有結集成書之舉以彌補，另則直接結集新稿成書，如書評書目社即有《文學評論》問世：

　　1.文學評論

　　文學評論先於七五年問世，三年間共出版五集，首集論文即多爲經典之作，如：

　　　　鍾嶸詩品析論（廖蔚卿）
　　　　陳師道的文學批評研究（張健）
　　　　清代詩學的背景（吳宏一）
　　　　人間詞話中批評之理論與實踐（葉嘉瑩）
　　　　屈原作品中隱喻和象徵的探討（彭毅）

敦煌石室的歷史故事——廿一種俗文學作品初探（邵紅）

中國古典詩與英美現代詩——語言美學的匯通（葉維廉）

論抽象（姚一葦）

　　從屈原作品到清代詩學，從鍾嶸詩品到陳后山詩話及文集中的文學批評乃至於人間詞話的探討，而古典詩與英美現代詩匯通的比較文學研究，乃至於敦煌俗文學的探討，都可見所選作品觸角之延伸甚廣，更不用說還有理論的探討，姚一葦的論抽象，在從作品出發以新法看舊詩的時代中，也可見到理論的探索一直未被忘懷。

　　到了第二期標榜爲「詩歌專輯」所收錄的其實也包括詩論，如延續上集的〈鍾嶸詩品析論〉（續）（廖蔚卿）還有〈翁方綱肌理說的理論及其應用〉（李豐楙）探討清代肌理說的詩觀，而且還保留比較文學的傳統而有〈中西載道言志觀的比較〉（侯健）在俗文學上有〈論敦煌曲的社會性〉（林玫儀），就是在純詩歌的探索也透顯出對理論方面的興趣如葉慶炳的：

　　「孔雀東南飛」的悲劇成因與詩歌原型探討

　　試圖用詩歌原型理論來探討傳統敘事詩也可見在當時風尚下對傳統詩的研究已有新的面貌與方向，我們亦可在其他篇章如〈鮑照與謝靈運的山水詩〉（林文月）、〈張若虛「春江花月夜」〉（柴非凡），〈劉夢得的土風樂府與竹枝詞〉（方瑜）等看到這種研究趨勢。

　　到了第三集，則除了延續理論的探討外收錄的篇章轉而以小說研究爲主。如：

　　談中國長篇小說的結構問題（浦安迪）

聊齋志異的冤獄世界和奈米息斯基型及其現實揭示（董挽華）
閱微草堂筆記中的觀念世界（賴芳伶）
王國維及其「紅樓夢評論」（楊牧）

　　浦氏之文探討到何以中國長篇小說偏向於綴段性而缺乏藝術統一
性時，提到傳統美學以「互涵」與「交疊」等觀念為關注的重點使然，
進而討論到「綴段」二字來形容中國小說的構造原則之不妥，此篇就
陰陽五行的結構模型來探討中西小說觀念之差異，可說較偏於理論的
探討，而董文則言及蒲松齡對訟獄制度的觀照及蒲氏荒誕詼諧所成的
孤憤，再由冤獄世界出發，以「詩的正義觀」探討到希臘復仇女神「奈
米息斯」，且進而就小說中種種題材來印證此「奈米息斯基型」在小
說中的展現，且更以蒲松齡是「浪漫的叛徒」說他以文學的筆法來傳
達他的正義，這種以西方神話原型來探討傳統文學的方式頗有其時代
的價值意義。

　　至於賴文則是從《閱微草堂筆記》出發談到紀昀如何建造鬼神仙
狐的世界進而提及作者對三教的批判及反映當時的時代思潮，且篇中
與董文一樣教提到當時獄訟制度的問題，但賴文更提到紀文如何以實
用的治學精神排擊宋學的末流及出世精神作入世行動等，更涉及傳統
思想之如何運用於文學的課題，則也可說是有其深刻獨到之處。

　　楊牧的〈王國維及其「紅樓夢評論」〉從王氏的科舉不遇，說他
因而以其遭遇而探討紅樓夢主角賈寶玉的人格性情，「此文代表王國
維對他所體驗的生命的質疑」而言及此書在其文學生涯裏地位特殊，
在近代批評裏更是重要。

　　第三集中另有探討戲劇者如劉效鵬的〈永樂大典三本戲文與五大

南戲的結構比較〉也是由比較的觀點探討戲文、南戲的結構問題，其中並列出詳盡的數目字作爲統計資料，比較出三本戲文歌唱字數佔全劇的比例很高，與五大南戲恰好相反，可說是本文的特別之處。

至於陳慧樺的〈中西文學裡的雄偉觀念〉則提到「雄偉」觀念在西方及中國文學中的演變情況，而論及中西的差異，以及姚鼐「復魯絜非書」論調之「可靠」。另外姚氏之「悲壯藝術的時空性格」則爲其「論悲壯」一文的上篇，也是由西方探討到東方，雖也以作品爲證，但仍可看出姚氏在理論上的興趣及其過人的功力。

到了第四集就有柯慶明的〈論悲刻英雄——一個比較的觀念之思索〉也分別就中西文學作品來探討「英雄之形相的塑造」並檢討陳世驤「靜態悲劇」的觀點，而以〈項羽本紀〉和〈八陣圖〉等探討眞實悲劇的奧秘。

另有鄭樹森的〈具體性與唐詩的自然意象〉，及葉維廉的〈詩與自然環境箚記〉前者從語言學的觀點來看唐詩的自然意象，後者則從人與自然互動的觀點來看詩，在七十年代可說是曲高和寡的作品。

林明德的〈元好問的文學批評指向〉爲《金代文學批評資料彙編》緒論，探討到元好問等人的相關篇章，他從元氏〈論詩三十首〉等作品分就文學傳統論、文理論、創作論及批評論來加以探討，也可說是研究元好問的一篇重要文獻。本集另又收錄了三篇有關戲劇的論文，一是張淑香的〈愛情三部曲——試論元雜劇裡愛情表現與社會（上）〉，二是齊曉楓的〈元代公案劇的基型結構〉，三則是胡可立的〈柳翠劇的兩種類型〉這三篇也都可見當時就是在戲劇的研究上也都有深入之處，如張文由尼采的觀點出發，言及「愛情悲劇的社會文化性涵義」，齊文則就姚一葦《戲劇論集》一書對時空處理的兩種型式，來探討元

代公案劇的兩種基型，並言及其社會功能，至於胡文則顯露其在考證上的興趣，論及柳翠劇除了柳翠系統外另有紅樓系統，而後才分析其結構劇情，並且與法人法郎士的小說「泰綺思」之思想作比較，可算是本文之一大特色。

至於第五集中除了張健的〈邵雍詩論研究〉爲探討理學家的詩觀與詩有關外，其餘的選文也是以小說戲劇爲主，其中張淑香的「愛情三部曲」爲續作，另有趙幼民的〈元雜劇中的度脫劇〉言及元雜劇中超度解脫的方法和歷程，並引用到《文學評論》四集中胡可立的觀點，言及明度與暗度之別。另關於小說者，有鍾越娜的〈官場現形記中的官吏造型〉探討到晚清官吏挾妓賭博，吸食鴉片以及媚洋排外心理之矛盾等等，也有汪惠敏的〈先秦寓言的考察〉，論述先秦時的寓言體裁並加以界說，且評述李奕定的《中國歷代寓言選集》及其他寓言選集著作的得失，逐篇檢討相當詳盡。

至於壓軸之作姚一葦的〈悲壯藝術的美學性格〉則爲其〈論悲壯〉的下篇，文中從人類學、心理學、倫理學的基礎分別探討悲壯觀，並論及悲慘、悲憫與悲壯之異，以及特殊悲壯到普遍悲壯之別，並談到高級悲壯的問題，又可見到作者在理論上的興趣及成就。

綜合上述五本《文學評論》，詩詞、小說、戲劇，乃至於先秦的寓言，新興的變文，以及文學理論的探討都無所不包，在理論的深度以及觸角的廣度上都稱得上七十年代古典文學研究上的重要標竿。

其實早在《文學評論》之前諸如《大陸雜誌》、《幼獅月刊》也有論文集，後者之《中國古典詩研究專集》（1976年9月），口碑亦佳，所不同的是大陸雜誌等乃收錄其刊載過的論文選刊，而《幼獅月刊》及《文學評論》則爲當時投稿的新作品，因而在時效上自然較爲可觀，

且後者編輯群更包含中文系與外文系,因而在理論探討以及比較文學上的篇章自然也較爲多且整齊。

2.中國古典文學論叢

屬於期刊論文結集成書,較爲可觀的如《中外文學》雜誌1976年所出版的《中國古典文學論叢》,範圍分爲詩歌、文學批評與戲劇、小說等,篇目更從詩經一直到唐宋詩,如鄭騫的兩篇有關後山的作品〈從陳後山詩中的黑黃白說起〉、〈再論陳後山詩中的黑雲黃槐白鳥〉這是探討宋人的兩篇力作,都是鄭先生所爲,宋詩的研究風潮當時似乎尚未展開,若對照七十年代的博士論文有關詩學的,勉強只有杜松柏的《禪學與唐宋詩學》(臺灣師大,1976),且只論文中的一部分,或可可見當時研究宋詩風氣尚未爲學者所重視,且宋以後所涉及的但王國維的詞話,本集主要鎖定六朝及唐代,上及詩經及漢詩。

探討周詩的有〈國風私情說宋人說探源〉就宋人對國風私情詩的觀點提出其淵源所自,研究方法頗用傳統經學方式,本篇列爲經學的範疇亦可,眞正探討到詩學最早的應是有關漢詩的論文:〈蔡琰悲憤詩兩首析論〉爲葉慶炳先生的作品,再來就都是六朝至唐的作品了。屬於六朝的如:

從文學現象與文學思想的關係──談六朝巧構形似之言的詩(上)(下)(廖蔚卿)

從遊仙詩到山水詩(林文月)

宮體詩人寫實精神(林文月)

從兩首樂府古辭看民間歌詩(周英雄)

論魏晉遊遊仙詩的興衰與類別(康萍)

這其中廖蔚卿、林文月的作品都已成為研究六朝詩學的經典之作，而康萍探討遊仙詩的作品也可見文學史中遊仙詩的研究相當具有影響力，至於周英雄的樂府民歌研所舉詩以六朝樂府主要例子，探討民間歌詩的結構修辭的手法，以此來澄清文人詩與民間歌詩創作手法的差異。

另外研究唐代的作品有：

> 驚識杜秋娘（楊牧）
> 杜甫三首七言律詩中的對比（傅述先）
> 下江陵的聯想與李白的江湖行（李正治）
> 李白的釣鰲意識（李正治）
> 論唐詩的語法用字與意象（梅祖麟、高友工）

楊牧的驚識杜秋娘——以杜牧的金縷衣，言「新批評」的不足且強調「寫作年代與環境都與其文學指意蘊涵大有關涉。」對於新批評風潮實有導正的作用。

傅述先的論點乃就杜甫三首七律：詠懷古跡之一，登高、秋興之一這三首的對比談到杜甫「用七言律詩充分地探討自己的思想感情，勻衡地表現了他在自然人生中所觀照到的境界。」對於七律形式與內容意義的探討饒有興味。至於李正治的兩篇有關李白的作品，是年青詩人生命的相互映照，頗能掌握李白的生命性格，所謂「海上釣鰲客李白」對於李白賦予青青的飛揚拔扈的一面，在當年是頗有其時代意義的。

而梅祖麟、高友工合著的〈論唐詩的語法用字與意象〉為黃宣範所譯，呂正惠的〈新法看舊詩〉一言已多所讚許，雖曲高和寡，然亦

可爲七十年代詩學研究的一重要指標。

　　另外屬於總論性的作品有德邦氏的〈有關漢詩面貌與結構的幾點觀察——從抒情詩的角度來看〉，認爲漢詩除了中國文字的特殊結構外，還要從「哲學、心理以及社會的背景中去尋找。」張敬的〈詩詞在中國小說戲曲中的應用〉除羅列例證外，更分四目如作組織骨幹、題詠插曲等對詩與其他文類關係的研究也頗具有扼要的論述。

　　另外陳淑美的〈辛稼軒與陶淵明〉是文學的影響研究，談到莊子與陶詩如何影響稼軒的生活與思想。

　　第二冊的《文學批評與戲劇之部》收錄的作品包括泛論性的〈古代詩評家所講求的純詩〉（王夢鷗）、〈文章合爲時著，歌詩合爲事而作〉（葉慶炳）、〈中國文學家的保守觀念與創新作風〉（葉慶炳）、〈中國文學批評中的評價問題〉（黃啓方），皆有理論開展的意義，至於其他篇章：如施友忠的兩篇作品〈論語的文藝〉、〈從文學批評觀點讀莊子〉可說偏於古典散文的評論，張亨的〈陸機論文學的創作過程〉從〈文賦〉出發涉及到文學創作論，古添洪的〈唐傳奇的結構分析〉如副標題所言〈以契約爲定位的結構主義的應用〉、用結構主義理論來分析唐代的小說，除了這些之外其餘的焦點都是在詩學方面：

　　　論陳師道的文學作品（張健）

　　　王若虛的詩論（張健）

　　　袁牧的性靈說（吳宏一）

　　　葉燮的原詩初探（張靜二）

　　　鍾嶸詩與沈約（柴非凡）

　　　文學史上的杜牧（上）（下）（謝錦桂毓）

分析杜甫的秋興——試從語言結構入手作文學批評（梅祖麟、
高友工原著，黃宣範譯）
試用原始類型的文學批評方法——論唐代邊塞詩（繆文傑著，
馮明惠譯）

以上所列論文，〈論陳師道的文學作品〉，以及〈文學史上的杜
牧〉固然都有一部分談到詩以外的作品，但后山與杜牧畢竟還是以詩
名世，因而可說重點仍在詩篇，其他則理論性較強，如兩篇由黃宣範
及馮明惠所譯的論文一由語言結構入手，一則用原始類型的文學批評
方法分別來探討杜詩及唐代邊塞詩，縱然是關於詩學，畢竟還是應劃
在文學批評部門，也可見到對詩學的研究，在理論上的運用已越來越
成熟，也很受肯定，因而在分類上的一些糾纏，正可看出七十年代在
詩學的研究上是很值得注意的。

戲劇的研究，總論方面有曾永義的兩篇大作〈我國戲劇的形式和
類別〉、〈中國古典戲劇的特質〉前篇由序言可知其所謂形式：「各
劇種的體製和規律」以此而分爲雜劇、傳奇以及由花部亂彈而發展出
的皮黃，至於類別則提出「相當零亂」一語，勉強以「悲喜劇」名之，
另又找出一些「悲劇」「喜劇」來探討。至於特質方面他分別就「劇
場形式」、「演出場合」、「表現方式」、「故事題材」、「題目結
構」、「曲辭賓白」、「音樂成分」等加以探討，在末了作者更提出
古典戲劇角色一出場往往說出自己的角色符合「代言體」，形成有類
型而無個性的現像。再則古典戲劇各劇種都可以單出搬演，而且舞台
的主宰者慢慢由劇作者轉移到演員身上，舞台藝術極爲高妙而完整，
文學價值亦高，只是內容思想狹隘。

其他各時代戲劇的探討則有臺靜農氏〈女眞統治下的漢語文學——諸宮調〉，姚一葦的〈元雜劇中之悲劇初探〉，曾永義的〈明代雜劇演進的情勢〉以及單篇研究——古添洪的〈秋胡戲妻的眞實意義〉皆爲名家所爲，自爲可觀，且姚氏之作一開始即言「悲劇不曾產生於中國」並探討其因爲：中國與希臘不同的宇宙觀所致，但又從善與惡之爭中找出元雜劇中具有悲劇性質者。至於古添洪短文的〈秋胡戲妻的實意義〉認爲這一戲「表現了元人的新女性精神」亦頗有時代性。

屬於戲劇的研究諸如曾永義、李殿魁等皆有可觀之處，曾氏除前所舉之外，《中華文化復興月刊》七卷十期〈我國戲劇的象徵藝術〉一文強調在詩歌音樂、舞蹈的基礎上戲劇如何表現超現實的象徵意味。

㈥其　他

1.詩經研究

對於詩之研究，亦頗令人矚目，戴君仁有〈孔子刪詩說折衷〉，見於《大陸雜誌》45卷5期（1972年11月）。稍後羅聯添主編之《中國文學史論文選集》亦選錄了陳槃之〈詩三百篇之采集與刪定問題〉及屈萬里之〈論國風非民間歌謠的本來面〉及〈先秦說詩的風尚和漢儒以詩教說詩的迂曲〉，屈萬里並有《詩經釋義》一書在文化大學出版，此外，《孔孟月刊》有左松超的〈孔子與詩經〉（9卷4期，1970年2月），《孔孟學報》則載有熊公哲的〈孔子詩教與後世詩傳〉（22期，1971年7月），亦載有蔣勵材的〈孔子的詩教與詩經〉（28期，1974年9月）此時最特別的要算李辰先生，他自〈孔子時代的詩經面目〉（新時代第10卷5期，1970年5月）即有一系列關於詩經作者的探討，他主張詩經是尹吉甫一

人所爲，嘗試以意識流的探討回復它文學的原貌，雖起一連串的批評責難，但他不爲所動，陸續發表：〈再談詩經中的鑰匙詩〉（文藝復興17期，，1971年5月1日），詩經與其作者（中原文獻，5卷4期，1973年4月），其後並結集出版《詩經研究》（1974年4月，水牛出版社）。以今日來看，他的論文猶未能撼動詩經研究的傳統，但是他的研究結果雖然另類，卻也有其可取之處，比如研究方法論，以及對作者意識的研究等，都使我們在論及七十年的古典文學時不能不提一筆。

2.辭　賦

有關辭賦方面，楚辭的研究，正蓽路藍縷地走來，除前言蘇雪林之外，散見於期刊論文者有彭毅的〈楚辭九歌的名義問題〉（書目季刊十卷二期，1976年6月）〈楚辭天問隱義及有關問題試探〉（文史學報24期）〈屈原作品中隱喻和象徵的探討〉（文學評論一期，1975年5月）臺靜農有〈讀騷析疑〉（東吳文史學報第2）是研騷的力作，又如趙璧光有〈屈賦之流變〉（成功大學學報八，1973）陳怡良有〈楚辭招魂析論〉（成大學報14期，1979）《天問的創作背景及其創作意識》（古典文學第一集，1979年12月）等等。

漢賦的研究也是單篇的探討爲主，許世瑛的〈司馬相如與長門賦〉載於《許世瑛先生論文集》（1974），另外則有簡宗梧氏在漢賦究上有可觀的成就，其作品如：

〈司馬相如用韻考〉《中華學苑》10期，72.9

〈美人賦辨證〉《大陸雜誌》46卷1期，1973.1

〈長門賦辨證〉《大陸雜誌》46卷2期，1973.2

〈上林著作年代之商榷〉《大陸雜誌》48卷6期，1974,.6

〈司馬相如楊賦之比較研究〉《中華學苑》18期，76.9

〈子虛上林賦研究〉《中華學苑》19期，1977.9

·〈漢賦文學思想源流〉《國立政治大學學報》1978.12

〈對漢賦若干疵議之商榷〉《古典文學》第一集，1979.12

皆可見他在漢賦上所作的努力，而對漢賦疵議之商榷諸如「勸而不止」、「爲文造情」、「板重推砌」、「瑰怪聯邊」、「侈靡過實」等傳統成見的檢討，而提出「略實味虛」一語來欣賞漢賦，更可爲欲窺賦者示一啓門之鑰。

3.文　選

在昭明文選的研究上，先是臺灣學生書局出版謝康等人的《昭明太子和他的文選》，雖頗袖珍，但也包含評傳及版本考訂等，1974年《文史季刊》一卷也連三期刊出日人斯波六郎著黃錦鋐譯的《文選諸本之研究》，而後木鐸出版社也在76年出版由陳新雄于大成主編的《昭明文選論文集》所錄多爲三、四十年代的舊作，稍後文史哲也重印黃季剛　批點的《文選黃氏學》，77年學海出版社出版了于光華的《評注昭明文選》，78年臺北文選研究會出版邱棨鐊的《文選集注研究》書中亦頗介紹日本對一百二十卷本文選集注的研究成果。單篇論文則有何沛雄的〈文選選賦義例論略〉（書目季刊11卷2期）以及載於《中國古典文學研究叢刊》散文與論評之部的兩篇：〈「昭明文選」的選文標準〉（呂興昌），〈評「昭明文選」的幾種看法與評價〉（吳達芸）等等，也都可以見到當時在選學方面不絕如縷的研究概況。

4.古　文

研究古文的論著，則以羅聯添先生最勤，自1970起至1979年止，

一共有十八篇相關論著，其要者如〈白居易散文校記〉（文史哲學報19期，1970）〈李文公集源流，佚失及偽文〉（書目季刊第8卷3期，1974年12月）〈李翱研究〉（國立編譯館館刊2卷3期，1973年12月）〈韓愈家庭環境及其遊〉（國立編譯館館刊3卷2期，1974）〈韓愈事蹟考述〉（國立編譯館館刊4卷1期，1975）〈獨孤及考證〉（大陸雜誌48卷3期，1974）〈韓文淵源與傳承〉（書目季刊10卷1期，1976）〈韓文辭句來源與改創〉（書目季刊10卷3期，1976年12月）〈韓文公的郡望與籍貫〉（書目季刊13卷3期，1979年12月）羅氏更撰集《韓愈研究》一書，由學生書局於1977年11月出版。此外學生書局亦出版《唐宋八大家評傳》（1974，張樸民著）

至於其他研究古文者，如費海璣之〈韓愈的新認識〉載於《文學研究續集》（1971，商務）梁國豪之〈韓愈與賈島訂交之始述評〉（大陸雜誌，1975年8月）何澤恆之〈韓愈與歐陽修〉（書目季刊10卷4期，1977年3月）彭逸群之〈談韓柳的古文復興運動〉（女師專學報，1972）李金城之〈韓愈古文論〉（高雄師院學報，1972）鄭郁卿〈韓昌黎文之文法與布局研究〉（臺北工專學報，1974年7月）葉慶炳的〈從平淮西碑看韓愈古文〉（中國古典文學研究叢刊·散文與論評，1977）以及蘇文擢之〈柳宗元與佛教之關係〉（大陸雜誌55卷期）。學位論文方面有王士瑞之《韓文研究》（政大碩士論文，1977），羅清能《柳宗元研究》（輔仁碩士論文，1972）。

韓門弟子的研究，除了羅聯添兩篇有關李翱的作品外，另有黃國安之〈李翱、皇甫湜兩家散文比較研究〉，至於宋明的散文研究，如柯慶明的〈後赤壁賦析評〉專心研究蘇文以及中嵐的〈「陶菴夢憶」中的陶菴與夢憶〉研究晚明小品，二者皆見於《中國古典文學研究叢刊》中。

5.小　說

有關小說研究，除了前面所提及王夢鷗的貢獻——《唐人小說研究》1——4集外，七十年代較著的當爲巨流圖書公司出版柯慶明、林明德主編的《中國古典文學研究叢刊》小說之部三冊，所收錄之篇章皆甚爲可觀，如：

論兩篇儒家小說——「鄭伯克段于鄢」「漁父」（柯慶明）

六朝鬼神怪異小說與時代背景的關係（吳宏一）

評「漢武內傳」（呂興昌）

評「趙飛燕外傳」（陳萬益）

有關「太平廣記」的幾個問題（葉慶炳）

袁郊及其「甘澤謠」（林明德）

李復言小說中的點睛技巧（李元貞）

「虯髯客傳」的寫作技巧（葉慶炳）

從小說角度詳看賣油郎與花魁娘子的愛情（張淑香）

武俠小說發展之方向及其產生之時代（馮承基）

「水滸傳」初探——從性與權力的觀點論宋江（呂興昌）

「水滸傳」的重要女性（黃啓方）

論「隋唐演義」精采之處因及章回小說的選錄問題（馮承基）

〈世紀的漂泊者——論「儒林外史」群相（樂蘅軍）

〈論「紅樓夢」的喜劇意識（柯慶明）

〈蓬萊詭戲——「論鏡花緣」的世界觀（樂蘅軍）

洋洋灑灑實無法一一列舉，但最可注意的乃是在第一冊收錄的「關於小說的比較研究」中的幾篇如：

關於小說戲劇的來源（馬漢茂）

關於變文的題名、結構和淵源（曾永義）

西施故事志疑（曾永義）

長恨歌對長恨歌傳與源氏物語的影響（林文月）

楊妃故事的發展及與之有關的文學（曾永義）

試論幾本由「李娃傳」改編的戲劇（吳達芸）

以上皆涉及幾及文學或談來源，或談影響、比較皆各有所重，而曾永義之〈西施故事志疑〉點出趙曄《吳越春秋》中有關西施故事的虛構，亦可爲淵源的探討。林文月的大作先則談〈長恨歌〉與〈長恨歌傳〉之關係並加以比較研究，更提及「源氏物語」首帖「相壺」之脫胎於長恨歌者，可以說是誇國的比較文學研究，最爲突出。至於吳達芸所談到的有關李娃傳改編的戲劇先則言李娃傳成功之處，「時代性」甚爲重要，因而當注意某生之父對待某生的事件如何處理的問題，並因之檢討以此改編的各劇本，認爲俞本「李亞仙——新繡襦記」最具戲劇效果並言其受到石本、薛本影響之處。

七十年代末更有《中國古典小說研專集》的出現（1979.8）首期即有〈中國古典小說研究專集（1）〉及〈王夢鷗教授及其中國古典小說研究〉等等專篇皆爲後來研究古典小說者提供了很好的研究材料。

四、結　語

當然這些研究叢刊之選文所以在七十年代中較有代表性，乃是他們在選文時已有文學研究的自覺，譬如《中國古典文學研究叢刊》的

主編柯慶明於〈弁言〉中曾反省道：

在古典文學的研究上，文學批評消失了，消失在假「文學史」之研究為名的「歷史研究」。於是以「文學批評」為基礎的「文學史」的研究，也就跟著在陰錯陽差的南轅北轍裏，日益遙遠而更加可不可及了。

因此柯慶明接著提倡道：

視文學研究為一獨特的領域，有其獨特的目的、方法與範疇，而不僅是思想史、社會史、或政治史等等的附庸。確認文學也是藝術的一種，也就是可以超越時空，而終究得訴諸人人同具的普遍人性，加以直接感受，在感受中感動，在感動裏認知。……體認它作為成功的藝術品具有的永恆的當下性與同時性，正是一切古典文學的「文學批評」研究的起點。文學的本質，歸根究抵，可以簡單的說，就是一種藉語言表現所反映的，特殊情境下的生命意識。

就因有此體認所以柯氏乃如此呼籲：

「文學自身」的研究工作，永遠必須針對作品的語言表現入手，而終於對其反映的生命意識的興發、感通、覺知。……語言表現的精密注意，貫通古今，普遍一致的人性意識的喚醒與回歸，以及作品所反映的特殊情境的歷史角度的充分瞭解，都是以文學自身的立場，也就是以「文學批評的立場」對待古典文學作品，所必要而不可或缺的程序與運作。

正因如此體認，「以文學批評的立場」、「針對作品的語言表現

入手」既與當時新批評的理論可以相呼應，也與當時「新法看舊詩」的時代相關，其實不只是對舊詩，包括小說戲劇等等的研究也都在這體認下而有了不一樣的研究成果，這應該也是七十年代古典文學研究在承先啓後的意義上因本質及方法的自覺，因而在研究的成果上所作出的貢獻吧！

重要參考書目

1.《中國文哲研究的回顧與展望論文集》（臺北：中央研究院中國文哲研究所，1992年5月）

2.〈臺灣地區古典詩詞出版品的回顧與展望1950－1994〉彭正雄、彭雅玲（臺北：《漢學研究通訊》14：3，總55期，1995年9月）

3.《國學大師叢書》林明德等著（臺北：文史哲出版社，1999年4月）

八○年代中國古典文學研究概況

連文萍*

一、前　言

　　以「十年」作爲觀察的區間，來評述一門學術的發展，藉以回顧研究業績，並提出前瞻性的研究展望，是學術界常見的論文寫作方式，但是研究是一種持續的累積，任何轉型或改變也是漸進的，如果不能前後多方觀照，只將某個「十年」單獨析出立論，是一種「斷章取義」，倒是不妨以一個重要的歷史事件作爲著眼點，將時間上下推移，檢視這個歷史事件對於學術研究有無影響？或是有多大的影響？這比較有意義。

　　對於臺灣而言，近年來最重要的歷史事件，莫過於1987年7月15日的政治解嚴，解嚴給予臺灣的衝擊是多方面的，臺灣的中文學術界自然也可能感受到，但感受的程度如何？受影響的層面又是如何？特別是對於中文學界的重要研究項目——中國古典文學研究而言，政治解嚴能夠給予什麼樣的衝擊？本文將首先加以討論。其次，若跳脫

---

*　東吳大學中文系副教授

政治的影響，而就整個研究趨勢來觀察，臺灣的中國古典文學研究在方法、命題等方面上，是不是有新的轉變？又有那些研究主力在推動著學術研究的進展？本文將嘗試加以論述。

由於1987年位於八○年代的後期，但臺灣對大陸政策的鬆動、中文學界對兩岸學術交流議題的公開討論，在八○年代中期就已經開始，且到九○年代仍有持續的變化，所以本文將針對八○、九○年代臺灣的中國古典文學研究進行觀察，論述將包括重要趨勢的回顧、研究成果與概況的評述等，檢視的材料包括相關專書、期刊論文、學位論文、國科會獎助論文、學術會議及學術團體等，本文將以「現象」作爲論述的標目，將前述的材料交織運用。

二、兩岸學術交流化暗爲明的過程

政治解嚴對於臺灣中文學界的最大衝擊，是來自彼岸的學術刺激。隨著開放大陸探親的政策，中文學界有越來越多的機會搭上「探親」的順風車，赴大陸參加學術會議或從事學術活動，親自進行學術的交流。緊接著，政府有限度的開放大陸出版品進口，更使得兩岸的文化交易化暗爲明，也鼓勵更多的學者向彼岸尋求學術資源，使得以往對於彼岸中文學術發展狀況的祕密或模糊的了解，因此漸次變得鮮明且強烈，我們也注意到除了自己是漢學研究中心，彼岸更是一個漢學研究的重鎮，我們除了去批判、檢驗他們的研究成果，也不妨借助他們的學術資料。

要觀察解嚴前後中文學術研究的變化，全面就當時的媒體報導加以檢視，是一個角度。然而八○年代後期臺灣雖然解除報禁，但一般

報紙、雜誌、電視的報導多集中於開放探親的政治話題，同時新聞從事人員與學術界有相當的隔閡，極少能夠進行學術的觀察與報導❶，再加上中文學者在大眾媒體的發言空間極為有限，因此使得全面檢視媒體的記錄，變成沒有必要。反倒是在專業性的刊物中，較能聽到學者的發聲，觀察到解嚴前後中文學術研究的變化。以下選取八〇年代至九〇年代與中文學界關係密切的三種刊物：《漢學研究通訊》、《中國文哲研究通訊》及《國文天地》加以論述。

《漢學研究通訊》季刊創刊於1982年元月，由中央圖書館漢學研究中心編刊，廣泛為全世界的漢學研究作連繫與報導，但可能因為是官方刊物，對於敏感的兩岸學術交流的議題，無法多加討論，以該通訊的「會議報導」專欄所報導的學術會議為例，雖然能夠較全面的呈現臺灣、香港、歐美等地漢學界所召開的學術研討會，但對於中國大陸所召開的相關學術研討會，卻是不見提及❷，而關於大陸學術發展

---

❶ 報紙媒體在解嚴後對於中文學術交流的報導不多，而且少見記者親自採訪，如1988年7月29日《聯合報》第九版，曾報導大陸每年有二百五十萬人民幣的資助，有計畫的從事中國古典文學資料的整理與研究，此則報導係引自東京7月28日的電文。

❷ 《漢學研究通訊》「會議報導」專欄所報導的學術會議，具有交流學術訊息的重要意義。以該《通訊》第5卷第4期（1986年12月）為例，「學術會議」專欄報導了清華大學語言學研究所主辦「漢語方言學研討會」；聯合報文化基金會國學文獻館與日本明治大學、美國夏威夷大學等合辦「中國域外漢籍國際學術會議」；日本中國學會辦「日本中國學會第三十八回大會」；香港浸會書院辦「唐代文學研討會」；中央研究院主辦「第二屆國際漢學會議」；荷蘭萊頓大學漢學研究院主辦「十七、十八世紀之福建國際研討會」；全美中文教師學會主辦「1986年學術討論會」等等，範圍確實能夠涵蓋全世界，惟並未報導中國大陸所主辦的漢學學術研討會。而當時任教於政戰學校中文系的黃文吉，根據所見《光明日報》、

的專文報導，大約也要在九○年代起才陸續有較多的刊載。其中較
重要的是刊登於《漢學研究通訊》十二卷一期（1993年3月，頁1—9），
由中央研究院歷史研究所研究員黃寬重所撰寫的〈典籍增輝——中
國大陸學界整理宋代典籍的回顧〉，檢討四十年來中國大陸學術界整
理宋代典籍的情形，該文係作者於1991年7月到1992年6月間，利用哈
佛燕京圖書館及普林斯頓大學葛斯德圖書館的蒐藏所撰成，作者並在
〈前言〉中提到：「今天，全世界研究中國史的學者都或多或少地受
惠於其（指中國大陸）整理的典籍，然而對於其整理情形、變化、成果
以及整理所引出的問題，並未引起學者的注意，是令人遺憾的事。」
黃寬重的文章雖然偏重史學著作或宋代典籍，但包括對於大陸古籍整
編分期的論述，大陸古籍整理、點校、輯補成果的介紹，以及相關的
檢討等等，都能提供臺灣的文史哲學界參考。

　　相較於《漢學研究通訊》，由中央研究院中國文哲研究所籌備處
❸編刊的《中國文哲研究通訊》季刊，雖然也屬於政府刊物，但因為
創刊於1991年3月，距離解嚴已有時日，兩岸學術有大幅的交流，所

《文學遺產》等大陸資料，寫成〈近三年來中國古典文學討論會概述——一九八
六年部分〉（《國文天地》第40期，1988年9月，頁100—103），即介紹大陸在
一九八六年所召開的古典文學討論會，至少有「哈爾濱國際《紅樓夢》研討會」、
「首次《鏡花緣》學術討論會」、「第二次中國古代戲曲學術研討會」、「韓愈
學術研討會」等十五場學術討論會的舉辦，這是在《漢學研究通訊》無法見到的
內容。

❸　中央研究院中國文哲研究所籌備處成立於1989年8月，次年開始聘請研究人員，
推展研究工作。將文學、哲學納入同一個研究所，雖不盡理想，但已是八○年代
末期臺灣的中文學界及哲學界的大事，該所初期的研究重點包括中國古典文學、
近代文學、經學文獻、中國哲學、比較哲學等五項。

以該通訊一創刊就對於大陸文哲領域的學人、研究專著與學術發展的評介，十分重視❹，同時，該所主辦一系列的座談會，如「兩種通行本中國文學史的檢討」、「論中國文學批評史的編纂問題——從郭紹虞《中國文學批評史》談起」❺等，也透過學者檢討了包括劉大杰《中國文學發展史》等影響臺灣古典文學基礎教育的大陸圖書，思考臺灣自行編寫的可能。而該所成立伊始所整編的出版品，即有部分圖書係直接與大陸學人合作，如1992年9月出版的《陳垣先生往來書札》，即由陳垣先生裔孫——任職中國社會科學院歷史學研究所研究員的陳智超親自進行彙編；1992年10月出版的《楊慎資料彙編》，由該所副

---

❹ 《中國文哲研究通訊》對於大陸文學、哲學領域的學人、研究專著與學術發展的評介專文頗多，如香港中文大學哲學系講師王煜〈評張立文主編《氣》〉，係評介中國人民大學教授張立文的編著（《通訊》第1卷第4期，1991年12月，頁156—160）；〈湯志鈞教授訪問記〉（附：湯志鈞教授論著目錄）係由蔣秋華等採訪應東海大學邀請來臺講學的上海社科院歷史所研究員湯志鈞（《通訊》第2卷第3期，1992年5月，頁46—58）等。

❺ 該所成立初期，為了服務學界、思索該所以及整體學術未來的發展走向，所舉辦一系列的座談會，也記錄了兩岸學術交流的一些面相，其中「兩種通行本中國文學史的檢討」座談會（《通訊》第1卷第1期，1991年3月，頁75—95）指出劉大杰《中國文學發展史》、葉慶炳《中國文學史》是臺灣地區目前最通行的版本；「論中國文學批評史的編纂問題——從郭紹虞《中國文學批評史》談起」座談會（《通訊》第1卷第4期，1991年12月，頁126—145）也指出郭紹虞的專著是臺灣各中文系中國文學批評史科目的重要指定讀本，顯示大陸學者的著作深刻影響著臺灣古典文學基礎教育。又如「國內人文學術期刊與學術推廣期刊相關問題」座談會（《通訊》第2卷第1期，1992年3月，頁49—70），藉由一些期刊編者的談話，反應出兩岸通郵後，大陸稿件「排山倒海」而來的情形，所以兩岸學術的交流已不只是大陸出版品輸入的問題，還包括大陸學術稿件大舉向國內進軍的情況。

研究員林慶彰與四川大學哲學系教授賈順先合編等❻。

　　《國文天地》月刊創刊於1985年6月，最初隸屬正中書局，編務由中文學者負責，並於1988年6月改由中文學者自行籌措經費編刊，以民間刊物的角色，積極從事學術推廣工作。該月刊因爲編刊較爲活潑、自由，出刊速度較快，能夠跟緊時勢，特別是自八〇年代中期開始，就極爲關注兩岸學術交流的議題，且以專題、專欄、訪問稿、座談會等方式，持續的進行討論，所以留下解嚴前後兩岸學術交流的較完整記錄，相關的內容包括：

　　㈠1986年11月第十八期，出刊《古典再包裝》專輯，介紹臺灣及大陸整編點校中國古籍的情況，有林二白〈志士不飲盜泉之水〉、許清雲〈目前臺灣的古籍整理〉、徐少知〈龐大的集體分工〉等專文。

　　㈡1987年9月16日，舉辦「海峽兩岸學術交流與中國的統一」座談會❼。

　　㈢1987年11月第三十期，出刊《海峽兩岸學術交流與中國的統一》專輯，有林玉體〈民主下的學術交流與中國統一〉等專文。開闢「大陸儒林傳」專欄，介紹大陸重量級學者。

　　㈣1988年2月第三十三期，出刊《打開地下博物館的鎖鑰──竹帛篇》專輯，集中介紹大陸的考古資料，有莊萬壽〈近四十年中國大陸的考古工作與新出土的竹帛文字史料〉、戴璉璋〈出土

---

❻　　《陳垣先生往來書札》的編纂與出版，有陳智超的專文介紹（見《中國文哲研究通訊》第2卷第3期，1992年9月，頁90─91）；《楊慎資料彙編》的纂編經過，見林慶彰的序言（《通訊》第2卷第4期，1992年12月，頁96─97）。

❼　　此座談會記錄刊載於《國文天地》第30期，1987年11月，頁10─17。

文物對易學研究的貢獻〉等專文。

㈤1988年6月第三十七期，出刊《突破大陸學術資料流通的禁忌》專輯，舉辦學者專家及研究生談大陸學術資料流通問題的兩場座談會，並介紹臺灣各大圖書館典藏大陸圖書的情形。開闢「大陸學訊」專欄，介紹大陸重要專書及相關研究訊息。

㈥1988年8月、9月、10月第三十九期至四十一期，刊出黃文吉〈近三年來中國古典文學討論會概述〉專文，介紹大陸所召開的古典文學研討會。

㈦1990年2月第五十七期，出刊《中國古籍電腦化》專輯，介紹臺、港、大陸將中國古籍電腦化的成果，有大陸學者楊允敬等撰文介紹將詞書及紅樓夢電腦化的過程。

㈧1990年7月第六十二期，出刊《文學瀚海中的聚寶盆》專輯，由大陸學者現身說法，介紹大陸編纂《全宋文》、《全明詞》等斷代文學總集的情況與成果。

㈨1991年8月第七十五期，出刊《中國古籍在大陸》專輯，與大陸「全國高校古籍整理研究工作委員會」及「北京大學古文獻研究所」直接合作，探討大陸官方整編古籍的政策及整編成果等。

檢閱上述的內容，可以觀察到八○年代至九○年代初兩岸中文學界交流的幾個過程。首先是解嚴之前，因為嚴格管制簡體字及大陸學術資料的流通，造成臺灣出版界、學界的種種怪象，例如1988年6月黃沛榮在「大陸學術資料流通問題——學者專家座談會」中，指出美國國會圖書館將臺灣盜印大陸學術著作的書，與原書比對，並設立專櫃陳列典藏，造成國家形象損傷的事實，而臺灣盜印改竄大陸圖籍的方式千奇百怪，令人嘆為觀止。莊萬壽也在同一場座談會中指出，

學者因應研究的需要，必須各憑本事收集大陸學術資料，造成研究者的不平等地位：第一級是海外學者，他們能夠在國際間看遍天下資料；第二級是中研院、國關中心等機構研究人員，能夠看到機構圖書館所典藏的大陸資料；第三級就是一般大專教師或文史研究者，得千辛萬苦的借重「海外關係」、冒險夾帶闖關或向「黑市」購買，要不然就得甘於無知，或是等待撿拾別人的第二手資料。

　　除了研究者地位的不平等，兩岸學術資訊的不流通，還助長抄襲的歪風，大大戕害臺灣中文學術的發展，何佑森在1987年9月16日的「海峽兩岸學術交流與中國的統一」座談會就指出，在兩岸學界長期的隔閡下，臺灣年輕的人文研究學者，幾乎都偏愛大陸書，有些人寫作學位論文時便貿然引用，缺乏自我判斷的標準，結果毛病百出，也有治學態度不嚴謹的，抄襲的風氣很盛。林保淳在1988年6月的「大陸學術資料流通問題──研究生座談會」中，從另一個角度提出看法：國內學者的學術著作，即使寫得比大陸好，也不被重視、賣不出去，大陸圖書卻在大家好奇的心理下非常暢銷，而且不少學者誤以為引用大陸學者的資料，論文的分量便加重，引用臺灣學者的研究成果，論文就平淡無奇，這種情形對於臺灣年輕的研究者是一大打擊。諸如上述因為學術資訊封閉，所造成的種種盜印、抄襲、二手資料、研究不平等的怪象，無形中使得臺灣中文學界的研究成績被迫打折，這樣的困境，在八○年代中期，已經無法隱忍不談，解嚴之後更被持續的搬上檯面討論，成為學界廣泛注意的議題。

　　解嚴之後，兩岸的學術交流化暗為明，不但逐漸與政治畫清界線，大陸圖書的管制工作，也由警備總部移轉至新聞局，開始有限度但相當緩慢的開放大陸學術資料。剛開始大家很難擺脫大陸資料具有高度

敏感性、危險性的觀念,所以觀望遲疑,例如開放大學可以申請成立大陸資料特藏室一事,曾參與籌備臺灣師範大學國文研究所特藏室的季旭昇,在「大陸學術資料流通問題——研究生座談會」中就指出,新聞局對各大學成立特藏室並未加以阻難,最大的阻力卻來自學校內部,因為他們怕有麻煩。除此之外,當時擔任中央研究院傅斯年圖書館館長的黃寬重與史語所研究員邢義田,在「大陸學術資料流通問題——學者專家座談會」中也指出,圖書館申請進口大陸圖書,又是一個曠日廢時的過程,往往新聞局批准下來,再透過代理商購買,書早已買不到,只有徒呼負負。

然而,解嚴之後政策洞開,兩岸的學術交流已是擋不住的潮流,除了極少數的圖書館還存在莫須有的影印或閱覽限制之外,九〇年代中期以後,大陸學術資料在臺灣已經是「飛入尋常百姓家」,不但私人可以大量擁有、收藏,像東吳大學等大學圖書館,根本將大陸圖籍視同於一般圖書,混同編目、陳列,不再單獨設立特藏室,學界對於大陸的中文學術也有更為客觀、公允的評價,最重要的是,政府應該已經發現,看大陸資料不會變成共產黨❽!

上述《國文天地》所刊載的內容,也反映兩岸學者實際進行交流的狀況。1987年9月16日該雜誌所舉辦「海峽兩岸學術交流與中國的統一」座談會,還見到學者興高彩烈的描述與大陸學者在國際會議的場合中,彼此統戰或反統戰的情形,很快的,該雜誌就出現固定的專

---

❽ 這是套用何佑森教授在一九八七年九月十六日的「海峽兩岸學術交流與中國的統一」座談會的話,他說:「香港、日本、美國看大陸資料十分容易,卻不曾聽說有人因此變成共產黨。」(同註❼,頁17)。

欄介紹大陸知名學者、研究專書、期刊、工具書等，並有專文報導大陸學術發展的情形，如黃文吉在1988年8月、9月、10月連續報導大陸古典文學研究界在1985、86、87年所召開的各種研討會，其豐富多樣的會議主題，令人印象深刻。不久，大陸學者的作品開始被刊載，九〇年以後，由於兩岸的學術交流更加密切，編者得以親自赴大陸採訪或組稿，幾個重要專輯如《中國古籍電腦化》、《文學瀚海中的聚寶盆》，都有由大陸學者直接現身說法的第一手資料，而不再由臺灣學者撰文介紹。到1991年8月出刊的《中國古籍在大陸》專輯，更能與大陸的官方及學術單位合作，全面的呈現大陸對於整編中國古籍的相關政策、人才培育的計畫及成果。這一系列專輯，也凸顯出兩岸中文學術交流的過程中，臺灣學界較感興趣的議題是——大陸的古籍整編的成果，以及他們如何進行整編古籍的工作。

　　若是將《漢學研究通訊》與《國文天地》連繫起來看，可以發現，1993年黃寬重在《漢學研究通訊》中提到——中國大陸整理典籍的情形、成果及所引發的問題，並未引起治中國史的學者注意——其實他早在1988年6月《國文天地》舉辦的學者專家談大陸學術資料流通問題座談會中，已針對大陸學術資料的流通問題，提出過看法，而《國文天地》也在1991年8月出刊的《中國古籍在大陸》專輯，直接與大陸的官方單位合作，以第一手資料的方式全面呈現大陸整編古籍的政策及成果。這顯示在兩岸學術交流的過程中，「民間」的腳步，是遠比官方更為快速、積極的，而大陸整編古籍的實際計畫與成果，在臺灣的中文學界方面所受到的注意與討論，是比史學界更大的。

　　以上檢視解嚴前後兩岸學術交流的現象與變化，中國古典文學研究是中文學術界重要的研究項目，自然也面臨同樣的問題、承受同樣

的衝擊,不能單獨析出、分別論述。以下則將觀察角度縮小,著重論述那些大陸學術資料是臺灣的中文學界最感欠缺、輸入數量較多者?這些資料除了被直接徵引運用,是不是曾經引起學界的討論?甚至引發臺灣的中國古典文學研究將如何發展的思考?

三、大陸學術資料的引介與輸入

1986年,臺灣的成功大學中文系在黃永武及張高評兩位教授的主持下成立宋詩研究室,開始整編《全宋詩》,這部斷代的詩總集於1988年初步完成初稿,並由該系擴大舉辦全國第一次宋詩研討會,正式發表,是當時中文學界的盛事,但隨即因為經費用盡,編纂工作停滯一年,後來才又爭取到微薄經費,艱困的恢復整編❾。北京大學古文獻研究所則於1985年開始籌編《全宋詩》,召開專家學者座談會,並得到「全國高校古籍整理研究工作委員會」提供經費,成為大陸整編古籍的重點規畫項目,該書在1987年8月出版樣稿,1991年起由北京大學出版社陸續出版全書。《全宋詩》的整編工作,對於中國古典文學研究或宋詩的研究自然具有重要意義,只是由兩岸分別進行,卻是一個人力、物力的浪費,此外臺灣整編《全宋詩》的過程,還說明一個事實,那就是八○年代臺灣的經濟雖然起飛,但臺灣的富裕並未挹注於學術界。

---

❾ 關於成功大學整編《全宋詩》的過程,張高評曾寫作專文加以記錄,如〈「全宋詩」之編纂與資料管理系統之建立〉(《漢學研究通訊》第7卷第3期,1988年9月,頁138—140)及〈研究宋詩的方便之門——《全宋詩》編纂與宋詩研究〉(《國文天地》第62期,1990年7月,頁20—24)。

　　相形之下，中共自建國以後，學術研究以集體化爲走向，常由一些資深教授領軍，集合青、壯年學者，組成學術團隊，選擇一些大工程、大題目，長期而常態的進行整理或研究工作，不但研究成果受到矚目，也間接開發了相關的研究，培育研究人力。除了《全宋詩》，大陸還進行一系列中國古典文學總集的整編與點校工作❿，整編任務的協調及經費的提供，由直屬國務院的古籍整理出版規畫小組負責，涵蓋面廣，也能有計畫的由點而面，觀照全體，減少重覆整編的情形，例如，在詞學研究的領域中，從《全唐五代詞》到《全清詞》，大陸幾乎已經全部著手整編，意欲構成一套通代的詞作總集⓫。

　　詞學領域之外，包括古典散文、詩歌、戲曲、文學理論等，八〇年代後期到九〇年代，大陸都不斷有新的總集問世，成爲大陸學術出版的特色之一。臺灣這邊，則除了成功大學的《全宋詩》之外，

---

❿　除《全宋詩》之外，四川大學古籍整理研究所整編《全宋文》、復旦大學古籍整理研究所整編《全明詩》等，均是大陸整編古籍的重要成果，請參見《國文天地》第62期專輯的討論。

⓫　大陸整編斷代詞學總集包括：《全唐五代詞》，張璋、黃畬編，1986年由上海：上海古籍出版社出版，同年有臺灣：文史哲出版社翻本。《全宋詞》，唐圭璋編，1940年於長沙出版，1965年重編，由北京：中華書局出版，臺灣有世界書局、中華書局、古新書局等翻印本。《全金元詞》，唐圭璋編，1979年由北京：中華書局出版，臺灣有洪氏出版社翻印本。《全明詞》，係張璋於1983年開始整編，於1988年交稿，由北京：中華書局印行。《全清詞》，由南京大學中文系從1983年開始整編，其中《順康卷》於1990年編迄，交付北京：中華書局發排，但此書的整編計畫後來因故停擺。事實上，這也是九〇年代中期以後大陸整編、出版中國古典文學相關資料時，陸續面臨困境的一個小縮影，因爲在經濟掛帥的前提下，許多出版社必須自負盈虧，部頭過大的整編成果、過於消耗人力物力的整編計畫，往往面臨重新檢討的命運。

並未有相關的編纂計畫，然而由於解嚴後開放大陸學術出版品進口，大陸所整編的古典文學總集，就提供臺灣學界研究上種種便利，不必耗費人力物力蒐集資料，或重複進行整編工作。無怪乎解嚴前大陸整編的斷代古典文學總集，常容易成爲臺灣出版社翻印的目標，解嚴後，這些總集都成爲臺灣各大圖書館優先典藏、專業研究人員私人購藏的重要圖書。

除了古典文學總集的整編，大陸的學術成果，還展現在作家全集的編纂校注、名作選編賞析、工具書的編纂、文學史的撰寫、教材編定、西方理論的譯介等方面，在全面引介輸入臺灣後，對臺灣學界的研究和教學多少都產生影響，也引發一些思考。例如，1990年12月28日林玫儀在中央研究院中國文哲研究所籌備處主辦「中國文哲研究的回顧與前瞻」學術討論會上曾發表〈詞學研究的回顧與展望〉❷，該論文在總結詞學研究業績時，羅列包括總集、選集、專論、詞論詞譜的整編及工具書等詞學專著，其中屬於大陸整編及研究成果者，至少佔有六成以上，這麼多的研究資料中，除了《全宋詞》等斷代詞學總集是學者必須參考之外，諸如唐圭璋的《詞話叢編》等系列詞學專著，或是成爲大學教科書的鄧廣銘《稼軒詞編年箋注》，解釋詞學術語的施蟄存《詞學名詞釋義》，及一些新出的、臺灣未見類似著作的斷代詞史如楊海明《唐宋詞史》、嚴迪昌《清詞史》等等❸，也都是詞學

---

❷ 此篇論文收錄於《中國文哲研究的回顧與前瞻論文集》（臺北：中央研究院中國文哲研究所，1992年5月），頁113—150。

❸ 唐圭璋《詞話叢編》原在1934年刊印，後由北京：中華書局出版增訂本，臺灣：新文豐圖書公司於一九八六年加以翻印；鄧廣銘《稼軒詞編年箋注》，有北京：古典文學出版社1957年版，臺灣有華正書局翻印本；施蟄存《詞學名詞釋義》，

研究者必須寓目的重要著作。

　　大陸學術成果深刻影響臺灣學界的現象，不只是存在於詞學研究領域，像大學裡的中國古典文學基礎教學，雖然臺灣不乏葉慶炳《中國文學史》之類的專著，但仍然得借助大陸相關著作作爲教科書或補充教材❹，就是長久以來存在的事實。解嚴之後，尤其是風氣更開的九〇年代，連大學教授的講義都直接接用上簡體字的資料；開出的參考書單也夾雜了大陸出版品；研究生寫作學位論文，在總結前人研究成果時，也不敢偏廢大陸的相關研究成果❺，往往因此而耗廢極多的

北京：中華書局1988年出版；楊海明《唐宋詞史》，江蘇：江蘇古籍出版社1987年出版；嚴迪昌《清詞史》，江蘇：江蘇古籍出版社1990年出版。相關詞學論著的介紹，可參見林玫儀〈詞學研究的回顧與展望〉論文。

❹　關於臺灣學者編寫的中國文學史的概況，可以參見黃文吉等所著《臺灣出版中國文學史提要》（臺北：萬卷樓出版公司，1996年版）。但由大陸學者劉大杰所著的《中國文學發展史》（臺灣的華正書局、中華書局均有翻印，作者、書名均擅自改易），在本地眾多文學史專著的環繞下，仍能長久的盛行於臺灣各大學，具有影響力。又如，對於臺灣中國古典文學批評的教學與研究具有影響力的，除了郭紹虞的《中國文學批評史》之外，臺灣：三南出版社出版大陸學者王運熙、顧易生所著《中國文學批評史》（1991年版），也受到矚目，此外，九〇年代初，上海：上海古籍出版社陸續出版列爲「國家重點科研項目」的《中國文學批評通史系列叢書》，包括由學者集體編寫的《先秦兩漢文學批評史》（1990年出版）、《明代文學批評史》（1991年出版）、《清代文學批評史》（1995年出版）等，由於採取斷代論述的方式，能夠深入的發掘、探討各代文學批評的面相，也成爲在臺灣常被參考、引用的古典文學批評專著，有其影響力。

❺　臺灣研究生寫作學位論文，即使論文題目臺灣沒有人研究，也要特別注意大陸的相關研究情況，以免錯失了重要資料。以筆者寫作《明代詩話考述》爲例（臺北：東吳大學中國文學研究所，1998年博士論文），由於臺灣未見對於明代詩話的全面研究，但我在九〇年代初即已得知湖南師範大學中文系蔡鎮楚教授寫有《中國

時間從事大陸相關資料的收集，並以大量的篇幅加以檢視、評述，即使是單篇論文的寫作也是如此。同時，前述八〇年代時期學者在《國文天地》座談會上所提到的，諸如學者過度偏愛大陸書，忽視臺灣本土研究成果的情形，在九〇年代更爲嚴重，甚至出現通篇論文所參考引用的資料悉爲大陸資料的偏頗現象。

相較於大陸，臺灣的中國古典文學研究至少有兩項不及之處，一是研究人口較少，水準雖整齊，卻長期爲研究資訊不流通所苦，解嚴後，大陸資料大舉引介輸入，自然形成令學者無法忽視的影響力。二爲臺灣學界在研究上往往單打獨鬥、各自爲政，容易造成研究範圍的重複、人力的浪費，研究也較無法由點及面，由淺而深❶。因此，解嚴帶給臺灣學界的最大意義，除了是學術資料眞正成爲天下公器，讓學術眞正歸學術之外，對於臺灣的中國古典文學研究，也提供進一步思考如何調整體質、強化研究成果的機會，例如學術成果是否有較多公開刊行或發表的機會；如何加強年輕學者的學術基礎訓練；如何發展自己的研究特色，並適當的結合研究人力，使研究的面相及成果能夠累積深化；或者如何與大陸、海外的相關研究，更加的聯繫或結合等等，都是中文學界正在努力的方向。

詩話史》（湖南：湖南文藝出版社，1988年版）、《詩話學》（湖南：湖南教育出版社，1990年版）等專著；杭州大學中文系周維德教授編有《全明詩話》（書稿存山東：齊魯書社，因故未出版），因此與兩位教授取得聯繫，並得到他們多所協助，得識許多臺灣未見典藏的明代詩話版本及資料。

❶ 關於臺灣在研究人力、研究資料等方面所面臨的問題，林玫儀在〈詞學研究的回顧與展望〉已經提及（同註❷，頁148、150），該文並呼籲整編詞學論著目錄（目前臺灣已有黃文吉及林玫儀分別編輯的詞學研究論著目錄出版），以便將研究人力作更合理規畫，同時兩岸及海外研究人力也可以更加合作。

四、西方文學理論的引進

　　除了解嚴的影響，八〇及九〇年代又是一個理論的時代，西方文學理論的引進，成爲另一個影響臺灣的中國古典文學研究的重點。

　　西方文學理論影響臺灣學界，自七〇年代即已開始，呂正惠在〈新法看舊詩——臺灣新型說詩方式的檢討〉一文中❿，已經述及七〇年代在外文系比較文學學者如顏元叔、葉維廉、高友工等的積極引介下，將西方的文學觀念與方法，特別是「新批評」方法，透過實際解析中國古典詩，展現精細、縝密的批評風格，引起中、外文系廣泛的討論與迴響，而當時在中文系本身，葉嘉瑩、柯慶明、黃永武等學者，也在中國古典詩的研究與說解上，應用及回應著「新批評」；同時諸如「語言學」、「結構主義」等西方理論，也陸續的進入中國古典詩的說解領域，但該文也指出，臺灣的比較文學研究，在進入八〇年代以後，即逐漸的式微。

　　然而，在西方不斷推陳出新的理論風潮下，八〇年代臺灣的比較文學研究其實經歷著轉變，學者由方法的應用，進一步對於理論本身加以詮釋與研究，並明白標舉理論，來進行作品的分析與詮釋。觀察八〇年代臺灣的學術出版品就可以發現，引介西方文學理論的專著，甚至是叢書、書系，如雨後春筍般出版，其數量之多、形象之鮮明，成爲出版社具特色或號召力的出版品，這股風潮反映著讀者的需求，而且從八〇年代持續到九〇年代。

　　八〇年代西方理論進入臺灣的方式，仍以比較文學學者及海外

---

❿　同註⓬，頁95—111。

學者的引介與詮釋爲主力,以東大圖書公司爲例,除了有葉維廉主編的《比較文學叢書》深受矚目之外,其以帶狀出版的策略,如1983年出版葉維廉的《比較詩學》、周英雄的《結構主義與中國文學》,1984年出版鄭樹森編《現象學與文學批評》、古添洪《記號詩學》,1985年出版廖炳惠的《解構批評論集》,1986年出版張漢良的《比較文學理論與實踐》,1988年出版葉維廉的《歷史·傳釋與美學》、王建元的《現象詮釋學與中西雄渾觀》等,也具有匯聚學者、形成讀者期待與矚目等功能,對於西方文學理論在臺灣學界的推介,深具影響力⓳。

　　另一方面,學界對於西方理論原典的翻譯,也是需求甚殷,前述的周英雄、鄭樹森,即曾與多位香港中文大學講師,合譯佛克馬等著《二十世紀的文學理論》一書,由書林出版社於1987年出版⓳。只是臺灣的學術翻譯人才有限,及翻譯本身就是一個繁重的工程等等因素,再加上兩岸學術交流日趨密切,不少學者就直接借助大陸的翻譯資料,其中如中國社會科學出版社陸續出版、由陳燊等組成編輯委員

⓲　「出版」才能加速學術資料的流通與觀念的傳布,當時致力於出版西方文學理論譯著圖書的出版社極多,除了東大圖書公司之外,還有出版《結構主義的理論與實踐》(黃宣範譯,1980年版)的臺北:黎明文化公司;出版《文學理論與比較文學》(鄭樹森著,1982年版)的臺北:時報文化公司;出版《符號學要義》(洪顯勝譯,1988年版)的臺北:南方出版社等等,不勝枚舉,形成引進西方文論的重要力量。

⓳　書林出版社還出版伊果頓著、吳新發譯《文學理論導讀》(1993年版),也在臺灣的校園相當盛行。此外,香港學者可能因爲語文能力偏勝或較重視方法論的訓練等因素,從事西方文學理論譯介的頗多,如香港:三聯出版社就出版張隆溪著《二十世紀西方文論述譯》(1986年版);沙特著、陳宣良等譯《存在與虛無》(1987年版)等多種譯本。

會所主編的《二十世紀歐美文論叢書》，收錄包括卡勒著，盛寧譯《結構主義詩學》（1991年版）；昂利‧拜爾著，徐繼曾譯《方法、批評及文學史》（1992年版）等譯本，即廣爲臺灣學者周知。此外也有大陸的單行譯本盛行於臺灣，如姚斯等著，周寧、金元浦譯《接受美學與接受理論》（遼寧人民出版社1987年版）；福勒主編，袁德成譯《現代西方文學批評術語》（四川人民出版社1987年版）等。而臺灣的出版社在九〇年代以後，也有以簽約的方式，直接邀請大陸學者譯介，或是借重大陸的翻譯成果，出版爲繁體字版⑳，其中，揚智出版公司於一九九三年起陸續發行的《文化手邊冊》叢書㉑，一改西方理論譯著過於龐大、艱澀或學院派的形象，使得西方文學理論也能以普及讀物的面貌出現。

　　隨著西方文學理論日易引進臺灣，中文學界的中國古典文學研究，自然深刻感受到西方文論的衝擊，特別是來自比較文學學者爭奪

---

⑳　以臺灣：駱駝出版社所出版西方文學理論譯本爲例，像布魯姆著、朱立元等譯《比較文學影響論──誤讀圖示》（1992年版）；赫魯伯著、董之林譯《接受美學理論》（1994年版）；佛洛恩德著、陳燕谷譯《讀者反映理論批評》（1994年版）等，都是大陸學者譯著的繁體字版。

㉑　《文化手邊冊》叢書係由孟樊策畫，書前〈出版緣起〉指出，由於文學理論這些「硬調」書在臺灣的出版與流傳方式，大都屬於「舶來品」──從歐美、日本「進口」，或是自大陸飄洋過海而來──存在譯筆、選材、部頭過大等種種不少問題，因此邀請兩岸學者從事輔合臺灣需要的文學理論的譯介工作。該叢書以小開本的方式印行，方便讀者攜帶、展閱，陸續出版包括《通俗文學》（鄭明娳）、《解構理論》（楊大春）、《新歷史主義》（盛寧）、《對話理論》（滕守堯）等書。由該叢書的選書，可以略窺臺灣讀者對於西方文論的接受面相，但學界對於該叢書理論說解的充分程度或正確性，仍有不少的質疑。

解釋中國古典文學發言權的挑戰。所以，就研究方法方面，中文學界至少同時存在三種類型的研究方式：一種是以傳統觀念或治學方法進行研究；一種是直接移植、套用或標舉西方文學理論來進行研究；一種是「暗用」某西方理論或某觀念來進行研究。而伴隨著來的，就是包括西方文學理論是否適用於中國古典文學的研究；套用西方文論是否流於過於機械的操作；是否只炫耀於理論的運用而忽略厚植學術根柢或細讀相關原典；只靠別人的譯介去了解或拼湊理論是否足夠之類的省思與質疑。這些省思與質疑，有來自中文系本身，也有來自外文學界，前者如何佑森在《國文天地》所舉辦的座談會曾說：「臺灣經濟繁榮進步，吸引許多歐美學者前來，並將西方某些學說引進，我們的年輕人十分好奇，很容易就無條件接受，以致滿腦新觀念、滿嘴新名詞，教他們埋首古書卻都興趣缺缺，這可以說是一個危機。」❷❷後者如簡政珍在《當代臺灣文學評論大系——文學理論》的〈導論〉❷❸中所說：

> 臺灣學術界有如下的悲哀：當大陸大部分的中文系都設有當

❷❷　同註❽，頁14。

❷❸　見《當代臺灣文學評論大系——文學評論》（臺北：正中書局，1993年版），頁25—27。該書由簡政珍擔任主編，他在〈導論〉第33頁指出：「檢視臺灣四十年來有關理論的文章，很多只在引介，有些則是『套用』。能和理論對話的不多。但這些少數的對話無疑已成為這一代文學理論的見證。」因此該書收錄的包括高友工、梅祖麟〈唐詩的隱喻與典故〉；葉嘉瑩〈從西方文論看中國詞學〉；王建元〈中國山水詩的空間經驗時間化〉；葉維廉〈中國古典詩中的一種傳釋活動〉；張漢良〈匿名的自傳：《浮生六記》與《羅朗巴特》〉等，可以說是八○年代運用西方文論說解中國古典文學的研究趨勢中，頗具代表性論文。

代文學教研室，藉由外文系的翻譯，將世界當代的主要思潮
引進中文系，而臺灣大部分的中文系仍緊抱考古或考據古文
人生平，且宣稱文學作品要歷經四、五十年才能定論，因此
當代文學不值得研究。另外有些中文系的人從一些導論性的
文章裡知道幾個外來的辭彙和術語，而藉機炫耀著自己的當
代文學知識，但他們是否從頭到尾閱讀過一部原典（不論是原文
或翻譯）？

二者都說出了西方文論引進臺灣後，影響中文學界的一些事實，而簡
政珍的「刀」是兩刃的，他繼續向中、外文系開刀，指出：「理論的
引介不應是理論的套用」、「有多少學者活生生把中國作品塞入外國理
論的框架，而使其窒息」、「另外更悲哀的是，介紹外國理論也趕著『流
行』的傾向」……。

　　不管接不接受西方文論，或是在研究方法上如何借用西方文論，
其實，有相當多的中文系學者，選擇不要硬去標舉西方理論，而是「借
用」部分西方文學觀念，以便在文學的研究或觀念上，產生新的觸發
和視野，例如，學者可能更鮮明的覺得，文學的研究不只是詮釋作家
的身世與心態、考證作品的源流與背景之類，還有許多不同的思索、
詮釋和論述角度；而文學批評也可以更加擺脫文學創作的附庸地位，
架構成體系，深入發掘文學的本質與美感，甚至文學批評論述的本身，
就可以與文學創作具有同質、對等的意義等等。又有不少中文學者注
意到中、西文學理論的異同問題，因而開展新的研究命題，像《文心
雕龍》的各種批評手法，就有許多中文系的學者運用比較文學的方法，

拿來與西方文論互證與比較，產生新的見解❷。這或許是中文學者應用西方文學理論的一個不錯的方向。

此外，由中文學者開始編寫符合中文系需求的西方文論教科書，如李正治主編《政府遷臺以來文學研究理論及方法之探索》（臺北：臺灣學生書局1988年版）；張雙英、黃景進等編譯《當代文學理論》（臺北：合森文化公司1991年版），也陸續出現，這對於中文系自主性的從事西方文學理論的推介與教育是具有意義的。當然也逐漸有中文系學者能夠「明用」西方文論，在中國文學中進行具體實踐，並推出頗具份量的專書，如何金蘭《文學社會學理論評析——兼論在中國文學上的實踐》（臺北：桂冠圖書公司1989年版）。所以，總的看來，西方文論的引進對於臺灣的中國古典文學研究的影響，還是個「進行式」，最好的理想是，中、外文學界不必壁壘分明，能夠作些結合，而中文學者能體認到本身對於中國古典文學絕對有解釋說明的權力，除了傳統研究方法所提供的解釋面相之外，在保有學術根柢、熟悉中國古典文學等良好訓練的同時，也不妨適當吸取西方文論的某些觀念和長處，拓展研究的視野，或許能爲中國古典文學的研究更加注入活水。

---

❷ 如沈謙《文心雕龍批評論發微》（臺北：聯經出版公司，1977年版）即將《文心雕龍》的各種批評手法與西方文論進行比較。又如1987年12月12、13日，由中國古典文學研究會主辦，以《文心雕龍》爲研討主題的「中國文學批評研討會」，即有岑溢成〈劉勰的文學史論〉、蔡英俊〈風格的界義及其與中國文學批評理念的關係〉等論文，運用比較文學的觀點省視《文心雕龍》。

五、本土化潮流的衝擊

　　八〇年代以後，值得注意的，還有臺灣社會從上到下瀰漫的本土化潮流。這股潮流在解嚴之前，反映在文學書寫上，已經有鄉土文學論戰的展開㉕，但在中文學界，由於研究的對象就是中國文學，甚至以古典的詩、詞、散文、小說等為研究的「正統」、「主流」，具有「本土化」意義的臺灣文學不但是禁忌，就連中國現代文學的研究都屬少數，在學院中，年輕學子不能投入現代文學研究的理由千奇百怪，有的說現代文學還在發展當中，沒有定論，所以尚不能研究；有的質疑現代文學是否已經出現經典；還有傳聞——以現代文學為研究對象的碩士，日後考上博士班的機會微乎其微——因此，前引簡政珍在1993年的《當代臺灣文學評論大系——文學理論》的〈導論〉中提到，中文學界宣稱「當代文學不值得研究」，這個說法是有部分的真實性。

　　然而，八〇年代後期，中文學界因為各方面的學術資訊大開，研究觀念也不再畫地自限，特別是在本土化潮流的衝擊之下，有不少原本以中國古典文學為研究專業的學者，更加拓展研究領域，或是能夠忠於本身的興趣與使命，因而一手寫本行的論文，一手致力於現代文學的研究，像1988年6月25、26日，清華大學中語系就已經與新地文學基金會合辦「當代中國文學國際學術會議」，會中，中文系學者

㉕　關於鄉土文學論戰，《臺灣現代詩史論》（臺北：文訊雜誌社，1996年版）一書中，張錯〈抒情繼承：八〇年代詩歌的延續與丕變〉（頁407—424）、廖咸浩〈離散與劇焦之間——八十年代後現代詩與本土詩〉（頁437—450）二文，曾以現代詩為角度，提出相關的回顧與討論，可以參考。

施淑女發表〈臺灣的憂鬱——論陳映真早期小說及其藝術〉、陳萬益發表〈母親的形象和象徵——「寒夜」三部曲初探〉、李豐楙發表〈民國六十年前後新詩社的興起與演變〉、呂正惠發表〈「人的解放」與社會制度的矛盾——論劉賓雁的報告文學〉等論文，研究範圍兼及臺灣與大陸的當代文學作品。

值得注意的是，臺灣文學的研究，不但持續吸引中文學者的投入，並且似乎有成爲「顯學」的趨勢，至少臺灣媒體對於文學研究會議或活動的相關報導中，臺灣文學所受到的注目已經不亞於中國古典文學❷。若以國科會所獎助的論文來看，雖然仍是以中國古典文學研究論著爲主，但自八○年代後期，已經有多篇與臺灣文學有關的論著獲得獎助，且數量持續增多，如：

1987：

許俊雅〈臺灣寫實詩作之抗日精神研究〉

1989：

陳美妃〈臺灣白話文學之文字理論與實踐〉

許俊雅〈光復前臺灣詩鐘史話〉

臧汀生〈臺灣閩南語民間歌謠新探〉

---

❷ 九○年代以後，臺灣媒體對於臺灣文學研究的相關報導較多，例如由文化建設委員會所辦的《文化通訊》週報，即有筆者採訪報導的〈臺灣現代詩史研討會任重而道遠〉（1995年3月22日第2版）、〈臺灣文學可以單獨設系嗎？——目前各大學中文系開設臺灣文化相關課程知多少〉（1995年7月12日第2版）、〈淡水工商學院進軍臺灣文學領域——即將召開臺灣文學研討會〉（1995年9月20日第4版）等，其中〈臺灣文學可以單獨設系嗎？〉一文，曾被用作催生國立文化資產保存研究中心（該中心籌備處已在臺南市北門路1段101號8樓成立）的參考資料。

1990：

姚榮松〈當代臺灣小說的方言辭彙——兼談閩南語的書面語〉

李元貞〈臺灣現代女詩人的自我觀〉

若以攸關於中文學術人材的培育——中文研究所的學位論文來看，也具有相同的情形❷。以上的觀察與論述，看起來似乎超越了中國古典文學研究的命題，但問題也許應該這麼看，那就是八○年代後期開始，臺灣文學的研究不再是禁忌，其實某種程度的打破了學院中中國古典文學研究一枝獨秀的局面，影響了中國古典文學研究的人力投注，也影響中文系所的開課及研究人才的培育方向❷，雖然，到目前為止，

---

❷ 中文研究所的學位論文中，關於臺灣文學的研究，也呈逐年增加的趨勢，如：1979年有王文顏《臺灣詩社之研究》、臧汀生《臺灣民間歌謠研究》（以上俱為臺北：政治大學中研所碩士論文）；1980年有周滿枝《清代臺灣流寓詩人及其詩之研究》（臺北：政治大學中研所碩士論文）；1981年有陳美妃《日據時期臺灣漢語文學析論》（臺北：輔仁大學中研所碩士論文）；1983年有廖雪蘭《臺灣詩史》（臺北：文化大學中研所博士論文）；1987年有許俊雅《臺灣寫實詩作之抗日精神研究》（臺北：臺灣師範大學國研所碩士論文）；1989年有臧汀生《臺灣閩南語民間歌謠新探》（臺北：政治大學中研所博士論文），到1991年就有余翠如《楊煥詩學世界的探索》（臺北：臺灣師範大學國研所碩士論文）、陳凤姿《林海音及其作品研究》（臺北：政治大學中研所碩士論文）、鄭慧翎《臺灣布袋戲劇本研究》（臺北：中央大學中研所碩士論文）、陳丹馨《臺灣光復前重要詩社作家作品研究》（臺北：東吳大學中研所碩士論文）、游勝冠《臺灣文學本土論的興起與發展》（臺北：東吳大學中研所碩士論文）、施懿琳《清代臺灣詩所反映的漢人社會》（臺北：臺灣師範大學國研所博士論文）等至少六篇論文。

❷ 臺灣文學的研究不再是禁忌，影響中文系所的開課、走向及研究人才的培育方向，最明顯的例子是，靜宜大學中文系在籌辦研究所時，即計畫直接創辦「臺灣文學研究所」，雖然此計畫並未獲得教育通過，但該系的辦學走向仍以臺灣文學為一項重點。

中國古典文學研究受到的影響到底有多大？還無法定論，同時，臺灣文學研究別出於中國古典文學（包括中國現代文學）研究的發展趨勢，是不是步向平衡？還是趨於狹隘？都還有見仁見智的看法，但是，這是中文學界在八○年代後期以後，所開展出的學術自由風氣下的一環，中國古典文學研究在「擺脫」一枝獨秀的局面後，能夠更務實的開展自己的研究天地，不必去「壓抑」臺灣文學或現代文學的研究，這應該是一個健康的發展方向。

六、學術會議的召開頻繁

學術會議的召開，可以提供一個客觀論學的空間，構築學術的規範，讓學者得到交流研討的管道，是極為重要的學術活動。八○年代以後臺灣學術會議召開的頻率，比七○年代蓬勃許多，而且不乏大規模的國際學術會議，這與臺灣經濟繁榮，有充分財力、物力、人力可以投入有關❷。

---

❷ 八○年代所舉辦大規模的國際學術會議，如1983年8月22日至26日的「第四屆國際比較文學會議」，由淡江大學主辦，獲得教育部、文建會、太平洋基金會等單位贊助經費，共發表九十篇論文（與中國文學有關的論文有三十六篇），有近兩百位中、外學者參與。又如1985年4月7日至10日，由中國古典文學研究會與臺灣師範大學主辦的「中國古典文學第一屆國際會議」，有中、外學者近二百五十人與會，發表論文四十四篇。此外，1986年12月29日至31日，由中央研究院主辦「第二屆國際漢學會議」，有中、外學者近二百五十人與會，分五組進行研討，「文學組」共發表論文四十餘篇。而大型學術研討會頻繁召開與臺灣經濟榮景有關的情形，可參見王熙元〈學術風氣興盛以後——國內學術會議面面觀〉（《文訊》革新第49期，1993年2月，頁5—6，）的描述。

　　在中文學界，學術會議的舉辦方式有幾個值得注意的特點，一是以中國古典文學研究爲主題而召開的研討會，能夠一年一屆的持續性舉辦，如中國古典文學研究會所主辦的一系列中國古典文學研討會，即以一年召開一次爲原則，並由臺灣學生書局印行會議論文集，就具有交流研究經驗、累積研究成果的意義。

　　一是設定會議主題，以避免會議的內容流於空泛，同時主題也能趨於多樣化，研討範圍有更加集中的趨勢，例如1983年政治大學中文系主辦的「晚清小說專題研討會」及1988年成功大學中文系主辦「全國宋詩研討會」等，係針對某斷代、某文體進行研討；1987年中國古典文學研究會主辦「中國文學批評研討會」，係以專書《文心雕龍》爲研討主題；1986年政治大學等主辦「紀念司馬光與王安石學術研討會」及1989年臺灣大學等主辦「紀念范仲淹一千年誕辰國際學術研討會」，係針對某個歷史人物進行集中的研討，這反映出臺灣的中國古典文學研究力求全面而深入的努力。

　　由八○年代中文學界所召開的學術會議，也可以觀察到，有兩個學術團體的「活力」值得加以注意，一是中國古典文學研究會，一是淡江大學中文系所。中國古典文學研究會成立於1979年4月29日，是一個全國性的學術社團，凡是對中國古典文學有研究興趣或是在大專院校從事中國古典文學研究與教學的人士都可以參加❸。該會的成立，對於中國古典文學的研究與推展具有深遠的影響❸，除了發行《古

---

❸　關於中國古典文學研究會的成立過程，請參見王熙元〈開發傳統文學的寶藏——「中國古典文學研究會」的使命〉（《漢學研究通訊》第1卷第5期，1981年6月，頁29—31）。

❸　龔鵬程即在《古典文學》第十三集（臺北：臺灣學生書局，1995年版）的序言中

典文學通訊》的會內刊物，報導會務消息、學術活動、聯繫會員，能
夠廣泛結合臺灣古典文學研究的人力、傳遞研究資訊之外，該會的極
大貢獻在於常態性的舉辦學術研討會❷，有效提供研討的空間、提昇
研究的風氣和水準，許多年輕的研究者在研討會中得到良好的啟發，
以及切磋會友的機會❸，今日都能成為獨當一面的學者。

　　另一個積極舉辦學術會議的團體是淡江大學，該校所辦的研討會
以「多」著稱❸，中文系及中研所尤其聚集了一批銳不可當的年輕學
者，所參與主辦的研討會更十分「密集」，以1989年為例，該系於4
月23日與海風出版社合辦「三十年代文學研討會」；4月25日至26日
與東吳大學合辦「大陸文學研討會」；6月17日、18日主辦「文學與

指出，中國古典文學研究會的成立，對於臺灣的中文學界至少有四個重要的意義：
一是適度調整了中文系的學科傳統，使文學研究在中文系內部確立了價值與地
位；二是強化中文系對文學傳統的研究；三是提倡研究風氣，建立文學研究寫作
規範與研討的制度；四是加強各中文系的橫向聯繫，推動學風進展等等。

❷　中國古典文學研究會從1979年4月29日開始舉辦學術研討會，平均每年召開一次，
並曾於1985年4月召開國際性的「中國古典文學第一屆國際會議」；1987年召開
以《文心雕龍》為研討主題的「中國文學批評研討會」；1991年召開「二十世紀
中國文學研討會」及「當前大陸地區中國古典文學教育與研究學術研討會」；1992
年召開「區域特性與文學傳統」研討會等等，會議主題相當多樣，也能具有特色。

❸　沈謙在《古典文學》第九集（臺北：臺灣學生書局，1987年版）的卷頭語〈靈魂
在傑作中尋幽訪勝〉一文中，針對第九屆古典文學會議，指出該次會議所達到的
三項成果，分別是「以文會友，腦力激盪」、「學術交流，旁會交通」、「尚友
古人，活用當世」。沈謙的說法，簡潔的標明中國古典文學研究會召開學術研討
會的目的與功能。

❸　黃憲作在〈淡江大學三次研討會的觀察〉（《國文天地》第52期，1989年9月，
頁92—93）中提到，淡大校長在「文學與美學研討會」開幕時曾說，臺灣有三分
之二的學術研討會是淡江大學辦的。

美學學術研討會」；9月1日至4日與臺大、師大、東吳、輔仁等國內
大學合辦「紀念范仲淹一千年誕辰國際學術研討會」，其中，「文學
與美學學術研討會」純粹由該系、所主辦，日後並成爲每年召開的常
態性會議，最能充分凸顯該系、所的研究特色與方向，也具有培養學
生思辨能力的作用❸。

　　八〇年代以後，學術會議的頻繁召開，確實達到「量」的提昇，
在「質」的方面，卻引起頗多的檢討與質疑，例如張靜二在〈第四屆
國際比較文學會議側記〉❸一文中，針對「中國文學專題研討」組的
二十篇論文提出檢討，指出：該組「宣讀的論文水準並不整齊。有的
論文有頭無尾，有的言之乏理，有的甚至不在從事文學研究」。黃憲
作在〈淡江大學三次研討會的觀察〉❸一文中，以一位中研所碩士生
的觀點，對研討會論文匆忙「趕」出的百態，以及論文追求量多、討
論的時間安排不當以至無法充分討論等情形，提出他的失望。喬衍琯
在〈讀中研所現況專輯之我見〉❸，廣泛檢討國內中研所圖書設備、
師資、課程、招生等相關發展狀況，也特別提到：「如今流行各種研
討會，名目繁多，使人眼花撩亂，卻未必美不勝收」。

---

❸　「文學與美學」是淡江中文系所課程重點之一，王文進曾在《國文天地》的「國
　　內中研所現況報導」專輯（第82期，1992年3月，頁22）中提到，淡江中研所以
　　「文學與美學」、「中國社會與文化」爲主軸，每年召開學術會議若干場。該所
　　成立四年以來，已舉辦大型會議十二場，邀請國內外相關學者共同討論，企圖以
　　科際整合的方式，較全面的深入探討中國文化的各個層面，也培養中文系所學生
　　的思辨能力。

❸　張靜二的文章見《漢學研究通訊》第卷第期，1983年12月，頁208—210。

❸　同註❸。

❸　喬衍琯的文章見《國文天地》第83期，1992年4月，頁108—112。

　　由於各方對於學術會議的數量、功能、型態等的檢討質疑不斷，《文訊》雜誌就曾特別製作「學術會議的反省」專輯❸，邀請學者進行討論：

　　王熙元〈學術風氣興盛以後──國內學術會議面面觀〉

　　黃俊傑〈讓學術的歸於學術──關於學術會議的幾點思考〉

　　龔鵬程〈學術會議功能的再思考〉

　　林安梧〈「學術拜拜」與「神祇廟會」──對於當前學術會議的省思與批判〉

　　連文萍〈好景之外──對於當前學術會議的省思〉（報導）

這些文章中各種看法薈萃，除了指出不盡理想之處，也提出一些建設性的意見，例如黃俊傑認為不妨多辦小規模且有主題的研討會，較具實質成效，也有利於論文集的編印與流傳；龔鵬程指出學術會議的論文品質不一、論點的重要性也不盡相同，不妨拋卻僵化的議事規則，容許有不同的時間、議事規則或討論方式，才可能保障學術議論的價值，形成共識，他以為學術會議不但要好好辦，還得多辦。

　　然而，由八○年代到九○年代，前述的質疑還是存在，學者的箴言依然適用，只是，學術會議確實能夠帶來多元思想的衝擊，開發思考的面相與寬廣的視野，是絕對具有意義的，所以真正的問題不在量多、量少，而是如何更積極的開發學術資源、培養學術人才，以及更用心的舉辦研討會。

---

❸　「學術會議的反省」專輯，見《文訊》革新第49期，1993年2月，頁5─19。

七、結　語

　　以上針對解嚴的歷史事件，及文學研究的幾個潮流與趨勢，來探看臺灣的中國古典文學研究在八〇年代以後的研究風潮與重要變化，至於中國古典文學研究中的斷代文學研究狀況等等細項的討論，因爲各有專文，此處不予論述。

　　八〇年代以後，臺灣的中國古典文學研究，受到大陸學術資料及西方文學理論引進的強烈衝擊，也面臨著比較文學界爭奪解釋中國古典文學發言權的挑戰，還在本土化思潮下面對臺灣文學日易成爲「顯學」的壓力，這些現象，是不是代表臺灣的中國古典文學研究喪失了主體性、研究特色或是研究空間，而面臨了重大的危機呢？其實，八〇年代以後，學術研究的天空是更自由、更開闊了，足以讓任何學科、任何學術意見或是任何學者揮灑，而臺灣的中國文學研究所面臨的眞正危機不在於別人，而在於自我的省察與提昇不足，這是進入新世紀之後，中文學界應該更加思考與努力的。本文僅爲臺灣的中文學界「存史」，藉以提供前瞻未來的部分參考，還請大雅君子，增補闕失。

九〇年代中國古典文學研究概況

周慶華*

一、最新幕啓

　　相對於五、六〇年代的「閉關自守」和七、八〇年代的「門戶開放」，九〇年代的臺灣地區的古典文學（中國傳統文學）研究，顯然有著擺盪於開闔之間的不確定性和前途焦慮感。在五、六〇年代那個閉關自守的時期，古典文學研究只是循著考據、訓詁的老路在寸移步履❶；而在七、八〇年代那個門戶開放的時期，古典文學研究已經幡然領悟要放寬小腳去迎合世界潮流❷。但到了九〇年代，又開始

---

* 　臺東師院語文系副教授

❶ 　古典文學研究，從五〇年代末開始才有零星的以西方的新批評、意象派等手法來分析古典詩詞，如陳世驤發表於《文學雜誌》一篇分析杜甫的五絕〈八陣圖〉而題爲〈中國詩之分析與鑒賞示例〉的文章〔收於《陳世驤文存》（臺北：志文出版社，1972年）〕及葉維廉一篇分析古典詩特質而題爲〈靜止的中國花瓶〉的文章〔收於《秩序的生長》（臺北：志文出版社，1971年）〕等就是。這主要是由外文系學者所發動，但一時還無法推廣，整體上還是處在閉關自守時期。

❷ 　這一時期，前有顏元叔的《談民族文學》（學生書局版）、葉嘉瑩的《迦陵談詞》（純文學出版社版）等以新批評手法分析古典詩詞而「奠定基礎」，後有周英雄

有點後悔，一邊欲拒還迎，一邊迎後又拒，戞戞乎有把自己逼向矛盾叢生的絕路上去。

　　這得從九○年代初期說起。九○年代初期是學術熱或方法論熱的時期，由七、八○年代累積下來的「向西方取經」的能量，一下子瀰漫開來，衝向文學研究的各個領域，導至古典文學研究快速的「全方位」轉型。這可從底下幾個指標看出來：第一是古典文學學術研討會一場一場的舉辦：研討會原是西方人的玩意兒，自有其一套運作的規範及其所能預期的功效；但從引進臺灣以後，大家只因新奇而熱中辦研討會，卻不時興參與研討，以至常見學者趕場赴會，會場川流不息，酷似大拜拜。這種情況，從七○年代末以來，經古典文學會，比較文學會開啓「風氣」，到轉由各大學相關系所紛紛仿效，甚至中央研究院中國文哲研究所籌備處、國家劇院等非學校單位，也不落人後的在積極開辦。結果是跟古典文學有關的研討會增加了，而整體的研究成績卻很有限。但因為有研討會數量成長的現象存在，也可以稱上是一大改變。第二是中文系所一家一家的增設：大幅增設中文系所（包括新大學開辦中文系所），美其名是各家主其事的人都想辦有特色的專屬系所，實際上是大家利用教育鬆綁（隨政治解嚴、社會開放而出現）的機會在進行權力結構的重組罷了。因為他們全然不顧現實中市場已經「飽和」

的《結構主義與中國文學》（東大圖書公司版）、古添洪的《記號詩學》（同上）、王建元的《現象詮釋學與中西雄渾觀》（同上）、葉維廉的《歷史、傳釋與美學》（同上）、廖炳惠的《解構批評論集》（同上）等以結構主義、記號學（符號學）、現象學、詮釋學、解構理論等方法來詮解古典詩詞小說而「擴大規模」。此外，還有專事引介西方的文學理論或雜採西方的文學理論從事傳統文學理論的「重建」工作，著作不計其數。由此可以充分看出「門戶開放」的一斑。

或人力所學難以「致用」的問題；以至很多從中文系所出來的人，只好去從事貿易、當編輯、爲人企畫文案，甚至爲報社跑新聞、到第四臺主持節目、跟人合資開餐館等等。這從長遠的角度來看，很難稱許爲是在爲中文學界人「爭光」（也就是使所學產生多用途），反而不啻是在自我削弱對文壇所能發揮的影響力（大家「不務正業」的結果，就是凝聚不了力量展現更精實可觀的創作或研究成果，以便爲文壇作出更多的貢獻）。但同樣的，也由於有中文系所急速增加的現象存在，對於「扭轉」古典文學研究的向度來說，還是可以稱得上是一大變貌。第三是古典文學論文一篇一篇的寫：由於各系所的增設和相關研討會的大量舉辦，在相對上也激勵或誘發出更多的古典文學論文；舉凡學校或研究機構或學會所發行學報或雜誌上刊載的、出版社發行的、國科會准許研究的、教育部同意升等的、學校研究所指導寫作的古典論文（論著），不計其數。雖然如此，整體的研究隊伍還嫌不夠龐大（還有更多的可能的研究人散落在社會一隅），同時也欠缺整合和有效的發揮研究專長；以至論文篇數增加了，品質卻還難見大幅度的提升。但也因爲有古典文學論文寫作風氣大開的現象存在，多少也給整體情況再添一個變項。

上述這種現象，至今（九○年代末）還在持續著。只是從九○年代中期以來，日漸有反省式（後設性）的舉動出現，針對研究形態的西化傾向和相關研討會的效能不彰以及學術社群內部不合理的權力關係等等，展開一波波小規模的質疑批判，使得整體的古典文學研究看來並不是那麼「順利」的在向前推移，而是夾雜批判／反批判／再批判等「異質」的聲音。於是我們可以同時看到有人追逐風尚，有人抱殘守缺；甚至還有夜郎自大的洋版和中版並存現象。換句話說，這裏面充斥著不盡能釐清的對新潮流「欲拒還迎」和「迎後又拒」的情結。

二、回眸瞥見岔路

在各種表現中，比較容易被嗅出反省批判的氣息的，是從相關的研討會裏所散發的。九〇年代以來，相關的研討會主要沿著兩個方向進展：一個是以斷學史作爲議題；一個是以類型學或科際整合作爲議題。前者，如「先秦兩漢學術（含文學）研討會」（輔仁大學中文系主辦）、「中國古典文學國際研討會：先秦至南宋」（清華大學中文系主辦）、「兩漢文學學術研討會：舊學商量加邃密」（輔仁大學中文系主辦）、「漢代文學與思想學術研討會」（政治大學中文系主辦）、「世變與創化：漢唐、唐宋轉換期之文藝現象」（中央研究院中國文哲研究所籌備處主辦）、「魏晉南北朝學術（含文學）國際研討會」（中國文化大學文學院主辦）、「魏晉南北朝文學與思想學術研討會」（成功大學中文系所主辦）、「魏晉南北朝文學國際學術研討會」（古典文學會、東海大學中文系主辦）、「隋唐五代文學研討會」（中正大學中文系和古典文學會主辦）、「唐代文化學術（含文學）研討會」（成功大學中文系主辦）、「宋代文學研討會」（成功大學中文所主辦）、「明清文化國際學術（含文學）研討會」（南華管理學院歷史文學會、美國亞歷桑那大學東亞研究系主辦）、「清代學術（含文學）研討會」（中山大學中文系主辦）、「近代中國學術（含文學）研討會」（中央大學中文系所主辦）等；後者，如「國際辭賦學學術研討會（政治大學中文系主辦）、「中國詩學會議」（彰化師大國文系主辦）、「中國古典文學學術研討會：古典散文」（逢甲大學中文系、古典文學會主辦）「晚明小品學術研討會」（政治大學中文系主辦）、「清代詞學研討會」（中央研究院中國文哲研究所籌備處、大陸華東師大主辦）「湯顯祖與崑曲藝術研討會」（國家劇院、國家音樂廳、聯合文學雜誌社主辦）、「明清戲曲國際研討會」（中央研究院中國文哲研究

所籌備處主辦）、「中國古典戲曲及小說研究的回顧與前瞻」（東吳大學中文系、古典文學會主辦）、中國文學史暨文學批評學術研討會（政治大學中文系主辦）、「文學與美學（含古典文學與美學）學術研討會」（淡江大學中文系主辦）、「中國古典文學學術研討會：區域特性與文學傳統」（東海大學中文系、古典文學會主辦）、「文學與傳播（含古典文學與傳播）關係研討會」（空中大學、古典文學會主辦）、「文學與文化（含古典文學與文化）學術研討會」（淡江大學中文系主辦）、「民俗與文學（含古典文學與民俗）學術研討會」（中山大學中文系主辦）、「通俗文學與雅正文學（含古典通俗文學與雅正文學）學術研討會」（中興大學中文系主辦）、「中華文化與文學學術研討系列：婦女文學（含古典婦女文學）學術會議」（東海大學中文系主辦）、「中國古典文學學術研討會：文與與社會」（輔仁大學中文系、古典文學會主辦）、「文學與佛學（含古典文學與佛學）關係研討會」（古典文學會、佛光山文教基金會、中央大學文學院主辦）、「語文、情性、義理：中國文學的多層面探討學術會議（臺灣大學中文系主辦）、「中華文化與文學學術研討系列：傳統文學的現代詮釋」（東海大學中文系主辦）、「中國符號學（含古典文學符號學）研討會」（中興大學文學院主辦）等。

　　不論那一種形態的研討會，無不以建立學術規範和挖深拓廣學術藝題自期；但實際上大多數的研討會並未能充分實踐。九〇年代初期有人曾經批評過的「學術功能不彰」（缺乏問題意識和方法意識）、「流於形式化」（學者匆匆來去而不願相互深入討論）和「鋪張浪費」（好大喜功辦些化費大而收效小的大型研討會）等弊病❸，至今仍不見徹底的改善；這

---

❸　參見《文訊》革新第49期(1993年2月)〈「學術會議」的反省〉專題，刊載有王熙元〈學術風氣興盛以後——國內學術會議面面觀〉、黃俊傑〈讓學術的歸於學術

只要從前面所列的研討會名稱「動輒」冠上國際性或斷代性（包括連跨數個時代），就可以看出它的浮誇虛矯，更別提內裏一、二十篇到三、四十篇「數量龐大」而無從妥爲安排廣泛討論的論文。雖然如此，每一場研討會的舉辦，多少都對相關的議題展開某種程度的反省批判的功力；尤其是那些類型學或科際整合取向的研討會，已經體認到「主題式研討」或「開拓研究視域」的重要性，逐漸在朝精緻化和功能化方向轉型。而這無異是在爲過去的浮濫舉辦研討會懺罪，以及爲新形態的研討會摸索出咯。1995年6月我和中興大學外文系陳界華教授協助佛光大學籌備處辦理一場「『文學學』學術研討會」，集中探討「文學史方法論」、「文學理論批評」和「文學實際批評」等課題，全程採規畫子題並邀請專人撰稿方式，相對上更能確保會議的品質，也讓與會者留下了深刻的印象。只可惜後繼無力，沒有人願意把它推廣到古典文學研究上，徒留「靈光一現」而不再的遺憾！

三、追逐風尚與抱殘守缺並進

從另一個角度來看，相關研討會接二連三的舉辦，以及學者南北串連交流（偶而還跟海外的學校合辦「相互取法」），所帶動的古典文學研究的風氣，應該是相當可觀的。只是帶動古典文學研究的風氣是一回事，而能否提升古典文學研究的水準又是一回事。且看一些已經連續舉辦

——關於學術會議的幾點思考〉、龔鵬程〈學術會議功能的再思考〉、林安梧〈「學術拜拜」與「神祇廟會」——對於學術研討會的省思與批判〉、連文萍〈好景之外——對於學術研討會的省思〉等文章，專門檢討學術研討會的功過得失；當中有關過失的部分（也就是這裏所列的幾項）揭發的特別多。

數屆的研討會，學者所提出發表的論文，還盡是在處理一些「不關痛癢」的議題，就可以會意一二：如成功大學中文系主辦的第三屆「魏晉南北朝文學與思想學術研討會」（1996年4月）中有康韻梅〈「洛陽伽藍記」的敘事〉，呂凱〈阮籍與「大人先生傳」研究〉、廖國棟〈試探潘岳「閑居賦」的內心世界〉、陳慶元〈梁武帝蕭衍的文學活動及其文學觀〉、陳昌明〈試論六朝「傳神論」與「淮南子」形神思想之關係〉、游志誠〈「昭明文選」及其評點所見之賦學〉、畢萬忱〈道家與魏晉南北朝賦〉、洪順隆〈六朝狹義詠懷詩的意象〉、崔成宗〈論魏晉詩文中登高覽物之情〉等；中央大學中文系所主辦的第五屆「近代中國學術研討會」（1999年3月）中有吳淳邦〈二十世紀前西方傳教士對晚清小說的影響研究〉、林淑貞〈「詩概」論風格之表述方法、對象與審美觀照〉、包根弟〈「詞概」創作法則論〉，廖振富〈徬徨、振作與沈淪——林癡仙詩中的時代刻痕〉、吳盈靜〈晚清小說理論的域外發展——以星洲才子邱煒菱爲例〉、林逢源〈視而不見，聽而不聞——古典戲劇舞臺表演的一些現象〉、江惜美〈王國維「人間詞話對蘇詞之定位〉、游秀雲〈王韜「淞隱漫錄」在傳奇小說史上的價值初探〉等；彰化師大國文系主辦的第四屆「中國詩學會議（1998年5月）中有許清雲〈元兢調聲術與初唐五律聲律之關係〉、洪順隆〈詠物詩與狹義抒情詩的界限——論王褒「詠月贈人詩」與杜甫「鄜州月夜詩」的文類性質〉，許麗芳〈抒情與敘事之取捨——以白居易「長恨歌」與陳鴻「長恨歌傳」書寫特質之異同爲例〉、包根弟〈杜甫「諸將」五首析論〉、黃奕珍〈杜甫「寫懷二首」中的異鄉論述〉、候迺慧〈論杜詩的聲音意象與其心理意涵〉、簡錦松〈唐代時刻制度與張繼「夜半鐘聲」新解〉、蕭麗華〈遊仙與登龍——李白名山遠遊的內在世界〉、

周益忠〈從「空吟白石爛」到「低頭禮白雲」──說李白的「秋浦歌」〉、陳清俊〈「落花啼鳥紛紛亂，澗戶山窗寂寂閒」──試論王維山水詩中的聽覺意象〉、歐麗娟〈論唐詩中日、月意象之嬗變〉、張簡坤明〈張籍詩風格之研究〉、李栖〈白居易的題畫詩與其繪畫觀〉、李建崑〈論賈島之詩風及其在中晚唐詩壇之地位〉、徐信義〈溫庭筠詞的格律〉、李若鶯〈從題材與語言兩方面看溫庭筠的詩莊詞媚〉、王偉勇〈試論唐詩對箋校宋詞之重要性〉等，這些論文不但缺乏問題意識（也就是學者無法自我察覺所論爲何是一個必要而有意義的問題），還缺乏價值意識（也就是學者無法自我評估所形塑的論點在文學創作或文學研究或文學傳播上有迫切可供參考借鏡的價值）和方法意識（也就是學者無法自我提出有效解決問題和闡發論點的方法）。以至表面琳瑯滿目的論述取向，終究無法掩蓋內裏不知所論「何事」的實質匱乏。

　　同樣的，在學者各自研究出版的著作中，也看不出緣於學術風氣的刺激而有內質上的大幅度的突破。就以底下這些著作爲例：胡楚生《古文正聲──韓柳文論》（黎明文化公司，1991年）、林保淳《經世思想與文學經世──明末清初經世文論研究》（文津出版社，1991年）、何寄澎《北宋的古文運動》（幼獅文化公司，1992年）、蔡孟珍《近代曲學二家研究》（學生書局，1992年）、施逢雨《李白詩的藝術成就》（大安出版社，1992年）、王叔岷《鍾嶸詩品箋證稿》（中央研究院中國文哲研究所籌備處，1992年）、樂蘅軍《意志與命運──中國古典小說世界觀綜論》（大安出版社，1992年）、楊振良《牡丹亭研究》（學生書局，1992年）、陸又新《聊齋誌異中的愛情》（學生書局，1992年）、宋如珊《翁方綱詩學之研究》（文津出版社，1993年）、陳怡良《陶淵明之人品與詩品》（文津出版社，1993年）、方元珍《王荊公散文研究》（文史哲出版社，1993年）、簡

宗梧《漢賦史論》（東大圖書公司，1993年）、張健《清代詩話研究》（五南圖書出版公司，1993年）、王國良《海內十洲記研究》（文史哲出版社，1993年）、傅璇琮《唐代科舉與文學》（文史哲出版社，1994年）、鄭文惠《詩情畫意——明代題畫詩的詩畫對應內涵》（東大圖書公司，1995年）、黃錦珠《晚清時期小說觀念之轉變》（文史哲出版社，1995年）、張高評《宋詩之新變與代雄》（洪葉文化公司，1995年）、魏仲佑《晚清詩研究》（文津出版社，1995年）、龔顯宗《明清文學研究論集》（華正書局，1996年）、羅聯添《唐代四家詩文論集》（學海出版社，1996年）、王關仕《微觀紅樓夢》（東大圖書公司，1996年）、王基倫《韓柳古文新論》（里仁書局，1996年）、鍾美玲《北宋四大家理趣詩研究》（文津出版社，1996年）、謝海平《唐代文學家及文獻研究》（麗文出版社，1996年）、顏天佑《元雜劇八論》（文史哲出版社，1996年）、顏進雄《唐代遊仙詩研究》（文津出版社，1996年）、李豐楙《誤入與謫降——六朝隋唐道教文學論集》（學生書局，1996年）、文幸福《孔子詩學研究》（學生書局，1996年）、黃文吉《北宋十大詞研究》（文史哲出版社，1996年）、游志誠《昭明文選學術論考》（學生書局，1996年）、王瓊玲《清代四大才子小說》（商務印書館，1997年）、凌欣欣《初唐詩歌中季節之研究》（文津出版社，1997年）、林美清《想像的邊疆——論李商隱詩中的否定詞》（文史哲出版社，1997年）、梅家玲《漢魏六朝文學新論》（里仁書局，1997年）、蕭麗華《唐代詩歌與禪學》（東大圖書公司，1997年）、廖蔚卿《漢魏六朝文學論集》（大安出版社，1997年）、李燕新《王荊公詩探究》（文津出版社，1997年）、黃美鈴《歐、梅、蘇與宋詩的形成》（文津出版社，1998年）、王禮卿《唐賢三體詩法詮評》（學生書局，1998年）、魏子雲《金瓶梅的作者是誰——中國文學史公案試解》（商務印書館，1998年）、徐志平《清初前期話本

小說之研究》（學生書局，1998年）、謝佩芬《北宋詩學中「寫意」課題研究》（臺灣大學出版社，1998年）、王隆升《宋詞的登望意識與境界》（文津出版社，1998年）、呂新昌《歸震川及其散文》（文津出版社，1998年）、蔡瑜《唐詩學探索》（里仁書局，1998年）、黃奕珍《宋代詩學的晚唐觀》（文津出版社，1998年）、謝明勳《六朝志怪小說故事考論》（里仁書局，1999年）等。這些著作普遍涉及「考證」、「詮釋」、「美學探索」等問題，但又缺少對該問題本身的深刻的反省，導至所論有如沙上築塔，岌岌可危。就以「考證」部分來說，學者無不相信他所考證的爲眞，但問題是任何源頭的追溯只是個神話：

> 每篇文本本身作爲另一文本的相互文本是屬於相互文本指涉的，而這必定不能與文本的源頭混亂過來：去尋找作品的「源頭」及受到之「影響」只是滿足一種家系神話。建構文本的引述是無名的，不能還原的，而且是已經被閱讀的：它們是沒有引號的引述❹。

因此，所有的考證都只能是「系譜學式」的。它無法像學者那樣篤信可以將各種散亂的史實資料重新歸納排比，以期根據邏輯推衍的順序，重新建立某個事件或時代的意義；而得意識到是以「現在」爲立足點，爲「現在」寫出一部歷史，而不是妄想於重建「過去」❺。換句話說，所謂的考證，理應關心的是人們經過什麼樣的過程而有「今

---

❹ 見朱耀偉編譯，《當代西方文學批評理論》（臺北：駱駝出版社，1992年），頁19。

❺ 參見傅柯(M.Foucault)，《知識的考掘》（王德威譯）（臺北：麥田出版社，1993年）一書。

天」的局面，或者先前的這段歷程裏有什麼因素的發生轉變可爲「現在」的相關思維形式作借鏡。而這種但爲今人（或後人）服務而不爲古人服務的考證研究形態，還得容許同行的對諍，以求自我的不斷「精進」❻。這點在一般的古典文學論著裏，幾乎都不存在絲毫的影子，自然是流於自吹自擂而沒有什麼人（有識之士）理會的慘淡的下場。

又以「詮釋」部分來說，學者大多都不知道自己是帶著詮釋學家所說的「前理解」或「先見」在進行對作品或相關現象的詮釋❼，而盡流於跟人計較「孰是孰非」的無謂爭辯裏。也就是說，所有的詮釋都只是爲詮釋者的意圖（權力或利益慾望）而發且不爲典要；但它可以自我完密論說和提出高度可信的前提以便容易遂行該意圖❽。這點在一般的古典文學論著裏，也幾乎都不曾見著深入的反省，當然也是淪爲自我闇昧無知而不堪一擊的險巇境地。

又以「美學探索」來說，當今不論是詩美學的發展還是敘事美學的發展，都已經到了「漪歟盛哉」甚至「基進突躍」的地步❾，而學

❻ 參見路況，《虛無主義書簡──歷史終結的遊牧思考》（臺北：唐山出版社，1993年）；周慶華，《佛教與文學的系譜》（臺北：里仁書局，1999年）等書。

❼ 有關「前理解」或「先見」的問題，參見帕瑪(R.E.Palmer)，《詮釋學》（嚴平譯）（臺北：桂冠圖書公司，1992年）；張汝倫，《意義的探究──當代西方釋義學》（臺北：谷風出版社，1988年）；殷鼎，《理解的命運》（臺北：東大圖書公司，1990年）等書。

❽ 參見周慶華，《文學圖繪》（臺北：東大圖書公司，1996年）及《佛學新視野》（臺北：東大圖書公司，1997年）等書。

❾ 參見孟樊，《當代臺灣新詩理論》（臺北：揚智文化公司，1995年）；奚密，《現當代詩文錄》（臺北：聯合文學出版社，1998年）；高辛勇，《形名學與敘事理論──結構主義的小說分析法》（臺北：聯經出版公司，1987年）；徐岱，《小

者卻還耽溺於古典文學中已經「老掉牙」的素朴美學揭發的歡悅裏，遠落後時代腳步的「可憐」境況顯而易見。這都是緣於學者對當代文學潮流的「陌生」和對研究本身如何精進的「乏知」所致；而這類「保守」模樣，恐怕不是短期內所能改善的。

雖然如此，我們還是可以看到一些「跳開」上述格局而略顯新意的研究。這些研究延續著七、八〇年代借鑑西方理論的作法，以文化理論或女性主義理論來探索古典文學，儼然有要搶佔言論市場或開啓新猷（以示一甘雌伏）的意味。這些研究成果散見（或集中見）於相關的研討會或彙編的論文集⑩。其中性別／文學研究會主編的《古典文學與性別研究》（里仁書局，1997年）所收的全爲這類的論文；而鍾慧玲主編的《女性主義與中國文學》（里仁書局，1997年）及吳燕娜編的《中國婦女與文學論文集（第1集）》（稻鄉出版社，1999年）所收的則有多篇這類的論文。此外，還有零散發表於文學刊物的，如鄭明娳〈慾海無涯，唯情是岸——「金瓶梅」中的情與慾〉（《聯合文學》第70期，1990年8月）

說敍事學》（北京：中國社會科學院出版社，1992年）；鄭明娳主編，《當代臺灣文學評論大系·小說批評卷》（臺北：正中書局，1993年）；鍾明德，《在後現代主義的雜音中》（臺北：書林出版公司，1989年）；鍾明德，《從寫實主義到後現代主義》（臺北：書林出版公司，1995年）；周慶華，《臺灣當代文學理論》（臺北：揚智文化公司，1996年）等書。

⑩ 如比較文學會的年度大會就常見這類論文；而個人論文集（如麥田出版社版的王德威《小說中國》、野鶴出版社版的王溢嘉《情色的圖譜》、麥田出版社版的廖炳惠《回顧現代——後現代與後殖民論文集》、聯合文學出版社版的孫康宜《古典與現代的女性闡釋》等。按：上引梅家玲《漢魏六朝文學新論》書中也收有一篇〈漢晉詩歌中「思婦文本」的形成及其相關問題〉），也偶見這類論文（包括談同性戀及局部涉及文化理論或女性主義理論的論文）。

葉嘉瑩〈論詞學中之困惑與「花間」詞之女性敘寫及其影響〉（《中外文學》第20卷第8期～第20卷第9期，1992年1月～2月）、陳葆文〈中國古代笑話中的妻子形象探析〉（《中外文學》第21卷第6期，1992年11月），朱崇儀〈大觀園做為女性空間的興衰〉（《中外文學》第22卷第2期，1993年7月）、李玉馨〈反傳統與擁傳統：論「鏡花緣」中的女權思想〉（《中外文學》第22卷第6期，1993年7月）姜翠芬〈假戲真做、真戲假做：關漢卿筆下深通「權變」之女性〉（《中外文學》第22卷第6期，1993年7月）等都是。這相對於前面那些較傳統的依違在作者／環境的考證、文本的詮釋和審美探索來說，顯然基進了一點❶。而這種基進性，一方面以預設性別政治或文化理想爲它左衝右突的根基，一方面也毫不掩飾的強力批判舊有的研究以便爲形塑新的支配論述鋪路。以至聯結「前後」不同的研究形態，可以看出有的追逐風尚，有的抱殘守缺，形成再度（繼七、八○年代之後）的「眾聲喧嘩」的場面。

---

❶ 所謂基進，是一種空間和時間中的關係，是一種特殊的相對關係。它在被運用時，有衝破一切樊籬的效力和不拘格套的自主性。如呈現在空間關係上，它就反對一切傳統霸權式的空間佔領策略（這種策略是由侷限在山頭的堡壘逐漸蠶食鯨吞到控制廣幅空間流動的一方霸主）；而呈現在時間關係上，它也反對一切傳統霸權式的時間佔領策略（這種策略是一方面透過歷史的造廟運動不斷地「塑造」悠久連續的歷史傳統，一方面以「負責的」社會工程師自居不斷地預言未來秩序，建構未來的新社會）〔參見傅大爲，《知識與權力的空間——對文化、學術、教育的基進反省》（臺北：桂冠圖書公司，1991年），代序4〕。女性主義理論（文化理論）所預言的兩性平等社會，難免也要成爲它所要批判的霸權論述；但在當前還流於考證，詮釋和美學探索等傳統格局的研究環境來看，它的勇於揭發被「壓抑」的女性話話，也算是一種基進作爲。

四、夜郎自大的洋版與中版

　　九○年代的古典文學研究，表面上盡顯現著一片多音交響的美好景象，實際上還隱藏著一股對可能無限多音的疑慮和不安，而有所謂洋版的夜郎自大和中版的夜郎自大的現象出現。這種夜郎自大，一邊以破除迷思自居，一邊又不自覺的陷入新的迷思中，造成自我的矛盾衝突。但因為它明顯有異於前者在各自領域「一直做去」的後設批判特徵，可以別為冠上「喧嘩眾聲」的名稱而給予必要的考察。

　　先就洋版的夜郎自大來說。它是起於對國人盲目追逐風尚或不知甄辨風尚的批判，如「女權批評似乎有以下幾個問題亟待澄清：㈠意識的開放結構，也就是男性文化能被推翻，即表示它並不是一貫或封閉的……女性主義若要繼續發展，絕不能拿『辯證』代替『互動』，以『對立』扼殺『對話』的機會。㈡歷史的因果變化，目前的女權批評往往以十九、二十世紀的觀點，去重新考察歷史上的某一事件或作品，完全忽略了文化差異……也許我們最好注意到個別時期的特殊文化現象，看男、女性如何發言，道出他們的權力，而不應只看他們是否出了聲。㈢文化、藝術的機構論，女權批評家對文學和社會的關係，大多以男、女性的典範為主，因而對社會的複雜藝術條件，如技藝、機構、經濟因素無法提出圓滿的解釋……㈣『雙重束縛』的邏輯，亦即如與男性不同，但又不像他們那麼排外？如果女性主義堅持男女二元論，最後勢必走向『抑或』的雙重束縛：女性不應像男性，因為在生理、心理、社會上，女性是受壓迫的、被否定的性別；女性應該像男性，同樣爭取權力、自由、獨力。㈤批評架構的排斥性，以女性的觀點讀作品，如何避免讓女性本身的利益流於專制，以至無視於作品

中的其他成分」⑫、「事實上,中文系的學者如果能夠以中國舊詩的細評及一些有關中國古典詩的重要理論為基礎,參酌新批評的細密推理及體系化,是不難在『中西合璧』的方式上編出一套中國古典詩的『Understanding Poetry』的系統教科書的……其次談到文化批評和社會批評。這兩種批評取向和歷史批評的關係最為密切,而因為歷史批評是作為傳統批評的代表而成為新批評所要『打倒』的對象,所以這兩種批評也就遭了池魚之殃而不受重視。其實,從『大詮釋』的角度來看,這兩種批評的潛在能力是無可限量的……以上簡短而頗為主觀的羅列,一方面要表明,除了新批評以外,當代西方理論的天地極為廣大、寬闊;另一方面也是一種期望,希望另一波『新法論舊詩』的情勢能夠早日出現,並且能夠產生更有效力的成果,以便為中國文學研究開創出一番新局面」⑬等。

這有點「以其人之道還治其人之身」的味道;但批判得並不徹底。換句話說,學者只能以同理論內在的異質聲音為依據⑭或取同樣來自西方的別派理論予以對諍,而不知道這種「孰是孰非」的爭論背後都

---

⑫ 見廖炳惠,《形式與意識形態》(臺北:聯經出版公司,1990年),頁168～169。

⑬ 見呂正惠,〈新法看舊詩──臺灣七○年代新型說詩方式的檢討〉,收於鍾彩鈞主編,《中國文哲研究的回顧與展望論文集》(臺北:中央研究院中國文哲研究所籌備處,1992年),頁108～111。

⑭ 這特指所論跟女性主義理論有關的部分。所謂異質聲音,是由外部所加的或由內部醞釀的。可參見科恩(R.Cohen)主編,《文學理論的未來》(程錫麟等譯)(北京:中國社會科學院出版社,1993年);丹菲爾德(R.Denfeld),《誰背叛了女性主義──年輕女性對舊女性主義的挑戰》(劉泗翰譯)(臺北:智庫文化公司,1997年)等書。

預設了相同的權力意志⑮。再換個角度來看，學者明知西方有甚多派別的文學理論（包括同一派別的次派別在內），卻又擔心「兼容並蓄」會造成價值的崩潰，以至只能「小心」的擷取其中自己中意的部分來發揮。這種貌似懂得「愼選」的本事底下，其實是罔顧了西方原就有「多元發展」的事實。而這正應了個人在前面所說的「一邊欲拒還迎，一邊迎後又拒」的雙重矛盾情結的話。

再就中版的夜郎自大來說。它是起於對國人所論偏頗或不辨眞相的批判，如「賦與駢文，都是因漢語特性所造就的特有文類，是中國文學獨有的兩塊瑰寶。雖然它已是明日黃花，但那繁華的過去，仍是今日文學可以取資的養料，很值得我們珍惜、闡揚與研究，以求轉化。尤其賦從漢到唐，都一直扮演著文學發展的火車頭角色，所以爲研究中國文學史的人所不可不知……本書提出一些新的觀點與線索，爲文學史作不同面向的觀察，而有不同於一般的審斷。譬如：賦是散文化的詩；駢文是賦體化的散文；駢文起源於士大夫文學的興起；唐傳奇是小說辭賦化的產物；講經變文是佛經俗賦化的作品；賦是從漢到唐

---

⑮ 這裏還是不能「免俗」的要引一段當代（西方）批判理論的說法：沒有所謂的「文學」這樣東西（按：指帶有普遍性的）；它是被特殊團體在特殊時期建構來服務特殊利益的。「偉大的著作」並未傳達有關人類生活狀況普遍的和永久的眞理，而是被用來表示、維持和再製支配團體的意識形態，以維持那些團體的物質幸福。特殊的觀點因而被文學轉化爲普遍的眞理。沒有一樣東西是一種任何文本都是「正直的」、「無私的」讀本；所有的文本在某種意義上或多或少都帶有理論的意味，所有的解釋都是特殊意識形態的產物〔參見吉普森(R.Gibson)，《批判理論與教育》（吳根明譯）（臺北：師大書苑，1988年），頁115～147引述〕。人家的反省已經深入到這個地步，學者豈有自覺？

文學發展的火車頭等等,都是別人所不曾說的」❶「儘管『擬代』與『贈答』之作在漢魏六朝盛極一時,並且也受到當時論者高度的肯定,但後世學者,卻似乎並未注意及此。其原因大抵不外乎:或將『擬作』視爲『僞作』的類同物,以爲它『不眞』,『與創作者自我生命無關』;或以爲『贈答』不過是爲交際應酬而作,既缺乏眞性情,也不具藝術價值,相對於〈古詩十九首〉以來止於『自言其情』的作法而言,乃是一種異變。但問題是:這兩類作品在漢魏六朝大量湧現,絕對是不容否認的事實,甚至於,正是經由它們,才形塑出彼時特殊的文學風貌。因此,與其主觀的貶抑、漠視它們的存在,不如調整觀照的角度,客觀審愼地探問:爲什麼當時的文人要寫這樣的作品?它們出現的意義爲何?是否反映了某些特定的生命情態與社會現況?在文學傳統中,這些作品將如何定位」❷等。

這也有點「彼假我眞」或「彼非我是」的味道;但也同樣的批判得並不徹底。換句話說,學者所提出的「史實」,在認定上並無絕對客觀的標準(任何人所提出的「標準」,最多只具有相互主觀性:如前段引文中學者所見「無不辭賦」及後段引文中學者高度「標舉擬代與贈答詩」,最後如能成立,也不過是獲得一些跟他們有類似背景的人的認同罷了),而這還不是「最」重要的;最重要的是史實認定者的企圖。正如尼采所提示的,並無所謂「純粹的認知」,認知本身就是一種詮釋和評價的活動,一種意義和價值的設置建構。因此,學者所認定的「史實」從來就不是什麼純粹的「史

---

❶ 見簡宗梧,《賦與駢文》(臺北:臺灣書店,1998年),〈自序〉,頁1~3。

❷ 見梅家玲,《漢魏六朝文學新論——擬代與贈答篇》(臺北:里仁書局,1997年),〈序言:新視域的拓展〉,頁2~3。

實」，而是一個意義價值界定的範疇。這個範疇，其實已形同一個崇高的「理念」，它不僅僅是可作爲討論相關問題的依據，更是指導行動、定位行動主體的最高價值體系。而當學者在爭論誰所認定的「史實」才是眞史實時，那並不是它更客觀或更眞確，而是因爲它更理想或更崇高。也就是說，史實的判定並不是認知層面上的「眞／假」或「是／非」問題，而是價值層面上的「信仰抉擇」或「意識形態鬥爭」問題❸。很顯然學者的「求眞」或「求是」精神白費了，還無意中落入跟洋版的夜郎自大同類的「一邊欲拒還迎，一邊迎後又拒」的矛盾窠臼裏（也就是學者也明知傳統有多重看待文學的方式，卻又擔心「全部接收」會無力招架，以至只能形塑一種自己有把握的方式來因應。而這種像極上帝「無所不知」的透視力底下，其實也是忽略了傳統也原就有「詩無達詁」或「作者無與」的多向批評存在的事實❸）；可見連想要「接續」傳統的研究模式，也不自覺的在隨新潮流而擺盪，使未來更充滿著不確定的變數。

五、何處是歸途

　　古典文學研究已經演變到這種地步，我實在不知道要說什麼話才好。曾經有外文學界的人這麼批評過：「在臺灣，眞正能與法國文學研究的典律發展史相比的其實並不是由英語學界所主導的文學理論研究，而是佔有本土地位的臺灣文學或中國文學研究。臺灣文學研究目

---

❸ 參見註❻所引路況書，頁122～123；註❾所引周慶華書，頁69～125。
❹ 參見周慶華，《秩序的探索——當代文學論述的省察》（臺北：東大圖書公司，1994年），頁55～67。

前尚不成氣候，很難說已經形成體制，這裏可以不必討論；至於中國文學研究，不論就臺灣觀點來說或是就中國觀點來說都是本土文化很重要的一部分，但是在本地文學典律與文學理論的討論裏，中文學界大體上卻可以說是缺席了」⑳。這不禁要讓人「不勝唏噓」！似乎古典文學研究不是「前途黯淡」，就是將一再的淪落西方文學典律或文學理論「殖民地」的悲慘命運裏。

情況應該不至這樣糟糕才對！即使目前所見的「眾聲喧嘩」中的眾聲大多力道不足，也難保將來不會有「孤峰獨起」的可能性；而目前所見的「喧嘩眾聲」中的喧嘩主體無力挽回頹勢，同樣也未必將來不會有「個中高手」誕生的可能性。這就要看大家「鎔鑄眾長以出新意」和「後設反省能力增強」是否「與日俱進」而定了㉑。

如果我們肯仔細回顧，當會發現中文學界在七、八○年代出現過一位奇才龔鵬程，他所開啓的「具有歷史文化意識的文學研究和我稱它為「龔式的解構和建構策略」㉒，是別人迄今所難以企及的。前者的研究方法，是透過歷史文化意識去理解，感知文學的流變和內涵，以及經由文學藝術來省察審美意識的底蘊，冀能通貫古今，並有以融攝中西；後者是為了更能達到前者的目的而採行的輔助性作為，藉由

---

⑳ 見廖朝陽，〈典律與自主性：從公共空間的觀點看「文學公器與文學詮釋」〉，刊於《中外文學》第23卷第2期（1994年7月），頁85～86。

㉑ 參見周慶華，《臺灣文學與「臺灣文學」》（臺北：生智文化公司，1997年）及《語言文化學》（臺北：生智文化公司，1997年）等書。

㉒ 詳見龔鵬程，《詩史本色與妙悟》（臺北：學生書局，1986年）、《文化、文學與美學》（臺北：時報文化公司，1988年）、《文學批評的視野》（臺北：大安出版社，1990年）及《文化符號學》（臺北：學生書局，1992年）等書。

對相關研究未能照顧「正反」兩面文獻的解構來建構他的文學文化觀，整個體系博大精深，可說特能獨標新學。然而，從九〇年代以來，新思潮連番的湧入（如後現代主義、女性主義、後殖民主義，以及融合了許多新理論的文化批評等），古典文學研究者所要面對的「挑戰」更甚於過去，再啓「新猷」的迫切性和必要性可想而知。因此，在走過九〇年代旳一段「曲折」道路後，我們仍得自問「出路」的問題以及勉力尋找「自立」的良方。

漢魏六朝文學研究概況

廖棟樑*

一、前 言

　　本文簡介五十年（1949—1998）來臺灣漢魏六朝文學研究概況。必須說明的是，在中國文學史之概略分期中，唐代以前總是被約定俗成地劃分爲「先秦兩漢」與「魏晉南北朝」二個時期，並且，作爲階段文學研究的範圍。不過，正如趙敏俐所說：「如果我們把中國社會幾千年的詩歌，劃分爲兩大階段的話，那麼，漢以前的中國詩歌，基本上屬於上古社會（包括夏商奴隸社會）和封建領主制社會的詩歌藝術，而漢以後的中國詩歌，則已經是新興地主制社會的文學創作；漢以前，中國詩歌的主要形式是《詩經》體和《楚辭》體，而漢以後則成爲五七言繁榮的時代。可以說，正因爲兩漢詩歌的創作與發展，才開創了中國詩歌史上的新的紀元。兩漢詩歌內容的改變，詩學觀念的向新，新詩體的創立，審美思潮的變異，這一切，都使漢詩和先秦詩形成了明顯的區別，並且爲六朝詩的發展提供了條件，爲唐前的繁榮奠定了

＊　輔仁大學中文系副教授

始基。」「漢魏六朝固然和漢代又有著鮮明的時代區別，……但是和詩騷相比，魏晉詩歌和兩漢詩歌卻顯然有著更多的屬於另一個大的歷史時代的共同之點。無論是魏晉人主要使用的樂府詩、五言詩和賦體的形式，還是魏晉詩歌中所表現的人生短促、及時行樂情感，以及魏晉文人階層的文化心態、審美意識等，都是早自兩漢盛世就已經發生，是和兩漢社會在歷史上的轉變密不可分的必然結果。」❶不僅詩歌，擴而大之整個文學皆然。所以，要截然把漢代（特別是東漢）和魏晉南北朝分開是有研究上的困難，唯有二個時期上掛下連併而論列，才符合歷史發展的事實。檢視相關論著，研究者就多有漢魏連稱的情形，以專書言，如廖蔚卿的《漢魏六朝文學論集》（臺北：大安出版社，1997年）、梅家玲的《漢魏六朝文學新論》（臺北：里仁書局，1997年）、何沛雄的《漢魏六朝賦論集》（臺北：聯經出版事業公司，1990年）等等。又「六朝」一詞取廣義的理解，指兩晉南北朝，因此，本文謹以漢魏六朝文學研究爲述介範圍。❷

臺灣漢魏六朝文學研究，自政府遷臺起，可分爲三個階段加以觀察，即五、六〇年代（1949—1969），七、八〇年代（1970—1989）及九〇年代（1990—1998）三個時期。又爲便於簡介，每一階段均按文類分總論、賦、詩、散文、小說及文學理論等子目。敘述方式先通論，後專論；先專書，次期刊論文、學位論文、會議論文。至於，舊作的翻印、海外論著的譯述、大陸學者論著的翻版及新作的在臺印行，非關

---

❶ 語出趙敏俐《漢代詩歌史論・引言》（長春：吉林出版社，1995年），頁2。
❷ 關於漢魏六朝文學研究論著的述介，本文博採多家意見（包括大陸評論），限於體例與性質，行文之間就不一一註明，敬請原諒。

臺灣學界的研究，僅隨文帶及。希望藉此檢視臺灣學者五十年來研究漢魏六朝文學的情況，反思回顧以啓迪未來。另外，也提供相關之文獻資料，以方便學者參考。

二、第一階段（五、六○年代）

「興廢繫乎時序，文變染乎世情」。在世事亟變之餘，倉皇未定的學者一時恐怕還不容易去回顧古典，尤其，當時憂患之感既深，務實之風彌篤，自然更不會對諸如以文辭華麗著稱的漢賦和六朝詩文有太大興趣，加上生活環境、圖書設備和出版困難等種種限制，導致本期的漢魏六朝文學研究，無論在質與量都顯得單薄，甚至比起早時還有些萎縮。其中，漢代文學研究更不如六朝文學研究。偶一有作，泰半也只是漫談式的論述，類似於普通讀者和作品之間的引介人，不過，仍有一些根基深厚的教授學者，撰有若干出色論著，足以啓迪後學。再以學術範型遞嬗轉換而言，本期「大致還是延續著早一時的幾個方向：以實証的歷史批評和實用的倫理批評，以及稍涉及到審美的、心理的和比較的批評。可是在整個批評現象上，這些都是很散漫的各自為意的寫述，實際上可說也看不出什麼絕對的批評的主流和趨勢。其中實証主義的歷史批評似乎用力最深勤，對作者生平、作品源流、時代背景、素材、版本等問題的考據和辨証興趣濃厚，往往搜隱剔微，不辭繁瑣。不過這類批評實際上真要做到『詩與真實』層次的探討，卻還有些距離。也就是在精勤為豐富的資料之餘，如何運用這些客觀的資料，經過綜合和透入的工夫，而來洞悉作品的創作，以及作品本身的思想和藝術價值之所在與所由，要進入這終極性的文學批評，還

須期待更進一步的努力。」❸總之，此一時期漢魏六朝文學研究還只是乾嘉學術傳統的承流，少見新視域的墾拓。另外，由於學術刊物稀少，屬於訓詁考據的論文一般都刊登在一向以關心古典學術爲特殊使命的《大陸雜誌》，而以文學爲本位的論文則多出現在《文學雜誌》與《現代文學》上。

茲依序述介印證如下：

(一)總　論

概論漢魏六朝文學總貌，除了一般中國文學史所包容者外，遷臺前，值得注意的有魯迅《漢文學史綱》，劉師培《中國中古文學史》及徐嘉瑞《中古文學概論》，後兩書後來均被收入《中古文學概論等五書》（鼎文書局影印，1977年）之中。又有《漢魏六朝專家文研究》（臺北：中華書局，1969年），原係劉師培在北京大學講課的筆記，後由他的學生羅常培整理出版。另外，陳鐘凡《漢魏六朝文學》（臺北：商務印書館，1967年）亦頗有參考價值。遷臺後的五、六○年代，著成專書者卻僅有阮雋釗《漢魏南北朝文學論略》（臺北：撰者自印，1954年）與陳玉書《漢代與六朝文學》（臺北：實學出版社，1967年）二書，惜均未能見閱。至於學位論文也付之闕如，顯見此時研究者還沒有表現一個通盤性的探討野心。少數的期刊論文能從題材角度切入是較有特色者，如

---

❸　語出樂蘅軍主編《中國古典文學論文精選叢刊小說類·序》（臺北：幼獅圖書公司，1980年），頁13。關於當時學風的討論，又可參考柯慶明《現代中國文學批評述論》（臺北：大安出版社，1987年）及《中國古典文學研究叢刊·弁言》（臺北：巨流圖書公司，1977年）。

郭惠卿〈遊仙文學的淵源及其精神背景〉（《純文學》六卷四期，1969年10月）。郭文指出「遊仙文學」仍淵源於《莊子》和《楚辭》，是宗教、哲學與藝術的融攝，迴環著浪漫主義的憂鬱與現世的人間以及超世的永生。

又漢魏六朝文學研究自劉師培、魯迅始，已注意到社會政治、文人生活、學術思想與文學創作的關係。四〇年代王瑤受魯迅啓發撰寫《中古文學史論》（臺北：長安出版社影印，1975年），對這段文學史的學術文化背景進行全面、系統的研究。在臺灣有關學術文化環境的考察，本期亦稍有措意，如牟宗三的〈魏晉名士及其玄學名理〉（《人生》二四三—四期，1961年1~2月；收入《才性與玄理》臺北：學生書局，1974年），廖蔚卿的〈論魏晉名士的狂與痴〉（《現代文學》三三期，1967年12月；收入《漢魏六朝文學論集》）。廖文區別眞名士與假名士，認爲「魏晉名士的狂狷精神，是確然由有所爲發展至有所不爲，是原出於有宗旨及目的的人生態度，終而變爲無宗旨的摹仿行爲的」，並非全然如牟宗三所稱的「無所掛搭的」「人間之棄才」。又錢穆〈略論魏晉南北朝學術文化與當時門第之關係〉（《新亞學報》五卷一期，1960年），指出當時學術文化的高度發展與士人的家風家學有關。余英時〈漢晉之際士之新自覺與新思潮〉（《新亞學報》四卷一期，1959年；收入《中國知識階層史論・古代篇》臺北：聯經出版公司，1980年）一文，則以士之自覺以綜論當時思想之變遷。而〈名教危機與魏晉士風的演變〉（同書）乃是前文的續作。

㈡賦

詩、詞、歌、賦作爲中國傳統的四大韻文體式，賦雖然作者代不乏人，然而對它的研究相對而言卻冷落許多。不過，相較爲同一時期

大陸地區賦體文學研究的沈寂空白，在港臺地區賦還算受到應有的珍視。

　　通觀整個賦史的研究，漢賦算是研究重鎮。可以說從世紀初王國維強調漢賦是一代之文學，二十世紀的賦學觀是基本延承這一傳統的。本期的漢賦研究針對漢賦的源流興衰、思想內容、藝術成就和後世影響等諸方面皆分別有所著墨，雖還缺少深透的分析與理解，也有一定參考價值。

　　本期的賦家賦作研究也以漢代爲大宗，但由漢賦研究的引領，對漢以後賦家賦作的研究也應運而生，打破早期「漢以後無賦」的觀念。從賈誼、枚乘、司馬相如、揚雄、班固、張衡到曹植、王粲、向秀、陸機、陶潛、庾信等賦家賦作，皆有學者涉足。又由於時代的學術風氣，加上基於「小學」與「賦學」最初的因緣使然，學者孜孜以求的都在微觀層次上的辨明眞僞、文獻輯佚、訓解詞語、確認本事、作品繫年及作品箋評等工作，譬如楊胤宗〈賈誼弔屈原賦箋評〉（《人生》二六卷四期，1963年7月），何沛雄〈上林賦作於建元初年考〉（《大陸雜誌》三六卷二期，1968年1月；收入《漢魏六朝賦論集》），江舉謙〈曹植洛神賦爭考評〉（《建設》二卷九期，1954年2月），陳祚龍〈敦煌寫本登樓賦斠正〉（《大陸雜誌》一卷五期，1960年9月）等等，莫不徵之訓詁，附麗於小學。

　　其中，許世瑛的研究成績最爲顯著。作爲著名的文字聲韻學家，他充分運用這方面的知識到文學批評上，一方面經由句法的論列，從事比較研究；一方面探討文情與用韻的關係，終能得出較落實的評論。在〈我對於洛神賦的看法〉（《文學雜誌》二卷三期，1957年5月）一文，許氏歷述前人對曹植創作此賦動機的擬測後，斷定曹植是「想效法宋玉，以洛神自比」，所以他做這篇賦完全摹擬〈神女賦〉，接著論列許多

例證，得出〈洛神賦〉在技巧與表現更勝於〈神女賦〉。又〈寫在登樓賦之後〉（《文學雜誌》三卷二期，1957年10月）一文，許氏除探討王粲作賦的動機外，更仔細比對此賦所受屈賦與劉向〈九嘆〉等的影響，最後更以各段所押的韻來配合全賦的情感起伏作一具體地鑒賞。又〈談談閒情賦〉（《文學雜誌》五卷三期，1958年11月）在分析〈閒情賦〉的意蘊之餘，也以一半的篇幅配合文中情緒的變化，專論此賦的押韻情形。

談到賦家賦作的比較研究，何沛雄的〈司馬相如子虛上林賦與枚乘七發的關係〉（《人生》三二卷十二期，1968年4月；收入《漢魏六朝賦論集》）與周法高的〈顏之推觀我生賦與庾信哀江南賦之比較〉（《大陸雜誌》二十卷四期，1960年12月）二文也值得稱述。何文從主題、結構、修辭三方面證明〈七發〉和〈子虛〉、〈上林〉的密切關係，證明司馬相如有直接挹取自枚乘的。周文則論列二十條說明「子山之推同仕北齊，而子山哀江南賦，尤屬名重當時，之推不容不見。然則觀我生賦之與哀江南賦有若干類似之處，自亦無足異也。」二文觀察敏銳，論證詳確，深化了賦史之研究。

至於純粹從賦作的藝術性立論，文章不多，可稱述者，有葉慶炳〈長門賦的寫作技巧〉（《文學雜誌》二卷一期，1957年3月；收入《晚鳴軒論文集》臺北：大安出版社，1996年），作者把〈長門賦〉「比擬作一部心理描寫細膩的文藝電影」，緣此，全文便按原賦順序論述寫作技巧，兼重情理與結構。這是一篇寓批評於欣賞的文章，在考據的學術主流中，可說是替賦體文學研究另闢一新徑。

縱然已有期刊論文，相關的專著和學位論文卻還付之闕如，顯示本期賦體文學研究雖然已見端倪，不過尚未蔚然成風，更談不上全面性、體系性的研究。

㈢詩　歌

　　中國古典文學研究向來以詩爲大宗，漢魏六朝文學研究亦無例
外，研究論著自然也最多。這些文章大部分固然仍舊延續主流的考據
訓詁，但少數文章已表現出對文本分析的興趣與努力，嘗試著觀念與
方法的新變。

　　關於漢代詩歌。由於漢代詩歌正在醞釀新的詩體，加之文人們大
都把精力集中於辭賦創作，因而其作品數量遠不及辭賦散文，然而就
其文學史上的地位而言，則意義重大，值得方家研究。通論漢詩的專
書，有方祖燊《漢詩研究》（臺北：正中書局，1967年），該書涵括相關
漢詩的重大論題，針對前輩時賢的見解有破有立，內含五大章：〈漢
五言詩作者與時代問題的辨疑與新證〉從西漢初虞姬〈答項王歌〉到
東漢末蔡邕〈翠鳥詩〉共三十三節，考證它們的作者與時代的問題；
〈漢武帝柏梁臺詩考〉則訂正章樵注文，反駁顧炎武考證，並從內容
及西漢〈公卿表〉、〈百官志〉及其他資料，確定這詩是屬於漢武帝
時代的作品；〈漢朝詩歌形式的研究〉就漢詩各種句法，整理它的形
式，並考證論述這些形式的起源、特質、作者以及對後代詩體的影響；
〈漢朝樂府詩的簡史與解題〉介紹漢朝樂府詩產生與演變之歷史，然
後再依據郭茂倩《樂府詩集》所錄漢樂府按次作解題；〈建安時代詩
歌〉即介紹建安時代背景及詩人生平，並詮釋他們作品的意義與價值；
末尾附錄漢詩研究的參考書目。縱觀全著，「一空前賢之依傍，不爲
古人所奴役，冥心獨造，勝義實多」。

　　又漢代形成了五言詩，這種詩體在六朝文學中佔據了主導地位，
唐以後又與七言詩並列，爲中國古典詩歌的兩大基本樣式。並且，七

言詩也是在漢代就開始孕育。因此，概論五、七言詩者，如伍俶〈談五言詩〉（《華國》二一四期，1958年9月、1960年6月、1963年12月；收入《暮遠樓自選詩》臺北：學海出版社，1978年）。學位論文則有林瑞常《漢五七言詩考》（文化，1969年）一本。

　　縱觀六朝詩歌的專著有香港學者李直方《漢魏六朝詩論稿》（香港：龍門書店，1967年）一書，含〈文心雕龍隨筆三篇〉、〈阮籍詠懷詩論〉及〈阮詩盡情陶詩盡性說〉三文，以小見大，辨析精當，甚見功力。學位論文有朱秉義《南北朝詩作者考》（文化，1966年）一本。期刊論文則有鄧中龍〈六朝詩的演變〉（《東方雜誌》二卷六期，1968年12月），該文寫法頗具特色，值得稱述，「它打破一般史的敘述的體例，而以五位作家：曹植、陶潛、鮑照、謝朓、陰鏗的分述來完成題目所示的任務。在繁麗競姿、作家輩出的六朝時期選出這五位作家為代表，亦可謂別具慧心。由於他們都各有建樹和特色，所以六朝文學的演變發展就顯得更加醒豁明朗。」

　　進而細分之，漢代詩歌包括樂府詩與文人詩。關於樂府詩的研究，遷臺前，早有羅根澤《樂府文學史》，黃節《漢魏樂府風箋》及蕭滌非《漢魏六朝樂府文學史》等書，五、六〇年代的臺灣，專著僅有李純勝的《魏晉南北朝樂府》（臺灣：商務印書館，1966年）和李金城的《樂府詩集漢相和歌辭校注》（師大，1966年）二本，皆從歷史著眼，從考證入手。單篇文章此期為數也不多，綜合性探討的，如金達凱〈樂府古詩的價值〉（《民主評論》八卷十七期，1957年9月），汪中〈論北朝樂府〉（《新天地》五卷十一期，1967年1月）。討論樂府背景的，有田倩君〈漢與六朝樂府產生時的社會形態〉（《大陸雜誌》十七卷九期，1958年11月），廖蔚卿〈建安樂府詩溯源〉（《幼獅學誌》七期，1968年6月）及〈南朝樂府

與當時社會的關係〉（《臺大文史哲學報》三期，1951年）等文，詳細考述產生樂府詩的社會基礎和廣爲流布的社會環境。因爲背景不同，南北亦判然有別，〈孔雀東南飛〉和〈木蘭詩〉是兩首代表南、北的民間敘事詩，作品的探討自然關注在這二首，對孔詩提出討論的，如許世瑛〈論孔雀東南飛用韻〉（《淡江學報》六期，1967年），梁容若〈孔雀東南飛研究〉（《書和人》122期，1969年11月；收入《作家與作品》臺中：東海大學，1971年）；討論〈木蘭詩〉的，有許世瑛〈談木蘭詞用韻〉（《圖書月刊》一卷六期，1966年6月），陳中平〈木蘭詩創作時代考論〉（《建設》一五卷五期，1966年10月），這些文章都以考辨爲主。

　　古詩中最著名的是入《文選》的〈古詩十九首〉。然而究竟產生於何時，由何人所作，有過種種不同的說法，這是學者首先關切的論題，方祖燊〈漢古詩時代問題考辨〉（《大陸雜誌》三十一卷五—七期，1965年9—10月；又見《漢詩研究》第一章：〈漢五言詩作者與時代問題的辨疑與新證〉）大抵認爲是西漢武帝太初以前的作品，而葉嘉瑩〈談古詩十九首之時代問題〉（《現代學苑》二卷四期，1965年7月；收入《迦陵談詩》臺北：三民書局，1970年）則推測當爲東漢之作，且大似東漢衰世之音。其次，探討作品的，有唐亦璋〈古詩十九首用韻考〉（《淡江學報》四期，1965年），廖蔚卿〈論古詩十九首的藝術技巧〉（《文學雜誌》三卷一期，1957年9月；收入《漢魏六朝文學論集》），廖文分章法與句法、用字與意象、韻律與格式三節，詳細分析其藝術技巧，從「細評」方式而言，其精神實可與後來所流行的「新批評」相通，是一篇銳意拓新的好文章。另外，蘇武、李陵的五言詩，前人向以爲出於僞託，對此，學者亦有所考辨。

　　詩歌在六朝是一個異彩奔放的時代，作家輩出，作品琳瑯滿目，但是，本期學者關注的還只是傳統見重的大家，其餘二、三流的小家，

總是少見青睞。此乃諸大家文學成就的真實反映，自是無可厚非，不過，一代文學全貌的展現，實賴大小眾家集力而成。

曹魏詩歌分前後二期，前為建安時期，後為正始時期。討論建安詩歌的，有林文月〈論曹操之為人及其作品〉、〈論曹丕與曹植〉及〈曹氏兄弟的詩〉（均收入《澄輝集》臺北：文星書店，1967年；洪範書店，1983年）三文，林氏經由史傳背景的理解，從曹操而曹丕而曹植分析三人不同的詩歌特色，看出詩歌的演變過程。學位論文則有鄧永康《曹子建集研究》（文化，1966年）一本。建安的蔡琰相傳有悲憤詩留世，此詩之真實性若何，也有學者考察，勞榦〈蔡琰悲憤詩出為偽託考〉（《大陸雜誌》二十六卷五期，1963年3月），李曰剛〈蔡琰悲憤詩之考實辨惑與評價〉（《師大學報》十二期，1967年），皆申辯其事。討論正始詩歌的，除何啟民《竹林七賢研究》（臺北：學生書局，1965年）的綜合研究外，本期論文不多，阮籍的〈詠懷詩〉有少數文章，但突破較少，這大概是因為阮籍的〈詠懷詩〉「厥旨淵放，歸趣難求」的緣故吧。

西晉詩壇上，雖有詩衢比肩的張、潘、左、陸、劉、郭，但與前之建安和後之陶淵明的研究相比，是有些冷落的。可稱述者，如康榮吉《陸機及其詩》（政大，1967年），葉日光《詩人潘岳及其作品校注》（政大，1968年），張嚴〈論左太沖詠史詩及其人格〉（《文學雜誌》五卷一期，1958年9月），汪其楣〈試論劉琨的詩〉（《現代文學》三十五期，1968年11月）及林文月〈從郭璞的遊仙詩談起〉（《現代文學》三十三期，1967年12月）等，或考察作者，或論證作品，均能提出一些自己的看法。

東晉詩歌被玄言詩統治了一百多年，直到陶淵明出現，才為詩壇放一異彩。陶淵明研究是一個熱門，為文論述者特多。著成專書者，有李辰冬《陶淵明評論》（中華文化出版事業委員會，1956年；東大圖書公司，

1975年），書凡六章：〈陶淵明作品繫年〉、〈陶淵明的個性〉、〈陶淵明的境界〉、〈陶淵明的時代〉、〈陶淵明的藝術造詣〉及〈陶淵明在中國文學史上的地位〉；王貴苓《陶淵明及其詩的探源和分析》（臺大，1959年；臺大文史叢刊，1966年），內含：〈陶淵明年譜比較研究〉、〈陶淵明與莊子〉、〈陶詩源出應璩說探討〉及〈陶詩的寫景特色及欣賞〉；黃仲崙《陶淵明作品研究》（臺北：帕米爾書店，1969年）；三書所述，大抵不出時代、思想、人格與風格的傳統討論範圍。而齊益壽《陶淵明的政治立場與政治理想》（臺大，1966年；臺大文史叢刊，1968年）一書，專論陶淵明在亡國之後逝世之前這八年中心理與思想上的變化，考察其如何由單純的政治立場突進到深刻的政治理想。又竺鳳來有《陶謝詩韻與廣韻之比較》（政大，1968年）。至於，單篇論文有討論陶淵明的年紀故里的，有探究陶淵明思想的，有箋證賞析陶淵明詩的，還有比較陶淵明與謝靈運的，甚至於有將陶淵明與外國作家比較的，如葉維廉〈陶潛歸去來辭與考萊的願之比較〉（《文學雜誌》二卷四期，1959年12月），是一種新嘗試，意義非凡。

南朝詩歌是指宋、齊、梁、陳四代的詩歌，討論宋代詩歌的，有林文月《謝靈運及其詩》（臺大，1959年；臺大文史叢刊，1966年），內含：〈謝靈運傳附世系表〉、〈謝靈運詩〉、〈謝靈運與陶淵明〉、〈謝靈運與杜甫〉。末二章為比較研究，前者重其內容討論，後者重其技巧。林氏另有〈謝靈運與顏延之〉（收入《澄輝集》）一文，比較顏謝二人的性格與詩歌的異同。又陳建雄有《謝康樂詩集校箋》（師大，1966年），吳德風有《鮑照生平及其作品校正》（政大，1966年），均以校注為主。齊代有永明詩歌，「永明體」注重詩歌的聲律，提出四聲八病之說，馮承基〈論永明聲律：四聲〉（《大陸雜誌》三十一卷九期，1965年1

月）及〈再論永明聲律：八病〉（《大陸雜誌》三十二卷四期，1966年2月），
申論此事。作家中謝朓最獲本期學者青睞，因爲近人黃節所注三曹、
阮籍、謝靈運、鮑照諸家詩流傳甚廣，容易獲得，獨獨其門人郝立權
所注謝朓詩流而不廣，不易見閱，所以，校注等相類之著述迭見，計
有洪順隆《謝宣城集校注》（文化，1966年；臺北：中華書局，1969年），楊
宗瑩《謝宣城詩集校注》（師大，1966年；《臺灣師範大學國文研究所集刊》十
一號上冊，1967年）以及李直方《謝宣城詩注》（香港：萬有圖書公司，1968
年）等三書。洪書於校注箋評外，又有緒論、附錄，緒論乃就謝朓之
傳略、背景、作品特色、作品價值、朓集之編成暨詩文注略加討論，
附錄收集前人評述、史書傳記、序跋題詞。全書繁富詳盡，斐然可觀。
李書也於校注之外，附有〈謝朓詩研究〉，內含謝朓詩論、李白與謝
朓二章，末章檢討謝朓與唐風的關係。

　　梁陳兩代以宮體詩著稱，可是，在所有的古典文學種類中，爲世
詬病最甚的莫過於宮體詩了。自隋唐以降對宮體詩的評價就一直很
低，本世紀以來，只有朱光潛《詩論》能客觀地評價宮體詩。文革期
間，大陸對宮體詩又有嚴厲的批判，使得宮體詩的研究幾乎成了禁區。
但與此同時，臺灣則已有不少著述，林文月暫時摒開貶抑的種種說法，
調整觀照的角度，撰有〈南朝宮體詩研究〉（《臺大文史哲學報》十五期，
1966年；收入《澄輝集》）、〈梁簡文帝與宮體詩〉（《純文學》一卷一期，1967
年）等文，作者指出，「齊梁以後，詩人們的興趣和寫作的對象卻由
室外的大自然而轉入室內。」因此，自描寫物象言，從山水詩到詠物
詩到宮體詩，乃是一個拓展表現領域的過程。是故林文月「重新辨認
宮體詩的內涵與風格特色，並肯定了它在文學史上不容忽視的影響與
地位。」林文對過去長期被否定的文學體裁進行重新審視，無疑是漢

魏六朝文學研究領域中的一種新思路、新格局。

歷來論述，重南輕北，本期依然如此，北朝詩歌的研究顯得相當沈寂，發表的文章很少，是漢魏六朝文學研究的薄弱的部分。

(四)散　文

由於研究者過多地看重散文的政治、思想色彩，而很少從審美角度觀察它的藝術美，領略它的藝術魅力；過分強調散文作爲「工具」的實用性，而很少把它作爲「藝術」看待，有意或無意漠視乃至抹煞其文學性，否定其作爲藝術品的審美特徵。本期自然還談不上深入探尋一家、一代散文的藝術特色和整個漢魏六朝散文藝術發展的規律。

概論漢魏六朝散文，可稱述者，只有臺靜農〈論兩漢散文的演變〉（《大陸雜誌》五卷六期，1952年9月）一文，文章劃分兩漢散文爲：一、戰國策士文體的餘緒，以陸賈、賈誼、晁錯、鄒陽等爲代表；二、史傳文體，以司馬遷、班固爲代表；三、文士文，以司馬相如、蔡邕爲代表；四、王充的批評，顯然以王充爲兩漢文學批評家的代表。本文平實賅要所揭示諸項論題有開先河啓迪之功，後人多據此引申論述。另外，馮書耕、金仞千編《古文通論》（臺北：中華叢書編審委員會印行，1966年）及張仁青《中國駢文發展史》（師大博，1969年；臺北：中華書局，1974年），二書於漢魏六朝的古、駢文亦有所論述。

關於個別的作家作品的探討，其研究取向大抵以訓詁考據爲主，或句讀釋音，或引書考文，或糾繆補正，或校注箋釋，而於作品的審美性甚少發明。舉史傳散文的大宗《史記》爲例，本期的學位論文計有七本，一本從事虛字集釋，其餘六本皆致力於疏證，而單篇論文的情形也是如此。

另外，家訓文學以《顏氏家訓》為祖，周法高撰《顏氏家訓彙注》（臺北：臺聯國風出版社，1960年）係含趙曦明注、盧文弨補注，及周法高補注補正等而成，成為最完備的一本，值得稱述。

(五)小　説

小說在漢魏六朝初具規模，馬小梅〈兩漢魏晉南北朝的小說〉（《文海》一卷十二期，1968年2月），概論此期小說的總貌。關於現存舊題漢人小說方面，研究多注意在《西京雜記》，有勞榦〈論西京雜記之作者及成書時代〉（《中央研究院歷史語言研究所集刊》三十三期，1962年），金嘉錫〈西京雜記斠正〉（《臺大文史哲學報》十七期，1968年）。關於志怪方面，則有周法高〈顏之推還冤記考證〉（《大陸雜誌》二十二卷九—十一期，1961年5—7月）。至於志人方面，似乎都集中在對《世說新語》的探討，學位論文有馬森《世說新語研究》（師大，1960年），書凡六章：世說新語之撰定、世說新語所反映之魏晉思想、世說新語所反映之魏晉社會、世說新語之評價、世說新語考異及劉孝標注條理，是屬於綜合性的研究。又有王富祥《世說新語注校正》（文化，1966年）。綜觀上述論著，本期小說批評的主要趨勢仍舊在考據辨證上。

(六)文學理論

漢魏六朝的文學極為發達，文學理論因文學發達而產生。概論漢魏六朝文論的，有王忠林〈漢代的文學思想論〉（《東西文化》七期，1968年1月），李碧華〈西漢的文學批評〉（《學粹》十一卷一期，1968年12月），蘇雪林〈魏晉文學批評的大概〉（《海風》一卷二期，1956年1月），白簡〈魏晉文學思想的述論〉（《文學雜誌》一卷四期，1956年12月），高準〈魏

晉六朝的文學觀〉（《大學生活》三卷十期，1958年2月）及韶公〈魏晉南北朝的文學批評〉（《文壇》九十九期，1968年9月）等文，雖多拘於現象的淺論，亦有參考價值。

再就個別的研究而言，最受學者青睞的有鍾嶸《詩品》、劉勰《文心雕龍》及蕭統《昭明文選》三書，而《文心雕龍》與《文選》更是古今兩大學術熱門，成爲顯學。探討《詩品》的，專著有劉春華《鍾嶸詩品彙箋》（臺大，1963年），李道顯《詩品研究》（文化，1964年；臺北：華岡出版部，1968年）以及汪中《詩品注》（臺北：正中書局，1969年）等三書。期刊論文則有宋哲〈漫談鍾嶸詩品〉（《建設》十三卷十期，1965年3月），皮述民〈鍾嶸詩品析論〉（《慶祝高仲華先生六秩誕辰論文集》臺北：學生書局，1968年），王更生〈詩品總論〉（《詩學集刊》，1969年）及陳炳良〈鍾嶸詩品指要〉（《大陸雜誌》三十九卷六期，1969年9月）等，這些研究的焦點多半對準鍾嶸品詩的標準尺度，王文則比較《詩品》與《文心雕龍》，並以「滋味說」比美嚴羽的「妙悟說」、王漁洋的「神韻說」和王國維的「境界說」。

在劉勰《文心雕龍》的研究方面，根據王更生的分析：「大多循著兩個方向進行，一是劉勰的史傳，二是《文心雕龍》全書。關於劉勰史傳的研究內容如出身、世系、背景、行誼、交遊、生卒、著述等；關於《文心雕龍》全書的研究內容如注釋、校勘、版本、文原論、文體論、文術論、文評論和資料彙整等。」❹進而，又有一個方向是比

---

❹ 語出王更生〈文心雕龍學在臺灣〉一文，收入《文心雕龍學綜覽》（上海：上海書店出版社，1995年），頁30。另可參見王更生〈臺灣文心雕龍學的研究與展望〉一文，收入王更生總編訂《臺灣近五十年文心雕龍研究論著摘要》（臺灣：文史哲出版社，1999年）。

較研究，此可分《文心雕龍》和中國文論、《文心雕龍》與外國文論
兩方面。這三種研究面向，自本期起陸續展開。本期研究專著，計有
李宗懂《文心雕龍文學批評研究》（師大，1964年），張立齋《文心雕
龍註訂》（臺北：正中書局，1967年），李景濚《文心雕龍評解》（臺南：
翰林出版社，1967年）及《文心雕龍新解》（同上，1968年），張嚴《文心
雕龍通識》（臺北：商務印書館，1969年）以及劉振國《劉勰明詩篇探究》
（文化，1969年）等書。期刊論文方面，最可稱述者，如徐復觀先後撰
成〈文心雕龍的文體論〉及〈中國文學中的氣的問題—文心雕龍風骨
篇疏補〉（均收入《中國文學論集》增補三版，臺北：學生書局，1976年）二文。
在〈文心雕龍的文體論〉一文，徐復觀認為古來言文體者，皆將「文
類」誤作「文體」，因此他深入原典，考索其源流而掘知「文體」乃
是來自東漢以來月旦人物、品鑒容止的一種自覺轉化。「文體」有體
製、體要與體貌三方面的意義，文體最終的決定因素是主體的情形。
職是，「徐復觀以人的主體性——『情性』來規定文體，認為作品語
言風格之異，乃由於作者才性之殊，文體論的功效在於文學創造與批
評鑒賞。由此形成了『人格即風格』的批評理論。自徐復觀以降，文
體出於情性、文體與文類分開、文體之異是由人物品鑒而來等論點，
成為討論六朝文論的一貫主張，影響力可謂甚鉅。」❺

　　關於《昭明文選》的研究，概論全書的，有孫克寬〈昭明文選導
讀〉（《書目季刊》一卷三期，1967年3月）；引書考文的，有李鎏《昭明文
選通假文字考》（師大，1962年），溫文錫《李善文選注引說文考》（文

❺　見龔鵬程編著《美學在臺灣的發展》（嘉義：南華管理學院，1998年），頁200。

化，1965年），丁履譔《文選李善注引詩考》（師大，1969年）及周謙《昭明文選李善注引左傳考》（文化，1969年）等；發明善注的，有李維棻〈文選李注纂例〉（《大陸雜誌》十二卷七期，1956年4月），王禮卿〈選注釋例〉（《幼獅學誌》七卷二期，1968年4月），專研善注之條例。錢穆〈讀文選〉（《新亞學報》三卷二期，1958年2月）參合唐代史實，於李善注亦別有新說；另外，又有考察「選學」的，邱燮友〈選學考〉（《臺灣師範大學國文研究所集刊》三期，1959年）遍查公藏《文選》書目。檢視這些論著也都以考據實證爲研究方法，所以，游志誠稱本期的《文選》研究，是「徵之訓詁，附麗於小學」、「發明善注，初奠文選學」❻。

三、第二階段（七、八〇年代）

七、八〇年代，臺灣的學術環境隨著社會的安定與經濟的繁榮而日益改善。由於報紙、期刊、學術活動和研究所的持續的增加擴充，在這四管齊下的結果，學術風氣日盛，各類論著大量面世。漢魏六朝文學的研究正是這種風氣下的一環，學術成果也相當豐碩。本階段年長學者繼續撰述不歇，而新一代的研究者則大批成長，成爲學術界的一支新軍活躍在論壇上。他們無論從治學道路、批評觀點，以及精神氣質、學術興趣等方面，都表現出與其前輩和先行者有著明顯的不同，這些不同已日益顯露出一種新的發展方向和學術品格。那就是，他們要擺脫在古典文學研究領域中的單一的考據實證的批評模式，嘗試以

---

❻ 見游志誠〈當代文選學概述〉，收入氏著《昭明文選斠讀》（臺北：駱駝出版社，1995年），頁46—7。

文學為本位，用現代論文寫作與發表，尋求文學批評的多元化。

如果說七〇年代以前，由老一輩的學者為主導，他們雖然也注意到外來的文學理論，但更多的是繼承傳統；那麼，進入七〇年代以後，新一代的研究者的視角有所不同，廣泛吸收西方理論，力求學術前瞻、學術突破。七〇年代初，比較文學學會成立，跟著《中外文學》也創刊，而西方近現代流行的各種學說之引進，並運用於闡釋中國古典文學作品，在在刺激了中文學界在解讀策略上的反省，並且嘗試新解讀、新詮釋的論述。諸如比較文學方法、新批評、精神分析批評、神話原型批評，以及語言學、符號學、結構主義、現象學、詮釋學、接受反應理論，乃至女性主義批評、文化研究等等，莫不在這新一代的學者身上引起熱烈的反應。縱然有些古代文學研究者將其視為異端而拒之門外，此後又以種種理由責難稍露新意的論文，但一股想要突破舊見解，創建新看法的用心，隨處可見。

在諸多理論中尤以新批評對中文系的衝擊最大。新批評是由於感到傳統的文學批評過分重視創作動機、歷史背景、社會影響的追索，特別是不滿於某些機械的、粗淺的社會學和歷史學的分析方法，因而注重對作品本身的細緻分析。儘管新批評拒絕接納外在緣附的知識，片面強調就詩論詩的偏頗，遭到許多學者的非議，不過，自此以後，研究者再也不能不重視文學的內在研究，再也不能只以考據版本和作者生平為最終目的。當然，有識之士非但不會把傳統的研究方法拋之腦後，反倒思加調和溶滲，將新批評溶入他們的外緣研究的結果。他們以為：「儘管內外的研究是不同的，但文學的內在研究與外緣研究並不是互相排斥的，二者可以同時被建立於一個研究方法的系統上。不過，由於文學是一種藝術，其最後之價值必然根植於藝術價值的判

斷上。所以，最理想的研究方法系統，是以內在研究為主，而以外緣研究為輔。」❼進而，他們企圖兼攝傳統中國文學批評與西方文學理論，在中、西文化差異的比較中，突顯傳統中國文學批評特質與精神。

　　總之，在西方文學理論的激盪下，古典文學研究作為一種知識形式當然必須在觀念與方法上不斷調整與修正。七、八〇年代的漢魏六朝文學研究的律動，也始終與古典文學研究改革的脈搏諧同變化。

　　本階段的漢魏六朝文學研究的論著至多，難以盡列。此處只能以專著為主，論文為輔，擇要依序述介之：

(一)總　論

　　通論撰寫不易，本期學者卻能從各種角度揭示漢魏六朝文學面貌。論述文學的歷史發展的，如王夢鷗主編《中國文學的發展概述》（臺北：中央文物供應社，1982年）一書，其中第一篇：〈詩書騷賦發展之跡緒〉，由簡宗梧撰寫；第二篇：〈魏晉南北朝文學之發展〉，由王夢鷗負責，他們一面配合時代的順序進行，一面也著重文類變遷的歷史，而從中把握漢魏六朝文學發展之大勢，作一鳥瞰式的敘述，對於各文體產生的原因、背景及興衰的現象，也都有簡要的論述。特別是王夢鷗的〈魏晉南北朝文學之發展〉還在以往文學史著作沒有涉及的

❼　見張淑香《李義山詩析論・敘論》（臺北：藝文印書館，1974年），關於西方文論在中國的運用，請參見呂正惠〈新法看舊詩──臺灣七十年代新型說詩方式的檢討〉，收入《中國文哲研究的回顧與展望論文集》（臺北：中央研究院中國文哲研究所，1992年）以及王建元〈臺灣二、三十年文學批評的理論與方法〉，收入《三十年來我國人文及社會科學之回顧與展望》（臺北：東大圖書公司，1987年）。

領域有細緻的研究，譬如對北朝前期十六國文學這類以前研究十分薄弱課題的專節論述。又如洪順隆《中國文學史論集㈠—由口傳時代到漢代》（臺北：文史哲出版社，1983年）一書，第六、七、八章討論秦漢文學概說、漢代散文（漢賦包括在內）及漢代詩歌。與坊間的《中國文學史》不同的是，本書「抽象的史述相形減少，思潮以及現實背景，也只擇要穿插於作品前後，藉以說明發展的原因。」雖然不作煩瑣的考證，或列舉眾多的主張，可是，作者有些新的見解，譬如「吸收日本學者運用民俗、社會學解釋文學史的成果，以及他們分漢詩爲『詩經型』、『楚辭型』、『外來型』、『獨創型』等分類法」，和對漢賦分類的探討等等。方祖燊《魏晉時代詩人與詩歌》（臺北：蘭臺書局，1973年；《方祖燊全集・七》臺北：文史哲出版社，1999年），論述魏晉時期重要知名的詩人爲主，藉由剖析詩人及詩歌的內容，從而闡明魏晉詩學的發展梗概。探討文學美的，如張仁青《六朝唯美文學》（臺北：文史哲出版社，1980年），書凡六章：一、引言，二、六朝唯美文學概述，三、六朝唯美文學之內涵，四、六朝唯美文學之主流，五、六朝唯美文學之別流，六、六朝唯美文學之分類。作者認爲六朝唯美文學的特徵，有對偶精工、韻體和諧、典故繁多、辭藻華麗四點。陳松雄《齊梁麗辭衡論》（臺北：文史哲出版社，1986年），書有八章：齊梁麗辭之導因，齊梁麗辭之特色，南齊永明麗辭衡論，梁武父子之麗辭衡論，梁代文士之麗辭衡論，評論專家—劉勰、鍾嶸之文論及其翰墨，麗辭泰斗—徐陵、庾信之風格及其影響，齊梁麗辭對後世之影響等。該書指出齊梁麗辭的特點乃在：對仗排偶之精工、隸事用典之繁富、韻律宮商之和諧、鋪采摛文之綺麗、修辭鍊字之奇特及構思用語之輕倩。也有從文學集團、文士的角度切入，如劉漢初《蕭統兄弟的文學集團》（臺大，

1975年）和沈冬青《梁末羈北文士研究》（臺大，1986年），前書論述蕭統的東宮文學、蕭綱的集團及蕭繹的集團；後書探討羈北文士在北朝的處境與心境，並略及創作上的表現。又有蘇紹興《兩晉南朝的士族》（臺北：聯經出版公司，1987年）一書，論述門閥士族在政治、社會、經濟情況和文化形態的貢獻。另外，李偉萍《南朝文學中的婦女形象》（政大，1981年）描繪南朝文學中的民間婦女形象、貴族婦女形象及宮闈女子形象，張明琰《南北朝文學交流考》（輔仁，1974年）重點在南北文學交流的考實，王美秀《北魏文學與漢化關係之研究》（臺大，1988年）說明北魏因漢化而促生文學，而文學的風格與漢化的內容息息相關。綜上可知通論漢魏六朝文學的研究仍以六朝爲主，其研究類型廣泛，有許多開新路徑。不過，漢代部分猶待加強。

關於漢魏六朝文學的學術文化環境考察，有張大春《西漢文學環境》（輔仁，1983年），文章藉由「環境」這一生態的概念來說明文學這個主體和其相關客體（如政治、社會、學術等）之間的運作關係，發現複雜的政治型態、交織的學術思潮、多樣的知識分子以及紛蔚的文體興革之間有著密切而活絡的關係。張蓓蓓的碩博士論文：《東漢士風及其轉變》（臺大，1979年）與《漢晉人物品鑒研究》（臺大博，1984年），前者注意士風在東漢後期的轉變，後者探討漢晉的人物品題，藉此通觀整個時代風氣的形成。與此類似的研究，有林麗眞《魏晉清談主題之研究》（臺大博，1978年），張�星《魏晉清談轉變之研究—自魏初至魏晉之際》（政大，1982年），翁麗雪《東漢經術與士風》（師大，1983年），劉瀚平《東漢儒學與東漢風俗》（政大，1983年），林顯庭《魏晉清談及其名題之研究》（文化博，1983年），江建俊《魏晉玄理與玄風之研究》（文化博，1986年），栗子菁《魏晉任誕士風研究》（臺大，1988

年）以及謝大寧《從災異到玄學》（師大博，1989年）等等。除此之外，魏晉南北朝也是道教形成而奠定其規模的時期，著名的士族大姓，都是信奉道教，仙道文學多源於此。李豐楙從事這專門也是冷門的研究，撰有《魏晉南北朝文士與道教之關係》（政大博，1978年）探討當時道教與文士的關係，瞭解道教對中國文學的影響，內含八章：緒論、魏晉南北朝老子神化與神仙道教派老學、魏晉南北朝文士養生思想與神仙道教之關係、魏晉南北朝奉道文士之信行及其思想、魏晉南北朝仙道雜傳與仙道思想、魏晉南北朝道仙文學與仙道思想之關係、魏晉南北朝志怪小說與仙道思想之關係、結論等，一一爬梳闡釋，細緻獨到，頗開人眼界。道教研究本來就比較冷門，而從事文學史研究的人，更少接觸道教，這就使「道教與文學」這一邊緣學科的領域裏留下了許多空白。正因此李豐楙的論文就顯得意義非凡了。

　　至於研究文獻目錄的編纂，則是一項新的富有現實意義的課題，有洪順隆主編《中外六朝文學研究文獻目錄》（臺北：文津出版社，1987年），收集自1900年以來的報紙、期刊、學位論文及著作，其中以中、日文著作為多，兼及韓、英文著作，資料豐富，足資參稽，不但為六朝文學研究增添了便利，且清楚反映二十世紀中外六朝文學研究的總成績，貢獻大而價值高，值得喝采。

㈡賦

　　徐復觀〈西漢文學論略〉（《香港新亞書院學術年刊》十三期，1971年，收入《中國文學論集》增補三版，臺北：學生書局，1976年）是一篇很精闢的「文學史論」，重點則在「賦」的身上。作者發現漢賦在形式與內容上走的是兩條不同的道路，從形式說：「一條道路是新體詩的賦，另一條

道路是楚辭體的賦，新體詩的賦出於荀卿，楚辭體的賦出於屈原。新體詩的賦發展在先，楚辭體的賦則出現較後。」由內容言，一是「體物」之賦，即所謂「感物造耑，材智深美」的賦；另一則是「抒情」之賦，也就是所謂「咸有惻隱古詩之義」的「賢人失志之賦」。在這裏，徐復觀很透徹地分析漢賦的兩個系列，其所形成的不同背景、目的及美學特質，並且對於司馬相如的人格以及文學成就的再發現，最後，又指出後人誤解漢賦之「宮廷文學」，實是受了《昭明文選》選文觀點的影響。這是一篇創見頗多的論文，其所揭示諸項論題，後人多據此引申論述。

　　研究賦文學的園地，原本荒蕪，七○年代情況稍有改觀，至八○年代則有了十分引人注目的成就。除單篇論文數十篇之外，代表專著即有：張清鐘《漢賦研究》（臺北：商務印書館，1975年）、簡宗梧《漢賦源流與價值之商榷》（臺北：文史哲出版社，1980年）、張書文《楚辭到漢賦的演變》（臺北：正中書局，1980年）、張正體、張婷婷《賦學》（臺北：學生書局，1982年）、何沛雄《漢魏六朝賦家論略》（臺北：學生書局，1986年）、李曰剛《辭賦流變史》（臺北：文津出版社，1987年）、曹淑娟《漢賦之寫物言志傳統》（臺北：文津出版社，1987年）等等，幾年之間，即出版這麼多論著，可見其景況之繁盛。

　　簡宗梧是國內有數的賦學專家，博士論文為《司馬相如揚雄及其賦之研究》（政大，1975年）。《漢賦源流與價值之商榷》一書由五篇論文組成，所述內容可概括為漢賦源流探討與漢賦評價商榷兩端，分別論述漢賦文學思想淵源、漢賦瑋字源流、漢代賦家與儒家淵源、漢賦的文學價值以及對漢賦「勸而不止」、「為文造情」、「板重堆砌」、「瑰怪聯邊」、「侈靡過實」等疵議之商榷等五個方向的問題。值得

提出的是，一、作者認爲「漢賦的遊戲意義和諷諭價值，是漢代評價辭賦的兩個核心，也是體認漢賦最重要的兩個文學概念」；二、作者指出「早期賦篇中瑰瑋的罕用字，卻是寫當時最適俗順口的口語詞匯」，這些摹聲狀物的「雙聲疊韻複音詞，許多原爲假借字，經後人改易，累加偏旁而成形聲字」，這才是成漢賦「瑰瑋聯邊」的現象；三、作者肯定漢賦「不以立意爲宗，而以能文爲本」，在文學史上造成文章與學術分途、文學逐漸獨立的重要意義，這些都能擺落舊說，多所創闢，成就卓然。此外，他還有不少論賦的文章發表，並且都選擇一些高難度的重要論題深入研究。

曹淑娟《漢賦之寫物言志傳統》（師大，1982年；臺北：文津出版社，1987年）確認言志、寫物兩大本質爲主要綱領，相應分爲如是五章：論漢賦之本質、論漢賦之歷史因緣、論漢賦之言志傳統、論漢賦之寫物傳統、結論。作者一方面遵循注重時代背景的史傳批評；另一方面更關注漢賦藝術的美學評價和漢賦作家的心態分析，表現出文學研究的自覺性。書中多有引用西方文學理論，鮮明體現出新一代漢賦研究者的學術風格。

學位論文有：廖國棟《張衡生平及其賦之研究》（政大，1979年）、蕭湘鳳《魏晉賦研究》（輔仁，1980年）、高桂惠《左思生平及其三都賦之研究》（政大，1981年）、段鋒《江淹生平及其賦之研究》（政大，1982年）、林麗雲《六朝賦之抒情傳統與藝術表現》（師大，1983年）、朴現圭《漢賦體裁與理論之研究》（師大，1983年）、白承錫《王褒及其賦之研究》（東海，1983年）、朴貞玉《三曹詩賦考》（師大，1984年）、許東海《庾信生平及其賦之研究》（政大，1984年；臺北：文史哲出版社，1984年）、廖國棟《魏晉詠物賦研究》（政大博；臺北：文史哲出版社，1990年）、

譚彭蘭《六朝小賦研究》（文化，1986年）、簡明勇《兩漢魏晉辭賦中
失志題材作品之研究》（文化，1986年）、李嘉玲《齊梁詠物賦研究》（政
大，1988年）等等，或從事賦家賦作的研究；或進行賦作題材的探討，
成果相當豐碩。

(三)詩　歌

　　繼《詩經》、《楚辭》之後，在我國詩歌發展長河中煥發異彩的
是樂府詩。樂府詩起源於漢代，主要盛行於漢魏六朝。關於樂府的研
究，本期著成專書者，有張壽平《漢代樂府與樂府歌辭》（臺北：廣文
書局，1970年）、汪中《樂府古辭鈔》（臺北：學海出版社，1974年）、江聰
平《樂府詩研究》（高雄：復文書局，1978年）、洪順隆《樂府詩》（臺北：
林白出版社，1980年）、亓婷婷《兩漢樂府研究》（臺北：學海出版社，1980
年）、傅錫壬《大地之歌─樂府》（臺北：時報出版公司，1981年）及張清
鍾《兩漢樂府之研究》（臺北：商務印書館）等等。亓書共分五章：緒論
對樂府作一綜合性的介紹，第二章探討樂府官署與樂府之間的關係，
第三章對兩漢樂府的內容作一概述，第四章從漢樂府的內容欣賞漢人
的生活情形，結論說明兩漢樂府對後世詩歌的影響。如果再加上樂府
詩的藝術分析一章，本書就可等於是體系完整之作。

　　關於樂府的學位論文，有鄭開道《漢代樂府詩研究》（文化，1971
年）、周誠明《南北朝樂府詩研究》（文化，1971年）、黃秀蘭《吳歌西
曲淵源考》（臺大，1972年）、陳義成《漢魏六朝樂府研究》（輔仁，1973
年）、李元發《漢樂府之社會觀》（文化，1976年）、沈志方《漢魏文人
樂府研究》（東海，1982年）、李鮮熙《兩漢民間樂府及後人擬作之研
究》（師大，1983年）、金銀雅《南北朝民間樂府之研究》（政大，1984年）、

田寶玉《兩漢民間樂府研究》（師大，1985年）、王淳美《兩漢民間樂府與後人擬作之研究》（政大，1986年）、許芳萍《漢代樂府研究》（師大音樂所，1988年）等等。由題目看來，有些論文重覆而不自知，顯然，研究者首先應當瞭解前輩與時賢的研究狀況，盡量避免疊床架屋，其次除非能有新的資料的發現，或者在研究角度、方法等能有切實的東西。

　　相較之下，具體的作品探討反倒有些新意。楊牧在〈公無渡河〉（《傳統的與現代的》臺北：志文出版社，1974年）一文，依據亞里斯多德的「悲劇」觀念，指出〈公無渡河〉具有「引起恐懼與悲憫」的「純粹的古典悲劇的精神」，全詩具有一種「單一線索」的統一「情節」，並且這種情節的單線進行亦見於意象和聲韻交替反響的結構中。繼楊牧之後，周英雄運用李維史陀（laude Levi-Strauss）的二元對立關係來解剖〈公無渡河〉，在〈試就公無渡河論文學與人生的關係〉（《結構主義與中國文學》臺北：東大圖書公司，1983年）一文，將這首小詩分爲人／自然、生命／死亡、文化／自然、藝術／自然等對立面，找出「公」與「河」所代表的生命賴以維繫的「正反消長更替」「相克相生」的質點，從而得出它的深層的思想意蘊。其後，〈賦比興的語言結構——兼論早期樂府以鳥起興的象徵意義〉（《結構主義與中國文學》）一文中，周英雄運用現代語言學理論闡釋「興」，把「興」釋義爲「轉喻」，然後循此探討漢魏樂府鳥飛鳥棲的口語母題的象徵涵義。繼新批評、結構主義以後，記號學約在八〇年代亦引進臺灣，成爲研究中國古典文學的另一種批評方法。古添洪〈讀孔雀東南飛—巴爾特語碼讀文學法的應用〉（《記號詩學》臺北：東大圖書公司，1984年），就借用巴爾特（Roland Barfhes）的五種語碼閱讀法分析長篇敘事詩〈孔雀東南飛〉。另外，

梅祖麟有〈從詩律和語法來看焦仲卿的寫作年代〉（《中央研究院歷史語言研究所集刊》53卷2期，1982年6月）一文，嘗試運用統計方法來說明〈孔雀東南飛〉中的幾段有律化的跡象。上述這些論文固然引發極大的反響，卻也給予傳統詩研究者提供可貴的新視野。

　　對於〈孔雀東南飛〉的討論，葉慶炳仍舊以「寫作技巧」為重心，在〈孔雀東南飛的悲劇成因與詩歌原型探討〉（《文學評論》一集，1975年11月；收入《晚鳴軒論文集》）一文中，葉慶炳「以焦仲卿的性格以及焦府諸人的缺乏彼此的瞭解來討論〈孔雀東南飛〉的悲劇成因。」解析敘事詩中的「人物」的性格，葉慶炳這個研究視角無疑是一種極具意義的創舉。柯慶明則呈現另一種研究風貌，在〈苦難與敘事詩的兩型──論蔡琰悲憤詩與古詩為焦仲卿妻作〉（《文學美綜論》臺北：長安出版社，1983年）一文中，柯慶明經由比較對觀指出：不論是〈悲憤詩〉抑是〈古詩為焦仲卿妻作〉都能真正基於表現完整的「動作」（action）的自覺，而充分的實現了「敘事」文學的需求，因此達到中國敘事詩歌的確實成立，並且是透過其完整「動作」的表現，各自展示了對於人間苦難的深觀諦視，而非歐州神話傳奇世界之英雄冒險的摹寫與讚頌。關於漢魏六朝詩歌的研究，柯慶明另有二文也相當精彩：〈由幾首早期歌謠、絕句試論中國古詩的基本構成〉和〈自然生命的歌詠──六朝民歌絕句中所反映人文精神的一種風貌試探〉（均收入《境界的探求（增訂本）》臺北：聯經出版公司，1977年）。前文認為中國古詩的基本特徵是「對比」，其構成條件則包括「逆轉」與「平行」，而這一形構上的特質，正可以闡釋中國人傳統的對於「詩」的一貫態度與美感體驗。後文則認為六朝民歌之所以能撼動人心，「往往就在於它所反映的正是具有普遍性的『自然生命』的表現，這與另一類反映『自

覺生命』之觀照的作品，同爲中國詩歌中兩大不朽的類型。以王國維先生的術語而論，前者是『常人之境』；後者則是『詩人之境』。」柯慶明這三篇文章都是在其因應西方思潮的激盪所作的反思的具體實踐，表現出以中國文學爲主體的中西文學匯通的趨勢。

另外，廖蔚卿長篇論文〈漢代民歌的藝術分析〉（《文學評論》六、七集，1980年5月，1983年4月；收入《漢魏六朝文學論集》）也頗爲可觀，是一篇力作。作者選取漢民歌169首，除掉討論各類歌曲的淵源、質性與本事等問題外，重點在透過詳細的語言形構和興象藝術去探討漢民歌所特具的創造的美感，同時發掘漢代民歌的精神意識。

在六朝詩方面，香港學者鄧仕樑有《兩晉詩論》（香港：香港中文大學，1972），「本書論述兩晉詩風，並及一代作者，於其淵源之所自，體調之異同，修辭之巧拙，影響之深淺，尤所究心。」而繼《澄輝集》之後，林文月陸續出版《山水與古典》（臺北：純文學出版社，1976年）和《中古文學論叢》（臺北：大安出版社，1989年）二書。《山水與古典》論六朝詩六篇：〈從遊仙詩到山水詩〉透過郭璞、謝靈運等主要作家的詩，實際觀察分析，從而把握山水詩醞釀、發展、成熟的過程；〈中國山水詩的特質〉指出山水詩具有「記遊→寫景→興情→悟理」的結構；〈陶謝詩中孤獨感的探析〉探析陶謝詩中的一個新問題——「孤獨感」，指出陶謝二人家世、爲人及作品風格雖然相異，但是他們都流露出深沈的孤獨感；〈鮑照與謝靈運的山水詩〉認爲從元嘉到永明，山水詩由兼容情理變爲詠物詩式的寫法，鮑照的山水詩扮演著過渡的身分；〈宮體詩人的寫實精神〉說明宮體詩人在寫作態度上的重要特徵便是富於寫實精神；〈陶淵明、田園詩和田園詩人〉介紹陶淵明爲田園詩人的大宗。林文月「由早期的論曹氏父子與陶謝的批評文字開

始，始終重視以詩論人，以人解詩。但在透過史傳的背景來作人格與風格的解說之餘，她更進一步的探討了六朝的遊仙詩、田園詩、山水詩、宮體詩等詩體的特質、發展及形成的背景。」《中古文學論叢》論六朝詩七篇：〈蓬萊文章建安骨——試論中世紀詩壇風骨之式微與復興〉、〈阮籍的酒量與酒品〉、〈潘岳的妻子〉、〈陸機的擬古詩〉、〈陶淵明的止酒詩〉、〈叩門拙言辭——試析陶淵明之形象〉以及〈謝靈運臨終詩考論〉，都是觀察入微，極具創意的。如〈陸機的擬古詩〉指出陸機寫作擬古詩非僅如王瑤所稱的取以為摹擬、與前人一較長短而已，也在託寓情志、婉轉致意。林文月能擺脫舊說，顯清擬古詩的本質，誠具卓見。

六朝詩在題材方面有許多重要的開拓，研究六朝詩者，多喜從題材文學著手，洪順隆是其中成績顯著的一位，《六朝詩論》（臺北：文津出版社，1978年）和《由隱逸到宮體——六朝詩論二》（臺北：河洛出版社，1980年；文史哲出版社，1984年）二書，大體已將大家所熟悉的六朝題材詩包羅殆盡。《六朝詩論》前三篇論文研討詠物詩、山水詩及遊仙詩，後面五篇收的是個人文學，關於陶淵明、謝朓兩家詩的評析。《由隱逸到宮體》收集四篇論文：〈論六朝隱逸詩〉、〈田園詩論〉、〈玄言詩論〉和〈論宮體詩〉。這些文章分別討論六朝詩流行的七種題材：詠物詩、山水詩、遊仙詩、隱逸詩、田園詩、玄言詩、宮體詩的形成過程和背景、類型和特色等等。作者「在討論各主題時，往往隔蹊旁伸，作縱橫式的試探；所謂縱的試探，即時間的擴大延伸，觀察與討論主題有關的前後詩人或作品；橫的觀測是，空間的伸展拓寬，漫遊與討論主題有關的左右詩人和作品，藉以更清楚地去把握主題，顯示各主題的特色。」總之，這二本書對六朝題材詩作全面而深入的探討，

頗具參考價值。另外，王國瓔有《中國山水詩研究》（臺北：聯經出版公司，1986年），書分兩部分：一、中國山水詩的發展；二、中國山水詩的特色。前者探討山水詩的淵源、產生與流變，後者分析山水詩的形象摹擬與物我關係。

對六朝詩做較具全面性的探討的，還有王次澄《南朝詩研究》（中國學術著作獎助委員會，1984年）、盧清青《齊梁詩探微》（臺北：文史哲出版社，1984年）、劉漢初《六朝詩發展述論》（臺大博，1984年）、王文進《荊雍地帶與南朝詩歌關係之研究》（臺大博，1988年）等等。劉文以詩歌體裁的分類作為綱目，論述遊仙詩、隱逸詩、玄言詩、山水詩、詠物詩和宮體詩六個大章節。王文則探討荊雍地帶與南朝詩歌之關係，企圖在傳統以建康為中心的視野之外，提供另一個觀察南朝詩歌的角度，尤其論述邊塞詩始於南朝，實是慧見。另外，廖蔚卿〈從文學現象與文學思想的關係談六朝巧構形似之言的詩〉（《中外文學》三卷七、八期，1974年12月，1975年1月；收入《漢魏六朝文學論集》）及王文進〈論六朝詩中巧構形似之言〉（《師範大學國文研究所集刊》二十三集，1979年）等文，則在說明六朝詩的寫物造形的技巧及特色。

專家詩研究方面仍集中在傳統見重的大家。阮籍是前期較少研究的對象，本期則已有林敬文〈阮籍研究〉（《師範大學國文研究所集刊》二十四期上，1980年）、徐麗霞〈阮籍研究〉（《師範大學國文研究所集刊》二十四期下，1980年），均屬綜合性的研究；至於專對〈詠懷詩〉而發的，則有靳承振《阮步兵詠懷詩研究》（東海大學，1975年）、呂興昌〈阮籍詠懷詩析論〉（《中外文學》六卷七期，1977年）及邱鎮京《阮籍詠懷詩研究》（臺北：文津出版社，1979年），邱書計分上下二篇：上篇緒論，凡三章，分別介紹詩人的家世、生平、時代背景、名士風尚及思想行為；

下篇本論，凡四章，分別討論〈詠懷詩〉的版本、內容、寫作技巧、地位及影響，擴而大之，李正治有《六朝詠懷組詩研究》（師大，1980年）討論詠懷的實質與組詩的形式。陶淵明一直是熱門的研究對象，本期為文論述者特多，有方祖燊《陶潛詩箋註校證論評》（臺北：蘭臺書局，1971年）、王叔岷《陶淵明詩箋證稿》（臺北：藝文印書局，1975年）、劉維崇《陶淵明評傳》（臺北：黎明圖書公司，1978年）、方祖燊《陶淵明》（臺北：河洛出版社，1978年；國家出版社，1982年），高大鵬《陶詩新論》（臺北：時報出版社，1981年）、宋丘龍《陶淵明詩說》（臺北：文史哲出版社，1984年）、沈振奇《陶謝詩之比較》（臺北：學生書局，1986年）、呂興昌《陶淵明作品新探》（臺北：華正書局，1988年）等等。呂書「考證與義理兼行，前者重在勾勒淵明之本來面目，後者意在詮釋淵明之內在心靈，兩者交相為用，互有發明」，內含三篇：〈形跡憑化往，靈府長獨閑——無絃琴辨並論陶淵明的田園世界〉、〈人生實難，死如之何——陶淵明享年問題辨並論其死亡焦懼及其因應方式〉、〈辛勤無此比，常有好容顏——乞食詩辨並論陶淵明的貧士精神〉。陶淵明的〈桃花源記〉向來為人所樂道，廖炳惠〈嚮往、放逐、匱缺——桃花源詩并記的美感結構〉（《中外文學》十卷十期，1982年3月；收入《解構批評論集》臺北：東大圖書公司，1985年）一文，乃結合「讀者反應」的美學與相關的理論，詳細演釋作品中的「嚮往」、「放逐」、「匱缺」三要素，闡明閱讀的美感結構，以窺〈桃花源詩并記〉的宏邈深意及其思想連貫。其後，作者又有〈領受與創新——桃花源詩并記與失樂園的譜系問題〉（收入陳國球編《中國文學史的省思》香港：三聯書店，1993年）採用比較文學的方法，以陶淵明的〈桃花源詩并記〉和密爾頓的《失樂園》為例，探討中西文學史的領受（接受，reception）與創新的問題。誠如陳國球所

說「這個切入點的意義在於調整了文學史對文學的承傳過程的視野。傳統文學史對作品生產過程的描述，多以作品面世的時刻爲終結點。但一旦以領受（或者片面領受、借用）的角度觀察，就會發覺文本誕生以後所開展的文學過程，更是多采多姿。作者『原意』、文本『眞義』等等權威也自此消亡瓦解；文義另由領受者因主客觀的情況重新塑造，於是在不同的時代就呈現各種新貌。」❽

在臺灣，眞正以傳播新批評爲己任，並且運用新批評分析中國古典詩的代表人物，當數顏元叔。王融的〈自君之出矣〉是顏元叔最早選擇來作爲新批評的試金石的（見《談民族文學》臺北：學生書局，1973年），他「承襲了新批評特別著重字質與結構的方式，仔細分析這首詩的用字、句構、意象與主題發展」，頗有耳目一新之感。不過，他說王融〈自君之出矣〉的「金鑪」和「明燭」分別代表了女性和男性的象徵，即受到傳統中文學界相當大的質疑與批判。

另外，諸如張淑香〈三面「夏娃」——漢魏六朝詩中女性美的塑像〉（《中外文學》十五卷十期，1987年3月；《抒情傳統的省思與探索》臺北：大安出版社，1992年）指出：「在漢魏六朝詩歌中，女性美的三種類型之變化，由道德而精神而感官之美的層次嬗遞，是與詩體的發展演變，以及時代精神和背景息息相關的。」又陳昌明〈論庾信的「孤兒意識」〉（《中外文學》十四卷八期，1986年1月）和〈遊於物——論六朝詠物詩之「觀象」特質〉（《中外文學》十五卷五期，1986年10月）二文，也都展現出研究者立意的新穎。

從這一階段起，漢魏六朝文學研究成果中，碩博士學位論文占有

---

❽ 見陳國球編《中國文學史的省思》（香港：三聯書店，1993年）導言，頁13。

重要的地位。研究六朝詩的學位論文，計有康萍《魏晉遊仙詩研究》
（輔仁，1970年）、王次澄《兩晉五言詩研究》（東吳，1976年）、宮菊芳
《南北朝山水詩研究》（輔仁，1976年）、高大鵬《陶詩之地位與影響
研究》（東吳，1978年）、王來福《謝靈運山水詩研究》（東海，1980年）、
金惠峰《鮑照詩研究》（師大，1982年）、黃婷婷《六朝宮體詩研究》（師
大，1983年）、郭德根《謝玄暉詩研究》（臺大，1985年）、金南喜《魏晉
飲酒詩探析》（臺大，1985年）、沈禹英《魏晉隱逸詩研究》（政大，1985
年）、錢佩文《論晉詩之個性與社會性》（師大，1986年）、崔年均《陶
淵明詩承襲之探析》（臺大，1986年）、李海元《謝靈運與鮑照山水詩
研究》（政大，1987年）、李光哲《謝靈運詩用典考論》（臺大，1987年）、
張鈞莉《六朝遊仙詩研究》（臺大，1987年）、陳玉惠《陸機詩研究》（高
師，1987年）、高莉芬《漢魏怨詩研究》（政大，1988年）、黃水雲《顏延
之及其詩文研究》（文化，1988年；臺北：文史哲出版社，1989年）、陳美足
《南朝顏謝詩研究》（文化，1989年）及許旭文《北朝詩歌的邊族風采》
（政大邊政所，1989年）等等，這些論文，大都具有一定的填補空白和學
術開創意義。

(四)散　文

　　散文是中國古代文學中的重要文體，它與詩歌共同構成中國文學
正宗，地位在小說、戲劇之上。五四以降，西方文藝觀念傳入中國，
小說戲劇地位上升，散文地位逐漸下降，散文研究也相對冷落。漢魏
六朝散文的研究，與前之先秦和後之唐宋元明清的研究相比，更顯得
薄弱。七〇年代以來，情況稍有改善，但還有待深入。

　　本期通論漢魏六朝文章者，有馮承基〈六朝文述論略〉（《學粹》

一四卷一～三期，1971年12月—1972年4月；收入羅聯添編《中國文學史論文選集(二)》臺北：學生書局，1978年)，該文認為六朝文經由錯誤到整齊、單行到雙行、消極到積極等逐漸發展，最後形成具有講對仗、用典故、調平仄三種特色的駢儷文章。王夢鷗〈貴遊文學與六朝文體的演變〉(《中外文學》八卷一期，1979年；收入《古典文學論探索》臺北：正中書局，1984年)，乃辨證六朝文體實際是歷代貴遊文學家「踵其事而增華，變其本而加厲」那樣經營下來的結果。至於他的〈漢魏六朝文體變遷之一考察〉(《中研院史語所集刊》五〇本第二分，1979年6月；收入《傳統文學論衡》臺北：時到出版公司，1987年)一文更是體大思精，見解獨到。王夢鷗認為漢魏六朝文體的變遷是受到五項因素所影響：魏晉以下文體之辭賦化、貴遊作風與文體的關係、談辯風氣之影響文體、簡易的文字製造新奇、文集類書之隨波助瀾等，因此文辭與口語的差距便愈來愈大，「雅」「俗」的鴻溝也愈劃愈顯了。作者另有〈從雕飾到放蕩的文章論〉和〈從士大夫文學到貴遊文學〉(俱見前二書)二文，亦為治六朝文章者不可或缺的參考論文。

駢文乃是六朝文苑正宗，本期研究駢文的專書有：謝鴻軒的《駢文衡論》(臺北：廣文書局，1973年)三冊、張仁青的《中國駢文析論》(臺北：東昇出版社，1980年)和《駢文學》(臺北：文史哲出版社，1984年)等，皆申述駢文源流、結構與特色。另外，廖蔚卿則研究被視為文類的支派、文體之末科的連珠體，〈論連珠體的形成〉和〈論漢魏六朝連珠體的藝術及其影響〉二篇長文，詳細探析連珠體的藝術特色及其演變，說明要真正探視駢文或四六文的形式，由連珠體可以窺見其大要。

清代以前的學者研究文學，莫不涉獵金石學，而近人研究古典文學，卻甚少關注金石。葉程義是少數的例外，他的博士論文《漢魏石

刻文學研究》（東吳，1987年）和後來的專著《漢魏石刻文學考釋》（臺
北：新文豐出版公司，1997），皆致力於漢魏石刻文學此一冷門領域的研
究。

　　鑑賞是一門學問，是文學批評的重要方式之一。好的鑑賞文章應
該是作品內在藝術底蘊和美學價值的發掘者，王禮卿《歷代文約選詳
評》（臺北：國立編譯館，1973年）是獲得較多好評的專著，其中卷三～七
鑑賞秦漢三國六朝文。

　　關於個別的研究，《史記》和司馬遷的研究依舊是熱門，相較於
前、後階段，本朝研究的成績最是豐碩，方法亦趨於多元，有：一、
普及工作，如馬持盈《史記今註》（臺北：商務印書館，1979年）、楊家駱
《史記今釋》（臺北：正中書局）、臺靜農等六十名教授合譯《白話史記》
（臺北：河洛出版社，1979年；聯經出版公司）等；二、評介工作，如徐文珊
《史記評介》（臺北：維新書局，1973年）、鄭樑生《司馬遷的世界》（臺
北：志文出版社，1977年）等；三、校勘考訂，如王叔岷《史記斠證》（中
研院史語所，1981年）、施之勉《史記會注考證訂補》（國立編譯館）等；
四、學術研究，如賴明德《司馬遷之學術思想》（臺北：洪氏出版社，1982
年）、司虎林《司馬遷及其史學》（臺北：文史哲出版社，1987年）及徐復
觀的〈論史記〉（《兩漢思想史》卷三，臺北：學生書局，1979年）等；五、
討論義例、技巧，如范文芳《司馬遷的創作意識與寫作技巧》（臺北：
文史哲出版社，1987年）、游信利《史記方法試論》（臺北：文史哲出版社，1988
年）等，而研究《史記》的學位論文泰半都集中在此項研究，且多為
韓籍留華生所撰；六、比較研究，如吳福助《史漢關係》（臺北：文史
哲出版社，1975年）、朴宰雨《史記漢書傳記文比較研究》（臺大博，1990
年）等等。至於單篇論文，柯慶明〈論項羽本紀的悲劇精神〉（《文學

美綜論》臺北：長安出版社，1983年）一文，最可稱述。〈項羽本紀〉是歷
代研究最多的篇章之一，老題新作，沒有相當的識力，不易有所發明。
本文洋洋十餘萬言，「雖以〈項羽本紀〉的結構爲其主要的脈絡，但
是兼及司馬遷創作《史記》的悲劇意識，並且大量地參酌採用了前哲
和今賢的評論與批語」，廣徵博引，縱橫議論，辨證項羽一生的成功
與失敗和性格品質的優劣長短，都和他的權力意志及倫理品質密切關
係，敗在於此，成亦在於此。文章見解新穎、深刻，是一篇新視域的
開拓之好文章。又林聰舜〈伯夷叔齊怨邪非邪？——天道的破產與正
義法則的追尋〉（《國文天地》二三期）將〈伯夷列傳〉與《舊約·約伯
記》比觀，看到正義法則破產，理性的天道崩潰以後，兩個不同文化
背景的民族所走出的兩條道路，這也是一篇拓展新的觀照場域的佳
作。

　　此外，林文月〈洛陽伽藍記的冷筆與熱筆〉與〈洛陽伽藍記的文
學價值〉（均收入《中古文學論叢》）二文，關心較受冷落的北朝文壇。
前文指出楊衒之在此書中，落筆往往有冷熱不同的表現，關於地理空
間的記錄，他常常冷靜客觀；至於歷史文物的敘述，則不免於熱情激
越。後文乃列舉實例分析，肯定楊衒之的文學造詣及保持北朝文獻的
貢獻。

　　本期的學位論文有：田素蘭《洛陽伽藍記校注》（師大，1971年）、
勤炳琅《水經注引書考》（師大，1971年）、顏廷璽《顏氏家訓研究》（文
化，1975年）、陳靜《漢書論贊研究》（政大，1980年）、李錫鎭《兩漢魏
晉論體之形成及演變》（臺大，1981年）、范瑞珠《魏晉論辯散文之研
究——以嵇康爲珠心的試探》（政大，1982年）、楊聖立《洛陽伽藍記
之研究》（政大，1982年）、王明通《漢書義法》（文化博，1982年）、林

麗娥《范曄之文學及其史論》（政大，1982年）、張金城《越絕書校注》
（師大博，1984年）、林伯謙《劉宋文研究》（東吳，1985年）、蘇麗峰《水
經注之文學成就論析》（文化，1987年）等等，或專書研究，或文體探
析，且多爲生平背景、學術思想兼論。

㈤小　說

　　唐以前的文言小說，通稱爲古小說，它典型的特徵是形式短小、
內容瑣雜，都是一些「粗陳梗概」的「殘叢小語」，屬於雜記見聞的
筆記體小說。因此，早期觀念都將之視爲史部的「文獻」而從事考證
的批評。又因爲「小道」的關係，研究成績也就不夠理想。不過，七
〇年代以降，漢魏六朝小說的研究漸次繁榮，陸續有文章發表，無論
是批評的範圍，或批評角度都有大幅度的新銳的開拓。通論六朝小說
的全貌，有全寅初的學位論文《六朝小說之研究》（臺大，1971年）。

　　現存舊題漢人小說方面，研究者仍關注於《西京雜記》一書，有
古苔光〈西京雜記對後世文學的影響〉（《中外文學》四卷一期，1976年4月）
和〈西京雜記的研究〉（《淡江學報》一五期，1977年）二文。

　　在志怪小說方面，有周次吉《六朝志怪小說研究》（政大，1971年；
臺北：文津出版社，1986年）、全寅初《魏晉南北朝志怪小說研究》（師大
博，1978年）等。其中，王國良用力最勤，著有專書多部。《魏晉南北
朝志怪小說研究》（東吳博，1984年；臺北：文史哲出版社，1984年），內含
三篇：上篇爲概論，通論諸種外國問題而剖析之；中篇爲內容分析，
歸納出重要主題有神話與傳說、五行與數術、民間信仰、鬼神世界、
變化現象、殊方異物、服食修鍊與仙境說、宗教靈異與佛道相爭等八
項；下篇爲群書敘錄，計收志怪小說專集五十五部，依其流傳概況區

分爲現存、輯存、亡佚三大類。本書架構平穩、條理分明,爲一全面性寫法。由於目前我們所能掌握的六朝志怪的資料,多數都是後人由古注、類書中輯錄而出,因此考訂眞僞便是很重要的基礎工作,所以,王國良陸續又有《搜神後記研究》(臺北:文史哲出版社,1978年)、《神異經研究》(臺北:文史哲出版社,1985年)、《續齊諧記研究》(臺北:文史哲出版社,1987年)、《六朝志怪小說考論》(臺北:文史哲出版社,1988年)、《漢武洞冥記研究》(臺北:文史哲出版社,1989年)等書行文方式大抵上篇通論作者、卷本和內容;下編則校釋作品。另外,由於志怪故事之內容零碎不堪,金榮華以中國類書分類的編纂方式,著有《六朝志怪小說情節單元分類索引(甲編)》(臺北:中國文化大學中文研究所,1984年)。

志怪小說的興盛與當時的宗教大有關係。吳宏一〈六朝鬼神怪異小說與時代背景的關係〉(《現代文學》四四期,1971年9月)討論志怪小說產生的時代背景。李豐楙則進而考察道教對志怪小說的影響,按「仙道類小說」爲主線,撰寫《六朝隋唐仙道類小說研究》(臺北:學生書局,1986年)一書,其中論六朝志怪小說有三篇,分別是〈漢武內傳研究〉、〈十洲記研究〉和〈洞仙傳研究〉。「仙道類小說的研究,由於本身兼括道教與文學兩大特質,因而在研究方法上也不限於文學的技巧問題,而嘗試從道教史、從社會文化史的立場,辨明其所以形成的外在、內在因素,借以深入瞭解其特殊的內涵。」

單篇論文方面,張漢良〈楊林故事系列的原型結構〉(《中外文學》三卷一一期,1975年四月;《比較文學理論與實踐》臺北:東大圖書公司,1986年)一文,以佛洛依德的心理分析和容格的神話原型批評,分析以〈楊林〉故事爲題材的小說主題和結構。他指出《幽明錄》中的〈楊林〉以及以此爲藍本的唐傳奇:〈枕中記〉、〈南柯太守傳〉、〈櫻桃青衣〉

等四篇,「都是同一深層結構與母題的不同處理,分別依附於其時代的宗教、政治思想格局上。其演化過程標示出一個原始題材和結構的美學價值與道德的轉換。」另外,葉慶炳〈魏晉南北朝的鬼小說與小說鬼〉(《中外文學》三卷一二期,1975年5月)對「鬼」的描寫作了一個概括,〈六朝至唐代的他界結構小說〉(《臺大中文學報》三期,1989年;收入《晚鳴軒論文集》)討論冥界、仙鄉、幻境、夢境的小說,吳達芸〈漢魏六朝小說中的愛情格局〉(《文學評論》七集,1983年)自小說的主題結構來欣賞漢魏六朝小說中的種種愛情現象。這些論文都創意十足,令人耳目一新。

研究志怪小說的學位論文,有許建新《搜神記校注》(師大,1974年)、陳兆禎《漢武故事漢武內傳漢武洞冥記研究》(輔大,1980年)、金克斌《魏晉志怪小說中的世界──以搜神記為中心的研究》(東海歷史所,1985年)、呂清志《魏晉志怪小說與古代神話關係之研究》(臺大,1986年)、陳桂市《幽明錄宣驗記研究》(高雄師大,1987年)、康韻梅《六朝小說變形觀之探究》(臺大,1987年)、陳麗卿《韓憑故事研究》(文化,1987年)、謝明勳《六朝志怪小說變化題材研究》(文化,1988年)等等。

《世說新語》作為雜事瑣語的大宗,因為性質的關係,研究的角度也就呈現多樣,反倒少有從小說立論。專書不多,除王叔岷《世說新語補正》(臺北:藝文印書館,1975年)外,多是譯介的普及讀本,然而學位論文猶有可觀,如詹秀惠《世說新語語法研究》(臺大,1971年;臺北:學生書局,1973年)、朴敬姬《世說新語中人物品鑑之研究》(政大,1982年)、林志孟《世說新語人物考》(文化,1983年)、尤雅姿《劉義慶及其世說新語之散文》(師大,1986年)、陳慧玲《由世說新語探討

魏晉清談與雋語之關係》（東吳，1987年）、朴美玲《世說新語中所反映的思想研究》（文化，1989年；臺北：文津出版社，1990年）等等，或討論語法，或考證人物，或分析文學，或探討思想，各有側重。

此外，本期小說研究另有新闢天地，出現二份專門期刊：一、靜宜大學中國古典小說研究中心主編《中國古典小說研究專集》（臺北：聯經出版公司，1979年）；二、清華大學中文系主編《小說戲曲研究》（臺北：聯經出版公司，1988年），刊載不少有關漢魏六朝小說的精彩論文，並且製作研究書目，方便索引。

㈥文學理論

臺灣學者雖然沒有寫出像郭紹虞《中國文學批評史》之類通貫性的鉅著，在斷代的文學批評史方面，本期倒還有些成績，展現出研究者通盤性的探討野心，或歷史透視的價值認識。王金凌《中國文學理論史・上古篇》（臺北：華正書局，1987年）和《中國文學理論史・六朝篇》（臺北：華正書局，1988年）二書，書中所探討的範圍，以先秦兩漢魏晉南北朝文學理論材料中，關涉文、文學和文學作品等概念和論述為主。二書「論證詳實，有關理論的淵源、影響、內容，均能援引合度，掌握其中遞變之跡。」從二書的寫作結構和內容特色來看，作者不囿限在美學視野，而嘗試以更寬廣的文化史角度觀之，辨明理論遞變的內在、外在複雜因素，得出各時代文學思想的「基調」，實是具有原創的啟發意義。朱榮智《西漢文學理論之研究》（臺北：聯經出版公司，1978年），內分四章：一、先秦學者文學概說；二、兩漢文學理論產生之背景；三、兩漢之文學理論家及其主張；四、兩漢文學理論於中國文學批評史之地位。以為兩漢之文學理論，雖乏替密而思精，不

免疏略以雜亂，然後世之文學批評，多有淵源於此者。張仁青《魏晉南北朝文學思想史》（臺北：文史哲出版社，1978年），特將六朝文學及其思想作有系統的探討，俾世人對此一時代之麗製瑋篇，妙諦勝義，能有所認識。作者本著知人論世的觀念，全書對其產生的背景作較詳盡的介紹。廖蔚卿《六朝文論》（臺北：聯經出版公司，1978年），本書寫作目的在研究六朝文論的時代思想，著重主體及綱領，所以將各家論見，綜合組織，用概論式的序列，不取先後的介述，期使六朝的文學思想及理論，能有一系統及完整的呈現。緣此，「她以《文心雕龍》為主，參酌時人作品，將六朝文論，分為文德論、文質論、通變論、文氣論、神思論、風骨論、文體論、修辭論、聲律論、批評論等十個批評問題，詳加闡說，頗多精彩。其中如論：氣為性情所表現的生命活力，文氣為文學的生命力的表現，因而辨析為性情的氣、才力的氣、志氣的氣、文章的氣；以作品中呈現出的情思及文辭的活力現象為風骨等都是極好的例子。」同時，廖蔚卿還專篇的探析劉勰的創作論、風格論、論時代與文風等，都極為精闢。此外，她在〈詩品析論〉中，分章討論鍾嶸的詩論、鍾嶸品詩的準則、體源論的探討、作家作品的抽樣分析、鍾嶸批評思想的批判等問題，對鍾嶸《詩品》作了最徹底的分析與探討。李瑞騰《六朝詩學研究》（文化，1978年），內含五章：一、六朝詩學之背景，屬於外緣研究；二、六朝時代與詩學有關之著述，乃為預備作業；三、四、五章則多內在分析，按史、論、評三項分別論述，是本論文的重心所在。在研究方法上，作者多參考韋勒克（Rene Wellek）與華倫（Austin Warren）合著《文學論》（Theory of Literature）之說。又曾永義《兩漢魏晉南北朝文學批評資料彙編·緒論》（臺北：成文出版社，1978年）一文，就周秦兩漢以來批評家所論及與文學相關的

種種問題，分項加以系統而扼要的說明，藉此以觀本期在中國文學批評史上的成就。另外，劉渼《魏晉南北朝文論佚書鉤沉》（師大，1990年）則對此期文論佚書，廣徵博引，分別考其眞僞，定其出處。

論文集雖無嚴謹的篇章結構，但所論各文要多與漢魏六朝文學理論有關，亦可視爲通論書之一種。王夢鷗的《傳統文學論衡》和《古典文學論探索》二書，分別各有七篇、十篇文章述及漢魏六朝文學理論，涵蓋有貴遊文學、曹丕《典論・論文》、陸機〈文賦〉、葛洪《抱朴子》、裴子野〈雕蟲論〉、蕭統〈文選序〉、蕭綱〈與湘東王書〉、蕭繹《金樓子》、劉勰《文心雕龍》及鍾嶸《詩品》等等，均爲漢魏六朝文學理論最具關鍵性的節目，把握這些節目，便能對此期得一歷史性的透視。因此，二書雖未出以通史型態，然其重點特寫的方式，誠可謂「漢魏六朝文學理論關鍵史」。再者，「由精審之考據以解決歷史上關鍵性的問題，最是考據學的價值所在。所謂外緣解釋，要以此爲能事。如本書中考出曹丕《典論》之作，實爲其與乃弟曹植政治鬥爭（爭立太子）之一『善巧方便』，而《典論・論文》則用以打擊曹植之文士集團及其文學權威，並以『文章無窮』作爲招降的誘餌。要之，《典論・論文》實具有一種『統戰』作用在其中，這一點是很可注意的隱情。」❾正因爲王夢鷗能將微觀考析和宏觀研究結合起來，故能發前人所未發的創見。清代學者戴震提出過「巨細必究，本末兼察」的主張，確能於二書中得見一斑。

現代學者研究中國古典文學，若欲建立彼此比較精確的對話，那

---

❾　見高大鵬〈中國文學批評的關鍵史──簡介王夢鷗教授之「古典文學論索」〉，刊載於聯合副刊，1985年1月3日。

麼重新疏解諸多古典文學批評術語和觀念，對它的蘊涵以及觀念的發展，能獲致大體而清晰的共識，無疑是一項迫切而且基礎性的工作。本階段開始從事這項具有創新意義的探究，譬如顏崑陽的〈論魏晉南北朝「文質」觀念及其所衍生諸問題〉、〈論文心雕龍「辯證性的文體觀念架構」〉、〈文心雕龍「知音」觀念析論〉和〈論沈約的文學觀念〉四篇文章（均收入《六朝文學觀念叢論》臺北：正中書局，1993年），分別處理「文質」、「文體」、「知音」（批評）以及「聲律」等六朝文學觀念，闡明這些術語觀念興起的原因、衍變、意蘊及理論內部的關聯。張靜二〈王充的文學理論——從「氣」的觀念說起〉、〈曹丕的文氣說〉與〈劉勰的養氣說〉（均收入《文氣論詮》臺北：五南圖書公司，1994年）三文，鄭毓瑜《六朝文氣論探究》（臺大，1986年；臺大文史叢刊，1988年），皆在探究「氣」的概念在漢魏六朝文論中的地位和涵義。陳昌明《六朝緣情觀念研究》（臺大，1987年）釐清「言志」「緣情」「載道」的糾結，確定六朝「緣情」觀念乃審美意識的創發。蔡英俊《六朝「風格論」之理論與實踐探究》（臺大，1980年）揭示六朝文論是循作者才性與作品體別完成「風格論」的理論走向。廖棟樑《六朝詩評中的形象批評》（輔大，1983年；《文學評論》八集，1984年）則考察最能代表中國古代文藝批評的精神之一的「意象批評」法。其他，諸如廖宏昌《六朝文筆說析論》（文化，1985年）、賴麗容《從思維形式探究六朝文體論》（師大，1987年）、賈元圓《六朝人物品鑑與文學批評》（東吳，1986年）、周靜佳《六朝形神思想與審美觀念》（臺大，1989年），莫不在釐清六朝文學觀念的意蘊。

自從陳世驤、高友工宣稱中國文學的本質與榮耀就在抒情的傳統裏，循著此一脈絡，蔡英俊《比興・物色與情景交融》（臺北：大安出

版社，1986年）一書，從文化背景與文學現象說明魏晉六朝時期「緣情」的自覺與創作理念的產生，也就是「抒情自我的發現」。他將外因歸之於「漢魏之際生死問題的愴痛所帶給人自我生命的醒悟與自覺」，將內緣推到《古詩十九首》人生無常的基本主題的表現。呂正惠〈物色論與緣情說——中國抒情美學在六朝的開展〉（收入《抒情傳統與政治現實》臺北：大安出版社，1989年）一文，將「物色論」與「緣情說」直推源到《古詩十九首》，肯定《古詩十九首》是中國抒情傳統的真正源頭，而「緣情說」與「物色論」正是針對此一詩歌表現的現象的理論反省。其後，張淑香〈抒情傳統的本體意識——從理論的「演出」解讀蘭亭集序〉（收入《抒情傳統的省思與探索》臺北：大安出版社，1992年）一文，指出〈蘭亭集序〉所抒發的正是一種對於生命的體驗與反省，故而其文章本身即成為抒情傳統理論的演出與現身說法，揭示〈蘭亭集序〉在漢魏六朝文學理論系譜中的定位。

　　資料的編選同樣是一門學問。七〇年代以降，與漢魏六朝文論有關的古代文論資料的編選，大體可分為兩種類型：類編與彙編。以類編而言，臺靜農主編《百種詩話類編》（臺北：藝文印書館，1974年）分前後兩編，前編為作家類，就姓氏筆劃為次序；後編包括詩論、歷代詩評論、體製、作法、品藻、辨正、論文、雜記等八類。不僅省翻檢之勞，亦有助於考據。以彙編來說，有葉慶炳負責策劃的《中國文學批評資料彙編》（國立編譯館主編，成文出版社印行，1978年）八冊，起自兩漢，止於清末。專門收集文學批評的零星篇章，凡原已編輯成書無論是單行本或編入總集別集者一概不錄。各冊均分敘論與資料彙編二部分，前者綜論此一時代文學批評之特色、流派及其成就；後者則就所收資料按時代先後排列，不但便於翻檢，且可看出文學批評發展之線索。

第一冊兩漢魏晉南北朝，由柯慶明、曾永義編輯。

　　關於個別的研究、討論王充的，如李道顯《王充文學批評及其影響》（臺北：文史哲出版社，1984年）；討論曹丕的，如蔡英俊〈曹丕典論論文析論〉（《中外文學》八卷一二期，1980年5月）；討論陸機的，如張亨〈陸機論文學的創作過程〉（《中外文學》一卷八期，1973年1月）、齊益壽〈劉勰的創作與陸機文賦之比較〉（《中外文學》一一卷一期，1982年6月）、徐復觀〈陸機文賦疏釋初稿〉（《中外文學》九卷一期，1980年6月；《中國文學論集續編》臺北：學生書局，1981年）、王靖獻〈陸機文賦校釋〉（《臺大文史哲學報》三二期，1983年；洪範書店，1985年）；討論葛洪的，如陳飛龍《葛洪之文論及其生平》（臺北：文史哲出版社，1980年）、劉翔飛〈葛洪的文論〉（《中外文學》一一卷八期，1983年1月）；討論沈約的，如姚振黎《沈約及其學術探究》（臺北：文史哲出版社，1989年）；討論顏之推的，如王開府〈顏氏家訓之文學觀〉（《國文學報》九期，1980年）；討論鍾嶸的，如楊祖聿《詩品校注》（臺北：文史哲出版社，1981年）、廖棟樑撰述《詩品》（臺北：金楓出版社，1986年）、王叔岷《鍾嶸詩品箋證稿》（中央研究院中國文哲研究所，1992年）、葉嘉瑩〈鍾嶸詩品評詩之理論標準及其實踐〉（《中外文學》四卷四期，1976年7月；《迦陵談詩二集》臺北：東大圖書公司，1985年）等等，可供參考。

　　梁蕭統編纂《文選》，成為總集的權輿，詞章的淵藪。「藉體制之便，與學統之威，《文選》一書及其相關學術漸次成為古典文學研究重要對象，於是，臺灣『文選學』自茲而成形。」本之前期版本，小學的研究成果，七、八○年代，專書專論紛紛刊行。其中，林聰明《昭明文選研究初稿》（臺北：文史哲出版社，1986年）一書，內分六章：首章明《文選》編者及年代；次章述選文標準並蕭統的文學觀念；三

章論《文選》的體式；四章考《文選》撰者的里籍闕疑；五章明歷代文選選；六章乃文選學研究方法述要，全書綱目清晰、章節分明。游志誠《文選學新探索》（東吳博，1989年），是書爲臺灣出版第一部綜合研究《文選》之作，內分五章：首章文選版本學，次章文選校勘學，三章文選注疏學，四章文選評點學，末章則主文選綜合研究之說，作者揭出「知識詮別」與「性靈感受」二者相濟之道，誠爲不可多得之佳作。

《文心雕龍》是我國文學理論的經典之作，故歷來頗受重視，尤其七、八〇年代最爲勃興，研究成果最是輝煌。其中，王更生用力最勤，發表《文心雕龍》論文最多，內容也最豐富。僅就專書而言，計有《文心雕龍研究》（臺北：文史哲出版社，1976年）、《文心雕龍導讀》（臺北：華正書局，1977年）、《重修增訂文心雕龍研究》（臺北：文史哲出版社，1979年）、《文心雕龍范註駁正》（臺北：華正書局，1979年）、《文心雕龍研究論文選粹》（編）（臺北：育氏出版社，1980年）、《文心雕龍讀本》（臺北：文史哲出版社，1983年）、《重修增訂文心雕龍導讀》（臺北：華正書局，1988年）以及九〇年代所著《文心雕龍新論》（臺北：文史哲出版社，1991年）、《文心雕龍選讀》（臺北：巨流圖書公司，1994年）、《中國古代文學理論的秘寶——文心雕龍》（臺北：黎明出版公司，1995年）等等。舉凡《文心雕龍》的作者、版本、文原、文體、文術、文評及其他，王更生皆條分縷析，多所創見。除此之外，沈謙《文心雕龍之文學理論與批評》（臺北：華正書局，1981年）、王金凌《文心雕龍文論術語析論》（臺北：華正書局，1981年）、王夢鷗《古典文學的奧秘——文心雕龍》（臺北：時報出版公司，1982年）、王禮卿《文心雕龍通解》（臺北：黎明出版公司，1986年）等書，亦極具參考價值。

　　一九六四年，王夢鷗出版《文學概論》（臺北：藝文印書館）一書，揭櫫文學是語言的藝術，形成了他以「語言形式」為理論核心的特色。以此「語言形式」為基本理論核心，王夢鷗展開一系列《文心雕龍》的研究，認為「《文心雕龍》的著者劉勰，他對於文學的基本看法是把文學當作語言來處理。這一點，可說是他一著手就把握到了文學的核心問題。」緣此，對於「文體」的討論，王夢鷗提出「文章上種種不同的風格，亦即外在的體，基於內在的性，而體性僅是一事之兩面了。在內的才氣，是神思的主要動力，但在神思之組成為『意內言外』的文詞，而那文詞本即是後天學習得來的資料。」如此與徐復觀完全相異的論述，自然引發了徐復觀的究詰，其在〈王夢鷗先生「劉勰論文的觀點試測」一文的商討〉（《中國文學論集續編》）一文中，重申以往的見解，批駁王夢鷗「以『語言』抹煞『文體』的觀念」。繼王、徐的《文心雕龍》論戰之後，龔鵬程、顏崑陽亦提出一己的見解。龔鵬程的〈從呂氏春秋到文心雕龍──自然氣感與抒情自我〉、〈文心雕龍的價值與結構問題〉和〈文心雕龍的文體論〉（均收入《文學批評的視野》臺北：大安出版社，1990年）三文，賡續王夢鷗「語言」美學的觀念，均與徐復觀持相反的意見。顏崑陽〈論文心雕龍辯証性的文體觀念架構〉（收入《六朝文學觀念叢論》）則認為徐、龔二氏皆偏於一面，得其一端，而劉勰的文體觀念是時間的辯証發展與空間的辯証融合下，形成一立體性的架構。總之，八○年代的這場《文心雕龍》論戰，「卻正可突顯臺灣地區在文學批評方面對傳統中國美學特質之思索，亦即以『創作主體』為主的『人格』，與以『語言形式』為主的『風格』之論辯。」「也促使文學批評者開展出『才性主體之美』與『語言風格

之美』的討論。」意義誠爲非凡。**⓾**

四、第三階段（九〇年代）

「舊學商量加邃密，新知培養轉深沈」。九〇年代的漢魏六朝文學研究，與時代氛圍的改變有著極爲密切的關聯。就政治格局而言，承襲八〇年代末期政治上的解嚴，促成兩岸之間的文化交流。在圖書資訊方面，大陸學者在文獻典籍的校勘整理、整體問題的宏觀研究、西方文論的譯介闡釋上，皆有斐然可觀之成績。此不僅讓臺灣學者在傳統的文獻研究及新穎的詮釋觀點上，帶來極大的便利與刺激。同時兩岸之間學術會議的舉辦，也常藉著學者的往來交流，更加擴大且加深了對於某些年代以及學術專題的研究。如「賦學」會議相繼在兩岸三地召開；而以斷代爲主的「兩漢」、「魏晉南北朝」學術會議也屢見不鮮，兩岸及其它國際學者之對話，讓這一時期漢魏六朝的文學研究，激盪出一幅「眾聲喧嘩」的景象。不僅釐清了一些文學基本觀念，也在方法上開拓了新視界，表現出研究者立意的新穎和研究的深度。

若就國內中文學界的學術生態而言，社會多元化的價值觀、知識專業分工的細瑣、碩博士班的增設，也牽動了大學院校中文系、所走向各自的學術特色。加上如簡宗梧、洪順隆、李豐楙、王更生……等學者在漢魏六朝的賦、詩、小說、文學批評上，有計劃的引領碩、博士班學生進行相關題材、主題以及影響研究，讓這時期的學位論文在

⓾ 關於這場論戰，請參見龔鵬程編著《美學在臺灣的發展》，頁197—202。

質與量上皆有可觀之處。而學術會議及刊物較前期的增加，也讓年輕學子有了更多發表的園地。

(一)總　論

　　綜覽九〇年代漢魏六朝文學風貌，專著不及學位論文之生產速度，在研究取向上，跨學科的整合反映在詮釋觀點及數據的量化上。以專書而言，梅家玲《漢魏六朝文學新論—擬代與贈答篇》（臺北：里仁書局，1997年）一書，承續王瑤、林文月等對於擬代之作的相關討論，要讓素來被誤解的擬作、代言形象，在文學史上予以重新定位，並對受冷漠的贈答詩進行研判。梅氏認為所謂的「擬代」，包括以擬作、代言所完成的詩賦之作，是銘記著人文世界承繼新變的行進軌跡。而「贈答」即「贈答詩」，圖寫了當代瞬間的個體存在情境，和與之盤結互動的多重關係網絡。作者便以此觀點來探討謝靈運〈擬魏太子鄴中集詩八首并序〉；漢晉詩歌.中的「思婦文本」；建安「贈答詩」；二陸贈答詩中的自我、社會與文學傳統等議題。其次，李豐楙《誤入與謫降：六朝隋唐道教文學論集》（臺北：學生書局，1996年），此書為宗教文學之研究。作者認為「誤入」為凡人進入仙界的仙緣；「眞誥」為修道者接遇仙眞的神秘經驗；「謫讁」則是仙界諸仙被謫下凡間。三組概念皆涉及此界與他界的交往關係，表現於道教神話傳說、小說、詩歌，為道教文學重要的運作概念。此外，廖蔚卿《漢魏六朝文學論集》（臺北：大安出版社，1997年），所收錄的文章雖多為七、八〇年代之舊作，然其中〈中國上中古文學批評的一個主題的觀察〉一文，發表於九〇年代，作者對先秦、漢魏六朝文學批評中的概念與理論，做主題性的觀察與反省，而得到：一、關於作品，所論的命題是：質、情；

文、采；風力、風骨、滋味；文筆及用事、聲律；二、關於作者，所
論的命題是：寄心、爲文之用心（興感、神思、才氣）；三、關於批評與
鑑賞：知音等六朝文論重要的主題及觀念。「這篇文章的重要性，不
僅在於指陳文學觀念演進的事實，更重要的是，作者闡明『爲什麼』
會有如此的演進意義，把每個環節的轉變關鍵一一討論清楚。」此外，
有關於士族政治與文學關係討論者，如林童照《六朝人才觀念與文學》
（臺北：文津出版社，1995年）。有關作家及作品研究者，如林芬芳《陸雲
及其作品研究》（臺北：文津出版社，1997年）。也有對於作者某一時期作
品主題的研究，如李國熙《庾信後期文學中鄉關之思研究》（臺北：文
津出版社，1994年）。而關於作者生命情感思維及外顯的文化型態之研究
有尤雅姿《魏晉士人之思想與文化研究》（臺北：文史哲出版社，1998年），
凡此皆豐富了此期六朝文學研究的內涵。

　　兩性議題是這一時期關注的焦點。引人注目的著作是由六位臺大
中文系女性學者合著的《古典文學與性別研究》（臺北：里仁書局，1987
年）一書。其中，與漢魏六朝有關的論文有：蔡瑜〈離亂經歷與身分
認同——蔡琰的悲憤交響曲〉、梅家玲〈六朝志怪人鬼姻緣故事中的
兩性關係——以「性別」問題爲中心的考察〉及〈依違於婦德與才性
之間：世說新語賢媛篇的女性風貌〉、鄭毓瑜〈由話語建構權論宮體
詩的寫作意圖與社會成因〉等文，她們運用女性研究和兩性研究重新
詮釋久享盛名的漢魏六朝作家和作品，論述若干文化及社會組成因素
對於同性/異性種種關係的影響。另外，曾珍珍〈粲粲三珠樹：論六朝
詩賦文本兩性化的表現〉（收入《女性主義與中國文學》臺北：里仁書局，1997
年）一文，則摘舉數首六朝詩賦，略論其兩性化的表現及其無法跨越
的性別囿限。而這些皆可看出兩性關係如何由社會議題轉移到文學的

研究上。

劉勰《文心·正緯》說：「事豐奇偉，辭富膏腴，無益經典，而有助文章。」關於讖緯與文學的關係，歷來研究者甚少措意於此。王令樾《緯學探原》（臺北：幼獅出版社，1984年）直承劉勰的說法，爬梳典籍，使讖緯助文之說確然有證，尤其透過統計看出賦類最愛出入讖緯。唯王氏將李善注中以爲典出自讖緯者列出，尚只是資料還原與整理。殷善培《讖緯思想研究》（政大博，1996年）則運用文學敘述理論的觀點進一步思索讖緯與文學的關係，指出讖緯不僅可供修辭徵引之助，而且其思維方式亦契合於文學藝術思維，終而得出讖緯的文學風韻。這可以說是對漢代文學研究領域的另一墾拓。

至於在其他學位論文方面，著重於學術思潮對文學創作影響的有楊建國《天人感應哲學與兩漢魏晉文學思想》（東海，1991年）。從文學的形上思維、人的創作動能、文學的教化功能，以及批評與審美的角度來展開討論。而以六朝人倫品鑒與文藝作品關係爲討論對象的有：李清筠《魏晉名士人格研究》（師大，1991年）、賴麗蓉《魏晉人物品鑑研究》（師大博，1996年）。以文學與時代環境來立論的則有朴泰德《建安時代鄴下文士的研究》（臺大，1990年）、張淑芬《梁蕭氏文學集團研究》（淡江，1993）。此外，劉福田《東魏北齊學術環境與文學關係之研究》（淡江，1992年）以胡化政權對漢文學的態度，及漢世族文官的處境，來討論北朝文學不興的源由。就個別作家與作品研究而言，有張堯欽《阮籍研究》（臺大，1992）、王繪絜《傅玄及其詩文研究》（文化，1996年）、陳淑美《潘岳及其詩文研究》（文化，1997年）、蕭合姿《江淹及其作品研究》（文化，1998年）、劉慧珠《齊梁竟陵八友之研究》（政大，1992）、梁承德《沈約及其作品研究》（文化，1991年）、

許東海《永明體之研究——以沈約文論即其作品為主》（政大博，1992）、劉家烘《徐陵及其詩文研究》（輔仁，1995年），以上皆含括了作者生平、作品（詩、賦、文等）介紹。其中較值得注意的是楊玉成《陶淵明文學研究—語言與民間禮儀的綜合分析》（政大博，1993年）。此文是此一時期新觀點、新方法運用於舊文獻的顯著範例。作者以「語言」與「儀式」兩種象徵體系帶入陶淵明詩、文的細讀，而建立起一條屬於文化史的批評進路。此外，以作者及作品之比較研究而言，有任效誠《嵇康與阮籍—其人品、思想與文學之比較》（文化，1995年），而題材的研究則如張榮基《魏晉志怪文學之研究》（東吳博，1992年），含括了魏晉詩、賦、散文、筆記小說裡頭的志怪題材，分門別類加以敘述。由上述學位論文多元化的議題，可以看出新的詮釋理論運作之跡。

由於學術會議的舉辦，讓這一時期以時代為主的會議論文集收錄了許多來自其他地區、國家學者的聲音，而本地學者的研究也呈現了更多元的詮釋角度。如政大中文系所主編《漢代文學與思想學術研討會論文集》（臺北：文史哲出版社，1991年），收錄許多兩漢文學研究。其中顏崑陽〈論漢代文人「悲士不遇」的心靈模式〉承襲徐復觀對兩漢知識分子性格的討論，而以漢代「士不遇」作品來探討作家之情志，在此一漢代文人心靈的重演上，具有開拓之效。此外，輔仁中文系也主編有《兩漢文學學術研討論文集》（臺北：華嚴出版社，1995年）。至於魏晉南北朝的學術會議，出版的論文集有三冊：成大中文系主編《魏晉南北朝文學與思想學術研討會論文集》（臺北：文史哲出版社，1991年）、香港中文大學中國語言文學系主編《魏晉南北朝文學論集》（臺北：文史哲出版社，1994年）、東海大學中文系主編《第三屆魏晉南北朝文學國際學術研討會論文集》（臺北：文史哲出版社，1998年）。這些論文集都涉

及魏晉南北朝文風的演變、文體的辨析、作家的考證及作品的分析，從整體上檢閱目前學術界對魏晉南北朝文學研究的成績。

　　關於研究文獻目錄的編纂，本期有韓復智編《先秦兩漢文學論著集目正編》《先秦兩漢文學論著集目續編》（臺北：五南出版公司，1996年，1997年），王國良編《魏晉南北朝文學論著集目正編》《魏晉南北朝文學論著集目續編》（臺北：五南出版公司，1996年，1997年），洪順隆編《中外六朝文學研究文獻目錄（增訂本）》（臺北：漢學研究中心，1992年），後來，作者又有〈中外六朝文學研究文獻目錄：1992年7月—1997年6月〉（《漢學研究通訊》六八—七〇期）作為續編，替漢魏六朝文學研究書目、論文的查詢上，給學者帶來極大的便利。

㈡賦

　　漢魏六朝賦學研究到了九〇年代，質與量都有顯著的提昇。專書部份，簡宗梧仍然是此一時期賦學研究的引領者。在其所著《漢賦史論》（臺北：東大圖書公司，1993年）當中，上編〈漢賦史料之編纂與考辨〉，仍秉持「賦」附麗於小學的立場，運用音韻辨證辭賦真偽及其年代；下編〈漢賦本質與特色之歷史考察〉則分別從不同的角度，對漢賦本質與特色的變化加以探究。首篇〈漢賦為詩為文之考辨〉是從賦的源流、衍變，論其形式，析其內容，並就作家的主觀意識，以及作家客觀形貌，認定它是詩的別支、詩的延伸。次篇〈從揚雄的模擬與開創看賦的發展與影響〉，辨證揚雄並非是個了無新意的模擬者。若從文章體類發展的觀點去檢驗揚雄之賦作，則他的模擬，反倒使得那類文章從此「文成法立，備為一體」，銳變為有獨特品式、體類的文章，也使文章辭賦化的影響更為擴大。再次為〈賦體語言藝術的歷史考

察〉，試圖從賦體的題材內容、表現形式，以探討賦體語言藝術—從口傳轉為書面文學的發展脈絡，從而解釋辭賦各階段的特質，及其轉變的原因。再次為〈從專業賦家的興衰看漢賦特性與演化〉，簡氏考察漢代一群背景相似，被稱為「言語侍從」的賦作家群，因其集團的聚散與地位的起落，而使作品產生變化。若從此角度切入，則漢賦的各種特質及其演化的現象，將可得到合理的詮釋。

此外，在《賦與駢文》（臺北：臺灣書店，1998年）一書當中，簡宗梧則是把賦與駢文放在歷史裡頭進行現象的探索、生態的考察，有系統地觀察賦與駢文的文體特徵，及其在不同時間與空間所呈現的體制特點和主要風格；並試圖詮釋其發展與演變的歷程，以及兩者之間的互動關係。該書並提出一些新的觀點與線索，為文學史做不同面向的觀察，而有不同於一般的審斷。譬如：賦是散文化的詩；駢文是賦體化的散文；駢文起源於士大夫文學的興起；唐傳奇是小說辭賦化的產物；講經變文是佛經俗賦化的作品；賦是從漢到唐文學發展的火車頭等等，這些都是別人所不曾提及的，而此書能呈現新的文學史觀察與論述，可說是頗具原創性的著作。

朱曉海所著《習賦椎輪記》（臺北：學生書局，1999年），乃是彙整九〇年代習讀兩漢六朝賦篇所出之心血結晶。〈某些早期賦作與先秦諸子學關係證釋〉一文，藉由探索賦作與先秦諸子學關係，釐清賦的淵源背景，確定它原初的諷諫性質，並指陳賦在早期以何種方式呈現於聽眾前。〈自東漢中葉以降某些冷門詠物賦作論彼時審美觀的異動〉則提出獨特見解。朱氏認為漢賦的典型在於摛鋪事物講求其「巨麗」之美感，但到了東漢中葉，如從張衡〈髑髏賦〉、王延壽〈夢賦〉、傅玄〈猿猴賦〉等專敘述一些魑魅魍魎者的賦作來看，則不難發現其

審美觀已轉向以愚拙醜惡殘缺死亡爲歸趨。而歸結其根本原因，乃在於其時人精神層面已出現了異動。朱氏此文能另闢谿徑，尋繹冷門賦篇作爲研究之題材，又能出之於新意，可謂發人之所未見，極具參考價值。

　　另外，香港學者何沛雄著有《漢魏六朝賦論集》（臺北：聯經出版社，1990年），探討漢魏六朝的代表作家、作品及相關典籍，並附錄三篇西方漢學家漢魏六朝賦譯者簡介。鄭良樹《辭賦論集》（臺北：學生書局，1998年），本書搜集包括司馬相如、司馬遷及曹魏集團作品在內的辭賦論文六篇，並於曹魏集團的賦作活動製成賦作活動表，方便檢索。

　　九〇年代以後在臺、港、中三地共舉辦過四次賦學會議。結集的論文集在臺灣出版僅有《第三屆國際辭賦學學術研討會論文集》上、下冊（臺北：政大文學院，1996年）。冊中佳作迭出，臺灣學者可舉鄭毓瑜〈賦體中「遊觀」的型態及其所展現的時空意識—以天子游獵賦、思玄賦、西征賦爲主的討論〉，以及顏崑陽〈論漢代「賦學」在中國文學批評史上的意義〉爲例，說明理論的援引、觀念的深化，在這一期賦學研究上的意義。鄭毓瑜從時間、空間兩條構成宇宙的縱軸與橫軸，來探索「我」與「他」如何在遊與行當中，取得自覺而能安身立命。此文明顯脫胎於西方哲學、文論，如現象學、存在主義的運用，可爲這一期詮釋方法與風格之代表。相對的，顏崑陽的處理著重於觀念的深化。顏文指出漢代「賦學」在中國文學批評史上有三項判斷：一是漢代「賦學」的表述型態，主要爲「賦話」與「作品分類」。二是漢代「賦學」在文學批評一般理論上所涵具的意義，亦可再區分爲二：㈠、是「自體功用」，如司馬相如之聲韻有節、形相華麗之「寫物」賦等；㈡、是「涉外功用」，即揚雄、班固主張之「政教諷諭」。三

是其影響於魏晉六朝文學批評，厥有五端：㈠、開啓有關文學語言藝術性與規律性的論述；㈡、觸及文體的起源、分類與風格範式的觀念，引導魏晉六朝「文體批評」的路向；㈢、建立「分類」或「分派」的批評模式；㈣、開啓以作者爲立場的創作論批評；㈤、觸及客觀之「物」在文學創作活動中的地位問題。此外，在其他相關論文部分，廖棟樑〈雙重旋律：論揚雄反離騷〉（《兩漢文學學術研討會論文集》），是從「接受美學」的角度來探討〈反離騷〉的流變；梁淑媛《賦的敍事對話設計》（《輔仁中研所學刊第八期》，1998年），則是從敍事學要素來檢討賦的對話型式特徵。九○年代以來，學者受西方文論影響之跡，由此可見一斑。

　　九○年代在博碩士論文研究成果方面，主要有三大重鎮：一、政治大學簡宗梧所指導的博碩士研究生，一貫循其學說脈絡，專注於「影響」研究，並關照於同文類或文體的互涉情形。如高桂惠《明清小說運用辭賦的研究》（政大博，1990年）；崔末順《唐傳奇與辭賦關係的考察》（政大，1997年）。二、文化大學洪順隆以指導六朝賦作引領風騷。如黃水雲《六朝賦研究》（文大博，1998年）。三、成功大學廖國棟則引導詠物賦的專題發展。如李玉玲《齊梁詠物詩與詠物賦之比較研究》（高師，1991年）。

　　若以內容分類，九○年代之博碩士論文計有：一、賦作家及作品專題研究：邱仕冠《枚乘〈七發〉與七體研究》（東海，1996年）、簡麗玲《曹氏父子及其羽翼辭賦研究》（政大，1996年）、王秋傑《陸機及其詩賦研究》（臺大，1993年）、陳秀美《郭璞之詩賦研究》（淡江，1993年）、陳芳汶《鮑照辭賦研究》（政大，1996年）。二、朝代辭賦專題研究：盧宜安《梁末羈北文士詩賦作品研究》（臺灣師大，1998年）。三、

賦學理論研究：李翠瑛《六朝賦論研究》（政大，1998年）、郭慧娟《魏晉樂賦的音樂美學觀》（輔仁，1997年）。四、題材或主題研究：何筱敏《漢賦的時空美感》（輔仁，1996年）、翁燕珍《漢諷諭賦研究——漢賦家的愛與痛》（中正，1996年）、陳協志《王粲詩賦情志之研究》（輔仁，1997年）、謝月鈴《魏晉女性題材辭賦之研究》（政大，1998年）。五、文體或文類研究：張秋麗《漢魏六朝紀行賦研究》（政大，1996年）、陳姿蓉《漢代散體賦研究》（政大博，1997年）、王學玲《漢代騷體賦研究》（中央，1996年）。

此外，由於楚騷對於漢賦作家在「述志攄情」方面影響深遠，因而「擬騷」作品的創作、對於屈原及其弟子作品的編撰，以及相關的注解、詮釋與批評，匯聚成「楚辭學史」的主要內容。在學位論文方面，廖棟樑《古代楚辭學史論》（輔大博，1997年）採用專題式的討論方式，以屈原、《楚辭》、楚辭體爲「楚辭學」之三大部分，對包括漢魏六朝在內的歷代相關的論述作了同時包涵歷史與理論意義的整理與評述。吳旻旻《漢代楚辭學研究——知識主體的心靈鏡像》（中正，1997年），作者從「『楚辭』之於漢代批評家發生了什麼？」爲詮釋中心，討論漢代楚辭學的「情志關注」、「經世致用」，以及「遠離濁世」等議題。在會議論文方面，顏崑陽〈漢代「楚辭學」在中國文學批評史上的意義〉（《第二屆中國詩學會議論文集——先秦兩漢詩學》，彰師，1994年）實爲九〇年代漢代楚辭學研究之發端。作者乃「企圖開放『楚辭學』的封閉系統，將固有中心與諸多假性論點加以解消，而從現代學術的觀念、理論與文化經驗導出新的問題，或讓固有論點向不同層次的觀念擴散，而衍生出新的解釋意義。」凡此皆驗證了漢賦作家對於屈原人格、作品的繼承，彰顯了漢賦在文學史上的意義與定位。

㈢詩　歌

　　九〇年代詩歌研究，主要論述重點都擺在六朝詩歌上，而研究的範圍不再以個別作家或時代的詩風爲主。相對的，更著重在相近題材或主題的詩歌上面。而詩歌背後所反映的性別、宗教議題，也成爲這一時期的研究特色。在專著方面，彰化師範大學國文系編有《第二屆中國詩學會議論文集——先秦兩漢詩學》(彰師大自印，1994年)、《第三屆中國詩學會議論文集——魏晉南北朝詩學》(同前，1996年)，收錄多家論著。至於個別學者的著作有洪順隆《抒情與敘事》(臺北：黎明文化公司，1998年)，此書是作者近十多年來研究六朝詩歌的彙整力作，有感於前期依照傳統已有的題材單元的文類〈詠物〉、〈山水〉、〈遊仙〉、〈隱逸〉、〈田園〉、〈玄言〉、〈宮體〉等七種題材詩，不足以呈現六朝詩歌全貌，於是「類聚群分」，再發現不少被前人歸屬於非題材視點文類篇什的題材類型。據此，作者重新建構了六朝詩的整體題材系統網路，把整個六朝詩網絡在抒情與敘事兩大系統，十六類型的詩類體系下，秩序而概括地掌握了六朝詩的類型和特性。因此，合前二集與本書，洪順隆的六朝題材詩論體系於焉完成，這對中國詩歌題材史的研究，實有重大的貢獻。李豐楙《憂與遊——六朝隋唐遊仙詩論集》(臺北：學生書局，1996年)，作者試圖建立道教文學在中國文學史上的地位，其認爲「憂」與「遊」是遊仙文學的永恆主題，並據以解釋遊仙詩的形成發展，與神仙神話及道教神話的創造與世俗化的互動關係，而以郭璞詩歌爲例來加以印證，爲六朝的道教文學建立了「典範」之意義。龔顯宗《論梁陳四帝詩》(高雄：復文圖書出版社，1995年)，此文站在「不以人廢言」、「不以位尊減才」、「就詩論詩」

的立場，給梁武帝、簡文帝、元帝和陳後主的詩歌予以正面的評價。
譚潤生《北朝民歌》（臺北：東大圖書公司，1997年）對於北歌的時代背景、
創調與流傳、形式結構、內容題材、所反映的民俗與生活、南北民歌
的比較等議題，都有詳細討論，這對於處在沙漠地帶的北朝文學研究
而言，此書如甘霖一般帶來些許豐潤。此外，孫明君《漢末士風與建
安詩風》（臺北：文津出版社，1995年）、顏進雄《六朝服食風氣與詩歌》
（臺北：文津出版社，1993年），皆著重探討建安、六朝詩歌創作所受之外
緣影響。

個別作家的研究，陶淵明仍然是焦點中的焦點，陳怡良《陶淵明
之人品與詩品》（臺北：文津出版社，1993年）一書，乃對陶淵明作廣泛而
多面性之探討，先探其創作背景，再敘其家世、家庭、人生歷程、文
學造詣、哲學理念、道德人品，文學地位及其影響。王國瓔彙整過往
發表之系列論文，著有《古今隱逸詩人之宗──陶淵明論析》（臺北：
允晨文化，1999年）一書，除緒論總介陶詩之文學特質並歷史評價之外，
全書主體分三部分：詩歌專論、詩文散論、詩人綜論，對陶淵明詩文
之獨特風貌，進一步解析，是一部提供新觀點，展開新視野之佳著。

至於學位論文方面，此一時期以文學斷代作為區分作品的研究（如
正始、太康、永嘉）逐漸減少，取而代之的是就形式技巧、內容題材來區
分的相關研究（尤以六朝為多）。在漢代詩歌方面，有李維綺《漢代的
音樂發展─從楚聲談起》（師大，1994年），從詩的音樂性來立論，觀
點頗為新穎。黃羨惠《兩漢樂府古辭研究》（文化，1991年），打破歷
來文人、民間樂府研究上的區分，而專事作者姓氏不可考的古辭研究。
在六朝詩歌方面，就文體、主題、題材來進行分類撰述的研究頗多，
如羅吉希《六朝抒情詩研究》（文化，1995年）、吳炳輝《六朝哀挽詩

研究》（政大，1991年）、金南喜《魏晉交誼詩類的研究》（臺大博，1993年）、黃雅歆《魏晉詠史詩研究》（臺大，1990年）、陳晉卿《六朝行旅詩之研究》（淡江，1996年）、林蔚蓉《東晉玄言詩研究》（東海，1998年）、王子彥《南朝游俠詩之研究》（淡江，1995年）、徐蕙霞《魏晉南北朝閨情詩研究》（逢甲，1998年），從上所列舉，可知詩歌的題材研究已成爲主流趨勢。與前述相較，高莉芬《元嘉詩人用典研究——以顏謝鮑三大家爲主》（政大博，1993年）、賴貞蓉《魏晉詩歌賦化現象之研究》（臺大，1997年）、王靖婷《吳歌西曲的內容、詞彙及表現手法之研究》（東海，1990年）、向麗頻《南北朝至初唐五音律詩格律形成之研究》（中山，1995年）、林哲庸《永明聲律說研究》（清華，1998年），則純粹就作品形式技巧運作的特色來進行討論。另外關於詩歌的外緣影響研究有：張忠智《曹植詩歌與楚辭關係之研究》（成大，1998年）、吳若梅《謝靈運的政治生涯與其山水詩的關係》（清華，1993年）、羅文玲《南朝詩歌與佛教關係之研究》（東海，1996年）、劉俊廷《南北朝新變風貌之庾信作品研究》（中山，1996年）。此外，陶玉璞《謝學史論——試論歷史如何安頓謝靈運》（淡江，1996年），作者主旨在於探討「歷史如何安頓謝靈運？」，亦即以詮釋史的檢討，來重新釐清謝靈運在歷史當中各時期的形象。此一處理方式爲六朝作家研究開出一條新的路徑。文末並附有〈謝靈運佚詩輯補〉、〈今存「謝靈運詩」編輯順序比較〉、〈謝靈運資料全編〉，爲謝靈運的研究帶來史料上的便利。同樣屬於個別作家研究的還有陳恬儀《孤弱的悲慨：陸機詩歌研究》（輔仁，1996年），就詩人的情志表現來立論、邱淑珍《庾信詩研究》（東海，1991年）、尹慶美《吳均詩之研究》（東吳，1990年）、朱雅琪《大小謝詩之比較》（臺大，1993年）。而就作家與特定文體、題材詩歌進行

研究的有：陳慶和《鮑照樂府詩研究》（東海，1990年）、鄭義雨《謝朓山水詩研究》（東海，1995年）。綜上所述，可以看出六朝詩歌研究豐穎的面貌。

(四)散　文

　　此期散文專著不多，蔡信發《話說史記》（臺北：萬卷樓圖書公司，1995年）是對史傳散文所進行的研究，廖志強《六朝駢文聲律探微》（臺北：天工書局，1991年）在於探究宋、齊兩代的駢文聲律。而在單篇論文方面，值得注意的是張淑香〈抒情傳統的本體意識──從理論的「演出」解讀「蘭亭集序」〉（氏著《抒情傳統的省思與探索》，大安出版社，1992年），作者從「發生學」與「本體論」的觀點來思考構成抒情傳統的因緣，即抒情傳統的本體意識，並以〈蘭亭集序〉為例，以文化人類學所著重的宗教儀式行為來加以申論，觀點相當新穎。學位論文方面，就兩漢散文來說，「史傳文」的討論重心有屬於比較影響研究，如朴宰雨《史記漢書傳記文比較研究》（臺大博，1990年），從作者的立傳精神、文本語言技巧之運作來加以申述。相對的，也有從義例申述，如李寅浩《史記之文學價值與文章研究》（師大博，1991年）、梁文璿《史記義例探微》（臺大，1996年）。在「文士文」的研究部分，有劉香蘭《蔡邕及其碑傳文研究》（政大，1990年），此文一方面介紹作者；二方面對其碑傳文之特色予以詳析。此外，蔡文村《論衡神話批評運用析論》（淡江，1998年），選材頗為新穎，然而也正好呼應了五○年代臺靜農先生將王充的批評列為兩漢散文之一環的意見。至於在六朝文章的研究上，駢文的形式之美並未受到年輕學子的關注，反倒是散文仍受到相當的青睞。如余淑瑛《六朝散筆之研究》（師大，1981年），既有時

代影響之關照，也對文章的風格、情采進行分類。林素珍《魏晉南北朝家訓之研究》（政大博，1994年）和陳文豪《魏晉南北朝墓誌銘研究》（政大博，1998年），開拓了六朝散文新的面向，文中討論「家訓」、「墓誌銘」此一文體的源流，並從發展背景、內容分類來著力探究。至於個別作家部分，翁淑媛《曹植散文研究》（師大，1995年），在曹植「詩、賦」作品的相繼研究下，以「散文」來豐潤曹植在魏晉文壇上不朽的地位。

(五)小　說

　　在志怪小說方面，除了王國良續有《海內十洲記研究》（臺北：文史哲出版社，1993年）和《顏之推冤魂志研究》（臺北：文史哲出版社，1995年）二書，對古小說材料進行考釋。李豐楙〈六朝精怪傳說的結構性意義——個「常與非常」的思考〉（《六朝隋唐文學研討會論文集》，1994年）一文，由文化人類學所慣用的二元結構對立分析模式，針對西漢、六朝人由宇宙萬物構成論所形成的「常與非常」之思惟方式，配合「自然與非自然」觀念的補充，交叉組合以討論種類意識、變化意識及憑依意識，由此建立精怪傳說學的理論架構。作者並希望藉此中國式的「傳說型態學」理論，一方面能突顯志怪文類的文學特質；另一方面則用之與世界性的敘述學理論進行對話。李豐楙對於六朝小說跨學科的整合研究，也帶動了其學生在學位論文上詮釋方法的取材。如劉苑如《搜神記暨搜神後記研究》（政大，1990年），重點置於文本外在形式—結構，以及內在形式—態度、語調、目的，以社會科學研究中慣用的「內容分析法」為工具，以量的統計驗證本文質的觀察。而其博士論文《六朝志怪的文類研究：導異為常的想像歷程》（政大博，1996

年），則探討六朝志怪文類所包含的語言規範與文化心理。而得出志
怪文類的基本規範，乃是由「揭露」、「權衡」、「剋制」等敍述語
法的縮減、擴大、顛倒、變形、替代和同化等配組方式，呈現出各式
各樣「導異爲常」的語言建構歷程。並由此反映出六朝人對「常」與
「秩序」的企盼，以紓解現實失序所帶來的壓力。謝明勳彙整九〇年
代所發表的論文，出版《六朝志怪小說故事考論》（臺北：里仁書局，1999
年），通過對不同故事的省思，廣泛檢討六朝志怪故事之「傳承」與
「虛實」問題。上述諸書顯然都能突破既有成說的樊籬，提供另一種
閱讀的新視野。

　　此外，賴雅靜〈六朝志怪小說中的死後世界〉（政大，1990年）、
謝明勳〈六朝志怪小說他界觀研究〉（文化博，1992年）、張美櫻〈漢末
六朝仙傳集之敍述形式與主題分析〉（逢甲，1994年）、皆是運用神話
學、宗教學來進行詮釋。至於沿襲前人所著重的專書、故事題材、主
題等相關研究的則有吳俐雯《王嘉拾遺記研究》（東吳，1992年）、蔡
雅薰〈六朝志怪妖故事研究〉（師大，1990年）、李燕惠〈魏晉南北朝
鬼神故事研究〉（輔仁，1990年）、顏慧琪〈六朝志怪小說異類姻緣故
事研究〉（文化，1993年）等。至於薛惠琪〈六朝佛教志怪小說研究〉（文
化，1993年），則是第一本以佛教專論六朝志怪小說，書中將佛教志怪
分爲兩大類，一爲宣佛小說；一爲表現佛教信仰的揚佛小說。

　　在志人小說方面，九〇年代以後專著不多，然學位論文猶有可觀
之處，其中大致有二大方向：一、以小說作爲史料，勾勒文人生活面
貌、社會思潮、政治格局；二、探討小說的語言藝術（作者、文本、讀者
之交涉），及其描繪之文人風格所透顯出的美學氛圍。如李玉芬《六朝
志人小說研究》（文化，1995年），除以一般習用之《世說新語》爲取

材對象外，並兼及《西京雜記》、《古小說鉤沈》中之若干資料以及類書中的零散條目，冀能對六朝文人生活有更完備的風貌呈現。陳美惠《世說新語所呈現魏晉南北朝之婦女群像研究》（高師，1997年），可爲九〇年代以後六朝女性議題研究之一環。姚琪姝《「世說體」小說發展述論》（中興，1996年），就《世說新語》之文體特徵，及其於中國小說發展史上之承先啓後的流變過程詳加論述。梅家玲《世說新語的語言藝術》（臺大博，1991年），則由符號學的理論出發，以三大原則來掌握《世說新語》的語言藝術：一、通過語法修辭原理來描述美感經驗所以發生之由；二、重視由言語而生的美感意趣和美感經驗，並進一步分析隱藏在此一意趣背後的時代意義；三、除注意書中人物言談本身，同時也應關注到敘事者的敘事手法。由是，本論文以「品賞語言」、「人物言談」、「撰者敘事」三大部分依次探討，經由《世說新語》語言所蘊含的內在精神性，進一步去追索其時人物的精神風貌、美感取向，以及生命型態。此外，廖柏森《世說新語中人物美學之研究》（東海，哲學研究所，一九九〇年）、廖麗鳳《世說新語之人物群像與描寫技巧研究》（師大，1990年）、徐麗眞《世說新語呈現之魏晉士人審美觀研究》（政大博，1995年）、吳惠玲《世說新語之人物美學研究》（師大，1998年）、李宛怡《由世說新語論魏晉名士生命之美》（成大藝研所，1998年）等，皆可爲六朝小說及人物美學之塡充。

(六)文學理論

　　九〇年代的文論研究，重點放在六朝方面。除了承襲過去專書式的批評，如《文心雕龍》、《詩品》、《昭明文選》的探討外，更著重於文論批評術語及其背後「觀念」的開發。並由文論、書論、畫論、

樂論，乃至人論所構成的整體美學風貌，來研析六朝人的審美觀念。
就此而言，西方文論的援引，以及大陸學者資料的運用與相關研究成
果，都是這期研究幕後最大的推手。在美學專著方面，鄭毓瑜《六朝
情境美學綜論》（臺北：學生書局，1996年），作者綜合六朝美學研究常
採取的兩大進路：「人的覺醒」與「文的自覺」來立論，目的在發顯
「人」（包括作者、讀者；觀者、被看者）究竟是以什麼樣的身心情態處在
大自然與人文環境中，由此來展現美感的實存體驗；而這種交錯時間、
空間與社群等多重的存在關係網，既為審美主體的本然真存，也是所
有人文藝術活動的生發場域，作者名之為「情境」。全書內容含括「六
朝人周旋交錯的生命情識；六朝士人於『嘆逝』、『思舊』中的『現
在』體驗；六朝人由人倫品鑒至於山水詩的寓目美學觀；公讌詩之於
鄴下文士集團的象徵意義」，上述議題皆由作者以「情境美學」來加
以觀照。至於個別作家美學研究，如張蕙慧《嵇康音樂美學思想探究》
（臺北：文津出版社，1997年），是樂論研究成果之一。

　　在文選學方面，游志誠用力最勤，為臺灣九○年代《文選》研究
最重要的代表學者。其專著主要有二本：《昭明文選斠讀》上冊（臺
北：駱駝出版社，1995年），全書分二部分：一為導讀式的「文選學」概
論；二為《文選》篇目斠讀。《昭明文選學術論考》（臺北：學生書局，
1996年）。本書先闡明「文選學」名義之新範疇、新方法，次談及《文
選》寫本、刻本問題，從而提出《文選》分體三十九類之新說。此外，
作者也運用《文心雕龍》理論來解讀《文選》作品，並論及《文選》
之評點與閱讀法，此書可說是游氏近年來研究《文選》的心得彙整與
展現。此外，個別文學批評作家的研究有詹秀惠《蕭子顯及其文學批
評》（臺北：文史哲出版社，1994年），就身處齊梁之際，隸屬梁簡文帝蕭

綱文學集團成員蕭子顯其人的身世作一介紹，並探討蕭氏在《南齊書》裡所呈現之文學批評觀念。

在期刊論文部分，循前人之說加以研析的有李正治〈興義轉向的關鍵—鍾嶸對「興」的新解〉（《中外文學》二十卷七期，1991年12月），本文先介紹鍾嶸之前，毛傳鄭箋以及六朝人對「興」的解釋，而後檢討今人徐復觀、廖蔚卿對鍾嶸「興」義的看法，最後作者提出鍾嶸興義的轉向，在於把工具價值轉為藝術價值，使人由文字表層進入情意深層，感受語窮意遠的無限滋味與美感情趣。此期對「興」義的相關研究較重要者，還有顏崑陽〈從「言意位差」論先秦至六朝「興」義的演變〉（第一屆中國古典文學國際研討會——先秦至南宋，清華中文系，1997年4月19、20日）。至於在學位論文方面，劉渼《魏晉南北朝文論佚書鉤沈》（師大，1990年）是以目錄學的方式處理六朝文論散佚之跡。而在美學的討論上，則可看出九〇年代西方文藝理論的影響。如鄭毓瑜《六朝藝術理論中之審美觀研究》（臺大博，1990年），其將「審美觀念」界定在作品的審美質性及其所引發的審美感應，而將此一觀念帶入樂論、畫論、書論、文論中來加以辨析。蕭振邦《從後設美學論先秦至魏晉儒道美學規模》（文化哲研所博，1991年），以當代美學的新觀點來進行詮釋。陳昌明《從形體觀論六朝美學》（臺大博，1992年），全文從中國人的形體觀「形—氣—神」出發，由此分論「先秦儒道之形體觀與審美思想、人與自然的審美思考、感官的追求與超越、『形體』作為審美思考的對象與媒介、從『文體』的構成論『神思』與『知音』」，此一結合「人學」與思想史的詮釋進路為六朝美學另闢蹊徑，開拓新的視野。相近的研究還有呂昇陽《六朝美學中的形神思想之研究》（中央，1992年）。此外，林朝成《魏晉玄學的自然觀與自然美學研究》（臺

大哲研所博士，1992年），文中先釐清魏晉各家之「自然觀」，並討論《樂記》的音樂美學。同屬音樂美學討論的還有李建興《阮籍樂論研究》（文化哲研所，1990年）。至於探討時代思想與文論之關係，施忠賢《魏晉「言意之辨」研究》（中央，1990年），綜論各家言意之說。呂素端《六朝文論中的自然觀》（中央，1994年），則從本體論、創作論、批評論等來彰顯「自然」之道的意涵。而盧景商《六朝文學體裁觀念研究》（中央，1990年）、賴欣陽《魏晉六朝文體觀念考析》（中央，1995年），從作品的形制規範著手，探討六朝文論中所指涉的「體裁」與「文體」的觀念為何。在文論專著的研究上，《文心雕龍》仍為研究重鎮。徐亞萍《文心雕龍通變觀與創作論之關係》（高師，1990年）屬於創作論之研究。劉渼《劉勰文心雕龍文體論研究》（師大博，1998年）屬於文體論之研究。而從美學來探討《文心雕龍》的則有：吳玉如《劉勰文心雕龍之審美觀》（師大，1996年）。劉志堅《劉勰的自然審美觀與文質合一論》（東海哲研所，1996年）。總括來說，在詮釋方法與觀念上，「龍學」的學位論文在這一期並無太突出的表現。至於《詩品》方面，朱碧君《鍾嶸詩品評詩標準的研究》（文化，1996年）。《昭明文選》部分，楊淑華《文選選詩研究》（師大，1993年）、孫淑芳《「選詩」之山水體類研究》（中央，1994年）、江雅玲《文選贈答詩類的流變研究》（淡江，1998年；更名為《文選贈答詩流變史》，文津出版社，1999年）以上由評詩、選詩及體類之分，來探討六朝文論與詩作之關係。至於顏智英《昭明文選與玉台新詠之比較》（師大，1991年）則透過兩書之比較，來突顯編者選錄作品的標準及其文學觀念為何。在會議論文部分，鄭毓瑜〈論述中的典律—從劉勰宗經觀談起〉（第一屆中國古典文學國際研討會—先秦至南宋，清華中文系，1997年4月19、20日），作者以辯證性的典律概念入

手，重新探討劉勰的宗經觀，以及齊、梁之際相關的文學論爭，此文可說是九〇年代以西方文論觀點重新詮釋六朝文論的作品。

五、結　論

　　總述五十年來臺灣漢魏六朝文學的概況，儘管既有的研究成果已多有可觀，但仍有不少領域極待開拓，譬如：一、就時代言，漢代文學與北朝文學就顯得冷門；二、就文類言，散文與小說的研究，較乏人問津；三、就作家作品言，除傳統見重的大家外，其他二、三流的小家總是少見青睞；四、就理論專著言，如《金樓子》研究者就少有涉及；五、就發展態勢而言，漢魏六朝文學的嬗變軌跡，亦待更高層次的梳理；六、從學術背景看，世族與文學的關係，宗教與文學的關係，區域與文學的關係，都仍有待填充。不僅如此，還有許多看似早已有定論的成說，實仍有被重新定義、詮釋的必要。凡此種種，皆有待後繼學者持續努力。

　　　　附記：本論文有關九〇年代部分，由周志煌撰寫初稿，特此說明。

唐宋文學研究概況

張高評*

一、前　言

　　唐宋兩朝，位居中古歷史的轉捩點上：唐朝，是中古歷史的結束，宋朝是近代歷史的開端❶。由於唐型文化和宋型文化的差異❷，投射在學術上，唐宋也就各呈異采，互有千秋。不僅經學、史學，唐宋有別；思想文藝的表現，也是唐宋異轍。如果從事學術研究，能夠掌握唐宋之際學術變遷的大勢，則無異操控中國學術流變之樞紐或關鍵，欲由此上探六朝、漢魏、先秦，下探蒙元、宋明、滿清、則有源流本

---

*　成功大學中文系教授

❶　高明士《戰後日本的中國史研究》，第一篇，三、〈唐宋間歷史變革之時代性質的論戰〉，（臺北：東昇出版公司，1982年9月）頁104～116。參考嚴復〈與熊純如書〉，《學衡》第13期（1923年），頁1～13；趙鐵寒《宋史資料萃編第一輯·代序》，（臺北·文海出版社，1980年），頁1。

❷　參考傅樂成〈唐型文化與宋型文化〉，《國立編譯館館刊》一卷四期（1972年12月）；後收入《漢唐史論集》，（臺北：聯經出版公司，1977年9月），頁339～382。張高評〈從「會通化成」論宋詩之新變與價值〉，《漢學研究》16卷1期（1998年6月），頁241～248。

末，容易即器求道，所以備受學界重視。

　　就中國文學的發展來說，唐宋兩朝更是深具意義與代表。在前後長達六百餘年的歷史中、詩、文、詞、賦、小說、戲劇等等，都各自擁有劃時代的成就，對後世文學產生鉅大而深遠的影響，蔚爲中國優質而豐富的文學遺產。這一批量多而質高的文學遺產，值得投注心力，從事研究發明，以便提供借鏡與取法。筆者以爲：研究一個非凡的時代，探索一群各擅勝場的作家，討論一系列登峰造極的作品，不能只以了解文學現象，熟悉作品虛實爲已足；更應該進一步梳理出文體興衰消長的規律，文學生存發展的原理。作家宜如何追新求變，才能管領風騷？文風思潮必須具備那些條件，才能有利文學成長，進而蔚爲一代特色？總之，文學研究如何做到「古爲今用」，這是值得深思的。

　　五十年來，臺灣學界投入唐宋文學研究者不少，累積的學術成果也極可觀，很值得借鏡參考。這些成果的發表方式，大概有四：㈠升等論文；㈡學位論文；㈢期刊論文；㈣其他專著。其中，以碩士博士學位論文最具指標性。因爲學位論文和開授課程，十分密切相關，這就左右了個別教師的研究領域和方向，期刊論文和專著的發表也就以個人專業爲範疇。如果指導碩士博士論文，選題趨向，也不可能距離指導教授的專長太遠。因此，考察五十年來唐宋文學研究的概況，執簡御繁之道，銷定碩士博士學位論文，則思過半矣。爲方便論述，以下區分唐宋兩代，作綜合論述。

二、五十年來唐代文學研究綜述

　　唐代文學的研究，五十年來臺灣學者關注旳焦點，依次爲詩、小

說、古文、詞、辭賦、文學理論。經筆者查詢《中國唐代學會會刊》
❸、《中華民國期刊論文》、《國家圖書館館藏月錄》、《全國圖書
聯合目錄》❹，《漢學研究通訊》，選擇臺灣學者之專著及論文，域
外學者在臺出版發表之論著，則不在討論之列。如此，方可見本地學
者研究成績之實況。搜羅齊備，再稍作鉤勒排比，乃得出各門類之研
究概況。綜述如左：

㈠唐　詩

　　詩歌發展到唐代，可說「菁華極盛、體製大備」，形成古典詩歌
的當行本色。唐詩的研究在臺灣文學界蔚為熱門的顯學，自是「勢所
必至，理有固然」。五十年來的唐代文學研究成果，以唐詩之研討最
為輝煌。唐詩研究的選題中，就專家詩而論，最受研究生關愛的，依
次為：杜甫、李白、白居易、李商隱、韓愈、杜牧。其中，研究杜甫
詩的論著最多；博士論文二部，碩士論文二十部。研究李白詩的論著，
碩士論文有十五部，李杜比較論者二部。研究白居易詩的論著，博士
論文二部，碩士論文六部，元白詩比較論三部。研究李商隱詩的論著
有八部，都是碩士論文。探討韓愈詩的論著，有博士論文兩部，碩文
論文四部。探討杜牧詩的論著，也有六部碩士論文。其他學位論文，
所探討的專家詩，遍布初唐、盛唐、中唐、晚唐，乃至於敦煌寫本詩

---

❸　《中國唐代學會會刊》，自1990年11月創刊，之後每年出刊一期，截至1998年11
　　月，共出刊九期，逐期登載唐代學術研究概況。本文即參考其中臺灣地區文學與
　　敦煌學部分。

❹　本文同時查詢國家圖書館《中華民國期刊論文索引影像系統》、及《全國圖書目
　　錄》、《漢學研究通訊》，謹此誌謝。

歌，如王梵志、寒山、初唐四傑、張若虛、陳子昂、張九齡、王績、
李頎、王維、孟浩然、王昌齡、岑參、高適、元稹、劉長卿、劉禹錫、
張籍、王建、張祜、張說、姚合、賈島、李賀、盧綸、李益、司空圖、
溫庭筠、羅隱、皮日休、鄭谷、韋莊等等，都曾獲得研究生的青睞。
自1958年至1998年，研究唐詩而獲得學位者，碩士為一八六人，博士
為三十三人。這個數據，並不包括純粹以學術著作升等之講師、助理
教授、副教授、和教授論文。欲查考臺灣地區大專教師論文升等情形，
可翻閱《高教簡訊》（不過，從《簡訊》資料並不能分辨何者是論文升等？何者
是學位升等？）

　　唐詩研究在期刊論文方面，除資深學者的研究心得外，絕大多數
都是學位論文或升等論文的分章發表。因此，五十年來的期刊論文內
涵，有七成以上跟學位論文、升等著作的走向一致。任何一個學術領
域都如此，不只唐代文學，這是無庸諱言的。五十年來的期刊論文，
就專家詩而言，其研究取向跟學位論文並無太大出入，也是杜甫居冠，
六十六篇；其次李白，三十七篇；其次為李商隱、王維、白居易、韓
愈，都在三十篇到二十五篇之間。除外，李賀與奇險詩派，也受到格
外關注，論文在十篇上下。張繼〈楓橋夜泊〉，廣受討論，論文有九
篇；唐太宗、陳叔寶、王之渙、元結、許渾、韓偓、也都有研討之作。
至於專著出版，杜甫研究最多，高達十一部以上，白居易，亦有五部；
李商隱三部；司空圖《詩品》與皎然《詩式》，各兩部。觀此，可見
唐代專家詩研究之梗概。

　　若以唐詩研究的內容來說，學位論文在一九八五年以前，較側重
專家詩的概括探討，八五年之後則逐漸改變用宏觀角度，作深入研發：
或作通論研究，或作整合研究，或作主題研究，或作體裁研究，或作

連章研究、或作音韻分析，或作詩論考評。這種轉變，學術期刊也有同步的現象。唐詩論文作通論研究者，分別從唐詩發展、唐詩演變、復古詩學、美感特質、文學傳播、唐人選唐詩，以及文學地位各方面進行探討。九十年代前後，逐漸有論著從流變影響的觀點，去探討唐代詩學，如唐宋陶學、宋代杜詩學、宋代李 (白) 詩學、宋代唐詩學、清代杜詩學等是；其中蔡瑜《宋代唐詩學》及簡恩定《清初杜詩學研究》二書❺，較有開拓性。

唐詩論文作整合研究者，或為詩人之較論，如沈宋、李杜、杜李 (商隱)、王孟、孟韓、元白間之比較。或者為詩歌與宗教思想關係之探討，如詩與佛教、詩與道教、詩與神仙、詩與禪、詩與儒、詩論與莊子等等。或者研究唐詩與其他文藝間之交融、如討論唐詩借鏡古文、繪畫，表現神話、仙境、音樂、書法、歷史、政治內涵，可以看出文體改造，及文學史料學之價值。這種跨領域研究，有其挑戰性，卻很值得嘗試。

唐詩論文作主題研究者，從專著到單篇，所在皆有。有從時間意識、空間意識、樂園意識、貶謫心態切入者；有從和親、干謁、非戰、戰爭、閨怨、愛情、登臨、樂律、遊仙、游俠、傷春、悲秋、生死、夢境、禪趣、詩史諸主題切入者；亦有從語言風格、兩性意象、桃源意象、黃昏意象、音樂美學、唯美詩學、敦煌民歌等剖析唐代詩學者。此種主題研究，近十年來逐漸受到重視，值得繼續開發。

唐詩論文作體裁研究者，從古風、律詩、到絕句，到論詩絕句，

---

❺ 蔡瑜《宋代唐詩學》，臺灣大學中文研究所博士論文，吳宏一指導，1990年；簡恩定《清初杜詩學》，（臺北：文史哲出版社，1986年8月）。

多有通論之作。詠物、題畫、詠史，邊塞、山水、田園、豔情、閨怨、諷諭、閒適、送別、題壁、節令、敘事、寫景、無題、諷諭、吳體、竹枝、詩格、新樂府、武功體、唱和體、元和體諸體裁，皆有論著觸及。其中詠物詩研究成果較豐碩，對於月、琴、花、酒、鶴、雲、日、植物諸物，都經研討。詠史詩的研究，側重晚唐李商隱杜牧諸家；邊塞詩，則上溯南朝，下究隋唐，源流極明。

　　唐詩研究成果，有作音韻分析者，如初唐詩人用韻、初盛唐五言近體詩聲律、大曆詩人用韻、晚唐五代近體用韻；乃至於近體詩用韻、近體詩陽聲韻通轉、近體詩律、近體格律句法疊字、五律拗救，皆有論著。其他對於專家詩之音律，亦有探討，如杜甫詩律、杜詩七律偶犯上尾、義山七律用韻、白居易詩與西北方音，論著雖不多，皆極有借鏡意義。

　　五十年來，學界對於唐代詩人的探討，研究趨向和角度，大抵不出以下幾個層面：㈠校注，1967年到1980年間，有十六部碩士論文以校注方式完成；風氣所至，當時升等論著從事校注者，自然不少。㈡傳紀，考察作者生平、交遊、學侶、背景，或從事詩歌繫年，對於進一步深入作品，有參考價值。㈢分期，將唐詩作分期研究，或針對詩人作品作分期探討。㈣流變的討論，如〈杜甫與六朝詩人〉、〈杜甫與江西詩派〉、〈杜甫在唐宋的地位〉、〈李白與王安石〉、〈王船山論杜〉、〈清人詩話評白居易〉、〈遊仙詩之傳承與開創〉等，較容易凸顯出地位與價值。㈤文本的研究，這是唐詩研究的最大宗，如境界、意象、風格、思想之內容探討；及詩歌語言、人物形象、字法句法聲律等藝術成就的研究，則屬於技巧層面。㈥方法學的講究，大部分選用主題學方法，從事研討；柯慶明運用美學討論唐宋詩美感，

顏崑陽運用詮釋學方法箋釋李商隱詩，楊文雄嘗試用接受學方法論述李太白詩之流傳❻，方法獨特，皆值得借鏡參考。

　　資深學者有關唐詩之著作，影響比較深遠的，有鄭騫《從詩到曲》；葉嘉瑩《迦陵談詩》、《杜甫秋興八首集說》、《中國古典詩歌評論集》；巴壺天《禪骨詩心集》；杜松柏《詩與詩學》；張夢機《近體詩發凡》、《思齋說詩》、《古典詩的形式結構》；黃永武《中國詩學》（設計篇、鑑賞篇、思想篇、考據篇）、《詩與美》、《敦煌的唐詩》、《唐詩三百首鑑賞》，又主編《杜詩叢刊》四輯七十冊。其他中青年學者有關唐詩研究之專著，可觀者亦不少，檢索可得，不述。

㈡唐傳奇小說

　　五十年來，唐代傳奇小說及敦煌變文之研究，向來十分蓬勃。即以學位論文而言，截至1998年止，獲得碩士學位者，已有四十二人，博士學位亦有五名；以唐代小說研究升等的大專教師，又不知凡幾。發表之期刊論文，依學者統計，當在二百五十四篇以上❼。此一領域，學界的師承大概有三大山頭：政治大學王夢鷗先生，臺灣大學葉慶炳先生，文化大學潘重規先生。王夢鷗先生著有《唐人小說研究》四冊、《唐人小說校釋》兩冊。葉慶炳先生著有《中國古典小說中的愛情》、

---

❻　柯慶明〈試論漢詩、唐詩、宋詩的美感特質〉，淡江大學主編《文學與美學》，（臺北：文史哲出版社，1992年）；顏崑陽《李商隱詩箋釋方法論》，（臺北：學生書局，1991年）；楊文雄《李白接受史研究》，（高雄：麗文文化公司，1998年）。

❼　王國良〈近五十年臺灣地區唐代小說論著目錄〉，《古典文學通訊》第三十一期，1998年3月。

《說小說妖》、《古典小說論評》、《漢魏六朝小說選》。潘重規先生研治《紅樓夢》有年，後來興趣轉向敦煌學，著有《敦煌變文集新書》二冊，及其他變文論著若干篇。王、葉、潘三先生執教上庠，各以專擅啓迪門生，栽成無數；如今學界之小說研究尖兵，親炙三氏門牆者居多。另外，敦煌學界之盛事，爲黃永武先生獨力編成《敦煌寶藏》十四輯，共一百四十冊；又編有《敦煌遺書最新目錄》，爲學界研究敦煌學提供便捷之工具書❽。

就唐代傳奇小說及敦煌變文來說，五十年來得到關注的作品文本，已超過三十餘種。尤其是《虬髯客傳》、《杜子春》、《鶯鶯傳》、《長恨歌傳》、《柳毅傳》、《霍小玉傳》、《李娃傳》、《聶隱娘》、《枕中記》諸傳奇，更是熱烈探討的焦點。早期研究，偏重個別作品之討論，後期研究趨勢，轉向傳奇小說間之比較，不同時代及中外小說間之比較：如《紅綫傳》與《虬髯客傳》、《鶯鶯傳》與《西廂記》，《鶯鶯傳》、《霍小玉傳》與《李娃傳》、《長恨歌》與《長恨歌傳》，《枕中記》、《南柯太守傳》與《九雲夢》，《枕中記》與《紅樓夢》，《買粉兒》與《李娃傳》，《李娃傳》與《茶花女》，《遊仙窟》與《源氏物語》，異中求同，作文學比較，或比較文學研究，亦自有其價值。另外一種研究方式，爲試圖發掘傳奇小說與其他文體的源流關係，如傳奇與古文，傳奇與駢文，傳奇與行卷，傳奇與詩歌，傳奇與志怪，神話與傳奇，辭賦與小說，史傳與小說，變文與小說，史筆、

❽ 黃永武先生主編《敦煌寶藏》、《敦煌遺書最新目錄》，二部書均由臺北新文豐出版公司印行。敦煌寫本變文研究狀況，可參鄭阿財、朱鳳玉〈臺灣地區唐代文學研究概況〉，附錄，《中國唐代學會會刊》創刊號，1990年11月；以及其他八期之介紹。

詩才與志怪，多層面的論證，作學科間的整合研究，頗多發明。

主題之研究，爲學界討論唐人傳奇小說的未來趨向。這無異把唐傳奇當作可資佐證的文獻史料，是唐人集體意識的曲折反映。這類研究已積累許多成果，很可提供借鏡參考。如研究唐代傳奇小說中的儒、釋、道思想，拈出其中的倫理親情、仕宦觀念、尤物賈禍、諷刺、公案、神仙與富貴，以及士人價值觀。有關佛道主題，則如鎖骨菩薩故事，他界、冥界、仙境、幻術、謫仙、再生、煉獄。其他，尚有夢、報、俠義、女俠、宿命觀、定命觀、生命觀、動物妖、龍故事、老虎小說、變形故事，異類婚戀、智慧老人、胡人識寶藏，以及以悲劇意識、女性意識、時間意識等主題的論著，可謂百家爭鳴，各有所見。至於結構技巧的探討，也是一大視點，或著力人物刻劃，或強調場景描寫，或用心敘事模式，或凸顯肌理結構；龔鵬程〈唐傳奇中的性情和結構〉、俞炳甲《唐人小說的寫作技巧研究》、丁肇琴《唐傳奇的寫作技巧》，可謂此中代表。

唐代傳奇小說的研究方法，除採取歸納、分析、比較、整合諸法外，亦有採行語言學、敘事學、結構學理論，運用接受學、影響論、及悲劇理論者。選擇新方法來詮釋老問題，成果往往不同凡響，這是借鏡問題。

(三)唐　文

五十年來，研究唐代古文獲得學位者，碩士論文二十七人，博士論文四人。其中研究韓愈、柳宗元古文，佔總數一半以上；專著出版，升等論著，也有這種趨勢。以柳宗元古文研究而言，1958年至1992年，

即有期刊論文五十二篇，學位論文十部（其一為博士論文），專書八部❾；韓愈古文的研究成果，與之相較，大約在伯仲之間❿。除韓柳二大古文家之外，探討古文運動之專著最多，單篇論文也不少。古文家研究，還探討到陳子昂、蕭穎士、李德裕、劉禹錫、李華、李翱、皇甫湜、陸贄、元結、裴度、張籍、舒元輿、顏真卿、杜牧、皮日休、陸龜蒙等人的作品；可惜多淺言即止，未作深入發掘。

　　選擇主題作為研究古文之取向，有陳啓佑《唐代山水小品文研究》，及顏瑞芳《中唐三家寓言研究》兩部博士論文。柳宗元山水遊記，最具特色，五十年來計發表三十三篇論文，兩部專著。其他選題，如贈序文、哀祭文（墓誌銘）、應用文、傳記文，解嘲文，諷諭文，表文，亦多有所觸及。研究方法，除韓愈柳宗元古文作比較外，又有陳子昂與韓愈，元結與柳宗元，杜牧與唐宋八大家之比較。另外，論韓柳古文，分別就文統、載道、生死觀、聖人觀、史觀、史筆、銘幽、體類、以詩為文、修辭特色、陽剛風格、美學價值諸面向研討之，已同時注意到內容和形式的問題。有關駢文的論著，有三篇；此一領域，有待開拓。

　　至於唐代古文之論著，較有代表性者，有羅聯添《韓愈研究》、《唐代文學論集》、《唐代四家詩文論集》；王更生《韓愈散文研讀》、《柳宗元散文研讀》、胡楚生《韓柳文新探》、《古文正聲——韓柳

----

❾　方介〈臺灣地區柳宗元研究概況（1958—1992）〉，《中國唐代學會會刊》第四期，1993年11月，頁89～99。

❿　《古典文學通訊》第二十八期，王基倫〈民國81至85年臺灣地區唐代散文研究目錄〉，所載期刊論文數：韓愈古文研究二十五篇，柳宗元十六篇，韓柳合論則有七篇。

文論》；方介《韓柳比較研究——思想文學主張與古文風格之析論》、
《韓柳新論》；王基倫《韓歐古文比較研究》、《韓柳古文新探》等。

㈣唐五代詞

研究唐五代詞，獲得學位者，碩士十一人，博士二人。就詞家而
言，溫庭筠最爲熱門，共有專著三部，單篇論文十二篇。就詞集而言，
《花間集》最獲青睞，有專著三部，論文八篇。探討之詞家詞作，尚
有敦煌曲子詞，凡專著三部，論文六篇；李白，馮延巳、孫光憲、皇
甫松、李後主、《尊前集》，著筆較多。

探討之主題，有詞體之形成、詞律之形成、詩莊詞媚、女性敘寫、
語言風格、詞作賞析、詞韻用韻、作品眞僞、音樂與詞、燕樂與詞、
漁父與詞、山之意象、文人詞、夢與詞等等。

較有代表性之著作，有潘重規《敦煌雲謠集新書》、《敦煌詞話》；
鄭騫《景午叢編》（上編）、葉嘉瑩《迦陵談詞》，張以仁《花間詞論
集》。

㈤唐代辭賦

五十年以來，研究唐代辭賦，獲得學位者，碩士四人，博士二人，
共發表論文二十四篇。1991年以前，唐賦研究十分冷清，此後由於研
討會的召開，學者的提倡與參與，才逐漸活躍。

近十年來的唐賦研究，正處開發中階段；因此，概論性論著較多，
專題深造有得者較少。如敦煌賦、律賦、初唐賦、中晚唐賦之研究，
屬前者；訪古賦之研究，屬後者。簡宗梧先生爲國內辭賦研究的推動

者，所撰〈試論唐賦之發展及其特色〉❶，已爲唐賦研究繪出藍圖及
遠景。上列各領域之研究成果，敦煌賦較可觀，潘重規先生〈敦煌賦
校釋〉，校正十一篇賦；羅宗濤先生研究〈鷰子賦〉，陳世福、李蓉
皆以敦煌賦研究作爲碩士論文。專家賦的研究方面，初唐：有王績、
王勃、劉知幾的辭賦受到討論；盛唐：只有李白賦被提及；中唐：有
韓愈、柳宗元、白行簡的賦得到較多的關注；晚唐：集中在杜牧〈阿
房宮賦〉的探索和賞析上。唐代辭賦流傳至今約在二千篇以上；近十
年來研究，開發尚不足百分之一，值得繼續努力。尤其是唐賦的主題
研究，背景考察集中在科舉與辭賦之關係，而未及其他；辭賦與其他
文類的交融，只觸及辭賦與律詩，辭賦與小說二方面，亦有待觸類旁
通，百尺竿頭更進一步❷。

㈥唐代文學批評與理論

　　唐代之詩格、詩話，及其他文學批評資料，流傳至今，雖不如宋
代可觀，卻也有相當數量。五十年來，臺灣學界投入唐代文學理論研
究者，較之其他領域，可謂單薄。學位論文方面，碩士有十人，博士
有四人，從事斯學研究。唐代文學評論的研究成果，有一個特殊的現
象：論著八成以上都是專書，單篇論文極少；其中又以學位論文佔九
成以上，一般專著較少。

　　綜合來說，司空圖《詩品》的研究，最爲熱門，共有兩部碩士論

---

❶ 文見《第二屆國際唐代學術會議論文集》，（臺北：文津出版社，1993年6月）。
❷ 參考陳成文〈近五十年（1949—1997）臺灣地區唐賦研究概況〉，《中國唐代學
　 會會刊》第九期，1998年6月。

文，一部博士論文，一部專著，九篇論文。其次爲皎然《詩式》之研究，有兩部專著，六篇論文（與專著內容部分重複）。不過，對於大陸學界最近提出《詩品》之眞僞問題❸，本地學界尚未作任何回應。其次爲王昌齡《詩格》研究，有兩部碩士論文，一篇論文。另外，張夢機《詩學論叢》專著中，有兩章論及方回《瀛奎律髓》及紀昀批評杜甫、杜牧二家詩；趙鍾業《唐宋詩話對韓日影響比較研究》博士論文，稍稍提及唐代詩話。其他論著，有論及初唐文史一家、及初唐史家文論者；有探討詩論與畫論、詩意觀與詩語理論、文學觀念之因襲與轉變，以及復古詩學者；有風格論之研究，及《唐代文學批評研究》博士論文，《唐詩學探索》專著。另外，杜甫〈戲爲六絕句〉，及從清詩話評述白居易詩，亦各有論著。

唐代文學評論資料，有羅聯添編輯《隋唐五代文學批評資料彙編》；蒐羅甚豐，可惜學界尚未充分利用。

三、五十年來宋代文學研究綜述

唐代文學研究，截至1999年8月止，獲得博士學位者有三十四人，獲得碩士學位者在二百一十位左右。宋代文學研究與之相較，獲得博士學位者有五十七人，多出十八人，獲得碩士學位者亦在二百二十四

---

❸ 參考陳尚君〈司空圖《二十四詩品》辨僞〉，《唐代文學叢考》，（北京：中國社會科學出版社，1997年10月）；蔣寅、張伯偉主編《中國詩學》第五輯，有「《二十四詩品》眞僞問題討論」專欄，共登載九篇討論文章，（南京：南京大學出版社，1997年7月）。

人以上❹。學位論文的數量，宋代文學研究勝過唐代；但在單篇論文
的研究發表方向，宋代文學的數量卻遠遜於唐代許多。以1982年到1991
年《臺灣地區漢學論著選目彙編本》所登載而言，十年之間，除學位
論著外，專著才十二部，單篇論文只有一二六篇，平均一年出版一部
專著，一個月發表一篇論文。這種現象，值得關心。

　　宋代文化有會通化成的特質，具備可大可久的氣象。就文學而言，
許多類別在唐代的繁榮已達到空前，如詩、如文，宋人繼作勢必遭到
「開闢眞難爲」之困境。儘管宋代文學創作面對「能事有止盡，極詣
難角奇」的問題，但宋人發揮創新的精神和開拓的氣魄，「變唐人之
所已能，而發其所未盡」，以學古爲創新，因傳承而開拓，故宋詩、
宋文、乃至於宋詞、宋賦、宋四六、宋戲劇、宋小說，以及宋金文學
理論，多有自家面目，絕不俯仰隨人。以「詩文代變，文體屢遷」的
文學發展規律看來，宋代文學的價值，就在風格特色不同於唐代上，
很富於文學語言的價值。以下分別就詩、詞、文、賦、戲劇、小說、
文學理論綜述之：

㈠宋　詩

　　唐代文學，如詩、文、小說等的繁榮昌盛，既已達顛峰狀態；宋
人生於唐人之後，遂有「盛極難繼」之慨。文學發展的軌跡，大致遵

---

❹　彭正雄、彭雅玲〈臺灣地區古典詩詞研究學位論文目錄—1950～1994〉，《漢學
　　研究通訊》總號第56、57、58期，1995年12月、1996年2月、5月；以及八十五、
　　八十六、八十七學年度〈臺灣地區漢學學位論文彙目〉、《漢學研究通訊》總號
　　第63、67、71期。

循《易·繫辭》所謂「窮則變，變則通，通則久」的原則；《南齊書·文學傳論》所謂「若無新變，不能代雄」，一語道盡文學因革消長，可大可久之道。就詩來說，唐人學漢魏詩，而新變爲唐詩，於是代漢魏而稱雄於古典詩壇；宋人學唐人詩，追新求變，蔚爲「自成一家」的宋詩，也是新變唐詩，蔚爲古典詩歌的新典範。大凡「盛極難繼」之後的文學創作，往往必須追新求變，才有可能開創出屬於自己的一片天空，進而「自成一家」。唐人「學漢魏，變漢魏」，終成唐詩，是如此；韓愈、李商隱學杜甫，卻又自成一家之詩，也是如此。何況，宋人學唐詩，是以學古爲手段，而以「自成一家」爲目的，所以吾人看待宋詩風格，應該從「奇特解會」的眼光去品味，從文學語言的標準去檢驗，千萬不可重拾明代前後七子「詩必盛唐」之牙慧，更不必盲從附和清代宗唐派以源流同異判定詩歌優劣高下之成見。

五十年來，專研宋詩（含理論）獲得博士學位者有二十六人，獲得碩士學位者亦有八十四人。就研究選題而言，宋金詩人只有蘇軾、王安石、黃庭堅、呂本中、陸游、王十朋、朱熹、元好問、方回九家，受到博士論文的關懷。就研究範圍而言，以研究詩學評論者最多，共有八部博士論著（詳後）。以研究主題而言，研究詩風體派的有三部，分別就宋初詩風體派、江西詩社宗派、江湖詩派作探討；研究詩學流變的也有三部：《禪學與唐宋詩學》、《宋代唐詩學》、《清代宋詩學》；有關題畫的有兩部：《兩宋題畫詩論》、《蘇軾題畫文學研究》。研究方法，大多採用傳統的歸納分析法，對文本作類聚群分之論述；或者就詩與其他學科間作整合研究，如禪學與詩學、繪畫與詩文、書法與詩歌、理學與詩、莊學與詩等是；或者就中外詩話與詩歌進行比較文學之研究，如《宋代朱熹詩與李朝李退溪詩之比較研究》、《唐

宋詩話對韓日影響比較研究》是。博士論文中有以研究方法卓絕取勝者，如龔鵬程《江西詩社宗派研究》，運用文化史觀點，社會學方法，詮釋江西詩派之形成與發展，最爲特別。

有關宋詩研究（含詩學評論）之碩士論文，五十年來，在八十四部以上；其中三部爲詩人年譜。宋代詩人及其詩，獲得研究者只有二十五家，蘇軾最多，共有十部論文，分別就杭州詩、黃州詩、瓊州詩、和陶詩、烏臺詩案、詩畫合一、以賦爲詩、韓國詩話等論題，作不同側面之闡發。其次，爲王安石詩之研究，共完成五部論文，其中三部爲通論，其他則爲絕句探析，及金陵詩研究。其次，則范仲淹、梅堯臣、黃庭堅、陳師道、張耒、楊萬里、元好問諸家詩集之研究，皆有二至三部之碩士論文。其他，如王禹偁、蘇舜欽、歐陽脩、曾鞏、邵雍、王令、郭祥正、陳與義、范成大、朱熹、四靈、姜夔、南宋遺民詩，以及《西崑酬唱集》，皆已寫成一部碩士論文。除十七部著作，爲宋代詩話、詩學、詩論研究，詳下論述之外，其餘六十七部碩士論文，論文主題選擇研究詩畫關係者最多，凡五部；其次爲和陶詩研究，有兩部；宋代陶詩學，連同博士論文，竟有三部著作。選擇宋詩體派作探討，如宛陵體、金陵體、江西詩派、各有一部論文。選擇體裁作研究，則有九部論文，如田園詩、理趣詩、詠茶詩、詠史詩、山水詩、紀遊詩、園林詩、雜體詩等之探究。其他，或研究唱和詩，使北詩，或探討宗杜、詩史、平淡，或考察唐宋詩之爭、以文爲詩，甚至討論作品分期、律體用韻，對於宋詩之研究，成果多值得參考。

自1982年以來，非學位論文之專著數量極少，絕大部分是詩學詩論之作，純粹宋詩研究的專著很有限。計有詩人年譜一：鄭騫《陳後山年譜》；詩集校注一：鄭騫《陳簡齋詩集合校彙注》；專著通論一：

李日剛《中國詩歌流變史·別出於兩宋》；體派研究一：周益忠《西崑研究論集》。詩作與詩論合著者六：黃啓方《兩宋文史論叢》、《宋代詩文縱談》；張高評《宋詩之傳承與開拓》、《宋詩之新變與代雄》、《會通化成與宋代詩學》、《宋詩特色研究》。臺北文津出版社挑選國內優秀碩士博士論文，成立碩士文庫、及博士文庫，有關宋詩或詩學之論著，如蕭翠霞《南宋四大家詠花詩研究》，鍾美玲《北宋四大家理趣詩研究》、石韶華《宋代詠茶詩研究》、季明華《南宋詠史詩研究》、鄭倖朱《蘇軾「以賦爲詩」研究》；黃奕珍《宋代詩學中的晚唐觀》、黃美玲《歐、梅、蘇與宋詩的形成》、衣若芬《蘇軾題畫文學研究》（後三部爲博士論文），對宋詩或宋代詩學皆有所開拓與啓益。至於單篇論文之成果，發表數量也很有限，從1970年至1999年，國家圖書館所登錄，宋詩研究在三十年大約只發表七十篇論文，每年平均二點三篇，實在太少。其中，徐復觀〈宋詩特徵試論〉、龔鵬程〈知性的反省──宋詩的基本風貌〉、〈江西詩社宗派〉；張高評〈從「會通化成」論宋詩之新變與價值〉，持論有據，言之有物，對於宋詩研究，多見啓發與影響。

　　就七十餘篇宋詩論文而言，研究宋代詩人與作品者，蘇軾最多，然九成以上皆屬賞析之作。其他論及的詩人，則有王禹偁、王安石、邵雍、黃庭堅、王十朋、葉適、崔與之、李昂英、劉過、張玉娘、連文鳳、謝翱、林景熙，以及一些南宋遺民。討論的主題，通論宋詩特色的有六篇，皆企圖爲宋詩研究勾勒出一個大方向，大輪廓。其他，或就宋詩特色之具體項目，如會通化成、破體爲詩、出位之思、化俗爲雅、自成一家詳加申論者；亦有就詩與畫、詩作與畫論、詩歌與禪宗、雜劇與詩歌發揮者。論及宋詩之體派與風格者有三篇，分別述說

江西派和江湖派。詠物詩（詠琴、酒、禽言）、題畫詩、山水詩、說理詩、理趣詩、園林詩，皆有論文探索。亦有就宗社、詩案論宋詩，就句法、心理描寫剖析宋詩者。較之唐詩論文，方面顯得狹隘，深度廣度呈現嚴重不足。

㈡宋　詞

作爲宋朝的現代文學，詞接續晚唐五代以來的成就，到兩宋而輝煌燦爛，而新變代雄，蔚爲新興文學在宋朝的代表。其間名家輩出，各呈異采；婉約豪放，清空質實，各擅勝場。考察詞中意境，或訴諸悲怨，或表現綺豔，或展示柔媚，容易感動人心，觸發共鳴；而且在形式技巧上，以文采爲美，以含蓄爲美，容易引人入勝，回味無窮。唐圭璋主編《全宋詞》，才五冊；較之《全唐詩》十五冊，《全宋詩》七十二冊，份量不多，資料集中，容易掌握，故投入研究者多，成果亦十分豐碩。在宋代文學研究中，不僅獨占鰲頭，也一枝獨秀。

五十年來，臺灣學者研究宋詞，獲得博士學位者有十二人，碩士學位有一〇五人。換言之，研究宋詞的博士論文少於宋詩十四人，碩士論文卻多於宋詩十二人。爲什麼有這種現象？這跟文本材料的多寡是否有絕對關係？宋詞研究是否需要調整研究方法和角度？這些都值得深思。

就宋詞研究的博士論文而言，選擇詞人詞集作研究對象者有五部，即《蘇東坡所表現之心路歷程》、《蘇軾詠詞中夢的研析》；《辛稼軒詠物詞研究》、《辛派三家詞研究》；《白石道人詞之藝術探微》。其他七部論著，有三部涉及詞話及詞論，即《詞學理論綜考》、《詞律探源》、《碧雞漫志校箋》。其餘皆以主題研究方式呈現，或論南

宋江吳雅詞派之詞學，或論女詞人及其詞作，或就欣賞架構論宋詞，或就登高望遠主題論述宋詞，多有可觀。

由一〇五部碩士論文看來，1971年以前之宋詞研究，偏好就專家詞作箋注：共有十五部碩士論文，分別就柳永《樂章集》、晏殊《珠玉詞》、歐陽脩《六一詞》、晏幾道《小山詞》、蘇軾《東坡樂府》、秦觀《淮海詞》、周邦彥《清眞集》（《片玉詞》）、李清照《漱玉詞》、范成大《石湖詞》、姜夔《白石道人歌曲》、吳文英《夢窗詞》、劉辰翁《須溪詞》、王沂孫《碧山詞》、張炎《山中白雲詞》；其中校箋《山中白雲詞》者二部。另有八部碩士論文研討詞家用韻情形：分別就柳永詞、周邦彥詞、蘇軾詞、朱敦儒詞（兩部），姜夔、吳文英、張貴詞作用韻分析。考據類的碩士論文，佔此一時期宋詞研究總數一半以上，形成1971年以前宋詞研究的一大特色。這種風氣，跟當年臺灣師範大學國文研究所注重考據的研究走向有關。學位論文的趨向，最能具體而如實的反映當時學風的大勢，這是可以斷言的。

其他八十餘部碩士論文，就詞家詞集研究而言，以辛棄疾最熱門，共有七部論著；其次爲蘇軾，有六部。其餘如張先、晏殊、晏幾道、柳永、歐陽脩、黃庭堅、秦觀、蘇門四學士、李清照、南渡詞人、陸游、范成大、張孝祥、朱敦儒、張元幹、賀鑄、姜夔、姜吳派詞人、向子諲、劉克莊、毛滂、吳文英、張炎、蔣捷、王沂孫，以及其他遺民詞人，金代詞人、小令詞人，女性詞人，僧人詞，皆有論文觸及。除外，亦有作詞人較論者，如柳永與周邦彥、蘇軾與辛棄疾、晏幾道與秦觀、周邦彥與姜夔，是爲文學比較。至於柳永歌詞與高麗歌謠比較，則是比較文學。就研究之選題而言，題材取向最多，節令詞、詠物詞最受歡迎，各有六部和三部論文。其他，如愛國詞、懷古詞、詠

史詞、山水詞，及南北宋夢詞，皆各有一部論著。而且，通論一家詞或一代詞者，亦有五部，宏觀籠罩，提示大凡，自有可取。除外，又有就詞中寄託、用典、以文爲詞發揮者；又有專論豪放詞、詞選集、西湖詞壇、語言風格者。五十年來，碩士論文有關宋詞研究取向，大抵如此。

五十年來，臺灣學者研究宋詞（含詞論）之專著，學位論文外，約有二十五部；泛論詞學者多，即有十四部。其中，鄭騫《景午叢編》、葉嘉瑩《迦陵談詞》、陳滿銘《蘇辛詞比較研究》、林玫儀《詞學考詮》、黃文吉《北宋十大詞家研究》諸書，功力較深厚，對學界較有影響。

依據國家圖書館《1970—1999年中華民國期刊論文》所載，以及《漢學研究通訊》1992—1999年所收論文，三十年之中，臺灣學者研究宋詞發表之學術論文，大約在八十篇左右，平均每年二點七篇，數量不多。與一百多位碩士博士人數相比，研究風氣顯然過份沈寂。1981年以前，約有二十五篇論文概述宋詞，屬於導讀性質者多。八十餘篇論文中，宋代詞人只觸及晏殊、柳永、蘇軾、秦觀、周邦彥、李清照、辛棄疾、劉過、姜夔、吳文英、張炎、周密，其中晏殊、周邦彥、辛棄疾、姜夔、吳文英篇數較多。研究主題，有論詞之取材風者，如借鏡唐詩、取材唐詩、詩典運用；有分析詞的韻律、韻法者，有從修辭學觀點論婉約詞者；有從夢境、寄託、祝壽、討論詞作者；有從比較異同角度較論周、姜，辛、姜，以及柳秦、周蘇詞作者；也有談詠物詞、悲秋詞、愛國詞、僧人詞、農村詞者；也有論雅詞、度曲、唱法、風格者；亦有剖析詞作之民族思想，自我觀念、文人生活；更有聯結新舊黨爭對專家詞作探討者；選題趨勢，大抵如此。

㈢宋代古文

專攻宋代古文，五十年來獲得學位者，博士論文兩部，碩士論文八部；兼及其他文學者，博士論文三部，碩士論文七部。專著大約十部，期刊論文大約三十篇**⑮**，成果十分有限。研究領域和風氣，皆有待開拓。

就專家文研究而言，偏重北宋，造成南北失衡。北宋專家文中，論及柳開、周敦頤、范仲淹、穆脩、朱熹、陸游等，更集中關注歐陽脩、王安石、蘇洵、蘇軾、蘇轍、曾鞏六大家。由於范仲淹誕辰召開研討會，故研究范氏之論文稍多，然又側重討論〈岳陽樓記〉，未能全面探討。其他六大家之探索角度，亦然，作全面綜論者極少。至於南宋散文研究，沈寂寥落，無足稱道。唯《五燈會元》、岳飛、朱熹三家偶爾觸及，其他闕如。

至於研究主題，有討論古文運動者，有論述散文藝術、山水遊記、古文評點者；有探討史論文、論辯文、嘲戲文、序文、偈文者；更有就專家文作異同比較者，如韓歐文較論、韓柳歐文較論、蘇軾與晚明小品較論、〈伯夷列傳〉與〈赤壁賦〉較論。其他，則有從事文體會通研究者，如探索佛學與古文、禪心悟境與古文之關係，及辭賦如何滲透古文，而成「以賦為文」等等，頗有可取。

宋代古文研究之代表作，有王更生《歐陽脩散文研讀》、何寄澎《北宋的古文運動》、王基倫《韓歐古文比較研究》。

---

⑮ 陳致宏、林湘華、張高評〈民國三十五年至八十五年臺灣地區宋代散文研究目錄〉，《古典文學通訊》第二十九期，1997年5月。

㈣宋代小說

　　宋代小說文本，由於魯迅《中國小說史》評價不高，因此研究者
極少。這方面的成績，五十年來，除最近康來新《發跡變態——宋人小
說學論稿》一書外，幾乎沒有專著。見於著錄，只有不到二十篇之單
篇論文，而且，大多是泛泛之論。這些單篇論文，或概述傳奇小說、
話本小說，或論述傳奇或話本中之女俠或婦女形象。或概述歷史小說、
志怪小說、白話小說，且區分長篇短篇論述之。其中，或論及話本與
民間文學之關係，或探索《夷堅志》中之冥報觀，或剖析宋人之「說
話」分類，選題較不落俗套。

　　宋代小說研究之代表作，當推康來新《發跡變泰——宋人小說學
論稿》。

㈤辭賦、四六和戲曲

　　宋代辭賦和駢文（四六）的研究，都很不景氣，而且十分蕭條冷落。
五十年來的辭賦研究，除了陳韻竹《歐陽脩蘇軾辭賦之比較研究》、
朴孝錫《蘇軾辭賦研究》、李瓊英《宋代散文賦研究》三部碩士論文，
洪順隆《范仲淹賦評注》一部專著外，期刊論文大約十篇，泰半討論
前後〈赤壁賦〉。五十年來的宋四六文研究，未見學位論文；除張仁
青《駢文學》論及蘇軾一家外，未見專著。單篇論文，只見《宋代文
學研討會論文集》有兩篇，分別是張仁青先生和曾棗莊先生的大作。
曾氏為大陸學人，故本地學人之作只有一篇，寥若晨星，簡直是鳳毛
麟角的稀有了。

　　宋代戲曲之研究，也只有兩部碩士論文：劉效鵬《永樂大典三本

戲文與汲古閣本五大南戲結構之比較〉、于復華《論張協狀元中諢砌的兩大特色》,至於單篇論文,則有十餘篇,未見其他專著;只有唐文標《中國古代戲劇史初稿》、曾永義《詩歌與戲曲》二書中,順帶略及。探討之主題,有就劇本論述者,如選擇〈張協狀元〉作論題,研究其音樂唱腔、情節設計、諢砌特色;以〈王魁負桂英〉、〈趙貞女蔡二郎〉為論題,研究其敘事模式與文化意義;或者選擇諸宮調作論題,進行輯佚,並研究其內形與外形,以及與變文、詞、白話小說之異同;或者以山西白龍廟昌寧宮地下出土金碑作佐證,以論戲劇之演出;其他,或概述宋金戲劇之發展,或論證古典戲曲成熟於宋金之際,或考述三國故事戲曲在宋代之情形。曾永義先生〈宋代福建的樂舞雜技和戲劇〉,以地區戲劇為探討範圍,考察宋代傀儡戲、雜劇、南戲在福建的流傳,徵諸文獻,持論頗可信據,成果啓發良多。

㈥文學批評與理論

宋型文化和唐型文化不同,沈潛內斂,注重反思內省,充滿知性理性,表現為貴識見,尚思辨,因此產生許多詩話、筆記、題跋,以及詞話、文話、評點之作;文學批評與理論,蔚為空前之繁榮昌盛,不僅量多,而且質高。另一方面,中國文學發展至兩宋,已積累相當豐富之遺產與資源;如何在傳承前人精華之餘,還能兼顧到開拓自家特色,這一直是宋人關心的問題。宋人運用詩話、筆記這種體裁,去總結前賢創作經驗;從總結經驗上去推陳出新,自成一家。總結經驗,是為了參考借鏡;師法優長,是為了創新風格;一些救世之弊的批評和理論,是為了提示文學創作可大可久之道。所以,宋代文學批評與理論之研究,五十年來,還算蓬勃。除了詩話詞話專著外,臺北成文

出版社召集學人編纂《中國文學批評資料彙編》，《北宋卷》、《南
宋卷》、《金代卷》分三冊發行，提供學界研究不少便利。

　　文學批評，本是理性知性的活動，這跟宋型文化的特色十分合拍。
五十年來，臺灣學者研究這個領域，獲得學位者，計博士論文十六部，
碩士論文三十二部，成果堪稱可觀。其中，研究宋代詩學與理論者最
多，博士論文即有十三部，碩士論文也有十八部。就博士論文之選題
而言，以比較詩學觀點，針對中、日、韓詩話進行比較研究者有兩部。
鎖定宋代詩話筆記，或元明清詩話，作文本探討，及影響或接受研究
者最多，共有八部，分別就宋代詩話筆記探索宋代之詩法理論、晚唐
觀念，寫意課題、詩人傳記；以及有關情性、寫景、詠物、詠史、敘
事、說理之詩學理論。亦有探論一家詩學者，如探討蘇軾詩學理論；
更有作流變考察者，如宋代唐詩學、清代宋詩學之研究。除外，又有
針對詩選詩集、以及論詩詩，建構一家詩學，或一代詩論者。杜松柏
《禪學與唐宋詩學》，專就禪學與詩學作交融整合之研究，難度高，
成果佳，很值得借鏡。

　　碩士論文涉及宋代詩學研究者，十八部之中，專攻宋代詩話者有
六部：就詩話之專著作研究者，如《韻語陽秋》、《滄浪詩話》、《瀛
奎律髓》等之探討；另外，則或為詩話作敘錄，或探討詩話之摘句批
評，或研究詩話之格律理論。其他選題，多研究宋代詩學之體派理論，
如北宋理學家之文學理論、蘇軾之文藝創作理論、張耒之文學理論、
黃庭堅詩論、活法與江西詩法、楊萬里之詩學、劉克莊之文學批評、
朱熹之文學理論、元好問〈論詩三十首〉及其詩學、王若虛之詩文理
論等，宋代重要之體派，如理學派、東坡體、山谷體、江西派、誠齋
體、江湖派，以及金代重要之詩論，皆已普遍觸及；雖然，並未深入

發掘。

有關宋代詞學理論之研究，博士論文有三部：《詞學理論綜考》、《詞律探源》、《碧雞漫志校箋》。碩士論文有七部：針對張炎《詞源》作箋訂與探究者，有兩部；其他，分別就李清照《詞論》、蘇軾詞評論、兩宋詞論、詞學之言志論，以及詞話批評與功用等層面論述，以建構宋代之詞學理論，或一家之詞論。

古文理論方面，只有三部碩士論文專著，有兩部論述宋代之文話，一部討論南宋的古文評點。

至於辭賦、四六、小說、戲劇等理論之研究，專著及單篇論文，皆付之闕如，有待開發。

宋代文學批評與理論之專著，相當可觀。其中，以張健先生成果最值得稱道，著有《宋金四家文學批評研究》、《中國文學批評》、《文學批評論集》，是臺灣研究文學批評，尤其宋代文學批評與理論卓有成就之學人。其他，專研宋代文學批評與理論的代表著作，尚有黃景進《嚴羽及其詩論之研究》、張雙英《中國文學批評的理論與實踐》、龔鵬程《詩史本色與妙悟》、《文學批評的視野》；張高評《宋詩之新變與代雄》、《會通化成與宋代詩學》等等。

單篇論文方面，依據國家圖書館《中華民國期刊論文》登載，有關詩學者七篇，有關詞學者六篇，有關文論者三篇。大抵皆博士碩士論文之分章發表，未見在學位論文之外，能獨闢谿徑，別開生面，另有天地者。若有，則又可見作者專著中。為省篇幅，不贅。

四、唐宋文學研究的未來展望

回顧五十年來臺灣學者研究唐宋文學的概況，筆者有許多感慨，也有一些建言；感慨不說也罷，以下談談建言。一部分是對有關當局的建議，大部是對唐宋文學研究的展望。

確實檢討過去，對於策勵將來很有意義，這是眾所皆知的常識。對於碩士學位論文、博士學位論文，學術期刊論文，甚至圖書專著，1982年以來，皆有專刊報導，也有專業機構登載，檢索即得，堪稱便捷。不過，尚有一漏網之大魚，即是大專院校歷年各級教師之升等論著，雖有《高教簡訊》報導，然零星片段，未能統整分類，集中備檢，所以檢尋無門。這些升等論著，絕大部分未出版流傳，因此成果無法與學界分享，實在可惜。尤其是通過教授一級審查之論著，其學術價值當然在碩士、博士論文之上。如今，通過碩士博士之論文，必須上繳十餘部，以便公開陳列於國家圖書館，政治大學社會科學資料中心中，提供借閱流通，學界稱便。副教授與教授論文之檔次，既高於碩士博士論文許多，何以上網查詢無著？書面檢索不可得？更未見有任何學術機構統一而集中成立專室，放置副教授、教授升等通過之論著，寧非怪事？萬望有關學術機構，特別是教育部學審會、顧問室，能玉成此事。以便讓後生小子，能因博觀泛覽教授們之大作偉構，而有所觸發啓益，相信功效比參考碩士博士論文更加昭著。另外，行政院國家科學委員會每年有許多成果獎助、專題計劃申請；能夠獲獎的，都是每個領域的佼佼者。如果國科會也能規定：獲獎者有義務繳交若干份得獎成果，或計劃報告，然後比照學位論文陳列模式，成立專區，以便學界參閱交流，觀摩借鏡，豈非功德一件？筆者回顧五十年來之

學術研究，對於教育部管轄之升等論文，及國科會獎助之成果專題，無法精確掌握，有感而發，因建議如上。

唐宋兩朝，不僅時代緊鄰，而且學術間有傳承與開拓，影響與接受之密切關係。尤其就中國歷史分期來說，兩朝又位居中古之結束、近代之開端的分水嶺上，無疑是中國學術研究的樞紐與關鍵，善加掌握，最有利於上究下探，旁推交通，所以兩朝學術，最宜合觀並看，以宏觀的視野，作會通整合之研究，將有助於唐宋學術之研究與闡發。唐宋學術之探討如此，唐宋文學之研究尤其應該如此。中國大陸成立若干研究專業，其中有唐宋文學研究專業，可見唐宋一定是相提並論，未嘗偏廢的。因為唐宋文學間，存在許多內在的連繫，無論縱向的因革損益，或橫向的交融整合，都有必要唐宋並舉，作源流正變之探討，才能得其真解，才能切實地為學術作定位。

就唐宋文學之研究來說，五十年來，宏觀整合之探討比較少見，今後應該加強。如唐宋詩之探討，可以進行唐宋詩之異同研究、唐宋詩之流變研究、唐宋詩之比較研究；乃至於以詠物詩、詠史詩、山水詩、邊塞詩為論題，研討唐宋詩間之源流、因革、傳承和開拓，多一些整合型的選題，來考察唐宋詩歌，特色和風格才容易顯現，唐宋詩之爭的公案，才能獲得定讞。唐宋古文和文學理論之研究，亦然。宋代古文運動受唐代影響，宋代古文家受唐代及先秦兩漢古文影響，其中源流正變值得釐清，傳承和開拓、繼往和開來有那些層面，也都值得探究。尤其是文學理論，最能見因革損益之現象；若能以歷史流變視點，觀照唐宋之文學理論，梳理出各個文學理論的脈絡和走向，則理論的價值、文論家的地位，不難定出。

就唐詩之研究來說，是唐宋文學門類中成果最輝煌可觀的。大家

名家，幾乎已被研究者挑選殆盡。大家名家的作品，具有代表性，富有影響力，因此吸引許多學人投入研究。五十年來的唐詩研究，大多側重文本之分析與歸納，以凸顯詩人「自成一家」之個性特質爲依歸。對於詩人所以代表一代或一朝之緣因，詩作影響及後學接受之具體論證，往往語焉不詳，或未作重點發揮。甚至論斷詩人之成就或地位，只是自我比較，未將詩人放在詩友集團中去比較，放在同期或前後期詩人中去比較，更未與同時代或其他時代之偉大詩人作較量；如此，則造詣不顯，價值不彰。絕大部分的學位論文，探論詩作的文學價值或藝術技巧，大多羅列十幾個耳熟能詳的修辭格充當之，於是造成從初唐歷盛唐、中唐、晚唐，不同時期、不同風格的不同詩人，卻不約而同共用相近的十幾個技巧，寧非怪事？句法字法只是藝術技巧之一，而且是小焉者，並非全部。可見研究唐詩，在文學技巧或藝術手法（詩法）方面，有待進一步開發。這種研究局限，不只出現在唐詩，也出現在宋詩研究，南北朝詩研究，以及《詩經》《楚辭》之研究中；甚至詞、文、賦、小說、戲劇之研究，也犯同樣毛病。且就修辭學而言，名家大家之修辭技巧，當自有不同他人之特色，需審慎深入探索方得，不宜草率附會。況且，大家名家之作品，最得詩歌語言或文學語言之三昧，最精於創意造語之要求，論者大可從此等處切入探討，成果方能不落俗套。

　　對於如何提高研究成果之學術價值？筆者曾經提出三個重要途徑：一、材料生新；一、方法獨特；三、觀點殊異❶。今用來論述唐

---

❶　參考張高評〈宋代文學研究的方法和展望〉、〈宋代文學研究面面觀〉，《宋代文學研究叢刊》〈代序〉，第二期、第三期，1996年9月，1997年9月。

宋文學之研究，可謂信而有徵。首先談觀點殊異：要求我們摒棄慣性的思維，發揮創造思考，運用另類的觀點，從事閱讀研究。這種殊異的觀點，在參加熱門題目研究，或「好話已被前人說光」的困境下，最有立竿見影的功效。譬如唐詩研究，在三十三部博士論文、一八六部碩士論文之後，精華可謂被前人佔盡，如何別出心裁，另闢谿徑呢？另類的研究觀點，可以推陳出新，造就非凡的成果，最值得嘗試。如研究唐詩，可以選擇地域文化的觀點，去考察南北朝中後期以來，存在的三大地域文化體系，即江左文化、山東文化、以及關隴文化，跟唐代詩歌盛衰消長的關係。透過地域文化集團的了解，考察唐詩的藝術精神，將有助於文學之鑑賞與研究❼。大陸學界的唐詩研究，採用殊異觀點，不純粹就文學論文學，可取者多，如程千帆先生《唐代進士行卷與文學》、傅璇琮《唐代科舉與文學》、陳允吉《唐音佛教辨思錄》、孫昌武《唐代文學與佛教》、董乃斌、程薔《唐帝國的精神文明—民俗與文學》、鄧小軍《唐代文學的文化精神》；像這樣，立足於文學，將研究觸角伸向歷史、哲學，乃至於民俗、藝術、文化，作整合性之研究，由於能見人所未見，因此能言人所未言，成果往往十分豐碩可觀。臺灣大學於1996年4月，曾舉辦「中國文學的多層面探討」國際研討會，發表論文確實從「多層面」視角進行研究者，還不足全部論文的三分之一；可見這種研究視角，有待提倡。至於宋代文學之研究，從地域文化的視角切入，將更見具體有功。蜀學、洛學、關學、閩學、固然有地域文化之特色，江西詩派、浙東學派（金華、永

---

❼　參考何西來〈文學鑑賞中的地域文化因素〉，《文藝研究》1999年3期；杜曉勤〈地域文化的整合和盛唐詩歌的藝術精神〉，《文學評論》1999年4期。

嘉、永康）也都以地域分派，掌握地域文化之整體特色，進而探索文學體派，將是值得值鏡的觀點。臺灣學者研究宋代文學，探用不同流俗之殊異觀點者，如張高評〈雜劇藝術對宋詩之啓示〉、〈《春秋》書法與宋代詩學〉、〈史家筆法與宋代詩學〉、〈蘇黃「以書道喻詩」與宋代詩學〉，成果令人耳目一新。大陸學者在宋代文學研究方面，視角亦值得參考，如馬積高《宋明理學與文學》、鍾來因《蘇軾與道家道教》、周裕鍇《文字禪與宋代詩學》、歐陽光《宋元詩社研究叢稿》等，他山之石，可以攻錯，借鏡之謂也。

其次，談材料生新。文本資料，是一切研究的基礎；資料不足，研究成果勢必受到影響。研究唐詩的材料，目前只限於清聖祖御定《全唐詩》、陳尚君《全唐詩補編》，已造成許多研究熱潮。如今河南大學重編《全唐五代詩》，據說：份量多出上述唐詩的兩倍。他日出版，引發第二波唐詩研究的熱潮，這是可以預期的。研究唐宋文學，地下出土的文物足供佐證者，不如先秦兩漢多；但唐宋資料留存在後代文獻中者不少，經有心人鉤稽梳理，輯佚考證而薈粹成編。這些資料隱沒浩瀚書海中千餘年，一旦而重現今日，學者知而用之，眞可媲美發現新大陸，比起王國維所謂的二重證據，更富學術價值。大家運用生新資料從事研究，自然易有令人刮目相看的成果。

在材料的生新方面，宋詩、宋文，以及宋代文學理論，比起唐代文學的資源，更加豐富多采，而且幾乎未經開發，是一片資源豐富的學術礦區：北京大學主編《全宋詩》，七十二冊正編已出齊，補編據說有十冊以上（尚未出版）。四川大學主編《全宋文》，已出版五十冊，全套大約在二百冊左右。吳文治先生主編《宋詩話全編》，一套十鉅冊，纂集宋代詩話五百六十二家。這三套書，共二百八十五冊以上，

洋洋大觀，資源無限，都是研究宋代文學的文本資料。五十年來，宋詩、宋文、宋代文學理論，由於文獻散亂，未經彙整，所以資料掌握不易，造成研究不少困難。如今，文獻具足，翻檢可得，勢必吸引更多學人投入研究。尤其四川大學編纂許多宋代研究的工具書，如《宋遼金文學分典》五鉅冊、《現存宋人別集版本目錄》、《宋人年譜集目·宋編宋人年譜選刊》、《宋人傳記資料索引補編》、《現存宋人著述總錄》、《中國地方志宋代人物資料索引》、《宋人別集敘錄》，更爲宋代學術研究提供許多便捷。明年，北京大學將次第出版「宋代學術叢書」，齊心推動宋代學術之研究。宋代文學研究，具備如此豐富的資源和利多，形成一股學術風潮，將是可以預期的。

　　從材料的生新，聯想到研究選題的創新。五十年來的唐宋文學研究，在選題方面，無論是學位論文或單篇論文，有過份集中，甚至幾近雷同的現象，不僅造成人力浪費，而且容易形成因循苟且，陳陳相因的惡質風尚。當然，如果對同一選題有創新的研究視點，未嘗不可以各抒己見。以唐宋古文的研究來說，學位論文過份集中研討唐宋八大家，就有上述的缺陷。其實，唐宋古文除了八大家之外，值得研究的還有很多。明王文祿《文脈雜論》提出古文之妙者，「唐得七人焉：駱賓王、王勃、陳子昂，李太白、柳宗元、李華、孫樵是也。宋得六人焉：李覯、司馬光、蘇洵、蘇軾、陳無己、陳亮是也。」除柳宗元、蘇洵、蘇軾古文研究論著稍多外，其他多零星散見，甚至乏人問津。唐代古文之研究，除韓、柳外，上列六家頗值得研究。北宋散文研究，除六大家之外，北宋初期之柳開、王禹偁；慶曆新政時期之穆修、范仲淹、尹洙、石介、蘇舜欽，亦值得探討。其他，如堅持「作文害道」之理學家，如周敦頤、張載、程顥、程頤諸人講學之文，亦殊堪玩味。

東坡之文，既高風絕塵，其後學門人如黃庭堅、晁補之、陳師道、秦觀、張耒、李廌之文，亦值得付出心力，探索原委。從可見學派主張，集團理論，與實際創作間，出入離合之一斑。南宋散文研究，一向沉寂寥落，其實，深具開發價值。明清以來談論宋代古文，多獨厚北宋，而冷落南宋，此與評點家文論家之好惡取捨有關，其中未嘗沒有可議之處。居今之世，當自外於學派之糾葛，好惡之影響，平情以論南宋之散文。如和戰紛爭中之政論文，宗澤、李綱、胡銓、楊時、胡寅、葉夢得、汪藻諸家，爲一時之選。南宋中期，政局不安，反映時勢之政論文亦多，如范成大、楊萬里、陸游、辛棄疾、周必大，樓鑰、朱熹、呂祖謙、陳傅良、葉適，陳亮、爲其中之翹楚；或爲政治家，或爲文學家，或爲思想家，或爲學者盱衡時局、關懷民生，自多佳構。其他，如筆記野史之文、殉國志士之文，易代遺民之文，以及遊記、詠物之文，亦多豐富可觀，值得探究。再以宋詩研究而言，選題也都集中在兩宋大家名家之內，論述之層面不夠寬廣，探討問題缺乏深刻。其實，宋詩大家名家有詩集傳世者，約六百餘家；詩集在十卷以上者，大約四百家；業經研究觸及者，總數不會超過三十人。佔《全宋詩》九千餘位詩人的三百分之一，佔六百家詩集的二十分之一，何況選題還太過集中與重複。可見，此中園地，可供開墾之空間，是何等遼闊，正期待有志之士的努力。

其次，談談唐宋文學的研究方法。一、詩詞校注：1980年以前，有許多學位和升等論文，採用這種方式。好的校注，是文本解讀的利器，應該把它看做文本研究的起點和手段，而不是目的和方法。如果能從詮釋文本的過程中，得出作品的內容思想、形式技巧、甚至語言風格，而將心得撰成敘錄或總案，自然有功於學術。唐宋大家名家之

詩詞，歷代續有校注，學界稱便。然宋詩大家名家作品尚未箋釋者多，如王禹偁、蘇轍、張耒、陸游、楊萬里、范成大、朱熹、文天祥等大家，以及《四庫全書》、《續修四庫全書》、《四庫存目叢書》中的宋人詩集，九成五以上皆未有校注；或者雖有箋注，而簡略疏漏，精詳不足，如黃庭堅詩，影響江西詩派及兩宋詩壇，成就與蘇軾並列，同為宋詩之代表。如此重要的詩人，其詩集文集實在有必要作精校精注，可惜海峽兩岸一直沒有學人投入這件有意義的工作。如今《全宋詩》正編已經出齊，對於善本名鈔提供許多線索，在此基礎上，更上層樓，致力校注，應該可以事半功倍。兩岸學界，不妨組織人力，精選大家名家作品，玉成此事。二、年譜傳記；作品繫年：提供知人論世之參考，作為考索士人心態之依據，也值得撰作。三、作品的分期研究，是文學探討不可避免的開山工作，尤其是宋詩的分期研究，一直存在許多爭議，值得繼續耕耘。四、流變的研究，是文學史的研究法，很能在因革損益的考察中，為作品或作家定地位。大陸學者葛曉音《漢唐文學的嬗變》、《詩國高潮與盛唐文化》；尚定《走向盛唐》、孟二冬《中唐詩歌之開拓與新變》，都是採用此法之力作，值得參考。就流變觀點考察唐詩學、宋詩學，國內學位論文已完成宋代唐詩學、清代宋詩學之博士論文；推此而言，元代唐詩學、明代唐詩學、明代宋詩學、清代唐詩學，亦值得探究。就影響與接受來論，宋代杜詩學、明代杜詩學、清代杜詩學；宋代李（白）詩學、清代李詩學；乃至於金元蘇（軾）詩學、清代蘇詩學；南宋黃（庭堅）詩學、清代黃詩學；歷代陶詩學等等，都可以嘗試以接受理論、及讀者反應論作為詮釋角度，研究方法，進行研討。葉嘉瑩《中國詞學的現代觀》，很贊成借鏡西方的文論來研究中國的詞學；如此，將可以賦古典以新貌，而且，

「將新舊、中西的多元多采之文化，加以別擇去取，及融匯結合」「以確定其在世界性文化的大座標中的地位究竟何在？」吾人何妨一試？

筆者主張：唐宋文學之研究，應新變研究之方法，拓展研究的面向。首先，可從思考角度之翻新，去開發領域，拓展成果。例如：可以從文體分類學之觀點切入，去探討古文跟其他文類間之交融整合，如古文與詩、古文與詞、古文與賦、古文與小說、古文與四六、古文與戲劇等之關係。又如立足於詩，去考察以文爲詩、以詞爲詩、以賦爲詩，以戲劇爲詩，以小說爲詩諸現象；若立足於詞，則探索以詩爲詞，以文爲詞、以賦爲詞諸事實。其次，可從多層面之觀照，去研討唐宋文學，譬如：鎖定禪宗思維方式，探討禪宗在詩、詞、文、小說、戲劇，以及文學理論各方面的反映；同理，也可以選擇老莊、理學、道教、乃至於經學思想，研究哲學思想對文學的可能影響。唐宋兩代，繪畫藝術十分昌盛，肯定對詩、詞、文、賦都產生相當影響；考察繪畫對詩、詞、文、賦的滲透，以及詩、詞、文、賦對繪畫如何作出位之思」，這將是富於開拓性的探論。另外，還可以考慮從《春秋》書法、史家筆法的觀點，去研究唐宋之文學理論，去評價文學作品；也可以從唐宋的詩格、詩話、筆記、文集，建構文學批評，或修辭理論，進而探討詩歌語言、文學語言之實際，以及詩美學、詞美學、散文美學、辭賦美學、小說美學之原委。總之，探討問題宜力求立體而多元之闡說，切忌流於扁平而單調之敘述。

五、結 論

唐宋文學的研究，五十年來的學術成果，宋代不如唐代。唐代文

學成果豐碩，吸引更多新秀投入，良性循環，於是蔚爲大觀；舉凡詩、文、小說，皆是熱門論題，成績斐然可觀；詞、賦、文學理論之研究，整體成果雖不如詩、文、小說、亦多可取。今後研究，可以加強文學、史學、哲學，甚至藝術間之科際整合，學術混血，成果才能新穎亮麗。筆者很贊成鄭騫先生「文學研究，要札根於經史子學」的話；試看陳寅恪的《元白詩箋證稿》、傅璇琮《唐代詩人叢考》、《唐詩論學叢稿》等書的享譽士林，就足以證明文史哲兼治的實際業績了。唐代的古文和辭賦，尚有許多發展空間，值得再投入。研究傳奇小說，以及歷代文言小說，甚至白話小說，近來學界喜好拿西洋小說理論，進行比較附會，所謂比較文學研究，這當然可行。筆者以爲：小說既然是敘事文學之一支，它的根源應該是史傳文學的《左傳》《史記》，何以研究中國古典小說者很少尋根究源，從事影響或接受之探討？別的不說，唐代傳奇的敘事法式絕對跟《史記》《左傳》之敘事藝術有關；有何相關？這得進行系統研究，才能得知真相。

宋代文學研究，詞人與詞集的研究成果豐多。尤其黃文吉主編《詞學研究書目》（上下）、林玫儀主編《詞學論著總目》（一～四），總結唐宋以下歷代詞學，學者稱便。學界最近籌編《宋代文學研究書目》，由筆者任主編，打算搜羅詩、詞、文、賦、四六、小說、戲劇、文學理論諸文類，仿羅聯添、王國良《唐代文學論著集目》之例，可省讀者翻檢之勞。宋代文學理論之研究成果，僅次於宋詞；宋代單獨成書的詩話約一百七十餘種，探討其中一小部份即有如此成果；如今《宋詩話全編》收錄宋代詩話五百六十二家，較原來詩話多出三倍以上，文本資源之豐富，可以想見。另外，宋詩、宋文（含辭賦、四六），較之詩話資料，更有過之而無不及，已如上述。研究宋代文學的資料如

此大規模的結集，盛況堪稱空前絕後。文獻足徵，則學術上一切是非曲直容易釐正，一切成說偏見不難廓清。存在近千年的一些學術公案，應該到了定讞的時候了。

七百年前，南宋劉克莊提出「風人之詩」與「文人之詩」的分野，以規正江西詩派末流之弊端，從此衍變爲唐詩宋詩之爭，歷經明、清，至現代當代，學界紛紛較論唐宋詩之優劣高下，能夠跳脫劉克莊、張戒、嚴羽成說者實在不多；能從「詩文代變，文體屢遷」的文學發展規律討論問題，能從文學語言、詩歌語言、創意造語等文學特質看待宋詩❶，作持平論述的，也不多見。影響廣遠的文學史、詩歌史、文學批評史、理論史、美學史，竟也推波助瀾，作一些不實的敍述，導致學界習焉不察，形成許多偏差甚至謬誤的認知。如今《全宋詩》七十二冊出版，《宋詩話全編》十鉅冊印行，文獻足徵，文學史與文學批評理論史之偏失將可以獲得導正。這是一宗極富挑戰性的學術工程，極需有志之士踴躍投入，集體合作，個別分工。我們的盡心致力，在二十一世紀，一定可以改寫中國文學史及文學批評理論史。

四百年前的明代茅坤，編選《唐宋八大家文鈔》，於是後世研究唐宋古文，率多不踰越八大家之範圍。八大家之外的古文，備受冷落，甚至乏人問津。這種習焉不察、畫地自限的慣性思維，在《全唐文補編》問世、《全宋文》出版之後，必須調整改換，以更開闊的視角、創造性地思維，重新去考察唐宋古文的實際。擺脫制約，才能海闊天

---

❶ 參考黃景進〈從宋人論「意」與「語」看宋詩特色之形成〉，《第一屆宋代文學研討會論文集》，（高雄：麗文文化公司，1995年5月）；張高評〈談詩歌語言與言外之意〉，《宋詩之新變與代雄》附錄三，（臺北：洪葉文化公司，1995年9月）。

空的優游於學術礦區。

七十年前，胡適提倡白話文學運動，於是宋詞的地位與價值，凌駕宋代詩文之上，蔚為宋代文學之代表。自陸侃如、馮沅君《中國詩史》以下，至當代之文學史、詩歌史、亦習焉不察，依樣畫胡蘆。若將《全宋詞》五冊，與《全宋詩》正編七十二冊作一對照研究；再將唐宋詩異同，宋詩特色作一通盤考察，最後論定宋代文學之代表，才有公信力與說服力。

七十年前，魯迅撰寫《中國小說史略》，對宋人的文言小說評價，否定的成份居多；於是後學習焉不察，研究唐宋小說，心眼中就只有唐傳奇和宋話本，似乎其餘皆不足觀。如果研究指向，也如同矮人看戲，隨人說短論長，那就太缺乏主見了。具有創意思考、獨力研究的學者，絕不為成說所蔽；試觀康來新《發跡變態——宋人小說學論稿》、程毅中《宋元小說研究》、蕭相愷《宋元小說史》、薛洪勣《傳奇小說史》諸書，皆不囿於成說，重新審視宋代之傳奇與話本，提示了許多可供研究的論點，為斯學開啟了許多門徑，後人循此進階，必定可以重寫宋代小說史的。

六十年前，劉大杰著《中國文學發展史》，用「貴族文學」，「奇怪的體製」看待漢賦，又用「文字遊戲」、「莫名其妙」、「墮落惡化」等詞語評價唐宋辭賦；後學不察，奉為圭臬，於是唐宋辭賦研究，近三十餘年被視為文學研究禁區，涉足探索者絕少。簡宗梧先生隻眼獨具，率先倡導研究，於是臺灣學界研究唐宋辭賦之論著漸多，要皆出其門下，得其教澤者。風氣既開，假以時日，唐宋辭賦之研究，當有可觀之成績，一定能修正，甚至改寫唐宋之文學史。

由此觀之，從事唐宋文學研究，確實有許多令人著迷、令人廢寢

忘食旳地方；尤其是宋代文學的研究。因爲流傳廣遠的文學史、文學批評史、文學理論史、或者文學思想史，論述問題既然存在許多成見和謬誤；我們掌握豐富的文獻作論據，提出見解和心得，自然事實勝於雄辯。學術研究的誘因，既是發現問題，而坊間文學史有關宋代文學的論述存在許多問題；最富於挑戰的，是解決問題，而宋代文學之總集紛紛出版，有關工具書亦絡繹不絕面世，文獻足徵，運之以方法，繼之以心力，只要順水推舟，就可以水到渠成，何樂而不爲呢？

　　如果我們的研究成果，能夠修正文學史的部分偏差或謬誤，那怕是文海微瀾，也是有價值的。如果我們的學術研究，成果卓越，足以重新建構文學史；而不只是獲得一個學位，晉升一個級職，替圖書館增加一本新著，那不是很有意義嗎？

中國文學史研究概況

毛文芳*

一、緒　論

　　時序已然邁入二十一世紀,過去的一個世紀是中國劇烈騷動不安的時期,古典文學在這個世紀之初同樣面臨了極大的變革。繼而海峽兩岸阻隔,歷經一場文化大革命的浩劫,中國古典文學研究,有很長一段時期,在對岸完全失去空間,幸而隨著國民政府遷徒來臺,儼然承續了歷史的傳承。吾人在此回顧半世紀以來臺灣地區的中國古典文學研究,具有世紀新舊之交,鑑往知來的重大意義。

㈠二十世紀初的幾部文學史

　　對於中國各種文體演變與發展的歷史關注,古來有之,但是將文學變遷總合觀察而寫成專書者,概可推到二十世紀初,林傳甲的《中國文學史》(1904年)是第一部由國人自著的文學史,這部由「京師大學堂國文講義」改裝而成的教科書,將文字、聲韻、訓詁、修辭、諸

＊　中正大學中文系助理教授

子等學科均納入，是一個由古而今的，以並時架構統合歷史序列的論述模式，將歷史通過分類的活動轉成空間化的排列和組合，演成一個並時的圖案。❶謝无量的《中國大文學史》（1918年出版），是一部早期較有影響的舊著，該書基本是中國傳統「目錄學」與「史傳體」的自然延伸，目錄學的目的在陳列，而史傳體的目的在敘述，畫出了後來文學史寫作體例的大樣。儘管謝氏時時穿插感悟式的評點與敘述式的概說，但較少攙入主觀見解，大段摘引臚列篇章本文的「陳列」方式，無意中瓦解強迫性的敘述語言與觀察角度。❷

　　與謝書陳列性質相似的，是劉師培以輯錄和案語綴合而成的《中國中古文學史》（1920年出版），以古證古，以史料本身顯示出實證。繼承乾嘉學派，同樣以史料本身說話，不帶太多主觀意見，注重客觀證據的，尚有梁啓超《中國之美文及其歷史》（1924年寫定），該書一方面以考據解決早期文學作品的疑案，另外還配合「將正文變爲圖表」的科學方法，使文學的發展歷程一目瞭然。❸林傳甲的諸體並置、謝无量的陳列、劉師培的輯錄、梁啓超的圖式，顯示了早期學者對於文學發展歷史所懷有的客觀實證精神，都是對歷史的一種分解，將文學的呈現方式平面化、空間化，消解了文學的歷史意識以及文學現象本

---

❶　參引自陳國球〈導言：文學史的思考〉頁6，收入陳國球等編《書寫文學的過去——文學史的思考》（臺北：麥田出版社，民86年）。

❷　參引自葛兆光〈陳列與敘述——讀謝无量《中國大文學史》〉，收入同註❶陳氏編書，頁351-357。

❸　分別參引自周月亮〈輯錄與案語——讀劉師培《中國中古文學史》〉，收入同註❶陳氏編書，頁367-372。夏曉虹〈考據與圖表的現代功用－讀梁啓超的《中國之美文及其歷史》〉，收入同上書，頁359-366。

身的時間性質。

胡適的《白話文學史》（1928年出版），以死文字看待中國古文，因爲科舉制度才延長了那已死古文足足二千年的壽命，以活文字看待壓不住的民間白話文學，胡適是以「文學革命」的精神去做大型的文學拆建工程。❹至於以更明晰的史觀意識來思考文學發展的，要屬周作人的《中國新文學的源流》（1932年出版），周氏將五四運動置放到整個中國文學史中去考察，以「言志」、「載道」二元對立轉化來的矛盾運動，由明、清文學往回溯，企圖找出中國新文學的源流。周作人有感於「文學史的研究的現今那樣的辦法，即是孤立的、隔離的研究」，相應提出了「應以治歷史的態度去研究」的主張，對文學現象的研究應從短時段的「孤立的、隔離的」事件中跳出，而在更長遠的歷史過程中對之進行考察，並從而從歷史發展內部的動中找尋對之作出解釋的依據。❺無論是胡適或是周作人，他們以濃烈的史觀企圖建構文學發展，實際是以當代意識統攝過去。

㈡在臺灣的幾部文學史

臺灣學者所者的文學史專著，有葉慶炳《中國文學史》（臺北：學生，民55年初版）能擺脫劉大杰的唯物史觀，較富學術性。蘇雪林《中國文學史》（臺中：光啓，民59年初版），特別探討清代以後，中國文學

---

❹ 參引自陳國球〈傳統的暌離──論胡適的文學史重構〉，收入同註❶陳氏編書，頁25-84。

❺ 參引自朱曉進〈一種可資借鑑的文學史研究思路──讀周作人《中國新文學的源流》〉，收入同註❶陳氏編書，頁373-380。

史上的種種轉型。孟瑤《中國文學史》（臺北：大中國，民63年初版），從詩、散文、小說、戲劇爲講述範圍，從文人雅製與民間創作並談，但對文學與時代環境的關係，較缺乏探討。王忠林等著《增訂中國文學史初稿》（臺北：石門圖書，民67年初版），是八位在各大學中文系擔任「中國文學史」課程的教授集體分工合力完成，似乎有意與劉大杰一書有別，特標明「歷史的重心在民生」的民生史觀，因爲篇幅鉅大，故對文學史上較細的課題，能夠加以處理。王夢鷗等著《中國文學的發展概述》（臺北：中央文物供應社，民71年初版），由八位教授共同執筆，各時代選擇主要代表文體，探討其背景、興起與衰亡。❻

　　以上這些文學史專著，分別爲各校指定作教材之用，而臺灣地區的文學史專著中，劉大杰《中國文學發展史》則是最爲普及的一部，最早是以匿名的方式登陸臺灣（民45年，中華書局臺一版改以《中國文學發達史》印行），幾乎成爲本地中文系學生必讀的文學史經典，初學者大致由此建立起文學歷史的知識與概念。該書的撰寫基構是「時代環境」、「文學家」、「文學作品」三者之間環環相扣的關係，充分表達了時代環境與文學發展的必然性，這個史觀不僅呼應了中國舊學裡「知人論世」的觀念，還加入了濃厚馬克斯社會主義的色彩。該書雖面面顧及了上古至清末歷史長河中的文學概況，但在內容上強調貴古賤今的進化論、文學生老病死的歷史循環論、馬克斯主義的階級觀點，以及生產方式決定文化社會等幾個層面，是一部史觀頗有爭議性的文學專

---

❻　關於葉慶炳、蘇雪林、孟瑤、王忠林、王夢鷗等文學史著作的評析，詳參黃文吉〈臺灣近四十年研究中國文學史成果之分析〉頁7-9，該文發表於「國科會中文學門專題研究計劃成果發表研討會」，民84年5月。

著。臺灣地區的中國古典文學研究，雖然謹防馬克思主義的「入侵」
與「毒害」，但研究者的思考架構與撰述模式，既受劉大杰一書的啓
蒙，自然在許多方面，難脫劉書部分的籠罩。

㈢兩代學者成果簡窺

　　五十年來臺灣的中文學界，文學研究的史觀意識其實模糊未明，
因此關於中國文學史研究專門性的探討，就顯得較爲薄弱與貧乏。但
中國文學史是古典文學研究中，最具統合與聯貫的一環，嚴格說起來，
文學研究的任一個課題，均可納入文學史的範圍，或是專家研究，或
是專著研究，或是理論研究，或是斷代研究，皆在描繪或解釋某一個
時代的文學現象；溯源、比較與影響，幾乎是中國文學研究者處理各
類型文學課題的共同模式，文學從何而來？與他者的異同關係如何？
往那裡而去？基本上，這就是一個文學史的思考，就在串聯文學長河。
或由發展史上去探析文學的繼承與創新；或由思惟方式和意識表現，
來觀察某些文學現象或觀念的衍生，並與當時的文化背景和社會群體
結構結合探討；或由中國文學的歷史面，去觀察文學與社會的各種關
係，這些都包含在廣義的文學史範疇中。

　　臺灣地區的中國古典文學研究，早期如屈萬里、龍宇純、魯實先、
林尹、高明、戴君仁、董同龢、許世瑛諸先生，以經學、小學、文法
學的專長成爲此一學域的基幹，諸公以傳統國學方法見長，而能偶涉
文學。而直接處理文學作品者如王叔岷、鄭騫等先生，則逐行詩文集
的箋注、校釋、考證，潘重規先生爲紅樓夢索隱，均是清代以來實證
學風的餘緒，啓引後學無數。至於長期對文學研究孜孜專力的王夢鷗
先生，除有唐代小說校釋等傳統小學方法的著作外，尚有許多極有創

發性的研究開展，例如從士大夫與貴遊身分的觀點探討秦漢魏晉南北朝文學內部的發展與特性，如楚辭之於士大夫文學；駢賦之於貴遊文學，後者所用華麗、矜誇、用典的辭藻，可以貴遊文娛活動中的遊戲性來解釋。王先生對於古典文學的探索，一方面從實證工夫來，亦由文學理論的思考來，因而對文學史的理解與詮釋，更能超越同輩學者。

　　另一位思辨力甚強的徐復觀先生，論戰虎虎生風，曾是新儒家陣營中的一員，雖非文學本家，但所從事的文學研究如以現象學來詮釋莊子哲學，復以莊子的藝術精神來貫串中國文學藝術的發展，或像宋詩、李商隱的研究，由思想的角度探察文學的發展，因別出蹊徑，在中文學界引起相當注目。其餘如臺靜農、蘇雪林……等先生的淹博、張敬先生在戲曲、鄭騫先生在詞曲、陳新雄先生在文學的聲韻、黃錦鋐先生在老莊文學等，老一輩學者在臺灣中文研究的荒原上，披荊斬棘，今雖斯人漸已憔悴，而典型在夙昔。

　　中生代學者其實跨越了兩代，早一點的學者如葉慶炳、林文月、羅聯添、張健、樂蘅軍、方瑜、吳宏一、汪中、王熙元、張夢機、邱燮友、羅宗濤……等先生，無法一一盡數。或是詩學、神話學、敦煌學，或有各自的斷代專擅，這些先生們大致直接受教於老一輩學者，習得實證的老式學風，又帶領著更年輕一輩的學者，面對各種學術環境的變遷與外來因素的激發，他們的研究處在新舊轉型之間，或是開啓新疆域、或是研發新思惟、或是細緻與深化文學課題，呈現出與師輩不同，而與學生輩的學風樣貌較爲接近。

　　中生代年輕學者人才輩出，各自所作的貢獻，實難盡數與評比，茲隨舉數人的研究路向，姑且作爲觀察的線索。例如柯慶明、顏崑陽等先生對文學的美學研究，很早就有注意；曾永義先生由古典戲曲一

路探索至臺灣民俗野臺戲；胡萬川先生對民間俗文學、王三慶先生對
敦煌文學，投注長期心力；呂正惠、張雙英、黃景進、蔡英俊諸先生，
以中文人的眼光引介西方理論，並轉化運用在古典研究中；曾昭旭先
生由哲學思惟的角度考察文學；鄭明娳、康來新等先生，從不同的視
角研究古典小說；李瑞騰先生關注現代文學，長期著意於文學傳播與
文學發展的關係；陳萬益先生則由晚明躍向臺灣文學；王秋桂先生出
身外文系，因關心中國俗文學而長期從事民間故事的收集，以利中文
學界。至於李豐楙先生的道教文學研究，獨樹一幟，深入無人涉足的
道藏領域，挖掘道教詩，以道教觀點詮釋遊仙詩與神仙小說，開發冷
僻的文學角落，啓迪後學。另外，活動舞臺不在臺灣，老一輩如饒宗
頤、蘇瑩輝、余英時、葉嘉瑩諸先生，年輕一輩如王德威、陳國球、
陳慶浩等先生，隔海聲息相通，對臺灣中文學界的影響力，不容忽視。
大致說來，老一代學者的心力放在唐代以及唐以前的文學研究中，方
法上重視實證精神；而中生代學者，在前輩學者的研究基礎上，逐漸
開拓新題材與新思維，時代延展至明清以至現代。

(四)文學史與研究策略

　　二十世紀初，謝、劉、梁、胡諸氏所燃起的文學史熱誠猶然不減，
周作人所提出「以治歷史的態度」治文學史的呼籲，六十年來，仍在
學界喊出。龔鵬程先生〈試論文學史之研究〉一文與周氏的觀念遙相
呼應。該文對文學史的範疇、性質、研究方法、價值觀念，提出反省，
也對研究層面面臨的種種盲點、疑惑、困難與迷思，加以梳理廓清。
龔先生認爲，研究者長期以來，或是不免被籠罩在劉大杰機械循環論
的史觀之下，或是對文學史漠不關心，文學史就性質上看，所處理的

對象是文學，其本身卻是種歷史研究，必需關注文學作家與作品、文學思想、整體文學活動與社會文化的關聯，但本身應有史的取向，所以不同於純粹的文學研究。當然文學中不可避免地會有客觀存在過的如版本、交誼、生卒等事實必需考證，但是哪些資料與此事實有關，並無一定的標準和範圍，必需由研究者自行判擇，而這些判擇，來自於研究者的信念與知識基礎，同時也與研究動機、預期目標、直覺好惡等密切相關。所以不同的認知基礎與價值，會使研究者對事實的認定有所差異，甚至對文學史的看法因而異趣。克羅齊說：「一切真實的歷史都是當代史」。如此看來，歷史研究，是詮釋的科學，而詮釋必然由某一觀點展開，若無一套價值觀，只能稱爲史料或史纂，不能稱之爲史學，韋勒克認爲：「沒有一套確當的價值方略來做依據，必不能寫成一部正當的歷史。材料的研究，並非真正的文學史」。因此，文學史的研究，必需擺脫客觀的迷思，倚據一套足供詮釋的價值方略。❼

　　半個世紀以來，臺灣中文學界的研究，是以大學中文系所的教授爲核心，環繞此核心的是一批接受學院訓練的碩博士研究生。自民國四十五年羅錦堂〈中國散曲史〉獲臺大中文碩士論文通過以來，迄今已逾四十年，世代輪替的半個世紀裡，在中文系所養成教育下逐漸成長的學子，一方面接受師輩的薰育而成氣候，另一方面也將這氣候去薰育下一代。

　　文學史像一條長河，研究者不斷爲自己眼中的文學長河尋找罅隙、塡縫補隙。五十年來，臺灣地區雖然具有歷史意識的文學研究關

---

❼　詳參龔鵬程〈試論文學史之研究〉，收入《古典文學》第五集（臺灣：學生書局，民72年），頁357-386。

注尚嫌不足，但文學史是具統合與聯貫的古典文學研究，古典文學的研究總體，在眾多學者陸續投入下，累積了龐大的成績。碩博士論文是一個連續不斷的資料庫，既展現了半個世紀的研究歷程與成果，也同時宣示著指導教授們的研究指標。筆者才疏學淺，想要對五十年來陸續積累的研究成果，作一全面探察，力有未逮，在眾多可能的分析模式中，筆者選定臺大中文研究所作爲本文分析與參照的重心，以此掌握學術研究歷時發展的脈絡，這個脈絡將以研究策略與詮釋角度變遷的立場來作觀察，旁及民間學會、學術會議、期刊出版等狀況，希望能鳥瞰並描繪出五十年來臺灣地區文學史研究的大致輪廓與趨勢。❽

二、實證研究法與兩種取徑

㈠實證研究法

臺灣地區的中國文學研究，自民國四十年代末期國民政府遷臺政

---

❽ 黃文吉教授所發表同註❻一文，乃黃先生協同林慶彰、鄭靖時兩位先生主持之國科會專題計劃的成果發表，該文宗旨明確，體例清晰，綱舉目張，將中國文學史的研究，依內容、時代劃分爲一、文學思想史、二、古代文學史、三、現代文學史、四、各體文學史、五、臺灣文學史等幾大範疇，第一類下分思想史、批評史、理論史；第二類下分通史、斷代史；第四類下分詩史、戲劇史、小說史、散、駢文史等，第五類下分通代、現代、分體等。黃文依這個架構，依例敘述概況，並作優劣評析，對於具代表性的著作，亦一一爲之作成提要，整理出版爲《臺灣出版中國文學史書目提要》（臺北：萬卷樓，民85年）一書，實爲一部資料頗爲翔實的工具書。筆者本文則不擬循黃先生之路徑，將著重觀察五十年來研究策略演變的趨勢。

局安定以後，由高等學府展開。由於在大學講壇授業者，多為隨國民
政府來臺的學界耆宿，臺灣地區中文研究的展開，基本上延續了清末
民初以來傳統經、史、子、集的「國學」路徑，以廣義的文章博學為
範疇，課程結構及教學研究，不拘於狹義的文學領域。因為受限於大
學講席的學術專長之故，五十、六十年代的中文研究，雖然有史記（史
部）、先秦諸子（子部）、詩歌（集部）等領域的研究成果發表，但仍以
經部研究為大宗，包括十三經之詩、書、禮、春秋三傳，以及小學中
之說文、韻書等，成為當時中文學界之主流研究。

　　不僅研究領域而已，經部中文字、聲韻、訓詁等小學法，以及自
《馬氏文通》以來與文字語言相關的文法學等，在中國文學的研究上，
獨領風騷了很長的一段時間。以成立時間最早的臺、師大等中文研究
所為例，經部如：毛詩連綿詞譜（杜其容，臺大45碩）、尚書語法研究（何
淑貞，臺大59碩）、禮記大學中庸兩篇中虛詞研究（崔玲愛，臺大60碩）、
春秋左氏傳賓禮嘉禮考（宋鼎宗，師大60碩）、春秋左氏傳指稱詞探究（鄭
韻蘭，師大61碩）；史部有：水經注引書考（勤炳琅，師大60碩）、史部齊
太公世家疏證（范文芳，師大60碩）、梁書本紀校注（耿慶梅，師大60碩）、
周代史官考（席涵靜，政大55碩）；子部有：荀子假借字譜（張亨，臺大48
碩）、淮南子引用先秦諸子考（麥文郁，臺大49碩）、墨子假借字集證（周
富美，臺大49碩）、管子評議（婁良樂，師大61碩）、孫子語法研究（謝新瑞，
師大60碩）……等。以上論文雖分屬經史子三個不同學域，但採用的研
究方法如語法、詞彙、詞性、文字、聲韻、考據、訓詁、校證等，同
樣是依循著清代乾嘉以來實證研究的傳統。

　　而集部（文學）亦然，最初受到經部研究的影響，大致沿承實證傳
統的脈絡，以專家詩校箋注、詩韻考、專書語法等考據或語法研究為

主，如：岑嘉州詩校注（林茂雄，師大60碩）、魏晉詩韻考（林炯陽，師大60
碩）、杜甫詩韻考（王三慶，師大62碩）、五代詞韻考（李達賢，政大64碩）、
山中白雲詞校訂箋注（李周龍，師大61碩）、王龍標詩校注（蕭仁賢，師大61
碩）、東坡樂府用韻考（袁蜀君，臺大59碩）、唐代傳奇小說叢考（李東鄉，
臺大59碩）、世說新語語法研究（詹秀惠，臺大60碩）……等。實證研究法，
在臺灣早期國學研究的領域裡，扮演了啓航的角色。

(二)兩種取徑：專家與斷代

　　古典文學學者的心力，早期集中在專家或專著的研究上，❾之後
陸續加入了魏晉小說、唐詩、唐傳奇、宋元平話、元明雜劇等數個沿
襲已久的斷代課題。❿中國文學涉及發展歷史的研究，自民國六十年
代以來立下的規模概有兩種型態，一為專家或專著，一為斷代研究。
專家研究有濃厚的傳記與年譜色彩，斷代研究不可避免地必然探討整
個時代環境。文學範圍包羅眾多，研究課題亦隨著研究人力的投入，
多元擴展了起來。這些課題依文類粗分，包括詩詞、散文、小說、戲

---

❾　例如：杜牧之研究（陳恩綺，臺大46碩）、謝靈運及其詩（林文月，臺大48碩）、
　　張九齡研究（楊承祖，臺大48碩）、蘇東坡年譜會證（王保珍，臺大49碩）、梅
　　堯臣年譜及其詩（劉筱媛，臺大59碩）、楊萬里生平及詩（劉桂鴻，臺大59碩）、
　　馮夢龍生平及其對小說之貢獻（胡萬川，政大62碩）、翁方綱及其詩論（李豐楙，
　　政大63碩）、詩品彙註（李徽教，臺大59碩）、司空圖詩品研究（蕭水順，師大62
　　碩）、西廂記考述（陳慶煌，政大63碩）等。
❿　例如：六朝小說之研究（全寅初，臺大60碩）、唐詩形成的研究（方瑜，臺大59
　　碩）、唐代傳奇小說叢考（李東鄉，臺大59碩）、宋元明平話研究（李本燿，師
　　大62碩）、元雜劇中夢的使用及其象徵意義（陳秀芳，臺大63碩）、明雜劇研究
　　（曾永義，臺大60碩）等。

曲、文學理論或批評等,各自受到研究者的關注。儘管研究課題多元化,專家(專著)或斷代這兩個明顯不同的研究取徑,形成臺灣地區中國文學研究的傳統。

　　早期的作家傳記式研究或斷代研究的課題,後來都有逐漸細緻化的傾向。例如作家研究多了比較研究,❶而研究焦點亦由單一專家結合斷代的傾向,轉向風格或派別,❷由於對文學家派別與作品風格的關注,相應的文學理論研究亦隨之增加。❸筆者以下將回顧這段以專家與斷代主導下的文學研究概況。

㈢傳記史料研究意識的轉變

　　韋勒克、華倫《文學論》 (Theory of Literature, by R.Wellek & A.Warren,志文出版) 所提及的幾種研究法,為中國文學研究者所經常援用:

　　　內在研究是把焦點完全放在作品本身,注重作品的形式與內

---

❶ 如呂正惠〈元白比較研究〉(臺大63碩)、崔瑞郁〈柳永與周邦彥〉(臺大65碩)、方介〈韓柳比較研究〉(臺大79博)、王基倫〈韓歐古文比較研究〉(臺大80博)、黃敬欽〈梧桐雨與長生殿比較研究〉(師大65碩)、黃薇光〈鶯鶯傳與春香傳之比較研究〉(師大68碩)……等。

❷ 如何寄澎〈唐代邊塞詩研究〉(臺大64碩)、金南喜〈魏晉飲酒詩探析〉(臺大74碩)、張鈞莉〈六朝遊仙詩研究〉(臺大76碩)、黃雅歆〈魏晉詠史詩研究〉(臺大79碩)、徐銀禮〈建安風骨探析〉(臺大71碩)、林玟玲〈東坡黃州詞研究〉(臺大75碩)、李居取〈蘇門四學士詞研究〉(師大62碩)、張垣鐸〈蘇辛詞內容與風格比較研究〉(師大68碩)、何大安〈南北朝韻部演變研究〉(臺大70博)……等。

❸ 如蔡英俊〈六朝「風格論」之理論與實踐探究〉(臺大69碩)、梅家玲〈明代唐宋派文論研究〉(臺大74碩)、劉少雄〈宋代詞選集研究〉(臺大75碩)。

涵，可以形構主義的批評法（The Formalist Criticism）為代表。外緣研究則把注意力集中於作品的外在關係的探究上，如歷史的批評法（The Historical Criticism）、社會文化的批評法（The Sociocultural）與神話基型的批評法（The Mythopoeic Criticism）等所研究的範疇為代表。

如韋勒克所指，臺灣的中國文學研究自始以來，一直有外緣與內在二元研究架構的傳統，內在研究將焦點置於作品的形構探討上，外緣研究幾乎屬於歷史批評法，後者所受到的關注更大：如果對象是專家，則採取傳記或年譜式的研究；如果對象是專著，就是版本流傳的研究。

　　民國六十年代以前，作家生平考、交遊考、作品考的研究框架，與韋勒克內外二元研究架構相符，可說是由經部考據加上「知人論世」的傳統學風引導所致。以〈梅堯臣年譜及其詩〉（劉筱媛，臺大59碩）一文為例，該文共有三個部份：一、梅堯臣年譜，二、梅堯臣詩的研究，三、宛陵集各種版本述略。另有附論五種：梅堯臣的時代背景、梅堯臣與歐陽修的交遊、梅堯臣與范仲淹的關係……等。劉文是一個以考據法進行作家與作品研究的典型，這個早期的典型明顯地偏重傳記研究，其基於一個理想的研究預設：文學作品是作家所創造，解決了作家的時代環境、身世來歷、生平遭逢、交遊出處，就等於解答了作品何以誕生的理由，因此如：元微之年譜（薛鳳生，臺大49碩）、蘇東坡年譜會證（王保珍，臺大49碩），楊億年譜（施隆民，臺大60碩）等文，或是將作家的一生及其作品透過編年的方式穿繫起來，或是將研究重心置於詩人一生活動的時空場域上，甚至如張九齡研究（楊承祖，臺大48碩）、楊萬里生平及詩（劉桂鴻，臺大59碩）、鄭板橋及其詩（邱亮，臺大60碩）、

蘇軾之生平及其文學（江正誠，臺大61碩）、劉禹錫研究（張肖梅，臺大69碩）、杜牧之研究（吳沫亨，臺大72碩）等文，論題是作家及其文學，但是論文內容都具有傳記部分超過文學部分的研究比重。❶

　　視傳記爲作品當然基礎的研究預設，本來無可厚非，但是這個預設未經詳究而逕以作家傳記取代文學作品的研究模式，卻容易造成作家與作品之間彼此漠不相干的斷裂現象，❶如此一來，甲的傳記研究可以任意與乙或丙或丁的作品研究組合，而不會扞挌。這個以歷史背景、傳記考察爲主的研究盲點，張淑香〈李義山詩研究〉（臺大62碩）一文，已有自覺：

> 歷來註釋或研究義山詩的人……他們或多或少都有一種傾向，喜歡把義山詩與當時的政治背景與人際關係結合起來研究，而且往往做得太過分，久缺客觀的立場，而以主觀的臆測爲憑，這實在不是正確的研究態度。

張先生認爲文學是一種藝術，其最後之價值必然根植於藝術價值的判斷上，因此，張文一反過去的研究途徑，而以文學作品藝術批評的觀點爲主，這是基於以下的認知：

---

❶ 以楊承祖〈張九齡研究〉（臺大48碩）而言，正文共包括：年譜、時代背景、家世與出身、性格與風操、思想、文學等六章，傳記部分占了2/3，而吳沫亨〈杜牧之研究〉（臺大72碩），的研究架構與楊文頗爲相近，正文包括：家世與家庭環境、時代背景、人生歷程、交遊、學術思想、文學等六部分，傳記一樣占了2/3。

❶ 例如謝世涯〈南唐李後主李煜詞研究〉（臺大62碩）一文中，討論「牽機藥之可疑」，也許會與李後主的一生有關，但該事與李煜詞究竟有多大的關連？則看不出來。

文學的內在研究與外緣研究並是不互相排斥的，二者可以同時
被建立於一個研究方法的系統上……最理想的研究方法系統，
是以內在研究爲主，而以外緣研究爲輔。內在研究在前，而外
緣研究在後，後者必須以前者爲依歸……其他一切的外緣研
究，充其量也祇能站在參考的位置而已……作品的外緣研究，
必須達到促進內在研究的完整性的這種目的，它才不是一種完
全不相干的耗費。

張先生〈李義山詩研究〉的架構果然一反過往，將「李義山詩的內在
研究」置於首位，其次才是「李義山詩的外緣研究」，用前主後輔的
架構來支持他的研究理念。張文顯然將研究對象回歸文學本身，但是
歷史研究（外緣）與作品研究（內在）別開，仍然無法擺脫二者各說各
話的敝病。

　　針對內外二元研究架構的盲點提出質疑的，還有呂興昌〈李白詩
研究〉（臺大62碩）一文：

到目前爲止，有關李白生平的論述，不管年譜或傳記，可以說
已有相當可觀的數量……它們的興趣仍著重於「人事」的考察
與敘述此一層面。至於那些事件本身的特殊意義、此種意義對
李白一生產生何種影響、或者對於他詩的創造有何關係等等問
題，卻一直未受到適度的注意。

爲了避開過去的研究盲點，使傳記考察與文學探討成爲有機的結合，
呂興昌在傳記部分的研究提出了「有關李白一生主要行誼之意義的蠡
測——兼論其與詩之創作的可能關係」以及「從龍泉意識、遊仙思想、

醉酒生涯的嚮往與幻滅論李詩的苦悶心靈」。呂文指出，文學研究不
管使用那一種方法，所有的分析解釋都必需回歸到作品本身意義的展
現上，絕不能喧賓奪主地把文學當作社會學或心理學等的研究「材
料」；所以，呂文認爲，吾人僅管可以依天寶十載前後唐室用兵雲南
所造成的恐怖社會，來解釋詩人的第三十四首古風，但絕不能因此把
古風詩僅當作一件史料看待，否則，它不但失去詩之所爲詩的特性，
而且這種研究方法也將遠離文學的研究而變成歷史的探討了。

　　張、呂兩位先生爲傳記研究指出的盲點，在於以史料考察取代文
學，或是史料與文學之間成爲呆滯的機械關係。兩位先生在民國六十
年代所提出的觀念，突破了過去中國文學始終淪爲史料研究、始終難
脫歷史考據的傳統，而朝文學本體與更內在的方向鑽研邁進。

三、西方文藝思潮引入下的作品研究趨勢

㈠脫離傳記研究的新批評

　　臺灣早期的文學研究，對作品作風格類型與影響溯源的研究，有
橫向的品類展列與縱向的承繼考索，接近形構主義批評法，但由於是
附在專家傳記之歷史批評法的框架下，研究主力不在此，形構的探討
畢竟只能點到爲止。一旦脫離了專家傳記研究藩籬與束縛的文學研
究，呈現如何的新貌？韋勒克所謂內在的形構主義批評法，與英美文
學界爲擺脫傳記史料文學研究的牢籠而推出的「新批評」異曲同工，
將文學當作一獨立自足的結構體，一切意義的解釋均在文句結構中完

成,由字句鍛練中,細審文學作品。

中文研究所在民國六十年代以後的方法新變,其實是有跡可尋的。民國五十九年,臺大成立了比較文學研究所博士班,民國六十一年,由臺大外文系出版,在臺大外文、中文系教授群主導下,至今不輟的《中外文學》創刊,當時揭櫫三個方向:文學創作、學術研究與翻譯引介。這份刊物,在中國文學研究的領域中,區劃出一塊有聲有色的天地。由於身負溝通中、外文學的橋樑作用,留學回來的外文系教授們,陸續將所學得的西方文論引渡至中國文學的研究,《中外文學》提供了一道有利的觀察線索。民國六十年代以後,中國文學研究受到西方思潮影響,開始採用的西方文論大抵有兩類,一是新批評,一是主題學與原型批評。前者以字質、句法、肌理、色彩、麗藻、反諷、模擬等意象雕塑的層面細讀古典詩,後者則成為中國神話與民間故事的主流研究法。

同時,《中外文學》為「中華民國比較學會」開闢專欄,比較文學中舉凡理論介紹、平行與類比研究、影響研究、範疇定位、回顧展望以及中國研究……等相關問題,經過十餘年的思考與嘗試,陸續將結果發表在《中外文學》,民國七十年代,逐步擴充為鄭樹森、葉維廉等學者所編的比較文學學術論叢。**⑯**

---

⑯ 鄭樹森與周英雄、袁鶴翔合編《中西比較文學論集》,1980年由時報文化出版公司出版。三年後,葉維廉則編了一套《比較文學叢書》,由東大圖書公司出版,包含了葉氏所著《比較詩學》、張漢良《比較文學理論與實踐》、周英雄《結構主義與中國文學》、侯健《中國小說比較研究》、王建元《雄渾觀念:東西美學立場的比較》、古添洪《記號詩學》、鄭樹森《現象學與文學批評》、張漢良《讀者反應理論》、陳鵬翔《主題學研究論文集》……等。更早於此,鄭樹森等人先

引進西方思潮，爲中國文學的種種課題，提供了更多元的研究策略，關心中國論述與西方文藝思潮的呂正惠先生，對1970年以來，留美學者引進外國文學理論研究中國文學的歷史作了檢討與評析。呂先生〈新法看舊詩〉一文，從顏元叔教授率先作爲這股風潮的推手開始探討，顏先生繼承新批評特別著重字質與結構的方式，細讀中國古典詩，呂文認爲其最大的缺陷在於無法提出實際批評家背後所隱藏的詩觀，以至於只能累積許多作品的具體分析。由於顏先生過分信服新批評的效力而忽略中國古典詩應有的理解，及至後來引起以豐厚古典詩學涵養的葉嘉瑩教授的質疑，並論及由於新批評在古典詩研究上的侷限，易使批評者淪爲匠人，因而使得這股風潮在1980年代以後逐漸式微。新批評除了留美學者的推動之外，中國文學領域的學者黃永武先生的《中國詩學》實際上代表了傳統詩學與新批評結合的另一種方式，從創作的角度去特別注意修辭與格律與文字細節的問題。**⓱**

(二)方法意識的自覺與「古典文學研究會」的成立

中國文學研究早期由實證研究法所主導，及至西方文論思潮引進、外文系學者參與，的確呈現一時新奇繽紛的場面，研究方法的扭轉與變遷，驅使中文系的學者，油然升起反省對應的力量。民國六十八年四月，「中國古典文學研究會」成立，對於「新」、「舊」與「古

行編輯了一份「比較文學資料目錄」，陳鵬翔亦編了一份「比較文學中文資料分類目錄」，均在臺灣地區的文學研究，提供了豐富的觀摩資訊。

⓱ 呂正惠〈新法看舊詩——臺灣七十年代新型說詩方式的檢討〉一文，收入鍾彩鈞主編《中國文哲研究的回顧與展望論文集》（臺北：中央研究院文哲所印行，民81年）頁95-111。

典」、「現代」的接合問題，特別敏感：

> 中國古典文學是現代文學的根源，如何賦古典以新貌，如何以
> 「現代」與「古典」接枝，一方面發掘古典文學的價值，一方
> 面爲現代文學的開展，建立更堅實豐厚的基礎。❸

「中國古典文學研究會」的成立，是臺灣中文學界極爲重要的大事，
成立至今，已屆二十年，該會一年一度舉辦規模大小不一的古典文學
研究會議，據龔鵬程先生觀察，二十年來，這個民間自主的學會有幾
方面的意義可以衡定：

一、扭轉臺灣中文系早期經學、小學爲學域基幹的學科傳統，
　　文學研究由分立鼎足逐漸蔚爲學科內之大宗，使文學研究
　　在中文系內確立價值與地位。

二、七〇年代比較文學學會成立之後，許多研究西方文學及理
　　論的比較文學學者，也熱衷於中國文學的研究，以致對中
　　文系之解釋權與解釋內容形成了挑戰，爲了回應這個挑戰，
　　則須強化中文學系對文學傳統的研究。

三、使中文學界的研究，除了已有之學案、箋釋、考校、注解
　　的傳統研究方式外，一步步建立文學研究寫作的現代學術
　　規範和研討制度。

四、使全臺灣幾十所大學的中文系所，作好橫向聯繫，交換學
　　習研究成果，學者聯絡情誼、通達訊息、整合共同關心的

---

❸　引自《古典文學》第一集（臺北：學生書局，民68年）王熙元〈卷頭語〉。

　　　　議題，並進一步推動學風的進展、主辦主題會議、推展國
　　　　際學術交流，培養研究生研究風氣……等，充分發揮一個
　　　　文學社團的功能。⓲

以上四方面觀察，正好描繪了中文學界自民國七十年代以來自覺性研
究與發展的縮影。

　　誠如上述呂文所指，「新批評」由留美學者引進，運用在中國文
學的研究上，不盡理想，但經此因緣，迫使中文系內部產生方法意識
的自覺，則是不爭的事實，民國七十年代以後的中文學界，受到「新
批評」對傳記研究反動的啓示，破除了傳記研究的迷思，將研究者的
目光，集中到文學作品本身，中文學界普遍有了文學作品具有獨立結
構體的意識，學界不復以往專家作品與傳記考察二分的研究規模，作
品已躍爲研究的主體。研究者更能在專家文學的領域中，提出深具意
義的文學課題。⓴

㈢拋棄作品形構的原型批評

　　神話與傳說是中國文學的瑰寶，早期學者鄭清茂〈關於桑樹的神
話與傳說〉（臺大48碩）一文，雖然是以傳統考據法探察各種桑樹故事

⓲　參見《古典文學》第十三集（臺北：學生書局，民84年）龔鵬程〈序〉。
⓴　以臺大中文研究所爲例，如：〈東坡黃州詞研究〉（林玟玲，74碩）、〈謝靈運
　　詩用典考論〉（李光哲，74碩）、〈梁啓超的傳記學〉（廖卓成，76碩）、〈鄭
　　板橋題畫文學研究〉（衣若芬，78碩）、〈張籍、王建的社會詩〉（金卿東，79
　　碩）、〈杜甫詩之意象研究〉（歐麗娟，80碩）、〈太白歌詩中人物形象析論〉
　　（李淑媛，82碩）、〈曲江詩之「儒境」研究〉（陳乃宙，83碩）、〈杜甫詩追
　　憶主題研究〉（許銘全，86碩）等。

的來源，但是討論桑樹與祭儀的關係，以及採桑神話的幾種變異，已具有原型批評與主題學的方法意識，神話與傳說的研究從此拉開了序幕。原型（archetypes）即原始意象，似乎深植於個人自身或文明裡頭，經常表現在藝術作品與早期民俗故事之中，大部分人類經驗中這種意象表現得最純粹的形式，便是神話。以這種原型為研究焦點的文學批評途徑稱為「原型批評」。本世紀初瑞士心理學家容格（C. G.Jung）則將之用作心理學及文學術語，「原型」來自人類的集體無意識（Collective unconscious），是人類心靈與生俱來的某種功能形式。「主題學」源自十九世紀德國學者對於民俗學的狂熱研究。當時側重探索民間傳說和神仙故事等的演變。❷

自民國六十年代中期開始，神話與傳說在中國文學研究中並未缺席，傳說故事喜用主題學的方法，追索故事的來龍去脈，以及不同時代不同作家給予的變貌。以臺大中文研究所為例，如：目蓮救母故事之演進及其有關文學之研究（陳芳英，67碩）、梁祝故事及其文學研究（梁美清，71碩）、牛郎織女研究（洪淑苓，76碩）、破鏡重圓故事及其有關文學初探（古田島洋界，76碩）、關公「民間造型」之研究—以關公傳說為重心的考察（洪淑苓，83博）等文，在方法上，均先找出故事基型，繼而說明內容與思想，再探究該故事主題在講唱、戲劇與民俗等文學型態中的流傳形式，採用標準的主題學研究法。神話研究，則以原型批評法為主流，以原始意象探討深植於個人自身或文明裡，最純粹文學形式的意義，如：楚辭神話之分類及其相關神話研究（宣釘奎，72碩）、

❷　參見陳鵬翔〈主題學研究與中國文學〉，收入其主編《主題學研究論文集》（臺北：東大，民72年）頁1-29。

中國古代神話中的悲劇英雄 (金善子，74碩)、山海經自然神話分類及原始思維初探 (羅相珍，82碩)、嫦娥神話的形成演進及其意象之探究 (李文鈺，85碩) 等。

　　神話研究者，自然必須以主題學的方式探索故事的基型與流傳變異，而傳說研究者也希望能找出永恒而深層的神話式意義，因此傳說與神話研究在方法上是相互支援的，二者關係極為密切。「原型」是一種深層的原始模型，本身相當抽象，但它體現在具體性、普遍性的原始意象中，被人類的集體無意識世代繼承下來，反複出現在神話、宗教、夢境、想像、以及文學作品裡。就意象研究而言，原始意象將探討的重點放在普遍性、原始性的深層意涵上。而「主題學」後來已大大跨越早期民俗學的範圍，不僅探討相同的神話故事、民間傳說在不同時代不同作家的手裡的處理，而且也擴大探討諸如友誼、時間、離別、自然、世外桃源和宿命觀念等與神話沒有那麼密切相關的課題。「主題學」研究是比較文學的一個範疇，它集中在對個別主題、母題，尤其是神話 (廣義) 人物主題做追溯探原的工作，並對不同時代作家 (包括無名氏作者) 如何利用同一個主題或母題來抒發積愫以及反映時代，做深入的探討。或是就不同作者對同一主題的知覺來探討其差異，或純從讀者的反應來勘察同一主題的演變。㉒

　　無論是主題學或原型批評，在研究文本時，都有拋棄作者生平特殊材料的傾向，在西方文學界，傳記批評支配文學研究已過百年，這正是一種開始故意忽略作者的嶄新途徑，同樣地，由於注意作品的母題深層涵義的文化溯源，自然也與「新批評」專注於單一作品的文本

㉒　詳參同上註。

取向不同。一旦不再分心注意作家傳記，也不斤斤計較於作品的細節，研究者將會帶我們去審視那些構成作品的神話因素或令人全神貫注的事物，這種批評策略稱爲「後退遠觀法」（Backing up）。從本文後退以便了解其中主要的神話或意象類型。

㈣追求文學主題

臺灣地區中國文學研究亦有相同的趨勢，以臺大中文研究所來說，自呂興昌與張淑香兩位先生於民國六十年代提出傳記研究的盲點後，上述的研究傾向，除了本來已應用在神話與傳說的範疇以外，還擴及到中國文學的其他層面，一種將專家研究的侷限放掉，而追索更深層更永恒之文學母題的路徑，隨著神話與傳說新方法的步伐，開始邁開。從文學研究的角度說，原則上人們可以從神話的觀點解讀一切文學，例如李白詩中的山嶽（昆崙山）、月亮、鏡子、樓閣，這些意象都具有某種深層的神話寓意。原型批評的觀念將意象研究推進到人類的深層心理中，在文學和藝術的領域被廣泛運用，每個詩人都有獨特的意象構造，然而，事實上許多詩人都共同使用許多相同的意象，因此，傳記式的探討，不能解決批評中牽涉到的某些範圍更廣的問題。這樣的方法，也可以運用在其他如太陽、月亮、風、雲、雨、流水等原始意象的研究中。

自民國七十年代以後，採用主題學或原型批評方法的論文，使得受舊傳統支配下的中文研究學界，突然靈活了起來，以臺大而言，這些論文包括：聊齋誌異中他界故事之研究（郭玉雯，71碩）、水滸傳寓意與結構之分析（崔省南，71碩）、唐人小說中的夢（朱文艾，72碩）、中國古代天人鬼神交通之四種類型及其意義（楊儒賓，76博）、六朝小說

「變形觀」之探究（康韻梅，76碩）、太平廣記中神異故事之時間觀（陳淑敏，79碩）、杜甫詩之意象研究（歐麗娟，80碩）、「高唐賦」的民俗神話底蘊（85博）、杜甫詩追憶主題研究（許銘全，86碩）、唐詩中的樂園意識（歐麗娟，86博）……等。

　　無論是梁祝、關公、目蓮救母、牛郎織女、破鏡重圓等耳熟能詳的民間流傳，或是楚辭、山海經、嫦娥、悲劇英雄等神話的原始意象，或是探討小說、詩歌甚至哲學中的原始類型如：人鬼交通、夢、追憶、神間觀、變形觀、神婚儀式、他界（按指冥界、仙鄉、妖境）、樂園等，透過主題學與原型批評的方法運用，中國文學的研究，因借用西方策略而帶來了豐富迷人的意味。

四、斷代研究的趨勢

㈠熱門的斷代課題

　　斷代研究與專家研究的視野不同。專家研究著眼於點，以點去上串下連形成歷史的軸線，預設研究對象爲天縱英才，在文學史上具有繼往開來、舉足輕重的地位，但是專家研究對於該文學環境、社會切面、時代風格與思想潮流，則使不上力，斷代研究可以彌補專家研究之不足。

　　斷代研究自成一個文學研究史的發展脈絡，早期的課題與專家研究一樣，集中在唐代，學者熱衷探討詩與傳奇，以臺大中文學位論文爲例，如：唐詩形成的研究（方瑜，59碩）、唐代傳奇小說叢考（李東鄉，

59碩)、從唐代傳奇小說看當時的社會問題 (陳海蘭，59碩)、唐代曲江研究序論 (楊小定，61碩)、唐代敘事詩研究 (梁榮源，61碩)、唐代邊塞詩研究 (何寄澎，63碩)、中晚唐詩研究 (馬楊萬運，63碩)、唐人隱逸風氣及其影響 (劉翔飛，67碩)、大曆詩人研究 (王小琳，72碩)……等。民國六十年代後期以後，對於唐以外其他各朝文學現象的研究成果多了起來，如：東漢士風及其轉變 (張蓓蓓，68碩)、六朝「風格論」之理論與實踐探究 (蔡英俊，69碩)、北宋的古文運動 (何寄澎，73博)、明代中期文壇與文學思想研究 (簡錦松，76博)、泰州學派對晚明文學風氣的影響 (周志文，66碩)、晚清古典戲劇的歷史意義 (陳芳，76碩) 等。中國文學的斷代研究，企圖將中國文學史作若干區隔，分段解釋文學斷代，組合起來，就是完整的中國文學史，斷代研究頗符合韋勒克的社會文化批評法，要從社會文化或時代特性去解釋作品。

(二)斷代課題的細緻化

在民國七十年代以後的斷代研究，站在學界既有的基礎之上，開始關注更爲細密的課題：

斷代文類風格的形成關注是其一，將文學風格的問題，放大到時代中去觀察，如：建安風骨探析 (徐銀禮，71碩)、魏晉飲酒詩探析 (金南喜，74碩)、魏晉詠史詩研究 (黃雅歆，79碩)、六朝遊仙詩研究 (張鈞莉，76碩)、晚明性靈小品研究 (曹淑娟，76博)、清代長篇諷刺小說研究 (吳淳邦，78博)、北宋「使北詩」研究 (王祝美，85) 等。有什麼時代風氣？有如何的文學社會形成？政治造成的文學變化等，關心特殊的時代課題或文人處境是其二，如：蕭統兄弟的文學集團 (劉漢初，64碩)、魏晉人物品鑑研究 (張蓓蓓，72博)、梁末羈北文士研究 (沈冬青，75碩)、

北魏文學與漢化關係之研究 （王美秀，77碩）、唐代飲茶風氣及其對文學影響之研究 （李書群，81碩）、唐代遊士研究 （陳凱莉，82碩） 等。

　　特定時代下，地域與文學的關係探討是其三，如：荆雍地帶與南朝詩歌關係之研究 （王文進，76博）、宋代西湖詞壇研究 （張薰，76碩）、建安時代鄴下文士的研究 （朴泰德，79碩） 等。詩歌如何「發展」？觀念如何形成與遞變？這些對於文學發展脈絡的探討是其四，如：先秦至六朝文學功能論研究 （金旻鍾，76碩）、六朝詩發展述論 （劉漢初，72博）、晚清小說觀念之轉變 （黃錦珠，81博）、宋代詩學中「晚唐」觀念的形成與演變 （黃奕珍，84博） 等。

　　斷代文類風格的形成、特殊的時代課題或文人處境、特定時代之地域與文學的關係、文學史發展脈絡的探討。儘管文學僅是創作的問題，但是文學爲何被創作？在那種狀況下被創作？如何可能被創作？這就不是文學的內在或本體自己可以解釋得清楚，外緣研究透過社會文化批評法的運作，將文學的外在氛圍，作了很好的勾勒。

　　斷代研究，是文學史中極爲重要的一環，每一個文學斷代實斷而未斷，都有承先啓後、上通下貫的歷史意義，整個文學斷代所能處理與所應處理的課題，遠比文學通史來得更爲細緻，或是專家的作品、理論或文學派別研究，或是前代文學對本朝文學、本朝文學對後代文學的影響研究，歷代之詩騷學、文選學、陶詩學，或是明代之唐詩學、清代之宋詩學等；或是詠史詩、閒適詩之傳承與開拓等。或是跨科整合如：文學與史學、文學與藝術、文學與園林、文學與宗教等的宏觀探索，或是文學專題的會通研究如：翻案議論、雅俗之辨、言意之辨

等，㉓斷代研究可以無數的細節課題抉發文學與文化義涵。

㈢斷代學術會議

　　民國七十年代中旬，學術研究意識到更複雜的文學時代與文學問題，以「中國古典文學研究會」爲例，開始規劃更細緻的主題會議，陸續有「文學的繼承與創新」、「域外漢文學」（民77年，與輔大合辦）、「文學與社會」（民79年，與東吳大學合辦）、「區域特性與文學傳統」（民81年，與東海大學合辦）、「文學與傳播」（民81年）、「中國古典戲曲及小說研究的回顧與前瞻」（民84年）、另外還曾由文建會策劃，主辦「五四文學與文化變遷」（民78年）、「第三屆魏晉南北朝文學國際學術研討會」（與東海大學合辦，民87年）……等大大小小的學術會議數十場，參與學者遍及海內外各大學中文系或漢學教授、研究生及社會人士，充分展現了一個民間文學性社團的動員能量與學術活力。中國古典文學研究會每屆會議主題的設立、學術會議消息的傳佈、學術會議的召開、會議論文的結集出版……等，學界前輩們基於學術眼光所規劃出來的各項重要議題，經由上述的傳播管道，成爲年輕一輩研究學子拓展學術視野的最佳學習場域。首開將中文學術研究搬上會議桌的論學模式，爲臺灣地區的中國文學研究，提供一個比武過招的擂臺。

　　此時，各個斷代的學術會議幾乎不約而同地磨槍上陣。民國七十

㉓　成大唐宋文學研究室主持人張高評先生在《第一屆宋代文學研討會論文集》（高雄：麗文出版社，1995年）序文「宋代文學研究的價值與方向」中，爲使宋代文學研究觸角更深更廣，提出了許多值得探討的課題。

八年，「唐代學會」正式成立，隨即展開兩年一度常態性的「唐代文化研討會」，至今已舉辦過六次學術會議。民國七十九年，成大以舉辦「魏晉南北朝文學與思想學術研討會」慶祝五十九週年校慶，至今已辦三屆。民國七十九年，政大辦了「漢代文學與思想學術研討會」。民國八十二年，中山大學辦「第一屆國際清代學術研討會」。成功大學「唐宋文學研究室」於民國八十四年籌辦「第一屆宋代文學研討會」，開始編輯《宋代文學研究叢刊》，至今已出版四期。民國八十七年，中正大學舉辦「隋唐五代文學研討會」，民八十八年，政治大學舉辦「明代文學學術研討會」。中央研究院因應世紀末，強調「世變」在文學發展上的典型意義，在民八十八年春季和夏季分別舉辦了兩場四次系列總題爲「世變中的文學世界」的國際學術會議：「世變與創化：漢唐、唐宋轉換期之文藝現象」、「世變與維新：晚明與晚清的文學藝術」，更以斷代的視野考察文學發展歷程中的關鍵性意義。

　　斷代研究，近幾年來，隱然有一個發展的軌跡，自早期正統主流的詩詞文賦等課題，逐漸擴及於戲曲、俗文學、女性或跨文學（如詩樂、詩畫）等偏離正統的文學史僻角，這些逐漸明晰的，以文士／民間、男性（父權）／女性、雅／俗、中原／異域、文學／跨文學等的文化建構模式，與以往實證精神的外緣批評不同，企圖透過文本去分析，而將內在與外緣的界線泯除，達到透過文學以論社會文化的目的。

五、一個研究典型的注意㉔

　　文學史牽涉到歷史意識與文化變遷，臺灣中文學界的中生代學者中，龔鵬程先生對此課題長期關注，並有獨特醒目的研究進路，以下將略陳龔先生的研究概況，以作為中國文學史研究的一個參考典型。

㈠由晚清下延五四上溯唐宋

　　龔先生上自經史、下至民俗稗說，無一不涉。對於中國文學史研究的針砭，其實是經過自己研究歷程的逐步陶鍊而來，亦具體對治在自己的研究成果中。其治中國文化的門徑，一反文學史自先秦以下的順承次第，以晚清為立足焦點，透過劉師培、章太炎等博學閎儒的線索，掌握晚清至五四文化變遷的軌跡。民初一場文學革命，先生透過「錯置典範」的敏銳察覺，思索傳統與反傳統、典範轉移的文學改革、革命與反革命、意義危機與文化史學的探索等課題，㉕對整個時代的

㉔ 張雙英教授曾譽龔鵬程先生為「國內研究中國文學的學者中少數活躍於整個社會脈動裡的學者之一，……龔氏有關中國文學與文化的論著之多，甚至已予人以一種超過其實際年齡應有的限度之感……讀者若能仔細、耐心地閱讀其論文的話，卻也不難發現在其旁徵博引、雄辯滔滔的文詞中……都能提出一套新的看法。」，詳見張著〈評龔鵬程『文學批評的視野』—以歷史文化為基的文學批評〉（收入《中國文學批評》第一集，臺北：學生，民81年）。龔先生治學的風格，在張教授筆下可見端倪。筆者有幸，甫踏入學術研究之途，即有龔先生為我振聾啟瞶，筆者不敏，難以測度先生博通學問之淵，然八年的論文指導過程中，對龔師治學的路徑，自忖尚有領會，誠願在此提出，以供有心人參考。

㉕ 關於龔先生對晚清到五四的文化關懷，詳見氏著《傳統、現代、未來—五四後文化的省思》，臺北：金楓，民78年。

非理性脈動強烈感知，亦對在錯置的典範架構下，所作的傳統詮釋，充滿質疑與敵意。於是企圖脫出典範的牢籠，還原一個相對而言，未經時代意識所扭曲變造篩汰揀擇過的，更爲純淨的文學史面貌。

龔先生對於傳統文化的認識與理解，經由晚清延至五四學者們的目光中去推敲與質問，亦由這條線絡，往上逆溯，對晚清到五四學者的論述，總是懷著防禦之心而提出疑辯甚至推翻的意見。當學界處在經由胡適、陸侃如、劉大杰等人一味歌頌唐詩、詆毀宋詩、對宋詩態度沈寂甚至理解荒誕的學術傳統中，獨有眼光地抬高宋詩研究的地位，將宋詩置於與唐詩的比較架構下，視野放廣，藉傅樂成先生的架構，擴大爲唐型文化與宋型文化的對照，界定宋詩「知性反省」的基本風貌，而認爲宗唐或學宋之爭，也就是在直覺表現與知性反省兩大風格類型中進行抉擇。先生透過宋詩的研究，把捉整體宋文化，以宋詩作爲宋文化的基本典型，以「知性的反省」的精神來概括。而「知性的反省」則是面對唐代中期所出現社會文化的激烈變動而來，這個研究脈絡在江西詩派的研究中，繼續發展與推溯，考察出唐宋文化之所以變遷的焦點在中唐，包括哲學突破、知識階層形成、六朝隋唐世族結構分化爲宋代的宗族……等，解釋了宋詩，說明了宋文化，也蘊涵了由宋至明清的種種變遷。❷⑥

㈡歷史分期

---

❷⑥ 關於龔先生宋詩的研究，詳參氏著《江西詩社宗派研究》（臺北：文史哲，民72年）、以及〈宋詩與宋文化—我對宋詩研究的基本看法〉一文，收入《文學批評的視野》（臺北：大安，民79年）。

　　由於對唐宋文化變遷的考察，龔先生觸及了歷史分期的問題。中國過去所採用單線編年的史述系統，隨著王朝的滅亡或分裂而另行開端，於是截取政治朝代爲斷落，成爲斷代論史的規模。自馬克斯學說興起之後，中國的歷史分期，有了以奴隸社會、封建社會、生產方式的新角度。而日本學界1910年內藤湖南以三分法作爲中國歷史的分期：遠古到漢末爲古代、六朝至唐爲中世、宋以後爲近世，之後對於時代斷限的理解出入，形成了京都學派、東京學派等系統。❷龔師認爲，這些論爭大致有將文化史觀化約甚至被取代爲經濟史觀的傾向，以「古代─中世─近世」的理解模式，將停滯的中國與西歐對照，進一步要爲中國現階段社會文化找尋演進的根源，有很強的政治意涵。政府遷臺以後，史學界對中國歷史分期有所繼承與修正，採取較爲鬆散的架構，雖然不再有各種論爭提出，但仍在「上古─中世─近世」的思考架構中。大學歷史系授課，上古史講西周以前，中古史講魏晉南北朝隋唐，近代史講晚清民國，其餘各朝則以斷代論史，是很普遍的。這些原來並不爲解答文學史疑惑的歷史分期法，後來也被挪作觀

---

❷　龔先生說到，關於歷史分期的討論，首先是民國十七年開始的社會史論戰，欲解決中國的社會型態與社會發展，探討中國是否曾有過亞細亞生產方式的時代？中國是否有奴隸社會？中國的封建社會起於何時？民國卅八年以後，大陸史學界繼續以上的分期爭論，對奴隸社會、封建社會的興起時代迭有相爭。二次大戰之後，有了改變，探討中國「古代」社會的下限在何時？資本主義萌芽於何時？而日本學界1910年內藤湖南以三分法作爲中國歷史的分期：遠古到漢末爲古代、六朝至唐爲中世、宋以後爲近世，由於對於古代下限有西周末、漢末、唐末五代、明末清初等看法的不同，形成了京都學派、東京學派等系統，相對地對中國社會文化的理解亦大相逕庭。詳參龔鵬程〈唐宋文化變遷之研究〉，刊於《國文學誌》第三期（彰化師大國文系印行，民88年6月）頁1-22。

察文學文化發展的參考觀點，但充滿史觀意識的探討，在中文學界幾乎沒有響應，採用馬克斯社會主義進化史觀的劉大杰《中國文學發展史》一書，是中文學界採用最多的教科書，但中文系文學史課程實際上僅著眼於歷代文學概述，史觀並未被特別被注意。

(三)文化變遷

在史觀模糊的文學研究中，更突顯龔先生治學的特色：關注文化變遷的時代與問題，因為最早對唐宋變革的研究，而對文化變遷的問題特具會心，歷年撰述即在揭明中國歷史上幾個重要的變遷時段，如春秋戰國、漢魏之際、唐宋之際、明清之際、清末民初以及當代的社會變遷和文化狀況。龔先生先後在淡江大學主持社會與文化研討會，舉辦過「晚唐的社會與文化」、「晚明思潮與社會變動」、「晚清文學與文化變遷」、「五四文學與文化變遷」、「戰爭與中國社會的轉變」等學術研討，藉以表明其所關懷之文學史課題，先生以創構一中國文化史學的規模自期。

由於思索五四新文化運動以來當代的文化變遷，想了解傳統與現代的複雜關係，唐宋變革期成為最好的參照體系，晚清民初的文化變遷，欲變者是宋代以來，經唐宋變革而開啓的新傳統，而晚明清初，則是另一個值得注意的文化變遷時期。

五四新文化運動的狂飆，迅即接以馬克斯主義的輸入，激發了三十年代社會史研究的熱潮，晚明時期因涉及「近代史分期」、「資本主義萌芽」、「農民戰爭」諸問題，成為文史哲各界關切的焦點。周作人等人認為晚明是五四運動的來源，胡適的八不主義彷彿是公安派的性靈文學觀，五四以來對晚明小品的認識，由兩種迥異的理解所支

配，既因其肯定人情慾望而被奉爲進步思想；又因在明末政治危局中，無所建明，優游山林，追求閒趣，而被詆爲資產階級封建意識的墮落，大部分的研究者僅在其中選擇一種套用，皆未摸著晚明文學的底蘊，先生則對兩大詮釋模式均感不滿。晚明文學實則有其矯揉造作、不盡然反模擬與反八股、虛矯享樂主義的一面，這些足以腐蝕舊詮釋的一些意見，只被局部提出，尚未能形成具綜攝能力與解釋效果的詮析方法。龔先生在這個思考前提上，嘗試一反晚明研究學者的舊路，另尋線索：論學脈、探學風、重新理解泰州學派和公安文派、再探羅近溪、李贄等人的思想，細審遺編，曲探心跡，察得李贄等人不曾「尊情」、「肯定情欲」、「打破封建禮教」，反而還在克己復禮的路向上。若要擴大理解晚明的視域，不要僅從王學發展和泰州公安的角度去看晚明思潮，亦需重新看待晚明小品，注意向來被忽略經世致用的層面，重新發掘經學、復古、博雅等學的當代價值。❷

(四)文學的發展線索

除了時代文化變遷的關注之外，龔先生對於文學藝術的發展，具有一套極爲獨到的考察視點。先生順著索緒爾的觀點認爲，吾人身處的世界，是自己用語文構成的世界，只有深入解釋語文，方能解構社會。事實上，中國文化的整個生活領域，都在處理中國文字符號系統的組織和制約中。文學是文字書寫，文字可視爲符號學最一般概念，從文學的角度出發，論文學與諸藝術如音樂、繪畫，以及非藝術的經、

---

❷ 關於龔先生晚明文化的研究脈絡，詳參氏著著《晚明思潮》（臺北：里仁，民83年）「自序」一文，以及該書的研究內容。

史、哲學,在不同時代中,不同風格、不同文類之間分合起伏的發展
歷程,一方面說明各種藝術如何朝文字化與文學化的方向發展,進而
探討以文字爲中心的哲學、宗教等各方面的文化表現,再者探究文字
化的社會變遷,由社會階層文士化、文學權威神祕化、社會生活文學
化形成了文學崇拜的社會。繼續探察儒學轉爲吏學而出現了文書政
治,及至現代,觀察五四的新文化運動,如何瓦解或變革文學社會,
達到文字傳統的解構與重建。㉙

㈤找尋文化研究的偏僻角落

先生顛覆舊典範,挑戰權威,的確有過人的膽識,其中有一很大
的因素,來自於先生勤於探問文化中荒煙漫草的偏僻角落,或對乏人
問津的課題,給予價值重估。譬如由晚清綿延到抗戰時期的鴛鴦蝴蝶
派小說,先生由人們對其評價變遷,探討嚴肅與通俗的辯難,以及文
學通俗和雅正的界線。再如俠的探討,崑崙奴不同於一般俠客的型態,
需結合社會史、中外文化交通史及文學史來詳備處理;俠的血氣之
「報」,有濃厚的非理性成分,與儒者的倫理立場大異其趣,這是俠
與儒的不同;俠的集團性、宗教性與俠義傳統、俠與統治威權之間衝
突、妥協、合作或轉化的關係、或是對「官逼民反」觀念的重新看待、
俠盜分野等種種複雜關係的釐清,均可用來考察文化社會的變遷。㉚

㉙ 關於龔先生以文字作爲掌握中國文化發展的關鍵,詳參氏著《文化符號學》(臺
北:學生書局,民81年)一書,於「自序」一文中,說明了該研究的範圍與路徑。
㉚ 詳參龔鵬程著《大俠》(臺北:錦冠,民76年)〈後記—我寫大俠〉一文,並參
看該書研究內容。

龔先生宗教與社會的研究，課題觸及佛教、民間信仰、宗廟制度、祖先崇拜、宗族社會的探討、或以天命思想去勾勒中國小說史的嬗變、用佛家三性說處理宋代詩學理論及「學詩如參禪」的問題、用儒佛對抗去理解孔穎達的五經正義。基於中國文化的總體關懷，必然要注意到儒家及儒家以外的宗教社會狀況，先生撥開民國以來知識份子高舉理性、批判宗教的非理性精神迷霧，不同於一般的道教研究，由道教特殊的天生經典觀，進而論述道教以文字為文明之本，以文字掌握世界的特點，以此來檢別道教與佛教、耶教、回教之不同，說明其性質與中國文化的關係，例如研治《太平經》，將之放入兩漢思想史的流變和理論發展中去觀察，以宗教社會學來反省思想史、宗教史、社會史的方法。❸

龔先生旁觸中西古今理論，打破學科藩籬，敢於顛覆傳統，建立新說，一面挖掘、提供與整理資料，一面找出新問題，思考如何突破詮釋的困境、深化意義的解析、導引方法意識的反省、處理文化裡偏僻的角落，以提示後續研究的各種途徑與可能，既提倡歷史文化意識的文學研究，也觀察一個文化體在時間和空間的延展中，如何與自覺的價值意識互相感應，打破舊的框套，重劃文學史、批評史與文化史的地圖，建立歷史詮釋的深度。❸

---

❸ 詳參龔鵬程著《道教新論》（臺北：學生，民80年）「序」文，亦參看該書研究內容。

❸ 龔先生自期結合文學史、批評史與文化史的地圖，來建立歷史詮釋的深度，詳見氏著《文學批評的視野》（臺北：大安，民79年）「序」文，並參見該書研究內容。另有張雙英〈評龔鵬程『文學批評的視野』〉（收入《中國文學批評》第一集，臺北：學生，民81年）一文，可以參看。

六、強勢與消融的新途徑

(一)向域外投射並接受返照

　　從龔鵬程先生的研究規模中，吾人可以體會，研究材料與研究眼光是最重要的兩項因素，細步文學課題的提出，往往來自於冷僻的文學材料，但是為何選擇這些材料？如何使這些材料能夠為文學史的進展發聲？如何由一個舊的框套中脫出，重建詮釋的地圖？仍然繫於研究觀點與策略。過去，古典文學研究很少人去反省方法論的問題，由傳統的傳記學、文學社會學到新批評、主題學與原型批評，外文系的「比較文學研究」領域，引進西方文學理論來分析中國古典文學，衝擊著中文系的學者晧然醒悟，中國文學的研究策略與視角，亦隨之多有遞變。經由大量翻譯與出版，蓬勃多樣的西方文學理論，在臺灣造成眾聲喧譁的聲勢，儘管中文研究所一向學風保守，也難抵求新求變的世界潮流。

　　民國七十年代以後，許多西方文藝思潮大量引進，雖然作為橋樑溝通角色的學者，清一色是外文系出身，他們引介並運用了西方種種的文學理論如：現象學、結構主義、符號學、雅克慎、巴赫汀、盧卡其、讀者反應（接受美學）……等，此外，亦注意文學與其他學科關係的思考，如：文學與藝術、文學與美學、文學與宗教、文學與社會、文學與政治、文學與心理學、文學與自然科學等。以西方文學理論研究中國文學的論文，茲舉《中外文學》上的刊登論文為例如：嚮往、放逐、匱乏：「桃花源詩并記」的美感結構（廖炳惠，《中外文學》71/03,

下同)、從雅克慎底語言行為模式以建立話本小說的記號系統——兼讀
《碾玉觀音》(古添洪,71/04)、隱喻與換喻——以唐詩為例(簡政珍,72/07)、
宗教與中國文學——論西遊記中的「玄道」(余國藩著,李奭學譯,75/11)、
三面「夏娃」——漢魏六朝詩中女性美的塑造(張淑香,76/03)、以盧
卡其的寫實主義理論分析司馬遷的史記(呂正惠,76/11)、唐傳奇與女
性主義文學的傾向——兼以「紅線傳」為例的意義探討(游志誠,77/06)、
從結構主義與記號學論律詩的張力(張靜二,79/01、02)、西遊記——一
個奇幻文類的個案研究(曾麗玲,79/08)等。這些嶄新又獨到的研究,
的確開拓了原來謹守在傳統中文領域學者們的視角——向域外投射並
接受返照。

　　民國八十年代前後,臺灣人文學界隨著西方文學思潮的喧騰而翩
翩起舞,更新潮前衛的理論,讓人目不暇給:解構主義、拉康的心理
分析、新歷史主義、女性主義、後現代主義、後殖民主義、晚期資本
主義等理論,大量探討同性戀主題、性別建構、身分認同、社會抗議、
種族與家國、科幻主題、旅行文化、電影與文化、多元文化等各項議
題,這些極新穎、極前衛的理論與觀念吹入臺灣,作風保守的中文學
界雖然未必能立即消化運用,❸但的確使得中國文學研究的取材、視

---

❸　例如回應較慢的博碩士論文,在成果展現上,女性主義可謂為較早登陸的新風潮,
　　臺大的學位論文如:當代臺灣女性小說七家論(李玉馨,84碩)、世情小說之價
　　值觀探論-以婚姻為定位的考察(陳翠英,84博)、聊齋志異女性人物研究(劉
　　惠華,86碩)等,對於女性主義的運用,也要遲至八十年代中旬。呂正惠先生認
　　為:「比較文學研究」經過十年的盛行之後,漸歸於沈寂,外文系的十年「試驗」,
　　並沒有為中文系學者提供多少實質上可參考的解決之道,而70-80十年間,中文系
　　本身的反省與回應,事實上也止於初步的「驚醒」而已,具體的成果並不多見。
　　詳參呂正惠、蔡英俊主編《中國文學批評》第一集(臺北:學生,民81年)呂正
　　惠撰「發刊詞」。

野與詮釋，產生很大的變化。以後現代思潮中女性主義為例，如何運用在古典文學的重新閱讀上？譬如重新認識明清時期的才女、探討明清女詩人選集及其採輯策略、重構才女們的書信世界、尋索《鏡花緣》中的女權思想、探究《水滸傳》中的兩性關係……等，❸這些角度大致在尋求父權文化下女性形象的自塑與他塑。新的思潮勢必更新舊有的研究框架，過去處於邊緣地帶的性別議題，因為女性主義的提出而有了發聲的著力點。另外，或以後現代情境解析《紅樓夢》、或研究中國書信體的文學、或以生態關懷的立場討論山水寫作、或對臺灣文學史的再思考……等，因為新的研究策略的提出，使得中國文學的研究，有了前所未有的視野。

除西方文藝思潮的衝擊之外，臺灣的中國古典文學研究面臨另一項外來因素，民國八十年代以後，隨著政治解嚴，兩岸文化交流逐漸頻繁，大陸學界的出版品，陸續引進臺灣，包括了許多西方美學及文學理論的翻譯，以及大陸學者宏觀式的文學與美學研究。前者關於西方二十世紀多樣化文學理論的翻譯，正好與國內自六十年代由外文系興起「比較文學」的思潮力量合流，這些翻譯給予不擅外文的中文系學者許多方便。而大陸學界宏觀式的文學研究，在詮釋取向與題材的擇定上，亦給予國內學者諸多參照與攻錯。在即將跨入二十世紀─民

---

❸ 《中外文學》的編輯自八十年代之後，走向專輯路線，例如「《紅樓夢》的後現代情境」專輯（82/07）、「國家文學」專輯（82/09）、「女性主義重閱古典文學」專輯（82/11）、「中西書信體文學」專輯（83/04）、「臺灣文學的動向」專輯（84/02）、「臺灣流行歌」專輯（85/07）、「自然變奏曲：生態關懷與山水寫作」專輯（86/11）、「臺灣文學史的再思考」專輯（87/11）「女人的湖泊─臺灣女性文學與文化」專輯（87/06）……等。

國九十年代,臺灣與海峽對岸在穩定環境中的學術研究呈現良性競爭的蓬勃現象,臺灣研究者所能掌握彼岸整建的各類資料愈來愈多,可用以分析解讀的理論工具亦不斷翻新,研究者或是致力於獨特視角的提出、或是作科際整合的研究、或是對邊緣性材料的青睞、或是與國際同好進行對話,以新思惟重讀中國古典文獻,使得中國文學的研究,在臺灣彌漫的文學後設思潮中,呈現燦爛繽紛的場面,顯得元神奕奕,精彩可期。

㈡對於西方思潮迎與拒的反省

　　民國六十二年,葉嘉瑩教授雖然針對西方文論運用於中國傳統舊詩的研究,有「削足適履」、「西衣中穿」的疑慮,在句法字意、情意結構、用字用典與解詩、如何判讀多義等嚴謹的治學前提下,仍同意舊詩的詮解需新理論來補足,並提出了接納西方文論的可行途徑（詳見《中外文學》2:4-5,62/09-10）。二十年後,葉慶炳教授所持態度較為開放：

> 「用西方文學理論衡量中國文學作品,如果能用得適當,避免削足適履式的硬套,不但不會對中國文學作品構成傷害,往往還能發現我們平常所不曾發現的優點。」（《中外文學》16:6,76/11）。

這樣的呼聲,其實是反應著中國文學研究努力摸索之後,一個逐漸明晰的趨勢。而當時與葉嘉瑩教授一度筆戰的顏元叔教授,亦在二十年後提出了〈一切從反西方開始〉（按顏教授為《中外文學》二十周年所寫）,說明了中國文學研究更新視野不得不走、邁向穩健的途徑與方向。

　　另一方面,亦有對於古典研究迎合新思潮的接受史提出反省的聲

音。例如呂正惠先生對葉嘉瑩、柯慶明、黃永武爲代表的，結合傳統與新批評的方式感到不滿足，在於他們說詩僅在字質、結構分析的「小詮釋」上自足，而久缺「大詮釋」的自覺或野心，無法提出較大的理論架構，以整體性來詮釋一群作品，這種視野不夠開闊的傾向，和新批評的精於分析而拙於文化哲學觀照，精神上其實相通。因而承認葉維廉、梅祖麟、高友工等人的大詮釋極具見地。**㉟**

較早所謂的西方影響，幾乎矛頭是指向新批評，而自覺的起點，亦可謂來自於此，研究舊詩的方法，民國六十到七十年代，除了新批評、語言學、結構主義之外，還有可供參酌的理論，如俄國形式主義、布拉格學派、符號學、神話批評、心理分析批評、現象學、文化批評與社會批評、女性主義批評……等。清大中語系在民國八十一年出版《中國文學批評》第一集，即在對應這樣的思潮，之前該系曾長期舉辦「中國文學批評研討會」，該會有從兩方面宗旨：一、以具有理論自覺的方式來重新討論中國文學批評史上的各種重要問題；二、以比較新的角度或方法來分析中國古典文學作品，並藉此以探索「實際批評」的各種可能性。**㊱**批判過去，開啓新軫。

(三)在消融中重估傳統

在西方文論的傾銷中，如何不失去主體，成爲極重要的呼聲。朱耀偉在《後東方主義：中西文化批評論述策略》一書中，反省被西方強勢文化主導下擠身與黑人、女性、少數民族等同的中國論述，企圖

㉟ 詳參同註**⑰**。

㊱ 參見同註**㉝**。

從解構、後殖民、詮釋學、後現代等思潮的資源中，發展一套與東方主義不同的特有的中國論述，他一方面相信借用西方概念去處理中國材料是不對的，但另一方面卻被迫去如此做，因為，若是不遵照支配性論述的遊戲規則的中國論述，會被認為是神祕的，最壞的情況更會被全然排除在主流文化之外，

> 「所以我們不能進入西方論述之中，從內為中國的詮釋系統發音的話，任何努力皆只會被主流文化視為他者，淪為邊緣的、神祕的、詭異的，甚至不能理解的」。

由此，我們可以對西方詮釋學的發展及其對詮釋和理解的問題之貢獻引以為鑑，從而系統地處理中國文化傳統中的詮釋問題，如果我們執意要強調中國詮釋系統的中國性，而這種中國性是西方所不能理解的，那麼將使中國論述淪為與外來文化溝通的神祕他者，對拓展比較論述無甚裨益，他認為：

> 要重建文化，我們得要有自己的論述，我們自己的論述卻得借用西方的聲音，因為合法性是論述的條件，也是由主導論述所支配的條件，所以要為自己發音，我們無可避免地要借用西方論述，我們要做的，是在主導系統的西方論述所開展的本文及政治空間中發音，以不同的角度、不同的抗衡姿態去形成另一種論述，拓立出自己的論述空間。

龔鵬程先生順著朱偉耀的思路，提出幾個操作的方法：一、放棄各種習以為常的標籤，不再以此為認知指向；二、注意中西對舉論述

中不曾涉及的廣大領域，三、討論重估價值的時代。**❸**而呂正惠先生也建議，由於西方文學理論的映照，我們極受啓發地回過頭去找尋傳統原來舊有的東西，如金聖歎的說詩方式類似新批評，中國舊詩學裡原本就有一種獨特的「細評」，給予重新認識與理解。**❸**

　　朱、龔、呂三氏，均不約而同地指出了，面對任何的強勢理論，研究者都應該隨時自我反省所使用的思維架構、評價系統、術語及理論，時時覺察這些裝備的使用效度。在現今強調發聲即有空間的時代，吾人不能停留在過去──或是一味地迎合、或是一味地排斥──如此迎或拒的選擇之間，必需掌握有效的發聲利器，不自外於國際的文藝思潮，運用共同的國際理論語彙，在消融彼此的對立中，爲自己的傳統拓展論述的空間，重估價值，應是當務之急。

七、結　論

　　二十世紀初，時代環境劇烈變動，幾部體例不一的文學史專著，在強大的國族意識與整理國故迫切的呼聲中所寫成，自有一段歷史因緣。相較之下，國民政府來臺後，因爲沒有時代舞臺，以鮮明的史觀與意識來研究文學歷史者，顯得沈寂許多。儘管如此，在臺播種耕耘、接續傳承的兩代學者，在文學的歷史長河中，努力地塡縫補隙，有了相當的成績。

---

❸　對於朱耀偉一書的詳細探討，以及龔先生延伸的幾重操作方法，參見龔先生著〈東方敗不敗？─中國近代思想史文學史的困境與重生〉，收於中央大學中文系所主編《近代中國文學與思想〈集刊〉壹號》頁6-33，（臺北：學生，民84年）。

❸　詳參同註**❶**。

　　觀察五十年來中文研究的趨勢，大致可描繪出一個重要的線索，由主流的文學課題轉向偏統、發掘文學史偏僻的角落、別開文化的中心而朝向邊緣、再由對邊緣的理解而重新認識中心……，看來好像僅是研究材料的變異而已，其實促使這些轉變的，在於研究的方法與眼光，即本文所主要申說的研究策略，這正好反映了臺灣地區五十年來中國古典文學研究環境的變貌。

　　本文主要以臺大中文碩博士論文作為半個世紀時代變遷下的分析取樣，以研究策略為討論重心，觀察臺灣地區五十年來中國文學史研究的趨勢與轉變。

　　早期的實證研究法來自於清代的國學傳統，而專家傳記的史料研究意識，後來轉向新批評主導的作品形構研究。《中外文學》的出版歷史軌跡中，新批評與原型批評在民國六十到七十年代，率先為中國文學研究注入新力量，同時也促使代表中文系自覺與反省的「中國古典文學研究會」因應成立。

　　新批評拋開傳記研究的包袱，而原型批評則有意忽略作品的形構，主題學的觀念帶來了文學細緻課題的關注，斷代研究，由近年來陸續成立的斷代學會與斷代學術會議的召開，可知以文學課題宏觀時代文化切面，是文學研究的新導向。這些現象莫不顯示了學術研究，沒有陳舊過時的題材，只有層出不窮、與時俱進的研究理論與眼光。

　　臺灣中生代學者龔鵬程先生，在臺灣中文學界學術專業化的推動工作上，與朋輩共同用力頗多，在主持「中國古典文學研究會」、以及淡江中文系所長任內，經常籌辦各類主題學術會議，使學者們既可在學術圓桌上，往返論辯，而研究成果更透過論文集的大量出版，得以相互切磋、密切交流。龔先生由老一輩學者啓發而奠好清代以來的

實學基礎，亦由同輩處相互汲引外來的文藝思潮，而能觸類旁通，敏於深思。一面挖掘文化中偏僻的角落，提供與整理資料，一面找出新問題，處理思考如何突破詮釋的困境，深化意義的解析，導引方法意識的反省。打破學科藩籬，敢於顛覆傳統，建立新說，勤於提示後續研究的各種途徑與可能，足以作爲新生代研究者的參考視野。

面對強勢的西方文藝思潮，既向域外投射並接受返照，又有面對新理論迎或拒的反省，自葉嘉瑩、葉慶炳以至呂正惠、龔鵬程、朱耀偉等先生們，基本上可視爲文化上新（今、現代）與舊（古、傳統）、中與西等相互衝擊與對立的力量牽引下，苦思出路的覺察與呼籲：如何面對西方的強勢主導，而能在消融對立中重估傳統？在臺灣，走過半個世紀的中國文學史研究，這勢必是一個不得不然的途徑。

中國文學史的流程綿延不曾斷絕，而每位研究者所看見的，未必是同一條河，因爲這道文學之河，充滿著無數的罅隙，永遠都有未經發現的罅隙，等待彌縫。罅隙被視爲串連文學歷史的重要因素，因此需要填補，但是罅隙也因研究者的新目光，而不斷被創造出來。於是，努力地追尋與彌縫這些罅隙，成爲中國文學研究者的天生職志，過去如此，將來亦然。

文學理論研究概況

林素玟*

一、前　言

　　文學研究理論之範疇與分類，自二十世紀初以來，即定義紛披，諸說並陳。韋勒克（Rene Wellek）和華倫（Austin Warren）合著的《文學論——文學研究方法論》（Theory of Literature）一書，將文學研究區分為文學理論、文學批評以及文學史三類。其中「文學理論」又包括「文學批評的理論」和「文學歷史的理論」兩種❶。

　　劉若愚的《中國文學理論》則將文學研究區分為兩個主要部門：文學批評和文學史。文學批評又分為「理論批評」與「實際批評」；其中「理論批評」包括「文學本論」與「文學分論」。「文學本論」乃關於文學的基本性質與功用，屬於文學的本體論範疇；「文學分論」則牽涉文學的不同方面，例如形式、類別、風格和技巧等，屬於文學

＊　華梵大學中文系副教授

❶　韋勒克、華倫合著,王夢鷗、許國衡譯：《文學論——文學研究方法論》（臺北：志文出版社，1976年10月），頁60-61。

的現象論或方法論。至於實際批評，其主要成分則是詮釋（包括描述和分析）與評價❷。

李正治在〈四十年來文學研究理論之探討〉一文中，認爲文學研究有理論的層域，而將文學研究理論區分爲三類：一爲狹義的「文學理論」，以「文學創作」爲研究對象；二爲「批評理論」，以「實際批評」爲研究對象；三爲「文學史的理論」，以「文學史的撰述」爲研究對象❸。

以上三說，不論分類如何，要皆顯示文學研究部門中，理論研究之重要性。文學研究理論在臺灣的發展，自1949年迄今，已屆滿五十年。此期間文學研究理論由草創萌蘗而蔚成大觀，一方面吸收消化西方文學批評方法，以詮釋中國文學；另一方面則開展出中國文學理論的嶄新風貌。五十年來之發展歷程，約有四波重要思潮，牽動著臺灣地區文學研究理論之走向：一則對「文學」本質之義界；二則爲「中西文學」之會通；三則對文學批評之貞定；四則對文學史學科性質之省思。

以上四大思潮在從事文學的理論建構過程中，皆引發了重大的文學論戰，激盪出文學理論的各層面向及重要課題。由論戰各方所討論之焦點，正可突顯文學研究理論之基本性質與範疇。本文就以上四大思潮，分別敘述該領域五十年來代表人物之理論建構，並指出各別理論彼此之間的相關性及其發展歷程。

---

❷ 劉若愚著，杜國清譯：《中國文學理論》（臺北：聯經出版公司，1981年9月），頁1-2。

❸ 李正治撰：〈四十年來文學研究理論之探討〉，《文訊雜誌》革新號第40期，（1992年5月），頁5。

二、文學本質之義界

1949年開始，臺灣的文學研究界，可謂榛莽初闢，百廢待舉。五〇年代文學研究之理論，尚屬草創階段，基礎理論猶未建構，其方法運用多表現於兩大方面：一則沿承傳統中國文學的理論敘述，一則受西方現代文學批評（尤其是新批評）理論的重大影響，使得文學理論的研究異常活躍。在文學理論的研究過程中，觸及文學的本質與藝術精神，思有以義界之。於是，「文學的本質究竟爲何？」此一問題，遂成爲五〇年代末期以至八〇年代，文學研究者思考的重要課題。在此期間，對「文學」定義之理論建構，主要表現在語言形式、主體情志，以及生命意識之思考上。

㈠語言形式

臺灣地區從事「文學」本質之理論研究而卓有建構者，首推王夢鷗。王夢鷗在《文學概論》一書中（臺北：帕米爾書店，1964），提及「文學」是一種「語言的藝術」。王夢鷗認爲：文學的本質即是「詩」的本質，而詩的本質在於藉著「語言的藝術」提供一種超乎現實的審美經驗。語言的藝術活動又可分爲內在的構想和外在的構辭。文學作品必須具有與眾不同的內在構想，由內在構想示現於外在構辭，則包括意象的經營和聲音韻律的運用。由於文學的語言具有想像的和感情的效果，文學批評必須結合心理學與語言學，一則要揭發作家所要表達的內心感受；一則要揭發作家表達其感受的語言藝術。

該書強調文學的本質爲「語言的藝術」，並揭櫫語言藝術的美感

要素，形成了王夢鷗以「語言形式」爲文學理論核心的特色。在該書中，討論的對象雖爲文學的普遍性原理，但王夢鷗認爲文學作品的語言，是決定於一個民族的歷史條件之下，故書中討論的例子以中國特有的語言文字所構成的文學作品爲主，並大量運用中國傳統的文學觀念做爲其理論體系中的重要一環，顯示出王夢鷗嘗試建立以中國文學觀爲主體的文學理論之苦心。

基於文學本質爲「語言的藝術」此一理論先設，王夢鷗對於中國文學理論的建構，主要的論述文字集中在《古典文學的奧秘：文心雕龍》、《古典文學論探索》，以及《傳統文學論衡》三書之中。

在此三書中，王夢鷗以一貫的「語言形式」美學爲其論述之中心，並以此建構中國古典文學批評理論。其中最能代表其文學理論之見解，厥惟對《文心雕龍》的一系列研究。

由王夢鷗所開展而來的「語言形式」美學，強調文學語言的藝術，以及形式的審美合目的性原理，以之對《文心雕龍》所作的詮釋，卻引發了徐復觀不同意見的討論。

在1965年之前，徐復觀先後撰成〈文心雕龍的文體論〉及〈中國文學中的氣的問題——文心雕龍風骨篇疏補〉（《中國文學論集》，臺北：學生書局，1985）二文。在〈文心雕龍的文體論〉一文中，徐復觀提出「文體」的觀念，作爲文學理論的根本主張。徐復觀以人的主體性——「情性」來規定文體，認爲作品語言風格之異，乃由於作者才性之殊，文體論的功效在於文學創造與批評鑑賞。由此形成了「人格即風格」的批評理論。

自徐復觀以降，文體出於情性、文體與文類分開、文體之異是由

人物品鑒而來等論點，成爲討論六朝文論的一貫主張❹，影響力可謂甚鉅。但其間持不同論點以相究詰者，亦不乏其人。如前述王夢鷗的《文心雕龍》研究，即從與徐復觀完全相異的論述系統來進行討論。徐復觀對此，亦曾撰文以商議之。其在〈王夢鷗先生「劉勰論文的觀點試測」一文的商討〉（《中國文學論集續編》，臺北：學生書局，1981）一文中，批駁王夢鷗「以『語言』抹煞『文體』的觀念，曲解『文體』的觀念」。徐復觀以「文體」爲《文心雕龍》全書的中心思想，認爲「語言」僅爲文章表現的媒介，並非劉勰論文的用心所在。此與王夢鷗以「語言形式」爲《文心雕龍》的重心之要旨，似乎南轅北轍。

繼徐、王的《文心雕龍》論戰之後，龔鵬程亦提出一己的見解。龔鵬程對文學本質之理論建構，完成於八〇年代初期。至於對《文心雕龍》之實際批評，則表現在八〇年代末期。

八〇年代初期，龔鵬程對文學本質之理論建構，主要在「語言形式」之界定。1983年起，龔鵬程在《文藝月刊》發表一系列探討語言形式結構之文，1985年，復將此輯成《文學散步》一書。該書從語言構成的角度來闡述文學的特質，認爲文學的本質，是一種特殊構組的語言。面對此種特殊語言，需要一套知識，以尋找了解它的方法。龔鵬程試圖藉由該書建立「語言美學」的方法論，並將文學作品區分爲「意義形式」和「結構形式」，企圖解決長久以來文學內容與形式之爭，建立一套新的文學美學。在該書中，龔鵬程融攝了西方的新批評、

---

❹ 如賴麗蓉，即本徐復觀之說，將摯虞、李充劃出文體論範圍，指二人之所謂文體係指文章類型，不能以此文體義以詮釋六朝文論中之文體。賴麗蓉撰：《從思維形式探究六朝文體論》（臺北：國立臺灣師範大學國文研究所碩士論文，1987年6月）。

形式主義、結構主義、詮釋學、讀者反映論等理論與方法，並提出了
中國重視主體性與主客合一、主客交融的藝術精神。由此不難見出，
此時期龔鵬程對文學本質之理解，主要承王夢鷗「語言形式」之美學
思想而來。

　　至於將「語言形式」作爲對《文心雕龍》之實際批評，龔鵬程在
〈從《呂氏春秋》到《文心雕龍》——自然氣感與抒情自我〉（《文心
雕龍綜論》，臺北：學生書局，1988）、〈《文心雕龍》的價值與結構問題〉
（《書目季刊》20：3，1987），以及〈《文心雕龍》的文體論〉（《中央日
報》第22版，1987.12.11-13）等文中，其見解均與徐復觀相左。

　　在這三篇文章中，龔鵬程指出：依《文心》之義，「文體」，乃
「指文章的辭采、聲調、序事述情之能力、章句對偶等問題」，文體
論是以語言形式爲中心的，由文體論創作，自然會顯示了：一切情志
意念都在此語言形式中表現，及語言形式是可以規範並導引情感內容
的立場。此說乃沿續王夢鷗「語言形式」之美學觀念，其認爲徐復觀
對《文心雕龍》的理論結構和體系，以及對六朝文論的整體掌握皆觸
處多謬❺。

　　對於王夢鷗、徐復觀、龔鵬程等人的《文心雕龍》論戰，雖人人
言殊，卻正可突顯臺灣地區在文學理論方面對文學本質之思索，亦即
以「創作主體」爲主的「人格」，與以「語言形式」爲主的「風格」
之論辨。不論以何者爲主，「人格」與「風格」之爭，夙爲中國文學

---

❺　關於龔鵬程對徐復觀「文體」觀念的質疑，又引發了一場論辯，可參顏崑陽撰：〈論
　　文心雕龍辯證性的文體觀念架構——兼辨徐復觀、龔鵬程「文心雕龍文體論」〉，
　　《文心雕龍綜論》（臺北：學生書局，1988年5月），以及賴麗蓉撰：〈開倒車的
　　革命者：龔鵬程〉（《中央日報》第22版，1988年1月7-8日）。清華大學於1987
　　年12月19日所舉辦的《文心雕龍》研討會，會中亦論辯此事。

理論之中心課題，由「文心雕龍」所引發的論戰，也促使學理論研究者開展出才性主體之美與語言風格之美的討論。

㈡主體情志

1964年8月至9月，唐君毅在《民主評論》發表了〈文學意識之本性〉一文，將文學之本質界定爲主體情志。其認爲：一切文學皆由作者之情志上之要求所推動。由於一切文學皆原於人之自覺的依其情志之所向，而構想一故事或境界以成，文學家在詩歌、散文、小說、戲劇之不同文體中，其情志即有不同之表現方式。在詩歌中，文學家以直接抒發情志爲事，在散文中則是由敘述客觀之人事物地，以寄其情志。在小說、戲劇中，文學家之性格情志要求等，只能由小說、戲劇中之人物之行事對話以間接表現。

在該文中，唐君毅藉由文學意識與歷史意識之差別，以突顯主體情志在文學作品中之重要性。由主體情志之表現，形成文學作品之境界。唐君毅認爲：文學作品之內容或境界，實爲人之情志與其境物之內內外外之各方面，互相照明，而交輝互映之一全體。情志之向上而高攀，即一切文章之境界，得超升一層之本原所在。既然一切文學皆依於情志之有所嚮往而有，則必皆有其所載之道，所明之道。唐君毅認爲：道志即情志表現之最終企嚮。

唐君毅以作者「主體情志」爲文學之本質，不僅如李正治所言「建構了一套『以情志爲中心的文學理論』」❻，更是六〇年代文學理論受西方學說籠罩之外，完全從中國文學特質所作的「文學」本質之定

---

❻　同註❸，頁7。

義。

唐君毅之後，徐復觀亦從主體情性以界定文學本質。徐復觀對「文學」本質之理論，形成於六〇年代，其基本立論，亦主張文學乃源於創作者主體之情性。

1979年9月，徐復觀在新亞研究所文化講座發表了〈中國文學討論中的迷失〉（《中外文學》8：6，1979.11）一篇講辭，其內容原是針對白先勇演講〈社會意識與小說藝術〉的觀點加以討論，然文中涉及文學之根源問題。徐復觀認為：從文學得以成立的根源之地而言，中國文學可區別為三大類型：一是由感動而來的文學；二是由興趣而來的文學；三是由思維而來的文學。其中第一類型由感動而來的文學，此類作品數量雖少，但卻為中國文學的主流。

所謂「感動」，大別為兩類：一類是原始性的個體生命的感動，此乃發自個體生命之基源性感情，亦為普遍萬人萬世之共同感情；第二類是文化性的群體生命的感動。此類感動必須有兩個前提之下才能產生：一是作者的現實生活，係在群體中生根；二是作者的教養，使他能有在群體中生根的自覺，並由此而發生「同命感」與「連帶感」。徐復觀認為：最偉大的作品，常由此種文化性的群體生命的感動而來。

徐復觀所謂由「感動」而來的文學，實即中國文學理論中「載道言志」觀念下的作品。發自主體生命之情志，因為是基源性的感情，故亦為普遍人類共有之情志，此乃文學作品所以具有社會意識之緣由。至於文學作品之形式與內容問題，徐復觀認為：能將內容主題通過文字作如實有效的表達，即為文學中的藝術性，亦即文學的形式。文學的藝術性是附麗於內容而存在，無所謂獨立性。此見解適與王夢鷗以「語言形式」為文學本質之觀點相左，衍生出八〇年代初期兩人

對《文心雕龍》文學的論戰。

㈢文學美

繼語言形式與主體情志兩種「文學」本質之義界後，柯慶明亦提出「文學美」的文學理論。其文學理論，在七○年代至八○年代的臺灣地區，可謂一極具獨創性之體系。

柯慶明的文學理論建構，大抵可區分爲前、後兩期。前期以七○年代的研究成果爲主，關注重心主要花申國文學的方法的探索，建構了理論精闢、自成一家的以「生命意識之昇華」爲中心的「文學美」體系。後期以八○年代的研究成果爲主，其對文學的基本性質，以及文學美的諸般型態：抒情、敘事；悲劇、喜劇；言志、神韻；以及苦難的諦視與和諧的感悟等等層相，皆能有所涵蓋，並勾勒出現代中國文學批評的發展歷程。用力之深，搜羅之富，理論之縝密，堪稱當代臺灣地區獨樹一幟的文學理論家。

七○年代末期，柯慶明的文學理論大致成型。1978年發表〈文學美綜論〉（《中外文學》6：12、7：1，1978.5）一文，其後結集出版爲《文學美綜論》一書（臺北：長安出版社，1983），該書可謂其文學理論的代表作。在〈文學美綜論〉一文中，柯慶明提出「文學美」一辭以界定文學的本質。其主張「文學美」作爲「使文學作品自其他的語言作品中區分出來的特質」，是「一種其他的語言作品所不具有的『文學』的美」。

然則，何謂「文學美」？「文學美」的內涵與特質爲何？「文學美」在文學活動－包括作者創作、作品結構，以及讀者欣賞三方面－所呈現的意義又如何？面對以上的問題，柯慶明作了精密的詮解。

　　首先，「文學美」的基本意義是「『生命意識』的『昇華』」。所謂「生命意識」，柯慶明採取狹義的觀點，即「生命對其自身之存在以及其存在之狀態的知覺」。「生命意識」又可區分為兩種類型的意識：「其一是時空中的具體情境的意識；其二為意識者的自身意識」。前者為意識初步發生的階段，可稱為「情境的感受」，後者乃意識充分開展的階段，可稱之為「生命的反省」。在「情境的感受」這一階段的「生命意識」裏，柯慶明因其意識對象之性質，而將之辨析為「情境狀況的覺知」與「自我反應的覺知」兩種不同型態的知覺；在「生命的反省」中，柯慶明就其與具體行動的關係，而將之區分為「存在自覺」與「倫理抉擇」兩種不同層階的省識。「情境的感受」與「生命的反省」兩者同為「生命意識」的根本型態，也是一般文學作品的根本「內容」。

　　其次，關於「文學美」的性質，柯慶明認為它應包涵三種層次的素質：「首先是文字型構的諧律，造句遣辭的靈巧與優美」，「其次則是作品所描寫的『經驗歷程』中所蘊涵的經驗的『直接意義』的變化與豐富」，「最後則是透過文字型構與『經驗歷程』以表出的觀照生命的『智慧』，一種生命的倫理意義的發現與提出」。

　　再者，「文學美」究竟在文學活動中呈現何種意義？關於此問題，柯慶明從文學活動約三個層次立論。就文學作品而言：文學作品的「內容」是一種「生命意識」的呈現，語言構作的「形式」乃是決定語言「內容」的因素。因此，「美的『語言』『形式』的創造或達成，正是文學創作的基本尋求」，也是「它所達成的『文學美』的判準」；就作者創作而言：文學創作的心靈狀態，是一種心靈自由、生命意識昇揚的境界，是一種「普遍的『自覺、倫理』之生命實現的尋求」；

就讀者欣賞而言：「文學『欣賞』是一種對於文學『創作』所要透過語言加以捕捉的精神狀態的，透過語言的再捕捉」。柯慶明指出「欣賞」的意義在於「透過與更高或更清明的作者的『生命意識』的接觸、默契、結合，而達致讀者據以面對人生與生活的自己的『生命意識』的覺醒與昇華，才是『欣賞』的眞正目的」。因此，柯慶明的結論指出：文學乃爲了讓人「欣賞」而創作的。其認爲文學活動約三種過程：創作、批評、欣賞之中，「應以欣賞爲最大」 ❼。

綜觀柯慶明對文學本質之理論建構，其方法進路乃接受西方的批評方法，融合中國傳統的文學理論，終能自成一家，體系明備。其文學理論之創見，乃深入思考中國文化中「美」與「倫理」之關係，企圖論證文學的精神意義終必極於倫理，調和了長期以來文學本質是「語言形式」或「主體情志」之論爭。而其主要成就則在於「生命意識之昇華」的「文學美」理論之提出，以及由此所建構的傳統中國「敘事文華」與「抒情文學」之特質。

三、中西文學之會通

六〇年代初期的臺灣地區文學理論界，除了思考文學本質之理論建構之外，西方文學批評適於此時引進臺灣。西方文學理論與批評方

❼ 王建元則認爲柯慶明將「欣賞」提昇至比「批評」更高的層次，且謂「在欣賞所不能到達之處，就產生了『批評』」，「『批評』基本上是一種受了挫折的『欣賞』的渴望」等語似不可理解。王建元撰：〈臺灣二、三十年文學批評的理論與方法〉，《三十年來我國人文及社會科學之回顧與展望》（臺北:東大圖書公司，1987年4月），頁108-113。

法在臺灣地區正式興起，除了新批評（又稱形式論批評）之外，歷史論批評、社會文化論批評、心理學派批評以及創作神話論批評等理論，亦相繼譯介於臺灣的文學研究界❽。至七〇年代比較文學興起之後，中西文學之會通，始在臺灣文學理論界，形成一股盛大的思潮。

七〇年代開始，臺灣地區接二連三發生保釣運動、退出聯合國、中日斷交等政治事件，激發臺灣地區對傳統中國文化的認同。「回歸中國」的風潮，在各個領域同時興起，文學界亦出現「中西文化論戰」，中國文學之特質，也在中西文化比較中被加以突顯。

同時，以外文系爲主導的比較文學研究，亦於此時在臺灣地區生根發展。七〇年代之前，國內少數外文系畢業生赴歐美研讀比較文學，爲臺灣接觸比較文學之始。1970年，臺大外文研究所創設比較文學博士班，同年淡江文理學院西洋文學研究室出版比較文學半年期刊《淡江文學評論》。1971年淡江文理學院主辦遠東地區第一屆「國際比較文學會議」，1972年6月，由朱立民、顏元叔、胡耀恆等人所創辦的《中外文學》月刊，大量譯介西方文學理論，1973年「中華民國比較文學學會」成立，1975年第二屆「國際比較文學會議」召開。經此一連串的努力之後，比較文學才算正式在臺灣生根發展，爲臺灣地區的文學研究開展出另一種運用西方新理論的文學批評方法，形成另一波思潮。比較文學研究者所關注之焦點，主要爲中、西文化的同異辨識，其對文學理論的建構，則表現在中、西文學的比較會通上。尤其運用新批評、現象學、詮釋學等方法，對中國近體詩與英美現代詩兩種文

---

❽ 格瑞斯坦（Sheldon N Grebstein）著、李宗慬譯:《現代文學批評面面觀》（臺北：正中書局，1979年4月）。

學的比較研究，以及運用結構主義、神話原型等方法，對中國古典小說之比較研究。

臺灣地區最早引進的西方文學理論，首推新批評。早在五〇年代末期，夏濟安即引進英美現代文學批評，然其成果多集中於翻譯及介紹西方新批評的理論與特色。陳世驤是臺灣地區第一位將新批評的方法與觀念應用到中國古典詩歌探討的批評家。其〈時間和律度在中國詩中之示意作用〉和〈中國詩之分析與鑒賞示例〉二文，皆以新批評的觀念與方法來探討中國古典詩歌。自此以後，新批評在臺灣的盛行，主要都集中在中國古典詩歌的討論上❾。

新批評引介至臺灣文學研究界，基本上仍屬試驗階段。眞正從事中西文學會通，具有理論建構之成果者，要到比較文學興起之後，方始爲功。

(一)現象學、詮釋學

五、六〇年代，臺灣地區援引西方文學理論，主要集中在新批評一派，七〇年代以後，在比較文學思潮中，最早被引進臺灣地區作爲中國文學批評的西方理論，首爲現象學。

劉若愚的〈中西文學理論初探〉（《中國文學理論》，臺北：聯經出版公司，1981.9）以及《中國文學理論》一書，即引用現象學的方法，一則以傳統中國「妙悟派」的批評家－如嚴羽、王夫之、王士禎以及王國維的理論作爲詩的「境界」理論之依據；再則以西方象徵主義及其

---

❾　柯慶明撰：〈新批評與比較文學的盛行〉，《現代中國文學批評述論》（臺北:大安出版社，1987年10月），頁106-142。

後的詩人和批評家－如馬拉美（Stephane Mallarme）、艾略特（T·S·Eliot）等人的理論作爲詩的「語言」理論之依據，進行中西文論之會通。在《中國文學理論》一書中，劉若愚認爲上述這些持有形上學觀點的批評家受道家哲學之影響，其主張「物我合一」和「情景不分」的文學理論，和西方現象學家所主張的「主體」與「客體」合一、「知覺」與「知覺對象」不分的觀念，具有根本的相似性。劉若愚指出：「受道家影響的中國批評家與現象學家都提倡一種二度直覺，那是在對現實中止判斷之後達到的」。其結論則認爲「兩者都承認語言的矛盾性——做爲一種不充分而又必需的方式用以表現難以表現者，以及再發現主觀性與客觀性的區分並不存在的、概念之前與語言之前的意識狀態。」在該書中，劉若愚不僅將道家的「道」與現象學家海德格（Martin Heidegger）的「存在」相比較，更指出「主客合一」的觀念爲中國傳統思考的基本。此顯然已觸及傳統中國文學的特質－所謂「境界」美學的精蘊。

和劉若愚理論相似者，爲同時期的葉維廉。早在七、八〇年代，葉維廉便先後出版了《秩序的生長》（臺北：時報出版社，1973）、《飲之太和》（臺北：時報出版社，1980）兩部著作，爲其比較文學研究之開端。1983年《比較詩學》出版，大抵沿承著前二書的論點，逐步系統化，可稱爲葉氏在中、西文學會通方面理論成型的代表作。由此三書的討論，可明白地顯示葉維廉早期對中國文學理論的建構。

在方法學上，葉維廉以現象學哲學爲理論架構，由語法分析的角度出發，研究中國古典詩歌的語言美學，企圖從語言、語法的分析中，作中、西文化之會通。葉維廉援用現象學作爲與道家美學的匯通理論，並以之作爲中國山水詩與英美現代詩的美感經驗之比較的基礎，由此

建構傳統中國詩歌美學之特質。其對中國古典詩歌的美感認知是基於語言文法的分析，認為中國古典的詩歌乃是要通過語言的表現，臻致「無言」的超越境界，而此超越境界即是道家美學的內在精神。因此，在葉維廉的理論建構中，道家美學遂成為中國美感生成之基礎。

1988年，葉維廉又出版了《歷史、傳釋與美學》一書。該書可以視為葉維廉對中、西文化匯通的後期努力成果。在後期的理論體系中，葉維廉援引了詮釋學作為與道家美學相對應的基礎。葉維廉將「詮釋」一詞改以「傳釋」命名，著重點在探討「作者傳意、讀者釋意這既合且分、既分且合的整體活動」。

葉維廉對中國文學理論之建構，雖可劃分為前後兩期，但前後期之劃分並非截然可以一剖而二的，而是前期以現象學為主的討論中，已蘊含了以傳釋學解說的雛型；後期以傳釋學為主的討論中，也時常列舉現象學學說，在其他篇章中亦屢屢提舉現象學大師海德格的言論做為論據。其對中國文學理論之論述和思考皆博大精深，在比較文學一系列的研究成果上，不僅是其間主要的開拓者，也是對中西文學特質之比較，作出系統性的理論說明之代表者。

繼葉維廉以現象學和傳釋學來建構中國文學理論之後，葉氏所指導的學生王建元亦從事中西文學會通之嘗試。其將1980年在聖地牙哥加州大學的博士論文加以修繕，於1988年出版了《現象詮釋學與中西雄渾觀》一書。該書主要思想沿承其師葉維廉的觀點，以現象學對應中國道家美學。該書藉西方 Sublime 此一美學觀念與中國文藝傳統中「雄渾」的類同性表現，以探討中、西方美感經驗之異同。該書的理論架構，完全以現象詮釋學為主，分別論述 Sublime 與中國古典山水詩、山水畫、文體論之雄渾觀，最後歸結至道家美學的「虛」、「無」

境界，以此展開了中、西文化同異的美學匯通。

㈡結構主義、神話原型

　　七、八〇年代中西文學會通之思潮，除了引進現象學、詮釋學以與中國文學作爲比較的基點之外，由於以新批評爲方法來詮釋中國文學，產生了許多理論的扞格與不足，於是七〇年代西方結構主義、神話原型引進臺灣之際，很快地便被臺灣文評界所接受。臺灣地區運用結構主義、神話原型以研究中國文學者，大多集中在對中國古典小說之比較分析。

　　就結構主義之比較研究而言，比較文學學者多引用李維史陀「二元對立關係」之理論，將文本擘分爲兩大對立結構。如1972年楊牧以及1978年周英雄，兩人皆同時採用李維史陀的二元對立關係論來分析「公無渡河」一詩。1979年，周英雄在〈賦比興的語言結構：兼論早期樂府以鳥起興之象徵意義〉一文中，又依據雅克慎的「語言兩軸觀」理論，將語言的基本運作分爲「選擇」和「合併」兩軸，重新探討比興之實際呈現。其意見雖一部份衍生自雅克慎的理論，但另一部份則來自社會文化的歷史角度，突破了雅克慎對民間歌詩「就作品論作品」的形式主義作風❿。

　　1978年，張漢良亦發表〈唐傳奇「南陽士人」的結構分析〉一文（《中外文學》7：6，1978.11）。其以三種結構主義模式來分析「事構」、「語意」和「文類」三種結構層次。事構分析採用布雷蒙之敘述邏輯；語意分析援用李維史陀之神話意義分析；文類分析借取托鐸洛夫對『奇

---

❿　鄭樹森撰：〈結構主義與中國文學研究〉，李正治主編：《政府遷臺以來文學研究理論及方法之探索》（臺北：學生書局，1988年11月），頁484。

幻』敘述、『怪誕』敘述，以及『神妙』敘述之文類模式。張漢良借
用李維史陀分析神話的語意分析，令讀者明瞭「南陽士人」故事背後
所象徵的，原是從生到死中間所經歷的種種過程，更使吾人領悟到人
生的基本哲學原則。

臺灣地區最早以神話原型之批評從事中西文學會通之事者，首推
侯健。侯健的〈三寶太監西洋記通俗演義———一個方法的實驗〉（《中
外文學》2：1，1973.6）一文，即運用神話與原型批評的方法，分析《三
寶太監西洋記通俗演義》中的神話原型。侯健指出：《西洋記》的故
事是以一個神胄的英雄金碧峰，從事一項尋求傳國玉璽的神話，經過
死亡與重生，建立了權威與秩序。此英雄的經歷與終結，經過「置換」
的解釋，完全與中東神話裏的原始類型中各項基本因素相符合。侯健
運用佛洛依德的潛意識理論，指出作者羅懋登的理智與感情的衝突，
反映在小說作品中，變成有意的追求與潛意識的徹底否定。本文旨在
說明小說作者一面是匠心獨具為中國傳統小說燃放異彩，一面卻暗合
西洋現代小說的理論。

其後，侯健又發表〈「野叟曝言」的變態心理〉（《中外文學》2：10，
1974.3）一文，該文運用佛洛依德之心理分析方法，指出小說主角文白
即是作者夏敬渠之化身。文白的性格中具有伊底帕斯情結、拜物狂、
自大狂與吃人肉等變態心理，此皆與性心理有關；文白的變態心理，
亦是作者的潛意識在無意識之間的坦白浮現。夏敬渠的精神分裂反映
在作品中，便是主題的分裂，其超我要表現後天的道德，而其本我卻
要表現原始的衝動，這兩種意識因素之爭執，結果是主題與主題的表
現背道而馳。

侯健引用佛洛依德的理論之後，李達三〈神話的文學研究〉（《中

外文學》4：1，1975.6）與顏元叔〈原型類型及神話的文學批評〉（《何謂文學》，臺北：學生書局，1976.12）亦不約而同地介紹了佛洛依德、容格等人的理論。顏元叔在〈薛仁貴與薛丁山———一個中國的伊底帕斯衝突〉（《比較文學的墾拓在臺灣》，臺北：東大圖書公司，1976·6）一文中，引用佛洛依德原始類型的學說，指出民間戲曲傳說中薛仁貴與薛丁山的故事，隱含著一個戀母弑父的伊底帕斯情結的模式。此模式顯示了父子之間的衝突，以及母子之間的性影射與父親的性妒嫉。其認爲：伊底帕斯情結是人類普遍的一種原始類型。我國的民俗文學，正如西洋的文學及民間神話，也隱隱地不自覺地、確切地把握並呈現了這個原始類型。

侯健、顏元叔等人以佛洛依德的伊底帕斯情結或性的罪惡心理等理論來解釋中國古典小說，雖爲中國古典文學研究提供一種試驗方法，但難免引生比附牽強之誚，而易落入顏元叔對神話原型所批判的各種弊端當中⓫。

1975年張漢良發表〈「楊林」故事系列的原型「結構」〉一文，以佛洛依德的心理分析和容格的神話原型的批評方法，分析了以「楊林」故事爲題材的小說主題和結構。張漢良指出：《幽明錄》中的「楊林」故事以及以此爲藍本的唐傳奇：沈既濟〈枕中記〉、李公佐〈南

⓫ 顏元叔在〈原始類型及神話的文學批評〉一文中指出:神話與原型批評方法之弊端，一則可能將個人性的象徵歪曲成原始類型象徵；二則作品文義格式中的含義，可能不是神話批評所規範的含義；三則此種批評法在追求各國文學作品之相同處，而一個作品之可貴，重點端在其獨特處，而不在相同處;四則這種批評法重心放在內容上，於文學之形式與藝術性，則著墨無多。顏元叔撰：《何謂文學》（臺北:學生書局，1976年12月），頁141。

柯太守傳〉、任繁〈櫻桃青衣〉等四篇,都是同一深層結構和母題的
不同處理,分別依附於其時代的宗教、政治思想格局上。根據此深層
結構,可以導出無數「楊林」的表層結構。而此深層結構的過程乃經
由人類集體潛意識中「追求」與「啓蒙」兩個原型熔合而成。張漢良
認為:每一文化的創作原型這條旋轉曲線會繼續下去,保持著同樣的
原型結構,直到產這[原型的心理枯竭為止。

　　1976年張漢良又發表〈關漢卿的「竇娥冤」:一個通俗劇〉(《中外
文學》4:8) 和〈「水滸傳」的主題與有機「結構」〉(《中華文化復興月
刊》9:6) 二文,亦運用神話原型批評作為中西小說研究的方法。前文
認為〈竇娥冤〉中的女主角竇娥是一個普遍性原型女性的變型;後文
引用樂蘅軍的說法,認為《水滸傳》全書中有一股偉大的意志力,在
梁山泊締造之前糾合著各類人物和事件;締造之後,這股意志力分化
為相對的兩種企圖(即招安與逃避招安),而相互抵消,以致於彼此吞滅。
張漢良指出:梁山泊「這個理想追求下幻滅與神化的演變經驗,是神
話、民間故事與文人作品中屢見不鮮的普遍原型經驗」,而此原型經
驗,乃是《水滸傳》深層結構的主題所在。

㈢記號學

　　繼結構主義、神話批評之後,記號學約在八○年代亦引進臺灣地
區,成為研究中國古典文學的另一種批評方法。

　　1982年古添洪發表〈記號與文學〉,介紹記號學與文學研究之
關係。1984年繼而出版了《記號詩學》一書。該書共分為二大部分:
第一部分介紹記號學先驅瑟許(Ferdinans de Saussure)的語言模式、普
爾斯(Charles S.Peirce)的記號模式,以及其他記號學家的理論,如雅

克慎的記號詩學、洛德曼（Lotman）的詩篇結構（資訊交流模式）、巴爾特（Roland Barthes）的語碼讀文學法、艾誥（Umberto Eco）的記號詩學等；第二部分則論述記號詩學在中國古典文學研究上的實踐與開拓。

　　古添洪對中西文學會通之貢獻，王建元曾有所指出：在於採用雅克慎提出的六面及相對之六功能的模式，逐一引證於宋人「說話」和「話本小說」，從而考察「口頭文學」與「書寫文學」因其在整個語言行爲的區別而做成的差異上❷。

　　縱觀上述以比較文學詮釋中國古典文學作品的諸多新理論、新方法，並非毫無阻礙地符合臺灣地區研究中國古典文學的學者。早在五〇年代新批評引進臺灣，至七〇年代比較文學大盛之際，即受到學界相當大的質疑與批判。比較文學研究者對於運用西方文學理論以從事中國文學研究之局限性，亦具有相當深刻之自覺與反省。

　　首先，在質疑與批判方面：葉嘉瑩在〈漫談中國舊詩的傳統－爲現代批評風氣下舊詩傳統所面臨之危機進一言〉（《中外文學》2：4-5，1973.9-10）中，針對比較文學研究者「引用新理論之心太切、對舊詩傳統太生疏、思想模式過分歐化」的缺點，認爲「揉合新理論於舊傳統之中，實在是當前從事中國文學批評所應該採取的途徑」，只是在接納新理論之時，必須注意：「中西文學既有著迥然相異的傳統，則自西方文學現象歸納而得的與中國文學現象並不全同的理論，其不能完全適應於中國之文學批評，自不待言」。

　　針對此質疑，顏元叔隨即在〈現代主義與歷史主義──兼答葉嘉

---

❷　同註❼，頁153。

瑩女士〉一文中（《中外文學》2：7，1973.12），批評葉嘉瑩評詩的方法「仍不脫傳統研究的老路子」，是「從歷史傳記的途徑，作文學的外圍探討－不是內在的探討」，自稱「我們少數的人正是覺得傳統的研究有缺憾，因此起而提倡對中國古典詩作內在價值的探討」。

　　繼葉嘉瑩之後，夏志清在〈追念錢鍾書先生──兼談中國古典文學研究之新趨向〉一文中指出：在臺灣、在美國，用新觀點批評中國古典文學之風氣，外表看似蓬勃發展，內在卻潛藏著兩大隱憂：一則「文學批評愈來愈科學化了，系統化了，差不多脫離文學而獨立了」；二則為「機械式『比較文學』的倡行」，「大半有『比較文學』味道的中國文學論文，不免多少帶些賣野人頭的性質。」凡此批評，再度引起顏元叔等人的不滿，認為是「印象主義的復辟」，因而在1976年間形成了一場聲勢浩大的文學大論戰⓭。

　　其次，在自覺與反省方面：李達三在〈比較文學研究的思維習慣〉（《中外文學》1：1，1972.6）一文中首先指出：「富麗之中國傳統給比較文學研究所增添的特殊東方色彩，更能開拓西方人的眼界，使他們對文學產生一種更廣闊的概念」，同時「西方現代文學批評的發展，對從未用現代批評研究過的中國文學是一錠興奮劑」。因此，「比較文

⓭　有關顏元叔、夏志清等人文學論戰的內容，可參夏志清撰：〈追念錢鍾書先生──兼
　　談中國古典文學研究之新趨向〉（《中國時報》，1976.2.9）、顏元叔撰：〈印
　　象主義的復辟〉（《中國時報》，1976.3.1-2）、夏志清撰：〈勸學篇──專覆
　　顏元叔教授〉（《中國時報》，1976.4.16-17）、顏元叔撰：〈親愛的夏教授〉
　　（《中國時報》，1976.5.7-8）、黃維樑撰：〈中國歷代詩話、詞話和印象式批
　　評〉（《中國時報》，1 1976.6.6-8）、黃青選撰：〈披文入情〉（《中央日報》，
　　1976.6.11）、黃宣範撰：〈從印象式批評到語意思考〉（《中國時報》，1976.6.24）、
　　趙滋蕃撰：〈平心論印象批評〉（《中央日報》，1976.8.14-16）。

學的重要貢獻在於『創造個人與社會之間的新平衡，求得人與機器之間的協調，庶幾乎建立一種新的人文主義』」。

葉維廉在〈東西比較文學中模子的應用〉（《中外文學》4：3，1975.8）一文亦指出：「所有的心智活動，不論其在創作上或是在學理的推演上以及其最終的決定和判斷，都有意無意的必以某一種『模子』為起點」。在從事比較文學研究時，如何建立「基本不變的模子」才算合理？此「共相」能否建立？「模子」的尋根探固乃兼及歷史的衍生態和美學結構行為兩個方面，如何達到「模子的自覺」？……等等，凡此種種，均為東西比較文學在實踐上亟欲解決的問題。

袁鶴翔也在〈他山之石：比較文學、方法、批評與中國文學研究〉（《中外文學》5：8，1977.1）一文中認為：比較文學的研究、方法學的功用以及文學批評的價值，「對國內文學研究有肯定性的貢獻」，「我們所當注意的是苦功，是在做研究工作時，要採謹慎的態度，廣集資料，小心求證，合理推斷。」

在這場文學大論戰中，比較文學研究者在援引西方文學理論來解說中國文學之際，對新理論在中國文學之適用性及局限性開始進行反省；同時，以傳統中國文學研究為主的學者，面對西方新思潮之衝擊，亦重新思考中西文化之差異，以及中國文學的美感特質與藝術精神。前者以外文系學者為主，其著眼點基於中、西文化在比較對照之下，文化「共相」建立之可能性、西方文化模式在中國的適用性、局限性，以及中國文化模式對西方可能產生之啓示；後者以中文系學者為主，關注的焦點則在於融攝傳統印象式批評與西方形構批評，觀照中、西兩種文化的差異，進而重新建構屬於中國文學的美感特質及藝術精神。

四、文學批評之貞定

　　七、八○年代之際，面對西方比較文學的衝擊，以中文系學者爲主的傳統中國文學研究者，紛紛興起「危機意識」，開始思索傳統中國文學的本質、文學批評的意義與價值等問題。1979年4月，以師大國文系爲主的學者，創立「中國古典文學研究會」，以推動古典文學的研究風氣，造成另一波思潮。在這一波思潮中，對於中國文學的理論建構，已具備意識的深層反省；對創作者與批評者之任務，亦有本質性之界定。在這一波思潮中，一方面譯介西洋的批評理論和方法；另一方面則對傳統中國文學、美學、藝術加以有系統的整理和評析，重新發揚傳統的文學理論與方法。

　　前者如1976年王夢鷗與許國衡合譯華倫、韋勒克的《文學論》，1979年李宗懂翻譯格瑞伯斯坦（Sheldon Norman Grebstein）的《現代文學批評面面觀》，1985年李正治翻譯〈詮釋學導論〉、〈詮釋學的三十個論題〉、1987年又翻譯現象學理論《意識批評家：日內瓦學派文學批評導論》、1986年蔡英俊翻譯〈語言、經驗與詩的表現〉等；後者如1977年起由中、外文系學者，諸如：姚一葦、侯健、楊牧、葉慶炳、高友工、柯慶明等創辦之《文學評論》、1978年柯慶明、林明德合編《中國古典文學研究叢刊》、1979年起中國古典文學研究會主編之《古典文學》、1979年顏崑陽、蔡英俊、蕭水順、龔鵬程合著的《中國文學小叢刊》、1982年蔡英俊主編之《中國文化新論·意象的流變》、1988年李正治主編《政府遷臺以來文學研究理論及方法之探索》等。

　　經由上述兩方面進行傳統中國文化特質之思索，兼攝了傳統中國

文學理論與西方文學批評，在中、西文化差異的比較中，突顯傳統中國文學特質與藝術精神。其間之討論，由對「文學創作」與「文學批評」理論之建構，形成文學批評理論之蓬勃發展。

六〇年代末期，顏元叔即曾發表〈文學與文學批評〉（《純文學月刊》1:5，1967.5）以及〈朝向一個文學理論的建立〉（《文藝月刊》第4期，1969.9）二文，針對文學創作與文學批評作一義界。二文指出：文學的本質有二：一則文學是哲學的戲劇化；二則借自十九世紀文論家阿諾德（Matthew Arnold）之見解：文學批評生命。文學創作既爲批評生命，其性質是一種哲學思維的理智活動。文學批評旨在批評文學，考察文學是否達成批評生命之任務。其範圍可分爲兩方面：對作家而言，批評家以其豈富之閱讀經驗，爲作家之作品，作一番檢驗之工作，同時指出作家在文壇之意義與地位；就讀者而言：批評家應擔任書評者之工作，使讀者與作品之間，保持一種批評性之距離。

1973年7月，胡耀恆在《中外文學》月刊「中外短評」中，借用艾伯蘭斯（Abrams）之理論，將臺灣文學界對作家與批評家職責之爭論歸納爲「鏡派」與「燈派」兩類理論。「鏡」派的立場類似西方模擬與實用兩派的結合，主張作者應如鏡子，來呈現當前社會的形貌、反映群眾的情感、記錄時代的心聲，最後讓讀者能獲得快感與明悟；「燈」派則採取表現派與客觀派的立場，視作家如燈燭，以其內在經驗爲能源，以其才華爲鎢絲，在字裏行間燃燒自己，以燭照生命的黑暗與痛苦❹。

此文一出，「鏡派」與「燈派」之論爭，愈呈尖銳，兩種意見相

---

❹　胡耀恆撰：〈鏡與燈〉，《中外文學》2:2，1973年7月，頁6。

持數年,批評不斷。

1976年1月,董保中撰寫〈文藝批評家與作家〉(《中外文學》4：10,1976.3) 一文,批判一些批評家以「導師」自任,想領導作家,指導作家之寫作,其認為此乃文藝批評家對作家之威脅與對文藝之摧殘,文藝批評家應尊重作家選擇題材、人物、形式等的創作自由,其任務應就作品論作品,著重作品的分析與解釋。此文發表後,引起侯健強烈之質疑。侯健在〈作家、批評家與文學的程途〉(《中外文學》4：10),1976·3) 一文中針對董保中之論點指出:批評之本義內含衡估與判斷之意味,其標準不能僅以作家的標準為依歸,批評家對作家有責任,要做作家的諍友,對讀者亦有更大的責任,因為批評家本身也是讀者;文學的程途,是作家與批評家應當共走的路,作家與批評家兩者必需合作,批評者不能僅以欣賞闡釋為主。

董保中、侯健兩人對文學批評之本質有不同之理解,導致兩人對批評家之任務亦有不同之詮釋。兩者爭論之焦點,亦可歸屬於胡耀恆所謂的「鏡派」與「燈派」之論爭模式。

對於「鏡派」與「燈派」之論爭,文學批評界出現了調和之言論。

首先,侯健在〈中西載道言志觀的比較〉(《文學評論》㈡,書評書目月刊社,1975.11) 中指出:中西載道與言志觀念不同,就西洋文學理論而言,載道是客觀的模仿,可擬之於鏡鑑,言志是主觀的自白,可擬之於明燭。此兩種意象二元對立,互不溝通。但就中國文學理論而言,中國的文學批評思想,自始便是以言志的手段,達到載道的鵠的;載道原是肇始於心志,兩者為主客合一,內外兼修。

其次,姚一葦在〈批評的主觀性與客觀性〉(《欣賞與批評》,臺北:遠景出版社,1979.11) 一文中,亦試圖調和「鏡派」與「燈派」之爭論。

在該文中，姚一葦針對文學批評之性質加以論述。其將批評分爲主觀的判斷與客觀的判斷兩種。主觀的判斷建立在主觀的感情基礎上，又稱「趣味判斷」。趣味因人而異，若將批評建立在個人主觀趣味上，不易爲眾人所信服；客觀的判斷則建立在一定的標準上，是合於嚴密邏輯形式的判斷。然客觀的判斷，卻不易建立有效的基準。因此，姚一葦認爲：文學藝術的批評，是主觀與客觀的融合，其有效程度是相對的，批評家之工作，在於將他自己的審美方式、途徑，用文字記錄下來，作爲其他人欣賞文藝作品的方式與途徑之參考。

侯健、姚一葦對文學批評之認知，中肯持平，調和了長期以來「鏡」與「燈」之論爭。由作家與批評家任務之討論，遂引發了對文學批評本質之貞定。論者皆由主體「生命」或「心靈」的角度出發，爲文學批評之本質，建構了精闢之理論。

(一)知性與理性

早在1964年王夢鷗在《文學概論》第二十章「批評」一文中，即針對文學批評之本質作一義界。王夢鷗認爲文學批評有廣、狹二義：廣義的文學批評指關於作家或作品本身的研究，此應屬於文學史或文學論的範圍；狹義的文學批評則針對欣賞者之意見而言，此始爲名符其實的文學批評。

對於文學批評之本質，王夢鷗認爲：文學的批評是由「感」而「知」，同時所要「知」的，亦只限於所「感」的性質。文學創作是將所感的意象表達於語言，文學批評則是循語言的暗示去追蹤還原那可感的意象；因此，作者是主觀地選擇題材加以意象的創造，批評亦是一種主觀地創造，即藉由作者意象的構作去揭發作者隱藏在作品中的企圖。

王夢鷗認為：創作是一種想像，一種求知解過程的心靈活動，而批評的意見必然產生於知解之後，故其本質是一種綜合的知解──一個判斷。

在該書中，王夢鷗對於六〇年代流行於臺灣的新批評理論，亦提出肯棨之評論。其認為新批評從作品的本文研究而進行批評，有助於語言美學的論證，且不至於曲解文意而逸離文學批評的範圍；然其缺點則易陷入尋章摘句的形式主義。至於將「本文研究」與精神分析的方法結合的文學批評，雖致力於從作品中尋求作者原意，但卻易流於附會而逸離文學批評之本質。

1980年12月，曾昭旭發表〈文學創作與批評的哲學考察〉（《古典文學》第二集，臺北：學生書局，1980.12）一文，目的亦在界定文學創作與文學批評兩者之本質及功能。其認為文學創作之本質是「人生的表現」，其以非理性的理性心靈為創作之基礎，而其表現則有初級與進級之不同。初級的表現活動僅及於「象」的抉發提鍊，或者說對文字語言的感度與駕馭能力的訓練、文體特性的了解、各類風格的揣摩，乃至對某種創作理論或新體裁的試驗摸索等；而其進級的表現活動，則是在藉諸象的安排組合，去指示出人生的某一意蘊，以使欣賞者在純象的欣賞之餘，還能別有所啟發感悟，亦即由技而進至於道。

至於文學批評之本質，乃在對已成的文學作品作理性的審視、分析、詮釋、批評，並將這些審察的結論以概念符號記錄下來，以供欣賞者、創作者以及一切後人之參考，而非意在領導或規範文學創作及文學欣賞活動。換言之，文學批評乃是以理性的態度與途徑去從事的文學活動，其基礎出自一超越的「理性的理性」心靈，而其功能則在貞定文學作品的形式與意義。此貞定活動，又可分為初級與進級兩種。

文學批評的初級活動僅及於文學創作的純象的貞定，目的在提鍊出一純理來；其進級活動，則要在這些表象之理的基礎上，去詮釋出作品所蘊涵的奧意、作者所透露的精神、時代所展示的方向、人道所實踐的歷程，以引領讀者（包括創作者及批評者本身）在品味文學的最高美感之餘，也了解這美感所代表之意義，以完成文學創作表現人生、指點全體、洗鍊生命的價值。

綜觀曾昭旭對文學批評的義界，指出文學批評與文學創作兩種活動，皆源於人類共有的「理性心靈」。其辨析七、八〇年代各種文學批評學說，企圖融合諸說以超越之。文中認為文學創作與文學批評兩種活動之初級表現，是「不涉及價值與美感判斷」，「進級活動才是涉及價值與美感判斷」，顯然對「美」之認知，界定在最後之境界。此說對於新批評及形式主義批評之美在形式、文本之理論，無疑是一大批判。

㈡文學知識

1976年4月柯慶明發表〈略論文學批評的本質——序高全之的《當代中國小說論評》〉（《中外文學》4：11，1976.4）一文，對文學作品與文學批評之本質，作了精闢之義界。柯慶明指出：文學作品是一種「生命的知識」之架構，是一種同時涵蓋著生命體驗的語言表達、生命存在的心理歷程，以及人類生命的存在與倫理意義的完整一貫之特殊架構。文學批評則是一種對文學知識探求的工作，其目的不僅在對文學作品作一適當之驗證與評估，本身亦是一種知識架構的創造。

至於評估之內容，首先，必須瞭解作品所陳述指涉之一切，包括對該作品真正陳述之心理歷程、生存情境之可能，以及藉此肯定的存

在與倫理意義之可能的呈示之全盤瞭解，檢驗其是否首尾一貫，圓融自足，並考慮其是否與我們的已知經驗相牴牾；其次，考慮作品是否具有單獨「闡明」，以及即使有所單獨「闡明」亦是否到達精細嚴密性質的這一同時是「認知」也是「語言」的問題，透過這種種之演繹引申，以喚起讀者清晰、深入而周知之覺知。

因此，文學批評之目的在文學知識整體之建構。所謂整體之建構，是一種「綜合」、「統合」之工作。文學創作是一種尋求「知識之進展」的努力，文學批評則是尋求「認識」此一「知識進展」本身的一種努力。它是一種「知識」本身的再調整，一方面形成知識的整體建構的不斷再塑；一方面導引促成知識的繼續發展。柯慶明認爲：由於文學批評的本質是一種「文學知識」，其知識之性質，亦是與文學作品的知識尋求相同，是一種以人類的主體性覺知，以及基於此種覺知而有的存在與倫理意義的探索。畢竟「文學知識」之進展，方爲文學批評終極的用心所在。

柯慶明對於文學批評之理論建構，精闢周延，王建元評其理論時指出：柯氏提出「文學知識」作爲文學批評的本質，詳細地描繪整個性質及活動過程，揭示了文學作爲一種特殊的知識形式如何引發「主體性覺知」，進而創造新的文學認知的理念架構，超越了「鏡」派與「燈」派文學批評之對立，將之納入一個理論系統。其能以文學批評是知識追求來包涵讀者與作品之間的整個美感經驗，而同時又能把純粹抒情而表面上沒有「知識內容」的作品也被融攝於其「文學知識」的領域中。其強調的狹義的文學批評理論，「解決了很多前人遭遇到的困雜，和處理了一些理論上的爭辯」，「的確修正了前人一直認爲

批評工作只是旁附於作品和對之加以驗證評估的說法⑮」，誠爲的論。

(三)美感經驗

　　1978年高友工發表了〈文學研究的理論基礎——試論「知」與「言」〉一文（《中外文學》7：7，1978.12），則著重在文學研究的方法探索，思考文學批評的本質。其將知識的「知」的心理結構區分爲兩類：一是現實之知；二是經驗之知。前者以經驗爲原始材料，企圖使用分析語言，將經驗表現爲所謂「客觀眞理」；後者以經驗之不可分割，而使用象徵語言，企圖體現「主觀經驗」之整體。

　　就文學活動而言，高友工認爲：以上兩種知的心理結構，運用在中國傳統中，「文學研究」隸屬於「現實之知」，假設一個客觀眞理之存在，應該使用分析語言來研究文學；「文學批評」則不然。「文學批評」原則上是一種純粹的美感活動，亦是「想像」和「觀照」的創造活動，隸屬於「經驗之知」，衹能以象徵語言來把握美感過程的心象，著重的是美感經驗和判斷。

　　其後的〈文學研究的美學問題——經驗材料的意義與解釋〉（《中外文學》7：11-12，1979.4-5）一文，針對欣賞者的角度，探討美感之定義與結構、美感經驗之特點。

　　高友工認爲：所謂「美感」，它是一連串「刺激」激動感官而引起的「感性感受」（「感覺」）和「感性反應」（「情緒」和「感情」）以至「感性判斷」（「快感」）。美感經驗之特性在於經驗之不可分割的「完整統一」和可與外界脫離的「絕緣獨立」。就「經驗」而言，高

---

⑮　同註❼，頁111。

友工認為：藝術活動之「創作經驗」為「初度經撿」，鑑賞時之「美感經驗」為「再度經驗」；鑑賞活動為一種再創造的活動，是一種再經驗創作者所經驗之「美感經驗」的活動。

文學欣賞既是「解釋」與「觀照」兩種活動交替的過程，不同的經驗材料，藉由不同的解釋方式，在欣賞者心境中，便會產生迥異其趣之感象。高友工於是將文學作品之語言材料（語料）的解釋，區分為四個層次：

首先，就欣賞者本身而言：鑑賞者對語料的「直覺的」解釋，會使欣賞者產生「印象的」感象。鑑賞者在欣賞文學作品時，其美感經驗雖受藝術現象之局限，但作品所傳達之經驗材料必須與鑑賞者個人所有的材料綜合，重組為心境中之印象，這時鑑賞者的「想像力」之運用，成為解釋過程的必要條件；而心境中之印象，亦成為鑑賞者內在的理想境界。

其次，就文學作品而言：欣賞者對語言典式的「等值的」解釋，會使欣賞者對作品產生「通性的」感象。「等值」意味著語言典式中詞的同義性。文學作品作為「中介感象」而言，「等值」原則所形成的是一種「構形」或「節奏」，是分解形象來求取語言典式的「通性」。欣賞者在鑑賞文學作品時，經驗材料雖分屬不相關聯之個體，但是欣賞者卻本能地將同類同質的材料，在概念上歸而為一，視為等值，譬如修辭學中的「隱喻」即類此等值原則。由此等值通性的結構原則，欣賞者可在千變萬化之文學語言典式中，抽繹出一個共同的「感性」的「形式」。

再者，欣賞者對創作者發言語境的「延續的」解釋，會使欣賞者對作品產生「關係的」感象。作品的語料具有外延的指稱功用，它可

以利用「外指」指向外界———個「言者」和「聽者」所共知的「語境」；也可以利用「內指」的方式，把語料中的散漫成分，組織成一個模倣「外象」的結構，這個結構就語言的內在組織而言是一個「意象」。欣賞者對作品「延續的」解釋，著重在運用「意象」來建立現實世界的「關係」。

　　最後，就創作者而言：欣賞者對創作者發言的語境和語旨的「外緣的」解釋，會使欣賞者對創作者產生「表現的」感象。藝術欣賞以藝術作品爲交流的媒介，欣賞者要瞭解作品，必須要瞭解這一作品在創造過程中的作者和創作環境，欣賞者必須完全地把握住作者創作時的美感經驗，想像有一原有的經驗，並建立作者創作時的語境與語旨。

　　綜觀高友工對文學批評本質之思考，其貢獻在於精細地分析文學批評作爲一「美感經驗」，欣賞者對作者、作品以及本身之美感認知之心理過程。誠如李正治指出：「其一方面既能包容分析傳統的語言和方法，另一方面亦能兼容中西文化中的美學範疇與價值，使其理論『細密繁複及鞭辟入裡，至今尚無人能及』❶」。

五、文學史之省思

　　自1904年林傳甲《中國文學史》問世以來，文學史研究至今已近一百年歷史，其間之著作如雨後春筍般爭相競發。1949年以後，「中國文學史」更爲臺灣地區大學中文系必修課程。六〇年代中期，文學史之研究理論方始萌蘗，直至八〇年代初期，臺灣地區的文學史研究理論才蓬勃發展，蔚成大觀。在積累了三十多年的文學史教學歷程，

---

❶　同註❸，頁10。

使得中文學界開始反省「中國文學史」之學科性質、研究方法、書寫角度，以及歷史斷限等問題。自六〇年代至八〇年代，其理論焦點多集中在對劉大杰《中國文學發展史》之批判與思考。九〇年代則突破傳統文學史敘述模式，一則解析大陸地區「二十世紀中國文學」概念之迷思；一則提出全新的文學史敘述方法。

(一)史觀與歷史斷限

早在六〇年代中期，梁容若在〈如何研究中國文學史〉（《中國文學史研究》，臺北：三民書局，1967.7）一文即針對文學史之性質提出省思。其認為文學史之性質，必須客觀地蒐羅事實，對資料作科學、細密地鑑別排比，加之以哲學的批判形勢、文學的描繪結論，以作成文學與文學批評的客觀歷史。文中批判三〇年代「普羅文學」之文學史觀，而提出客觀歷史的進化論史觀。其後〈再評中華版《中國文學發達史》〉一文，則針對劉大杰《中國文學發展史》，指出該書內容具有：一、體例編排的失當；二、材料去取的偏頗；三、襲前人之誤說；四、引用作品的疏失；五、地理的錯誤；六、事實的錯誤；七、字句錯誤等七項缺失。

梁容若對文學史之省思，可謂草創時期之代表，然其對「文學史」之學科性質與研究方法之反省，就理論層面而言，建構無多。真正對「文學史」作根源性思索之研究理論，必須遲至八〇年代始為成熟。

1982年龔鵬程在第四屆古典文學會議中發表〈試論文學史之研究——以劉大杰《中國文學發展史》為例〉（《古典文學》第五集，臺北：學生書局，1983.12）一文，開宗明義便提出文學史最根本的質疑：「『文學史』究竟算不算是一門學科？如果是，它的範疇、目的、和研究方

法又當如何？」該書針對這些根本的問題，提出了一套極具洞見的看法與批判。

就文學史之性質而言，龔鵬程認為：文學史的處理對象是文學，必須關注到文學作家與作品、文學思想以及整體文學活動與社會文化之關聯三個層面，然其本身卻是歷史研究。文學或歷史研究，因涉及價值判斷，故其過程為一種主客交融、主客聯合的精神活動，亦即以主觀固有之經驗、意念、情感，與外在客體（作品）相應相發，而構成整體的活動，轉化了外在的文字，使其成為讀者所領略的意義，並形成美感之價值。換言之，文學作品之研究必然是主客交融的，無法純客觀地肯斷，也無法純主觀地曼衍。文中對劉大杰、梁容若等人所提倡的「客觀性」之文學史敘述，加以嚴厲地批駁。

就文學史之價值判斷而言，龔鵬程提出了「史觀」的重要性。龔鵬程認為：吾人在從事文學史研究時，必然會根據個人所處具體情境及特殊之價值觀點，以處理文學事實；以一套價值體系為基礎，對文學作品作選擇性地詮釋，試圖進入作品的歷史脈絡中，去揣想、體驗當時人物的活動狀態。其採納華倫、韋勒克《文學論》之說法，主張文學史敘述中史觀之必要性。

至於不同的價值體系或史觀之驗證問題，龔鵬程認為：如何規範人人言殊之價值判斷，必須要有一個超越的判準，即一套哲學預設。龔鵬程採用卡西勒所提出的「辯證的客觀性」，認為文學史研究雖受主觀態度與價值之影響，但仍受歷史對象之限制，以歷史的辯證客觀性檢證主觀價值之評判，並以歷史解釋的方法，制約主觀意識之氾濫。

以此「主客交融」之知識型態與「史觀」之價值體系選擇為理論基礎，龔鵬程批判近數十年來之中國文學史論著，多為雜鈔之編列而

已。即如在學術界廣爲流行之劉大杰《中國文學發展史》，由於採取進化論、歷史有機循環的定命論以及反傳統精神之史觀，使得文學之演變也如同生物之進化一般，具備誕生、茁長、成熟、死亡之自然規律；對文學之價值判斷也以平民文學爲優，謂貴族文學爲僵化之作品，曲解了中國文學演變之脈絡，造成歷史之偏見與史觀之局限。

在龔鵬程此文發表之後，引起了文學史研究極大之迴響，該文亦成爲文學史研究理論之代表。李正治對此作了極高之評價：「龔氏最難能可貴的貢獻，便是首先探討文學史研究的理論，辨明文學史研究的性質與方法諸問題」，「由龔氏的深刻反省，事實上已可造成文學史的革命，四十年以科學爲典範的文學史撰述竟然只是沿承著一種錯誤的觀念！……龔氏對於劉大杰《中國文學發展史》一書之時代偏見的檢討，具體展現了龔氏的銳見」，使得該文「可說是破天荒的一篇文章[17]」。

1985年，古典文學研究會舉辦「中國文學史的研究與教學」討論會（《幼獅月刊》62：4・1985.10），會中龔鵬程針對「文學史的研究」指出：晚清至今的文學史寫作形成幾項傳統：一是將文學史當做中國文學概論之作品，如謝無量《中國文學史》；二是具有文學意識，說明文學發展歷程之作品，如劉大杰《中國文學發展史》；三是以資料賅備，敘述詳盡爲特色之作品，如鄭振鐸《插圖本中國文學史》之類。龔鵬程在引言中，再次呼籲中文學界應思考「文學史觀如何建立」，此可謂其省思中最關切之問題。

同年，沈謙在〈研讀中國文學史的三點認識〉（《幼獅月刊》62：4・

---

[17] 同註[3]，頁11-12。

1985.10）一文中指出：文學史之研究包括文學史觀、文學通史、文學專史三部份，文學史家必須具備文學批評之素養。就中國文學史之史觀而言，其提出以要能表現中華民族的文學精神為主之史觀。

1991年2月，中研院文哲所舉辦學術研討會，檢討在大學中文系的兩種通行本中國文學史（《中國文哲研究通訊》1：1，1991.3），由邱燮友、王文進、尉天驄主講，反省劉大杰《中國文學發展史》及葉慶炳《中國文學史》之內容與史觀。邱燮友強調未來文學史之撰寫應重視文藝思潮之敘述；王文進認為文學史本身究竟能否成為一門學問，學界一直沒有文學史的方法學來探討此一問題，大學學生亦沒有接受文學史方法學自覺之訓練；尉天驄則認為文學史不當以政治為照察之架構，研究文學應注意地理環境、社會結構對文學之影響，以及區域性研究之必要等。

同年，葉慶炳在中研院文哲所演講「撰寫中國文學史的相關問題」（《中國文哲研究通訊》1：1，1991.3），提出文學史之撰寫必須確立自己的文學史觀，中國文學史的分期，不可以政治上的朝代來分，最理想的方法是按文學發展的情況來分。

1995年10月，周虎林〈中國文學史斷限芻議〉（《中國文學理論與批評論文集》，臺北：新文豐出版社，1995.10）一文，認為文學史是敘述整個通貫的時代或在一個單純的時代中，有關文學的發展和演變的歷史。因為文學史是歷史論著中專史之一，文學史家對文獻的歷史解釋，必須運用客觀的方式去加以分析，再運用客觀的理論加以詮釋，而不是隨著主觀的好惡妄加論斷。

該文之重點在於提舉文學史書寫中歷史斷限的思考。以往中國文學史之書寫，皆以斷代方式，按朝代鼎革之政治轉移為斷限之依據，

再由各種文體發展、作家評介、文學思潮、文學批評、社會進化、文化整體等作橫向的交織。然而，文學史並不等於政治史或社會史，以朝代更迭作爲斷限之依據，並無法突顯文學本身發展之意義。周虎林對中國文學史之斷限問題，提出了三點建議：一、以文學現象爲斷限參考；二、以文學特質爲斷限基礎；三、多元有機的歷史架構。

周虎林所提出的文學史的歷史斷限問題，極具有反省之意義，值得目前中國文學史研究者重新加以正視。然其謂文學史之書寫必須運用客觀方式，以客觀的理論加以詮釋，此則易落入龔鵬程所批判「客觀主義」的迷失之囿限中。

以上諸人對中國文學史所作之省思，基本上仍集中在史觀與分期之爭議中，顯示八〇年代初期至九〇年代中期這十幾年來，文學理論在對中國文學史之省思上，以史觀與歷史斷限爲其關懷重點。

(二)新的文學史方法

八〇年代末至九〇年代初，大陸地區掀起了重寫中國現代文學史之討論。大陸的中國文學史書寫，一則著重在思考「文學史就應該是文學史」，而不是政治或思想之附庸；再則，二十世紀文學史的分期也是大陸學界重新思考之重點。1985年黃子平、陳平原和錢理群倡議「二十世紀文學」之概念，1988年至1989年陳思和與王曉明主持「重寫文學史」之討論，1990年北京大學舉辦「二十世紀中國文學」研討會❶。因應大陸地區對中國現代文學史之重視，臺灣地區亦出現了反省之聲浪。

---

❶　陳國球編：《中國文學史的省思》，臺北：書林圖書公司，1994年12月，頁3。

1994年，龔鵬程的〈「二十世紀中國文學」概念之解析〉（《中國文學史的省思》，臺北：書林圖書公司，1994.12）一文，針對大陸地區「二十世紀中國文學」之概念加以反省。其認爲「二十世紀中國文學」之論述結構與文學史觀，乃架構在「近百年來中國正處在現代化進程中」的基礎上，其基礎不甚穩固，原因是「此一思路，實際上仍採用西力東漸、中國逐漸西化現代化世界化的歷史解釋模型」，「並未從現代化即世界化的神話迷思中走出來」，「未考慮到『現代化』這個觀念及現代化史中的複雜性」。該文目的在藉由臺灣與大陸對近百年文學史認知之差距，彰顯大陸學者所提出的「二十世紀中國文學」之概念可能並非眞理或眞相。對於近年來大陸學者之文學史省思，具有再省思之意義與價值。

1995年11月，香港科技大學舉辦「中國文學史再思」國際學術研討會，重新省察「中國文學史」此一概念及內涵。龔鵬程於會中提出新的文學史方法，其後修改爲〈遊的中國文學史〉（《年報：1996龔鵬程年度學思報告》，嘉義：南華管理學院，1997.12）一文。龔鵬程認爲：傳統文學史之書寫，乃基於中國是一鄉土社會，國民性安土重遷此一文化體認上。在此之外，中國社會卻另有游民性格之一面，由此文化體認導衍出游的文學。文中呼籲中國文學史之書寫應重視此一遊記文學史之角度。

此一遊記文學史之角度，可就三方面構建之：就作者群而言，我國的文學作品可視爲游民階層之創造物；再就寫作活動場所而言，吾人可以游人群居之「城的歷史」來架構文學的歷史；就文學創作之精神層面而言，文學創造之動力來自它反對一切規格，具有超越性、開放性之游心游目精神。龔鵬程指出：「游人游心而且游於城市，才形

成了文學的歷史。這種新的文學史論述，是否也值得書寫，以鬆解並質疑原有的那一套架構呢？」文中又介紹了宋末陳仁玉編《遊志》，以及元代陶宗儀編《遊志續編》二書，提舉歷代遊記文學書目，其認爲中國遊記文學之盛，正在此二書編定以後，惜迄今未有續此志者。龔鵬程此文重新反省以往文學史之書寫傳統，可謂顛覆傳統文學史之觀察視野，架構中國文學史之全新視域，誠一珍貴之論述角度，值得後起者循此開展推拓之。

六、結　論

五十年來，臺灣地區文學研究理論，從榛莽初闢到自成一格，從文學理論的翻譯與抄襲，至擁有自家的理論體系，其間實歷經了數次變遷。

五〇年代開始，臺灣地區的文學研究尙處於摸索、試驗階段，理論之建構猶稱闕如。六〇年代至八〇年代，文學研究首先探觸之重點即「文學」本質之定義問題，由此引生中國文學理論中「文心雕龍」之論戰。七〇年代至八〇年代，以外文系爲主之比較文學思潮在臺灣興起，其引介西方文學理論與批評方法，致力於中西文學會通之理論建構，引生「比較文學」大論戰；同一時期，由文學創作與批評之理論研究，引生了「鏡派」與「燈派」之論爭，文學批評界在這波思潮中，重新釐定文學批評之本質，亟思以中國文學理論之主客交融，調和「鏡」與「燈」之二元對立。八〇年代至九〇年代，以中文系爲主之學者，紛紛思索近百年來文學史研究與教學之困境，不斷質疑傳統文學史書寫之史觀與歷史斷限，並提出全新的文學史概念與敘述方

式。

經此努力之後，九○年代之文學研究理論，大致亦朝此四方面進行理論之建構。在發展過程中，有積極之創見，亦產生若干盲點。

首先，就文學本質之定義言：黃慶萱在〈文學義界的探求——歷史、現象、理論的整合〉（《中國文哲研究集刊》第五期，1994.9）一文中，從文學歷史的觀察、文學現象的歸納，以及學科理論的探討三方面，對古今中外「文學」之義界作一整合。其指出：要得一既能概括所有文學現象，又能符合嚴格理論分析之文學義界，是無法達致的。目前較受多數人認同的文學定義是「語言的藝術」。所謂「語言的藝術」，原為西方新批評對文學本質之定義，李正治針對「語言的藝術」此一定義指出：在文學被客觀分析的導向分割到以語言、符號為理論中心之際，我們的理論家卻體認到中國傳統思想之重要，而紛紛回歸主體心靈，形成文學的本質為「主體融攝」的趨向❶。文學研究界既然體認到「文學」義界之無法獲致，則九○年代以後，文學理論者遂不再追問「何謂文學」？轉而從文學與其他相關問題之研究，諸如文學與社會、文學與歷史、文學與哲學、文學與美學……等各方面，以區判文學之異於其他學科之特質，從而間接地彰示文學之本質。

其次，就中西文學之會通言：八○年代末至九○年代，西方文學理論大量地進駐臺灣，諸如接受美學、敘事理論、解構主義、後現代主義、女性主義、後殖民論述……等學說，風起雲湧，對中國文學研究之理論創構產生莫大衝擊；中文系學者在從事中國文學理論研究時，亦無法規避此一領域之成果。對外文系學者而言，在引介西方理

---

❶　同註❸，頁12。

論以詮釋中國古典文學之際，如何避免趕「流行」之傾向與理論的「套用」❷，應是比較文學研究者無法推諉之咎責；而對中文系學者而言，如何避免固守傳統、漠視當代文學，或者盲目引用西方文學理論的「浮誇和撿便宜的態度」❹，亦應是中國古典文學研究者必須痛切反省之缺失。唯有中、外文學者皆有此共識，中西文學之會通才能真正進入理論對話之層域。

再者，就文學批評之思考言：八〇年代中期以後，新的文學批評手法陸續出現在臺灣文評界。文學批評既為一主客交融的知性活動，新的解讀策略之援用，使得作品的本文展現多重面貌，文學作品既定的意義因而有了新的不同詮釋❷。然而，臺灣的文學批評家卻因惡質化的「流行」風氣，使得新理論在流行之後，便墜入套用、重複、死亡的循環中❷。如何在時代的庸俗化中提升文學批評的素質，應是新世紀文學批評家的首要之務。

最後，就文學史之省思言：傳統已有之文學史材料，經過八、九〇年代新的書寫角度之提出，文學史已然有被改寫之可能，而且朝向集體創作之發展趨勢。但史觀之整合，卻是集體創作必須加以解決之困境。另外，「臺灣」課題成為顯學之風氣持續影響文學界，「臺灣文學史」之書寫，亦在臺灣地區蓬勃發展，出現許多不同版本的文學論著，以此與大陸地區「二十世紀中國文學」形成一強烈之對比。

---

❷ 此為簡政珍對外文系學者之批評，簡政珍主編：《當代臺灣文學評論大系·文學理論》導論，（臺北：正中書局，1995年5月），頁26-27。
❹ 此亦為簡政珍對中文系學者之批評，同前註，頁25。
❷ 孟樊撰：《臺灣文學輕批評》，（臺北：揚智文化公司，1994年9月），頁42。
❷ 同註❷頁29。

　　文學研究理論之建構歷程，一路走來，劈荊斬棘，異常艱辛；剋就一門學科之發展而言，五十年之時光，畢竟太過青澀。當八〇年代中期，文學界兀自充斥著以西方文學理論套用於中國文學作品之際，已有學者呼籲「建構我們自己的文學理論」❷。時至二十世紀之末，文學研究理論在臺灣的發展，已自覺地創造出屬於中國文學「主體精神」之體系。九〇年代之努力方向，亦標幟著新世紀之發展趨勢。

---

❷曾昭旭撰：〈建構我們自己的文學理論〉，《鵝湖》10:7=115，1985年1月，頁18-19。

文學資料及文獻目錄之整理概況

王國良*

一、引　言

　　文學研究之主要對象，不外文學人物與作品。人物的研究，依靠的是傳記檔案；作品的研究，憑藉的是文集資料。不管是檔案或資料，若呈現的是一種散漫而原始的狀態，當其數量不太多時，我們還可以從容應付取用；而當它逐漸積累到一定程度，並且仍增長不已時，吾人勢必要面臨駕馭不易，無從下手的窘境。由此，如何將文獻分門別類，予以系統化，讓使用者能輕鬆準確地掌握所需素材與資訊，完成研究工作，的確是一項值得正視而且必須迅速落實的重要基礎工程。

　　國民政府遷臺以來，學界人士在古典文學的研究上，大抵可稱為成果豐碩。除了良好的教育制度、日漸安康的生活環境及開放的競爭機制之外，大量的文學典籍與材料陸續結集出版，必要的工具書逐步編製刊行，都發揮了正面而積極的作用。當然學術成果的發表登載，提供了彼此觀摩的機會；而論著目錄索引的編印刊佈，又加速了研究

＊　東吳大學中文系教授

工作的進展。由於諸多主客觀條件的配合，終能形成中國古典文學研究尚稱繁盛的局面。如今，回首出版界與學術界幾十年來的相互依存狀況，重新檢視文學資料和文獻目錄的整理編印，評估其利弊得失，同時展望未來興革的方向與作法，相信不無意義吧！

　　近五十年來，臺灣地區所出版印行的文學資料及文獻目錄，數量繁多，性質不一。爲了方便於觀察檢討，本文採用分項列舉歷年重要出版品，然後逐類評述的形式。文學資料方面，大致分爲：叢刊、研究資料彙編、文、詩、詞、曲、小說、戲劇、文學理論與批評、民間文學（含俗文學）十類；除了叢刊及研究資料彙編以外，每類大致又分成總集，別集兩小類。文獻目錄方面，則統合了文學書目與文學研究論著目錄兩類，然後再按綜合性、通代、斷代、各學科（細目同『文學資料』）的順序組成。

二、文學資料之印行

　　存世的古典文學資料浩如煙海。比較零散的斷簡殘編，姑且勿論；內容完整而保存良好的書籍，總數不下萬種，其收藏處所又分布各地。如何萃取其中的精華，整理加工，再予印行流傳，實在屬於繁重艱巨之事業。數十年來，吾人經常接觸利用的本地出版古典文學作品，或影刊或排印，稱得上是精心整治編排的，固然所見多有；其未做任何加工即倉促翻印問世的，也不在少數。限於篇幅，以下僅針對那些人人必備、深具文學價值或罕見而又精印的作品集和資料彙編，擇要條舉介紹。

0001 楚辭彙編（23種） 杜松柏主編 臺北新文豐出版公司 10冊
75.3

0002 選學叢書（10種） 廣文書局編譯所 臺北廣文書局 32冊 55.3

*0003 文苑英華（附作者姓名索引）（宋）李昉等編 臺北新文豐出版公
司 6冊 68.10

0004 歷代畫家詩文集 編輯部 臺北學生書局 76冊 59.6～64.5

0005 宋名家集彙刊（5種） 昌彼得主編 臺北漢華文化事業公司 18
冊 59.4～59.10

0006 元代珍本文集彙刊（10種） 臺北國立中央圖書館編印 14冊
59.3

0007 元人文集珍本叢刊 王德毅等主編 臺北新文豐出版公司 8
冊 74.4

0008 明代藝術家集彙刊（8種） 臺北國立中央圖書館編印 14冊
57.6 ～57.7

0009 明代藝術家集彙刊續編（5種） 臺北國立中央圖書館編印 15
冊 60.6～60.10

0010 明人文集彙刊 沈雲龍主編 臺北文海出版社 85冊 59.3

0011 明代論著叢刊（14種） 編輯部 臺北偉文圖書公司 48冊 65.5

0012 明代論著叢刊二輯（8種） 編輯部 臺北偉文圖書公司 25冊
65.9

0013 明代論著叢刊三輯（9種） 編輯部 臺北偉文圖書公司 22冊
66.9

0014 明代版畫叢刊（10種） 編輯委員會 臺北故宮博物院 12冊
77.6

0015 清名家集彙刊（4種） 昌彼得主編 臺北漢華文化事業公司 10
　　冊 60.61

0016 臺灣先賢集（21種） 王國璠主編 臺北中華書局 8冊 60

0017 臺灣先賢詩文集彙刊第一輯、第二輯 高志彬主編 臺北龍文
　　出版社 20冊；20冊 81.3；81.6

　　0001彙集《楚辭》校注、審義著作爲主，《屈原》傳及論文集附
焉。0002選印清代《文選》注釋、札記專著九家，民國高步瀛《文選
李注義疏》殿後。 0003原有坊間影印明刻本，新文豐版則係宋、明
刊本配補，並加編作者索引，後出爲勝。0004選印唐王維以下歷代畫
家所撰詩文集四八種。0005至0015，全爲宋、元、明、清四朝名家別
集珍本善本；0016、0017乃精選臺灣先賢詩文集而彙爲一編。 各組
作品前大抵冠有主編者所撰敘錄，提供讀者閱覽之助。

　0101 楚辭評論資料選 編輯部 臺北長安出版社 559頁 77.9

*0102 三曹資料彙編 編輯部 臺北木鐸出版社 360頁 70.10

*0103 陶淵明卷 編輯部 臺北明倫出版社 376頁，406頁 61.4

*0104 杜甫卷 編輯部 臺北明倫出版社 996頁 60.2

*0105 韓愈資料彙編(上) (下) 編輯部 臺北學海出版社 1652頁
　　73.4

*0106 柳宗元卷 編輯部 臺北明倫出版社 722頁 60.1

*0107 白居易卷 編輯部 臺北明倫出版社 418頁 60

　0108 杜牧研究資料彙編 譚黎宗慕編撰 臺北藝文印書館 701頁
　　61.3

*0109 黃庭堅和江西詩派卷 編輯部 臺北九思出版公司 966頁
　　68.3

*0110 楊萬里・范成大卷　編輯部　臺北明倫出版社　214頁　59.12

*0111 陸游卷　編輯部　臺北明倫出版社　432頁　60

 0112 元好問研究資料彙編（上）（下）　葉慶炳等編　行政院文化建設
　　　委員會　1552頁　79.12

*0113 三言兩拍資料（上）（下）　編輯部　臺北里仁書局　925頁　70.3

*0114 紅樓夢卷　編輯部　臺北明倫出版社　652頁　60.12

 0115 新編脂硯齋評語輯校　陳慶浩編著　臺北聯經出版公司　729
　　　頁　68.10

*0116 元明清三代禁毀小說戲曲史料　編輯部　臺北河洛圖書公司
　　　360頁　69.1

　　　0101、0113、0114、0115四種，屬於作品專集研究評論資料彙編；
0102～0112等十一種屬於作家研究資料彙編；0116則搜集了元、明、
清時期，官方檔案及私人著述中有關禁毀通俗文學的史料及言論。以
上彙編本，資料周全，並有助於研究。除了0101、0108、0115三種，
其餘十三種皆係大陸出版品之翻印或重排本。兩岸在學術資料上的互
動關係，自此可見一斑；而大陸學界佔有人力優勢，擅長於資料整理
編排，亦不言可喻。另外，0115、0116兩種，後來都有增訂本，宜稍
留意參酌。

*0201 全上古三代秦漢三國六朝文附索引（1）～（5）　（清）嚴可均編　臺
　　　北宏業書局　4248頁；270頁　63.8

 0202 全唐文附索引（1）～（20）　（清）董誥等編　臺北大通書局　13106
　　　頁；58頁　68.7（四版）

*0203 樂府詩集（上）（下）　（宋）郭茂倩撰　（喬象鐘、陳友琴等點校）臺
　　　北里仁書局　1405頁；72頁　69.12

*0204 全漢三國晉南北朝詩 (上) (中) (下)　丁福保編　臺北世界書局
　　　1734頁　51.4

*0205 先秦漢魏晉南北朝詩 (上) (中) (下)　逯欽立編著　臺北木鐸出版
　　　社　2794頁　72.7

0206 全唐詩稿本 (1)～(71)　屈萬里、劉兆祐主編　臺北聯經出版
　　　公司　25322頁；22頁　68.9

*0207 全唐詩 (1)～(12)　(清) 曹寅等編，王全點校　臺北明倫出版
　　　社　10222頁；22頁　60.5

*0208 全唐詩外編　王重民、孫望、童養年輯錄　臺北木鐸出版社
　　　832頁　72.6

*0209 唐人選唐詩十種　(唐) 元結等編　臺北河洛出版社　706頁　65

0210 宋詩鈔·宋詩鈔補 (上)(中)(下)　(清) 吳之振、管庭芬等編　臺
　　　北世界書局　3冊　58.4

0211 宋刊南宋群賢小集　(宋) 陳起編　臺北藝文印書館　30冊　60

0212 臺灣詩錄 (上) (中) (下)　陳漢光選輯　臺灣省文獻委員會　1305
　　　頁　60.6

0213 杜詩叢刊 (35種)　黃永武主編　臺北大通書局　70冊　63.10

0214 杜詩又叢 (7種)　古川幸次郎輯　臺北文化書局　8冊　66.2

0215 王梵志詩研究 (上) (下)　朱鳳玉　臺北學生書局　356頁，515
　　　頁　75.8；76.11

0216 增補足本施顧注蘇詩　(宋) 施元之等注 臺北藝文印書館　6冊
　　　60

　　0201、0202屬於散文總集。嚴編「全文」係影印北京中華書局斷
句並附索引本。0203至0212係詩歌總集。比較見出編校工夫的是0205，

無論質或量，都比0204高出許多。0206提供了研究清康熙御編《全唐詩》來龍去脈最佳材料；0208則集合敦煌寫卷、總集、方志、金石、筆記等逸詩，輯補《全唐詩》之遺逸者，對於吾人全面瞭解唐人詩歌頗有幫助。0212為臺灣三百年來重要詩人作品選集。民國68年，臺灣省文獻會又印行林文龍編《臺灣詩錄拾遺》一冊，可以並閱。0215之下冊係校注篇，將現存世界各地不同系統的王梵志詩材料做徹底整理，並附錄豐富的敦煌寫本王梵志詩圖片，參考價值甚高。0213、0214匯集歷代重要杜甫詩箋注版本，展現杜詩的魅力。0216附有鄭騫先生撰〈蘇詩提要〉，與原書相得益彰。

*0301 校註唐五代詞　林大椿輯、鄭騫校訂　臺北世界書局　316頁，86頁　65.7

*0302 全唐五代詞　張璋、黃畬編纂　臺北文史哲出版社　1148頁　75.10

*0303 全宋詞 (1)～(5)　唐圭璋編　臺北世界書局　3941頁　65.10

*0304 全宋詞補輯　孔凡禮輯　臺北源流出版社　113頁　71.12

*0305 全金元詞 (一)(二)　唐圭璋編　臺北洪氏出版社　1314頁　69.11

*0306 全元散曲　隋樹森編　臺北明倫出版社　1953頁　64.4

0301、0302 輯錄唐五代詞作。張、黃二氏所纂，主要錄自各家詞總集、專集、詩話、詞話及各種筆記，共收詞二千五百餘首，較林大椿所輯一千一百餘首，超出一倍以上，並附錄引用書目、唐五代詞互見表、未收入各調備查表、作者索引，頗便檢閱，後出轉佳。0303係編者自廿九年所輯初版本基礎上重加整理而成，錄宋人詞作二萬餘首，體例完善。0304則是孔氏從明鈔本《詩淵》及其他文獻中搜錄遺佚，共得四百三十餘首詞。0305收錄金元人詞七千餘首，體例一仍《全

宋詞》，可惜未能全面檢閱《道藏》，不免有所闕漏。0306自散曲別
集、曲選、曲譜、詞集、筆記等書，輯得元人小令三千八百多首，套
數四百五十七套，另有殘曲等。陳加撰〈《全元散曲》補遺〉，載《文
獻》1980年2輯，可參看。以上六種總集，全翻印自大陸排校本，值
得吾人省思。

0401 中國笑話書　楊家駱輯　臺北世界書局　526頁　50.3

0402 古小說鉤沉　魯迅校輯　臺北盤庚出版社　543頁　65

0403 唐人小說研究一集、二集、三集　王夢鷗　臺北藝文印書館
　　　199頁；270頁；99頁　60.12；62.3；63.11

0404 太平廣記 (附校勘記)　(宋) 李昉等編　嚴一萍校錄　臺北藝文
　　　印書館　20冊，1冊　59.10

*0404-1 太平廣記 (1)～(5)　(宋) 李昉等編　汪紹楹校訂　臺北明
　　　倫出版社　4106頁　63.1

0405 類說　(宋) 曾慥輯、嚴一萍校　臺北藝文印書館影印明天啓刊
　　　本　10冊　59

*0406 夷堅志 (一)(二)(三)(四)　(宋) 洪邁撰、何卓點校　臺北明文書局
　　　1844頁，140頁　71.4

0407 元刊全相平話五種　(元) 佚名撰　臺北國立中央圖書館　484
　　　頁　60.10

0408 古今小說 (上)(下)　(明) 馮夢龍編　臺北世界書局　2冊　47.1

*0408-1 喻世明言　(明) 馮夢龍編、許政楊校注　臺北鼎文書局　642
　　　頁；22頁　67.4 (再版)

0409 警世通言 (上)(下)　(明) 馮夢龍編　臺北世界書局　2冊　47.1

*0409-1 警世通言　(明) 馮夢龍編、嚴敦易校注　臺北鼎文書局　647

頁　63.12

0410 醒世恒言 (上) (中) (下)　　　(明) 馮夢龍編　臺北世界書局　3冊
47.1

*0410-1 醒世通言　(明) 馮夢龍編、顧學頡校注　臺北鼎文書局　864
頁　65.

*0411 初刻拍案驚奇 (上) (下)　　(明) 凌濛初著、王古魯編注　臺北世
界書局　716頁 49.8

*0412 二刻拍案驚奇 (明)凌濛初著、王古魯編注　臺北世界書局　802
頁　49.8

0413 型世言 (上) (中)(下)　　(明) 陸人龍編撰　(民國) 陳慶浩導言，臺北
中央研究院文哲研究所 (影印)　1838頁　81.11

*0414 聊齋志異手稿　(清) 蒲松齡撰　臺北世界書局　2冊　58

*0415 聊齋志異會校會注會評本(上) (中) (下)　　(清) 蒲松齡撰　張友鶴
輯校　臺北九思出版公司　1735頁　67.7

0416 紅樓夢叢書 (8種) 臺北廣文書局　42冊　62.6

0417 筆記小說大觀 (1) ～ (45) 編　洪浩培主編　臺北新興書局　450
冊　67～76.6

0418 罕本中國通俗小說叢刊 (1) ～ (5) 輯 (22種)　王以昭、朱傳譽
主編　臺北天一出版社　62～64

0419 白話中國古典小說大系 (150種)　許仁圖主編　臺北河洛圖書
公司　69.2～70.1

0420 明清善本小說叢刊初編 (236種)　國立政治大學中國古典小說研
究中心　臺北天一出版社　899冊　74.5～74.10

0421 明清善本小說叢刊續編 (115種)　朱傳譽主編　臺北天一出版社

362冊　79.5

0422　思無邪匯寶（44種）　陳慶浩、王秋桂主編　臺北大英百科出版
　　　社　34冊　84.6～86.1

0423　中國歷代禁毀小說集粹（1）～（8）輯　黃自恆主編　臺北雙笛
　　　國際出版公司　56冊　83.8～85.8

0424　中國近代小說史料彙編　廣文書局編譯所　臺北廣文書局　26
　　　冊　69.3

0425　中國近代小說史續編　廣文書局編譯所　臺北廣文書局　52冊

0426　晚清小說大系　王孝廉、吳宏一等編輯　臺北廣雅書局　37冊
　　　73.3

　　　0401改編自王利器輯錄《歷代笑話集》（上海古典文學出版社，1956年），
僅有小幅度調整。0402影印《魯迅全集》中的單冊；另外，民國64年，
臺北九歌出版社影本，改題《古小說搜殘》，孟之微輯。0403開創了
唐代小說輯佚、校釋兼研究的風氣，有引領示範的意義。0404、0404-1，
將我國古小說的總集予以影印或排校出版，對於促進唐五代以前的文
言小說探討極有助益。0405是先秦至宋稗說雜錄的選輯總匯，保存了
不少遺文。0406乃宋代志怪小說集成之作，目前雖已殘闕，仍頗為可
觀。0407至0413都是白話小說，在元、明通俗文學研究素材上有其重
要性與代表性。其中，0413更是九〇年代後新發掘的孤本，特別熱門。
0414、0415與五〇年代關外新出現的蒲松齡《聊齋》手稿有關。0415
係根據手稿、抄本、刻本彙校而成，資料完備。0416至0426係各種性
質小說典籍的總匯，主編者從不同的角度著手，網羅分散各地的重要
材料，予以影印或排印，在形成近二、三十年小說研究熱潮上，扮演
著重要角色。0417雖名為「筆記小說」，而內容暨形式頗嫌龐雜；近

年大陸印行周光培主編《歷代筆記小說集成》(河北教育出版社，1994年)，
距離完整精當的高標也仍差一大段。不過，兩套大型叢書為閱讀研究
歷代筆記雜錄者提供了許多便利。0422、0423以搜訪明、清兩代禁毀
小說為主，而艷情類作品更是單一目標，相信對未來的明清通俗小說
研究風氣會造成某種程度的影響。

0501 校訂元刊雜劇三十種　鄭騫校訂　臺北世界書局　460頁　51.4

0502 全元雜刻初編、二編、三編、外編　楊家駱主編　臺北世界書
　　　局　13冊、5冊、6冊、8冊　51.6～52.2

*0503 元曲選外編　隋樹森編　臺北中華書局　1042頁　56.10

*0504 孤本元明雜劇(1)～(4)　王季烈校　臺北明倫出版社　4冊　67

0505 全明雜劇　陳萬鼎主編　臺北鼎文書局　12冊　68.6

0506 全明傳奇(247種)(1)～(182)　林侑萌主編　臺北天一出版社　182
　　　冊　72.12

0507 全明傳奇續編(1)～(92)　朱傳譽主編　臺北天一出版社　92
　　　冊　85.10

0508 善本戲曲叢刊(1)～(6)輯　王秋桂主編　臺北學生書局　104
　　　冊　73.7～76.11

0509 盛明雜劇(1)～(3)　(明)沈泰　(清)鄒式金　臺北明倫出版
　　　社　63

*0510 清宮大戲(10種)　朱傳譽主編　臺北天一出版社　83冊　75

0511 歌仔戲劇本整理報告書(1)～(4)　曾永義主編　臺北中華民
　　　俗基金會　3367頁　84.12

*0512 中國古典戲曲論著集成十集(48種)　楊家駱主編　臺北鼎文書
　　　局影印　64

　　0501 對元刻古今雜劇三十種的文字、格律進行校訂補正，各劇均附校勤記。0502彙輯現存元人雜劇以見於《錄鬼簿》上卷者爲初編，下卷諸作家爲二編，佚名諸作品爲三編，出於元明間者爲外編。0503將近幾十年來所發現而不見於《元曲選》之元劇刻本、抄本六十多種，略加校訂斷句，彙編成書。0502、0503之功用相似，不過前者係精選善本影印而成；後者乃校正重排本，可惜工作不盡精確澈底。0504爲1938年所發現清，錢曾藏脈望館古今雜劇的選印本，共收一三六種罕見孤本，八種別本。1941由上海涵芬樓排印，1957年再經北京中國戲劇出版社重排印行。書前有校編者王季烈所撰各劇提要，頗爲精當。0505爲0502之姊妹篇，共收錄明人雜劇一六八種，所選均係善本或具有代表性者。書前有各劇提要，合訂成冊，甚便參閱。0506、0507，上起元明之間，下訖明清之際。所選大抵爲善本或孤本，偶亦收錄同劇的不同刊本。目前傳世明人傳奇蓋已網羅殆盡。0508所收明、清編印戲曲選集、小曲選集及曲譜，大都爲海內外圖書館藏孤本，僅有少數係實用性的通行本。它們具有輯佚、校勘等文獻價值。0509爲明初至清初雜劇作家的作品總集，一集、二集爲沈泰編，各收雜劇三十種；三集由鄒式金所輯，收劇本卅四種。清代重要雜劇代表作，略見於是。0510是清代乾隆嘉慶時期宮庭搬演「大戲」（傳奇）的腳本，包括：《封神天榜》、《昇平寶筏》、《勸善金科》……等十種，均是清內府鈔本。1963年北京商務印書館將它印入《古木戲曲叢刊》九集；天一則改名再覆印。0511共搜集整理一百五十種臺灣歌仔戲劇本，分爲本地歌仔戲、舞台歌仔戲、廣播歌仔戲、電視歌仔戲四大類，根據相關文獻翻記成劇本的形式，建立基礎資料，提供學界研究，甚費工夫。0512選輯校錄我國歷代戲曲論著四八種，彙爲一編。其中，數種曾加校訂

整理，甚便於研究。原書係1959~60年間由北京中國戲劇出版社印行。

0601 中國文學批評資料彙編 （臺北）國立編譯館主編 （葉慶炳・吳宏一）
臺北成文出版公司　11冊　67~68

0602 歷代詩史長篇 (24種) 楊家駱主編　臺北鼎文書局　60冊　60.3
~60.9

0603 古今詩話叢編 (48種) 廣文書局編譯所　臺北廣文書局　39冊
60.9

0604 古今詩話續編 (36種) 廣文書局編譯所　臺北廣文書局　44冊
62

*0605 歷代詩話 (上)(下)　（清）何文煥輯　臺北木鐸出版社　825，58
頁　71.2

0606 續歷代詩話 (上) (下)　丁福保編　臺北藝文印書館　1709頁
63.4 (三版)

0607 百種詩話類編 (上) (中) (下)　臺靜農主編　臺北藝文印書館
2200頁　63.5

*0608 宋詩話輯佚　郭紹虞輯　臺北華正書局　623頁　70.12

*0609 清詩話　王夫之等撰　中華書局上海編輯所輯　臺北明倫出版
社　1037頁　60.12

*0610 清詩話續編 (上) (中) (下)　郭紹虞編選、富壽蓀校點　臺北木鐸
出版社　2447頁，178頁　72.12

0611 清詩話訪佚初編 (21種) 杜松柏主編　臺北新文豐出版公司　10
冊　76.6

*0612 新校本詞話叢編 (1) ~ (5)　唐圭璋輯　臺北新文豐出版公司
4971頁　77.2

　　0601 專門匯輯散見於總集、別集、史傳、類書，隨筆中有關文學批評方面的零星篇章，起自西漢，止於清末，共分八編。採集的層面較廣，資料珍貴而豐富。0602收錄《古逸詩載》、《春秋詩話》……等歷代詩紀事、評論爲主著作二十四種，另附有《總目提要及人名索引》一冊，以利檢閱。0603至0611，皆係歷朝詩話之彙編，或是通代性質，或是斷代之屬。0603、0604、0611乃影印舊籍，其他皆重校排印本。0612收錄宋元以下至民國詞話八十五種，比民國廿三年初版增添二十五種，並校正錯訛，加了標點及小標題，是目前最完備實用的一部詞話叢書。

*0701 山海經校注　袁珂校注　臺北里仁書局　495頁，128頁　70.7

*0702 敦煌變文集 (上)(下)　王重民等編　臺北世界書局　922頁　50.2

　0703 敦煌變文集新書　潘重規　中國文化大學中國文學研究所
　　　　1399頁　73.1

　0704 國立北京大學中國民俗學會民俗叢書　婁子匡主編　臺北東方
　　　　文化供應社　180冊　59春～66春

　0705 中山大學民俗叢書　婁子匡主編　臺北東方文化供應社　80冊
　　　　59夏

*0706 共收傳奇種 (清)　杜文瀾輯　臺北世界書局　1074頁　61.10 (3
　　　　版)

*0707 中國謠諺叢刊　朱介凡主編　臺北天一出版社　10冊　63.11

*0708 中華諺語誌 (1)～(11)（附索引一冊）　朱介凡主編　臺北商務
　　　　印書館　5077頁，794頁　78.8

*0709 孟姜女萬里尋夫集　編輯部編　臺北明文書局　360頁　70.12

*0710 董永沈香合集　編輯部編　臺北明文書局　350頁　70.12

*0711 梁祝故事說唱合編　佚名編　臺北古亭書屋影印　345頁　64.4

*0711-1 梁祝故事說唱集　編輯部　臺北明文書局　345頁　70.12

*0712 西廂記說唱集　編輯部　臺北明文書局　442頁　70.12

*0713 白蛇傳合編　佚名編　臺北古亭書屋影印　419頁　64.4

*0714 岳飛故事戲曲說唱集　編輯部　臺北明文書局　428頁　70.12

*0715 明成化說唱詞話叢刊（17種）　（明）佚名撰　臺北鼎文書局906
頁　68.6

0716 現存快書第一輯　陳錦釧編　見《快書研究》　臺北明文書局
頁203～頁303　71.5

0717 中國方言謠諺全集（1）～（24）　蔣致遠主編　臺北宗青圖書公
司　24冊　74.3

0718 中國民間故事全集（1）～（40）　陳慶浩、王秋桂主編　臺北遠
流圖書公司　40冊　78.6

0719 中國地方歌謠集成（1）～（65）　舒蘭編著　渤海堂文化公司　65
冊　78.7

0720 中國地方歌謠集成補編（1）～（5）　舒蘭編著　渤海堂文化公司　5
冊　87.1

△0721 河西寶卷選(1) (2)　段平纂集　臺北新文豐出版公司　1019頁
81.3

△0722 河西寶卷續選(1) (2) (3)　段平纂集　臺北新文豐出版公司　1577
頁　83.12

0723 民俗曲藝叢書　王秋桂主編　臺北財團法人施合鄭民俗文化基
金會　82～88

0724 彰化縣民間文學集　胡萬川總編輯　彰化縣立文化中心　10冊

　　83.6～85.6

0725　臺中縣民間文學集　胡萬川、黃晴文主編　臺中縣立文化中心
　　23冊　81.6～85.7

0726　嘉義縣民間文學集(1)～(9)　黃哲永主編　嘉義縣立文化中心　9
　　冊　86.6～88.6

0727　臺中市民間文學采錄集　曾敦香等編　臺中市立文化中心　3冊
　　87～88.6

0728　苗栗縣民間文學集　胡萬川主編　苗栗縣立文化中心　5冊
　　87～88.6

　　0701屬於秦漢時期寫定神話書校注，用力甚勤，頗有可觀處。
0702、0703為清末出土敦煌變文等俗文學資料彙編。0704、0705、0723
名為「民俗」或「民俗曲藝」叢書，其中輯入不少民間文學專著。0706、
0707、708、0717大量搜羅我國自古至今各地方謠諺，對全面了解歷
代或全國各地風土民俗，極為便利。0709～0714係大陸學者路工、杜
穎陶、傅惜華等人所編民間文學資料集的臺灣版。0715、0716、0721、
0722為明、清講唱文學資料叢編。0718分門別類選錄全國各民族的民
間故事，充分保留原採錄面貌，十分難得。0719、0720將民國以來各
家所採集地方歌謠暨研究論著，予以整理彙編，材料齊全。0724～0728
是九〇年代以來胡萬川教授鼓吹並帶頭調查採錄臺灣各縣市民間故
事、歌謠、諺語的成果，目前仍然持續進行中。

三、文獻目錄之整理

1001　中國文化研究論文目錄第二冊（語言、文字學、文學）　國立中央

圖書館編輯　臺北商務印書館　811頁　77.1

1002 中國文學論著集目正編

1002-1 中國通代文學論著集目正編　王國良編　臺北五南圖書公司
625頁　85.7

1002-2 先秦兩漢文學論著集目正編　韓復智編　臺北五南圖書公司
190頁　85.7

1002-3 魏晉南北朝文學論著集目正編　王國良編　臺北五南圖書公
司　448頁　85.7

1002-4 隋唐五代文學論著集目正編　羅聯添編　臺北五南圖書公司
757頁　85.7

1002-5 兩宋文學論著集目正編　劉德漢編　臺北五南圖書公司
457頁　85.7

1002-6 遼金元明文學論著集目正編　王民信編　臺北五南圖書公司
554頁　85.7

1002-7 清代文學論著集目正編　宋隆發編　臺北五南圖書公司
1060頁　85.7

1003 中國文學論著集目續編

1003-1 中國通代文學論著集目續編　王國良編　臺北五南圖書公司
364頁　86.12

1003-2 先秦兩漢文學論著集目續編　韓復智編　臺北五南圖書公司
289頁　86.12

1003-3 魏晉南北朝文學論著集目續編　王國良編　臺北五南圖書公
司　192頁　86.12

1003-4 隋唐五代文學論著集目續編　羅聯添編　臺北五南圖書公司

690頁　86.12

1003-5　兩宋文學論著集目續編　劉德漢編　臺北五南圖書公司
　　407頁　86.12

1003-6　遼金元明文學論著目續編　王民信編　臺北五南圖書公司
　　468頁　86.12

1003-7　清代文學論著集目續編　宋隆發編　臺北五南圖書公司
　　628頁　86.12

1004　中國古典文研究論著書目（1998）　黃文吉、孫秀玲編　見《19 98
　　臺灣文學年鑑》（臺北文訊雜誌社）　244～254頁　88.6

1005　臺灣漢語傳統書目　吳福助主編　臺北文津出版社　320頁
　　88.1

1006　臺灣本土的古典文學研究目錄資料　翁聖峰輯　古典文學研究
　　通訊27　9～13頁　85.9

1007　中國文學史書目　梁容若、黃得時編　圖書館學報2　113～131
　　頁　49.7

1008　中國文學史提要　梁容若　圖書館學報4　85～105頁　51.8

1009　中國文學史書目補正　郭宜俊編　圖書館學報4　133～137頁
　　51.8

1010　重訂中國文學史書目　梁容若、黃得時編　幼獅學誌6：1　1
　　～36頁　56.5

1011　中國文學史書目補正　江應龍編　文壇85　22～26頁　56.7

1012　三訂中國文學史書目　梁容若、黃得時編　文壇87　19～37頁
　　56.9

1013　中國文學史書目新編　青霜編　書評書目40.41.43.44　23頁

65.8～65.12

1014 臺灣出版中國文學史書目提要（1949～1994） 黃文吉主編 臺北
　　　 萬卷樓圖書公司　564頁　85.2

1015 臺灣地區古典詩詞研究學位論文目錄1950～1994（上）（中）（下）
　　　 彭正雄、彭雅玲編　漢學研究通訊 14：4；15：1：15：2　30
　　　 頁　84.12；85.2；85.5

1016 臺灣敦煌文學研究論著目錄（初稿）　鄭阿財、朱鳳玉輯　古典
　　　 文學通訊30　13～20頁　86.9

1017 中國歷代詩文別集聯合目錄（14輯）　王民信主編　臺北國學文
　　　 獻館　14冊　70.9～74.5

1018 四庫全書文集篇目分類索引　中華文化復興運動推行委員四庫
　　　 全書索引編纂小組主編　臺北商務印書館　5冊　2390頁；993
　　　 頁；709頁　78.1；78.2；78.3

　　　 1001文學類，收錄臺灣地區1946～1979已發表的論著，包含專書、
學位論文及單篇文章。1002～1003則將1911年至1990年中外研究中國
古典文學所有著作一網打盡，不過各別單元資料齊備與否，因編輯者
學力與態度略有差異。1004以臺灣地區1998年已發表古典文學論著為
限。1005分甲、乙兩編。甲編，以明鄭沈光文以下迄今傳統文學作家
編著之總集、別集為對象，共收錄九三二種；乙編，收錄1948～1998
年5月之臺灣漢語傳統文學研究專書與論文。這是一部實用而完整的
基礎性工具書。1006的資料，已被1005充分吸收。1007～1013乃梁容
若、黃得時等教授努力整理清末以來我國所出版中國文學知見書目的
成果。1014，以1949至1994年臺灣出版的各類中國文學史為範圍，每
書撰寫提要，並附有1880～1994年〈中國文學史總書目〉。它一方面

可以反映臺灣四十多年來有關中國文學史之研究成果，一方面也反映了中外學者撰著中國文學史的總成績，十分難得。1015收集了自1955年以來有關中國古典詩詞研究之碩、博士論文798篇，博士在前，碩士在後，以十年爲一時段，用按詩、詞、兼及詩詞三類排比。1016收錄1977～1997年臺灣發表的敦煌文學研究論文（含學位論文）暨專著。1017著錄漢代至清代各家詩文別集，列舉別集名稱及各種版本，並附有該作家傳記資料。1018專就文淵閣本《四庫全書》之文集篇目，按性質加以編排，計分：學術論文、傳記文、雜文三大類。

*1101 楚辭書目五種　姜亮夫編著　臺北明倫出版社　479頁；21頁
　　　 60.10

*1102 唐集敍錄　萬曼編著　臺北明文書局　390頁　71.2

　1103 元人文集篇目分類索引　陸峻嶺編　臺北文史哲出版社　538
　　　 頁　73.2

　1104 臺灣現存元人別集小錄　孫克寬　圖書館學報1～6　49頁　48
　　　 ～53

　1105 四庫著錄元人別集提要補正　劉兆祐　臺北私立東吳大學中國
　　　 學術著作獎助委員會　284頁　67.2

*1106 清人文集別錄　張舜徽　臺北明文書局　688頁　71.2

　　　 1101原分：〈楚辭書目提要〉、〈楚辭圖譜提要〉、〈紹騷隅錄〉、〈楚辭札記目錄〉、〈楚辭論文目錄〉五個部份，反映從西漢末以來至1960年無數學者考述評論楚辭成就的一部工具書。臺北翻印本刪除了〈楚辭論文目錄〉，變得名實不符。1102著錄仍有傳本的唐人詩文集108家，各撰敍錄，頗爲詳盡。1108收錄170種別集與總集，全書按文章內容分爲：人物傳記、史事典制、藝文雜撰三部份，體例仿自王

重民著編《清代文集篇目分類索引》而稍作調整。1104、1105係專就臺灣現存元人別集，從事文獻學為主的探討。1106收錄清代別集600家，依作者年代先後分撰提要，資料豐富，內容精確。

1201 中外學者研究「六朝文學」文獻目錄初稿　洪順隆主編　木鐸
　　　10　341～567頁　73.6

1202 中外六朝文學研究文獻目錄　洪順隆主編　臺北文津出版社
　　　499頁，120頁　76.9

1203 中外六朝文學研究文獻目錄（增訂版）　洪順隆主編　臺北漢學
　　　研究中心　457頁　81.6

1204 中外六朝文學研究文獻目錄1992.7～1997.6（上）（中）（下）　洪順
　　　隆主編　漢學研究通訊68；69；70　52頁　87.11；88.2；88.5

1205 曹植研究論著目錄　朴現圭編　書目季刊21：4　81～100頁
　　　77.3

△1206 陶淵明研究資料索引　鍾優民編　見《陶學史話》　臺北允晨
　　　文化公司　318～319頁　80.5

1207 唐代文學論著集目　羅聯添編　臺北學生書局　132頁　68.12

1208 唐代文學論著集目補編　王國良編　書目季刊 16：2　41～53
　　　頁　71.9

1209 增訂再版唐代文學論著集目　羅聯添、王國良編　臺北學生書
　　　局　168頁，4頁，29頁　73.11

1210 韓愈研究論著目錄　羅聯添編　見《韓愈研究（增訂本）》　臺
　　　北學生書局　431～443頁　70.5

1211 柳宗元研究論著目錄　羅聯添編　見《柳宗元事蹟繫年暨資料
　　　類編》　臺北編譯館　504～512頁　70.10

1212 宋史研究論文與書籍目錄（增訂本）　宋晞編　中文化大學出版
　　部　415頁　72.8

　　1201～1203，收集1900～1983年間，中外學者研究六朝文學之相
關論著，兼及歷史、哲學文獻，八年之內增補兩次，頗爲勤奮。1204
則爲其續編，體例亦同。1205搜錄1911至1987年，中外有關曹植生平
及其詩文研究之論著三百十一條。1206除了著錄古今陶淵明集版本之
外，主要收錄1910至1990年中文界（特別是中國大陸）發表的陶氏傳記及
作品論著資料大約九百條。1209是由1207、1208合編，加上著譯者索
引而成，目錄包括1900年以降至1977年前後中外學者研究唐代文學之
論著，共有三千八百餘條。1210、1211專收1980年以前研究韓愈、柳
宗元的重要論著，屬於選目性質。1212搜集1905至1981年以中文所撰
有關宋史研究之論文與專書，文學部份合計四十五頁，不無參考價值。

1301 研究中國古典詩的重要書目　黃永武　幼獅學誌14：1 42～75
　　頁　66.2

1302 杜工部集著錄簡目　鄭光華編　圖書館學報4　209～215頁
　　51.8

1303 杜工部關係書目　梁一成編　圖書館學報8　103～130頁　56.5

1304 杜甫詩集四十種索引　黃永武主編　臺北大通書局　103頁
　　56.10

1305 國立中央圖書館藏杜集敍錄　李清志　中央圖書館刊新4：4
　　22～33頁　60.12

1306 杜詩研究書目的疏理與提要　陳香　中華文化復興月刊10：4
　　89～92頁　66.4

1307 杜工部詩集與年譜書目　梁一成　書和人　341　6～8頁　67.7

1308 清代臺灣詩集彙目　陳漢光、陳陛章編　臺灣文獻10：3　59
　　～64頁　48.9

1401 臺灣地區唐代散文研究目錄　王基倫輯　古典文學通訊28　7
　　～11頁　85.12

1402 臺灣地區宋代散文研究目錄　陳致宏、林湘輯　張高評校讀
　　古典文學通訊29　7～12頁　86.5

1501 詞學研究書目（1912～1992）（上）（下）　黃文吉主編　臺北文津出
　　版社　1202頁　82.4

1502 詞學論著總目（1901-1992）（1）～（4）　林玫儀主編　臺北中央
　　研究院文哲研究所　2712頁　84.6

1503 現存清詞別集彙目　王國昭　書目季刊13：3　29～75頁　68.12

　　1301 將古典詩要籍一百種，分成：總集選集、別集箋註、詩話
詩評紀事、韻部及工具書、通論詩歌藝文五大部份，愼擇約舉，撰成
評述，兼具治學指引的功能。本文又收進黃氏《中國詩學──考據篇》
（臺北巨流圖書公司，民國66年4月）。1302～1307屬於杜甫詩集和傳記資料
的疏理彙整，展現本地學者對杜工部的熱愛及重視。1308搜羅清康熙
至光緒間臺灣詩文總集別集六十種，略加解題。1401、1402所收爲近
五十年來臺灣地區有關唐宋散文研究論著，從數量上而觀，似乎不相
上下。1501、1502爲八、九十年來中外學者在詞學方面研究成果的總
錄，體例嚴整，內容豐富翔實，堪稱雙璧。1503著錄現存清人詞作單
行本、叢刊本、總集暨附於詩文之別集，大約五百種，各註明庋藏所
在，便於因目求書。

1601 鍾嶸詩品研究論文目錄　何廣棪編　書目季刊14：3　47～53
　　頁　69.1

1602 鍾嶸詩品研究論著目錄　王國良編　書目季刊21：1　76～86頁　76.6

1603 文心雕龍研究書目　宋隆發編　書目季刊13：1　73～92頁　68.6

1604 劉勰文心雕龍研究論著目錄　王國良編　書目季刊21：3　46～92頁　76.12

1605 宋詩話敍錄　陳幼睿　師大國文研究所集刊5　355～437頁　50.6

*1606 宋詩話考　郭紹虞　臺北學海出版社　221頁　69.9

1607 明代詩話考述　連文萍　東吳大學中文研究所博士論文　507頁　87.6

1608 清代詩話敍錄　鄭靜若　臺北學生書局　218頁　64

1609 歷代詞話敍錄　王熙元　臺北中華書局　180頁　62.7

1610 曲話敍錄　顏秉直　師大國文研究所集刊21　965～1046頁　66.6

1611 宋文話述評　劉懋君　東吳大學中文研究所碩士論文　130頁　71.5

1612 明清文話敍錄　李四珍　中國大學中文研究所碩士論文　72.5

1613 中國近代文話敍錄　林妙芬　東吳大學中文研究所碩士論文　214頁　75.4

　　1601輯錄1926年至1980年中外學者研究鍾嶸《詩品》論文89篇；1602輯1986年前之研究專書與論文209條。1603收錄1909年至1978年有關劉勰及《文心雕龍》研究專書43種，論文260篇；1604輯1987年6月以前的專書一百餘種，研究論文約一千二百條，內容更加豐富。1605

搜錄宋代詩話四十六種，另附金元詩話三種，並按性質，分爲甲、乙兩編，再撰寫各書提要。1606集有關宋人詩話著作一百卅九種，依其纂輯暨流傳狀況，釐爲三卷，再各加考述評析，十分精當。1607旨在全面發掘明代詩話業績，將現存、已佚及後人纂輯者三一八種詳加評述，並附有〈明代話話總目及版本總覽〉、〈明代詩話撰輯及刊刻相關年表〉、〈明代詩話作者索引〉。1608取清代詩話五十七種，仿《四庫全書總目》提要體例撰成各書敘錄，見聞稍覺不夠全面。1609取宋代以下迄民國之詞話七十七種，依朝代分爲五編，再各撰提要。1610則取元、明、清、民國曲話六十四部，各撰敘錄。1611至1613，將兩宋至近代人所撰有關古典散文、騈文或賦之評論專著一百廿二六種，撰其性質，略加分類，再以各書爲對象撰成敘錄。三篇碩士學位論大均由王更生教授指導，體例近似，極便合而觀覽。

*1701 古小説簡目　程毅中編　臺北龍田出版社　149、24頁　71.1

1702 中國通俗小説書目　孫楷第編　臺北鳳凰出版社　323頁　63.10

1703 日本東京所見中國小説書目（附大連所見中國小説書目）　孫楷第編　臺北鳳凰出版社　205頁　63.10

1704 倫敦所見中國小説書目提要　柳存仁　臺北鳳凰出版社　375頁　63.10

1705 法苑珠林志怪小説引得　培勃（Paper, Jordan D.）編　臺北中文研究資料中心　29頁　62.10

1706 中國古典小説研究書目（二）——六朝小説　王國良編　中國古典小説研究專集2　305～309頁　69.6

1707 魏晉南北朝志怪小説敘錄　王國良　中華學苑29　135～173頁

73.6

1708 近五十年來臺灣地區六朝小說研究論著目錄　王國良輯　古典
文學通訊33　5～13頁　87.12

1709 唐代小說敘錄　王國良　臺北嘉新水泥公司文化基金會　82頁
68.11

1710 中國古典小說研究書目（三）——唐代小說、變文　王國良編
中國古典小說研究專集3　301～311頁　70.6

1711 近四十年來臺灣地區唐代小說論著選介　王國良　漢學研究通
訊9：4　250～254頁　79.12

1712 近四十年（1950-1989）臺、港地區唐代小說研究的回顧　王國良
見《中央研究院中國文哲研究的回顧與展望論文集》（中央研究
院文哲研究所）　151～175頁　81.5

1713 唐人小說研究論著簡目　蔣芳宜　中國文哲研究通訊6：1　79
～126頁　85.3

1714 近五十臺灣地區唐代小說論著目錄　王國良輯　古典文學通訊
31　5～17頁　87.3

1715 太平廣記人名書名索引　周次吉編　臺北藝文印書館　364頁
62.1

1716 太平廣記人名書名索引　彭莊編　臺北文史哲出版社　137頁
70.11

1717 太平廣記引書考　盧錦堂　政治大學中國文學研究所博士論文
505頁　70.5

1718 宋代小說考證　皮述民　師大國文研究所集刊5　271～354頁
50.6

1719 中國古典小說研究書目（六）——話本小說　王國良編　中國古典小說研究專集5　325～329頁　71.11

1720 中國古典小說研究書目（七）——西遊記論著目錄　鄭明娳編　中國古典小說研究專集6　333～348頁　72.7

1721 中國古典小說研究書目（四）——紅樓夢　王三慶編　中國古典小說研究專集4　369～424頁　71.4

1722 紅樓夢研究文獻目錄　宋隆發　臺北學生書局　623頁　71.6

1723 臺灣所見紅樓夢研究書目　那宗訓編　臺北新文豐出版社公司　210頁　71.9

1724 臺灣地區近三十年紅樓夢研究論著目錄　朱嘉雯編　古典文學通訊32　9～13頁　87.9

1725 中國歷代禁毀小說漫談(上)(下)　王從仁、黃自恒主編　臺北雙笛國際　465頁；677頁　85.2

1701著錄先秦至五代的文言小說，以志怪傳奇爲主，兼收雜事、瑣記類作品。附錄〈存目辨證〉，對明、清人巧立名目的各種小說，辨明來源，考定作者，有清理僞書之效。1702是宋元以下白話小說的總目，完整實用。1703、1704就日本人、英國人所收集珍貴中國通俗小說撰寫提要，頗見功力。1705將《法苑珠林》引用初唐以前之志怪小說三十種，編製索引，唯檢閱略有疏漏。1706、1708爲臺灣地區研究六朝小說的論著簡目。1707考述現存、輯存及已亡佚之魏晉南北朝志怪小說，共計五十五部。1709取唐人所著小說集九十七種，按其流傳狀況分編，再撰提要，並附〈諸家書志分類異同對照表〉。1710、1711、1712、1714主要展示臺灣地區三十年四十年五十年來研究唐代小說的成果。1713收錄1912-1995年間中、日、韓研究唐人小說之論

文與專書，分成概論、專論兩部份，合計一千一百十九條，雖稍有重複，尚稱完備。1715、1716主要為《太平廣記》引用書籍及內文所見人名製作索引；1717則為《廣記》所引四百十九種古籍，詳加考證，分類撰寫各書提要，甚為用心。1718將宋代小說六十六部，分為集成、雜事、神怪、話本四編，並各撰解題。1719搜錄臺灣自1958至1980研究宋、元、明、清話本小說之專著九種，論文五十七條。1920輯錄1911年至1981年之中文書籍或報刊、雜誌所見《西遊記》研究論文二九三篇。1721、1723、1724專門搜集數十年來研究《紅樓夢》的論著；1722則全面熟結清代以來中外研究《紅樓夢》的文獻及研究成果。1725收錄現存的禁毀小說一百十六部，上編為明代之屬四十四部，附錄：〈中國歷代禁毀小說法令匯編〉；下編屬於清代之屬七十二部。每書均詳加評述，足供參考。

*1801 古典戲曲存目彙考 (上)(中)(下) 莊一拂 臺北木鐸出版社 1093
　　頁 75.9

　1802 善本戲曲經眼錄 張棣華 臺北文史哲出版社 328頁 65.6

　1803 現存元人雜劇本事考 羅錦堂 臺北中國文化事業公司 452
　　頁 49.4

△1804 戲文敘錄 彭飛、朱建明編輯 臺北施合鄭民俗文化基金會
　　321頁 82.12

　1805 近五十年來臺灣地區明代戲曲研究論著目錄 陳美雪編 古典
　　文學通訊34 1～36頁 88.5

　1806 明雜劇一百五十四種敘錄 陳萬鼎 中華學術文化集刊9：10
　　158頁 61

　1807 汲古閣六十種曲敘錄 金夢華 師大國文研究所集刊10 517

～738頁　55.6

1808　湯顯祖研究文獻目錄　陳美雪編　臺北學生書局　215頁
　　85.12

　　1801收錄元、明、清之戲曲四千七百五十種左右，異名別題，統
攝於正目，書末附有〈近代戲曲目〉、〈徵引資料舉要〉及索引，乃
迄今最完備之中國古代劇目總匯。1802以臺灣中央圖書館善本室所藏
古典戲曲為主，每部書詳版刻特點，評論優劣得失，撰成敘錄，分期
刊登於《中央圖書館館刊》，再彙為一編，共計一三三篇。1803將現
存元人雜劇一百六十一本，依撰人（含無名氏）編成總目，然後再詳考
各劇本事來源，兼及與明清傳奇之關係，末章則酌依各劇題材，歸為
八類。1804收宋、元、明及福建南戲劇目三九〇種，依筆畫編排，每
劇介紹其本事，並對作者及歷代著錄情況加以說明，可謂南戲研究集
成之作。1805輯錄1949-1998年間臺灣地區研究明代戲曲的專著和論
文，分為總論、湯顯祖、其他作家三大類，約有五百條。1806著錄明
代有名無名作家所撰雜劇一百五十四種，每劇撰寫提要。其後再予增
補，更名為《全明雜劇提要》，民國六十八年由臺北鼎文書局出版單
行本。1807專就明汲古閣刻南劇六十種，考論各劇之作者、本事、結
構與詞章，撰成六十篇敘錄。1808專錄湯顯祖相關文獻，上編為湯氏
著作（含詩文、戲曲、評點作品等）資料；下編係後人研究湯氏生平及作品
之專書、論文。全書共計一千四百八十四條目，並有〈湯顯祖研究資
料彙編（毛效同編）目次〉、〈引用工具書目錄〉、〈引用專著和論文
集目錄〉三種附錄，體例精善，目錄完整，極便參考使用。

1901　中國民間文學書目　王國良、朱鳳玉編　國文天地3：5　36～
　　40頁　76.10

1902 我國神話研究書目提要　古添洪　書評書目19　75～89頁
　　　63.11

1903 中國古典小說研究書目（一）──神話、傳說　李豐楙編　中
　　　國古典小說研究專集1　263～274頁　68.8

1904 中國古典小說研究書目（五）──神話、傳說續編　王國良、
　　　李豐楙編　中國古典小說研究專集4　425～429頁　71.4

1905 中國古代神話研究論文目錄（1882-1946）　王孝廉編　中國古典
　　　小說研究專集6　359～399頁　72.7

1906 中國古代神話研究論文目錄之二（946～1970）（上）(下)　王孝廉、
　　　楊得月編　文訊20、21　24頁　74.10、11

1907 中國古代神話研究論文目錄（1892-1970）　王孝廉、楊得月編　見
　　　《黃帝的傳說》（臺北時報文化公司）　321～384頁　77.2

1908 中國古代神話研究論文目錄（1970-1990）　鍾宗憲編　輔大中研
　　　所學刊1　109～132頁　80.10

1909 五百舊本歌仔戲目錄　施博爾(Shipper,K.)編　臺灣風物15：4　41
　　　～60頁　54.10

△1910 目連資料編目概略　茆耕茹編　臺北施合鄭民俗文化基金會
　　　371頁　82.12

1911 中國諺語書目提要　朱介凡　圖書館學報6　83～123頁　53.7

1912 中國俗曲總目稿　劉復、李家瑞編　臺北文海出版社　276頁
　　　62.2

1913 國內所見寶卷敘錄　曾子良　幼獅學誌17：1 109～134頁　71.5

△1914 中國寶卷總目　車錫倫　臺北中央研究院文哲所　358頁　87.6

　　1901係根據中央圖書館、臺北各大學圖書館及私人所藏臺灣地區印行有關中國民間文學之著作大約三六〇種，按類編排而成，期刊論文等資料未予收錄。1902選取國人所撰中國神話研究專書八部，外加日本森安太郎《中國古代神話研究》漢譯本一種，介紹原書內容特色，兼予評述。該文又見於《從比較神話到文學》（臺北東大圖書公司，民國66年2月）。1903、1904共收錄臺灣地區1949年以來三十年間之神話、傳說研究專書廿五種，論文一八九條，另附相關研究目錄三條。1905加1906，即1907；1908是其續編。1907、1908在編排體例上略異，預備邀請歐美學者，聯合編輯一部《中國神話研究目錄》專書的目標則相同。1909將編者所藏的五百四十一種歌仔戲腳本，按大陸版、臺灣版兩類編成目錄，略加解說。1910輯錄歷代有關目連文獻，下限為1991年3月。全書分成：甲篇，作品·論文，並細分十四目；乙篇，臺本·齣目，按地區分為七目。雖偏重於大陸地區目連資料的編錄，參考價值頗高。1911收集民國五十二年七月以前歷代有關中國諺語的論述六七一種，分成十類，重要著作有提要。1912係民國廿一年五月中央研究院歷史語言研究所出版品的影印，今日對於利用史語所收藏俗文學資料中的六千多種俗曲，仍具指引的功效。1913將著者知見明、清以來流傳之寶卷六十五種，按類介紹評述，每書撰寫解題。1914著錄海內外公私所藏寶卷一五七九種，詳記其異名、版本及收藏地，並附有：〈文獻著錄寶卷目〉、〈索引〉，堪稱我國寶卷文獻整理編目的集成之作。

四、結　語

　　中華民國政府自從卅八年遷臺，由大陸輾轉運來不少珍貴文物典籍，並陸續整理編目開放使用，也試圖培養古籍研究人才，以及提倡復興中華文化運動，略具中興氣象。不過五十年來，在文學資料的搜集整治，編印出版上，實在看不出當局有比較長遠而大規模的計畫，很多時候還是靠著民間學術團體與私人出版機構，撐起文學資料彙整傳播的重任。若從上列條目前的※（代表翻印大陸出版品者）出現頻率來看，我們實在是經常處於檢現成貨之狀態。民國七十八年以後，海峽兩岸開放交流，大陸出版物可直接或間接販售，盜印生態改變，情形也跟著改觀。再者，文獻目錄的編輯印行，除了國立編譯館、國家圖書館等公家單位比較積極，或由館內專職人員，或委請學界專家從事綜合性或學科目錄編輯工作之外，大部份都是有心的研究者業餘操作的副產品。這些專科目錄，固然有其權威性，卻顯得零散而不成系統，距離讓文學研究同行充分擁有便捷之利器，簡省工作時間精力，掌握完整資訊的目標，實在仍差一大截，何況其中還有小部份是大陸學人（條目前有△記號者）共襄盛舉的呢！

　　當我們在圖書館，面對著書架上數不清的大陸各大學古籍研究所主編的文學資料彙編；在參考室翻閱多樣化的大陸版文學工具書。當我們檢讀蘇州大學中文系潘樹廣教授編著《古典文學文獻及其檢索》（西安陝西人民出版社，1984年4月）、《中國文學史料學〈上〉、〈下〉》（合肥黃山書社，1992年8月）和其他《中國文學文獻學》、《中國古典文學史料學》等多冊同性質的專著，而我們此地仍一再拿十數年來未增訂的《中文參考用書指引》，或以翻排大陸學者二十年前所編著《中

國文史工具資料書舉要》、《文史工具書手冊》來做文史系學生的主
要教材，我們不禁要興起難免淪爲中國古典文學研究邊緣地區宿命者
的感歎！同時也寄望公私機構與個人都能正視古典文學資料、整理、
文獻目錄編製之重要性，並亟求改善，早日脫離窘境是幸。

域外漢文小說研究概況

陳益源*

一、前　　言

　　五十年來臺灣的人文學術研究，在中國域外漢文學方面的探索，有起步，有進展，但並還沒有達到眞正繁榮蓬勃的盛況。域外漢文學的內涵包羅萬象，若僅以詩、文、小說來區分，五十年來研究的重心前後不一，前半階段係以傳統漢詩、漢文作中心，後半階段則改以古典漢文小說爲重點。一直要到了後半階段，域外漢文學才在越南、韓國、日本漢文小說有計畫的整理出版與研究討論下，逐漸開創出一個略具規模的格局來，並試圖回過頭去跟域外傳統漢詩、漢文相結合，甚至跨越文學的範疇，加強和其他學門的合作，使域外漢文學的探索可以發展爲域外漢文化的整體研究。不過，現在距離此一遠大理想的實現，仍有一段很長的路要走。

　　1990年3月，陳慶浩先生撰有〈十年來的漢文化整體研究〉一文，對八十年代初成型的「漢文化整體研究」，做了觀念的闡述，並說：

＊　中正大學中文系副教授

「域外漢文小說資料的整理,只是整個域外漢文學資料整理的初步,更只是整個域外漢文獻整理的開端。」❶1991年7月,筆者也曾以〈中國域外漢文小說在臺灣〉為題,回顧過臺灣學界在八十年代的十年努力❷。如今,十年又過去了,域外漢文學的探索依然落在漢文小說身上,因此筆者擬在前文的基礎上,繼續補充九十年代臺灣在域外漢文小說方面的新斬獲,希望藉由對近二十年域外漢文小說的研究介紹,反映臺灣如何為域外漢文學乃至域外漢文化的整體研究,奠立堅實的基礎。

首先,讓我們來了解一下探索域外漢文小說背後的意義。

約在上世紀末、本世紀初以前,韓國(或稱朝鮮)、日本(包括琉球)、越南等地,都曾長期使用漢字為書寫工具,和中國文化有深厚的歷史淵源,故與中土合稱「漢文化區」❸。其間,中國漢文化是主流,典籍浩瀚,自不待言;而域外各個國家,千百年來,也留下了大量漢文獻,經、史、子、集,應有盡有,既是他們民族的文化遺產,亦屬於整個漢文化區共有的財富。這批「域外漢文獻」若能充分運用、比較研究,將可開拓韓國學、日本學、越南學寬闊的視野,並有助於了解中國文化在域外的傳播與發展。可惜受到近代民族意識膨脹的影響,

---

❶ 該文乃陳益源:《剪燈新話與傳奇漫錄之比較研究》(臺北:臺灣學生書局,1990年7月)之代序,頁1—6。

❷ 「第五屆臺港澳暨海外華文文學國際學術研討會」(1991年7月,廣東中山)論文,收入該會議論文集,並載於《北京圖書館館刊》,1994年第3/4期,頁98—105。

❸ 參見陳慶浩:〈《越南漢文小說叢刊》總序〉,《中國書目季刊》第20卷第2期(1986年9月),頁3—7。「漢文化區」,或稱「中國文化圈」、「東洋文化圈」、「東亞傳統」,指的都是過去漢字通行的區域。

域外學者曾經強烈抵制，把漢文獻排除於本國文化研究範圍之外，不是束諸高閣，便是任它散佚，使其變成沒有國籍的棄嬰、孤兒。至於中國傳統文人，素來對其他支流文化不屑一顧，甚而不知有它，遑論重視研究。但「這種文化上的關閉主義，實有打破的必要」❹。

要想打破國人閉關自守的心態，或想壓低各國過度膨脹的民族意識，讓文化區內的人們不卑不亢地對待這批「域外漢文獻」，視之如己出，談何容易啊！話雖如此，我們也不必太過洩氣，因為時代巨輪不斷前進，觀念和想法並非一成不變。隨著學術研究的進步，大家冷靜、客觀地去面對事實，終究不得不承認域外漢文獻的實際存在。就拿「域外漢文學」來說吧，現代各國學者紛紛為它撰史。日本方面，有芳賀矢一《日本漢文學史》、岡田正之《日本漢文學史》、柿村重松《上代日本漢文學史》、戶田浩曉《日本漢文學通史》、緒方惟精《日本漢文學講義》❺等；韓國方面，有金台俊《朝鮮漢文學史》，以及文璇奎、李家源、金春東各家《韓國漢文學史》❻；越南方面，

---

❹ 語見朱雲影：〈中國文學對於日韓越的影響〉，原載《大陸雜誌》第52卷第2期（1976年2月），頁15；收入《中國文化對日韓越的影響》（臺北：黎明文化事業有限公司，1981年4月），頁105。

❺ 《日本漢文學講義》，丁策先生譯作中文，改名《日本漢文學史》（臺北：正中書局，1968年4月），後附〈日本漢文學史參考書解題〉，可供參考；但其中有「漢學史」或「儒學史」者，與「漢文學史」意義有別。另外，尚可參考〈日本漢文學文獻目錄〉，載於《漢文學研究》，1961年10月，頁125—140。

❻ 據李相翊：《韓中小說的比較文學的研究》引（漢城：三英社，1983年7月）。李家源撰：《韓國漢文學史》，一名《韓國漢文學思潮研究》，1961年初版；又有《韓國漢文學小史》，1973年初版。兩書俱收入《李家源全集》第六冊（漢城：正音社，1986年9月）。

雖未見以漢文學史爲名的專著，但李文雄《越漢文章摘豔》、《越南大觀》❼等，則已予正視。不過，問題又來了：上述日本、韓國漢文學史，或越南文學史書，所談論到的漢文學作品，幾乎全部以漢詩、漢文爲主，較少涉及漢文小說❽，有的竟然絕口不提。域外人士如此，研究域外漢文學的中國學者也有相同傾向。這個嚴重的缺憾，理應設法彌補。

中外學者普遍漠視域外漢文小說，究其主因，蓋緣於漢文化區內的傳統文學觀，一向認爲小說是不登大雅之堂的俗物。那麼，這是否即意謂域外不時興漢文小說的創作呢？當然不是！事實上，日、韓、越歷代文人創作漢文小說的熱情，不亞於中國的小說家；域外漢文小說家已自中國小說汲取營養，或改頭換面，或脫胎換骨，揮就出許多佳構。此等漢文小說，篇幅遠勝漢詩、漢文，更足以讓作者盡情地展露藝術技巧，強化思想內涵，表現該民族的風土民情與精神特質，格外珍貴。遺憾的是，就在鄙視小說的「正統」觀念下，各國政府禁毀書籍，小說每每首當其衝。加上戰爭、教育（廢止漢字）、氣候等人爲自然破壞，域外漢文小說尤其殘亡得厲害，非藉由搜集、整理、出版，不能廣爲流傳，以爲研究之用。

近二十年來，臺灣地區通過有識之士的合力推動，從域外漢文小說的出版與研究出發，做了不少努力，且有長遠規劃。假以時日，昔日討論研究之不足，可望充分獲得彌補。

---

❼ 二書均由西貢出版。參胡玄明：《漢字對於越南文學之影響》（臺北：臺灣師範大學國文研究所碩士論文，1972年6月）。

❽ 像韓國西原大學車溶柱教授所撰：《韓國漢文小說史》（漢城：亞細亞文化社，1989年5月），是觀念改變以後比較後期的研究成果。

二、域外漢文小說在臺灣的整理出版

域外漢文小說，乃域外漢文學不可或缺的一環。所謂「域外漢文學」，指的是域外各國人士以漢文撰寫的文學作品，跟一般稱謂的「海外華文文學」（作者多為華僑或華裔作家），定義稍有不同，「域外漢文小說」自然也和「海外華文小說」有著作者、作品國籍歸屬上的差異（又有各種特殊狀況，不甚單純），這是應先理解的。其次，所謂「域外漢文小說」，採取的是廣義的「小說」觀念，舉凡神話傳說、歷史演義、傳奇、筆記、寓言、笑話等，具有情節、人物及個性描摹的古典作品皆屬之，此一取捨標準或許為現代小說觀念所不容，但是，為了顧及歷史淵源，避免掛一漏萬，初期工作當有必要放寬搜羅的範圍，這也是基於現實的考慮。

確定了「域外漢文小說」的對象與範圍之後，我們就來介紹臺灣在這方面整理出版的大致情形，包括韓國漢文小說、越南漢文小說和日本漢文小說三大項。

(一)韓國漢文小說

韓國創作漢文小說的年代久遠，作家輩出，作品數量龐大，居域外各國之冠。初步估計，總字數不下千萬，且多以抄本形式流傳，版本非常複雜。近幾十年間，韓國少數國文系學者曾編錄選集出版，如成均館大學李佑成、林熒澤《李朝漢文短篇集》，東國大學金起東《韓國漢文小說集》、《原文漢文小說選》，延世大學李家源《李朝漢文小說選》、金東旭《短篇小說選》、李民樹《韓國漢文小說選》，漢

城大學朴熙秉《韓國漢文小說集》；或整理單行本問世，如李家源《金鰲新話譯注》（附原本），漢城大學鄭炳昱《九雲夢》，高麗大學丁奎福《九雲夢原典的研究》等。然而以上選集和單行本所載，只是韓國漢文小說的一部分而已。韓國學界一直未見叢書匯編大量印製流通，殊爲可惜。

有感於此，臺北中國文化大學韓文系林明德教授，利用遊學韓國的機會，歷經七年的孤軍奮鬥，於1980年5月主編《韓國漢文小說全集》九大冊，由中國文化大學與韓國精神文化研究院共同發行。《全集》卷一是夢幻、家庭類，卷二是夢幻、理想類，卷三是夢幻、夢遊類，卷四、卷五是歷史、英雄類，卷六是擬人、諷刺類，卷七是愛情、家庭類，卷八、卷九是筆記、野談類。計收長篇十餘種，短篇一百四十餘種，總字數已達兩百四十餘萬。另有補遺一卷，尚待續編。此書一出，引起不少學者對域外漢文小說的重視，連《韓國日報》也坦誠報導：「一個中國學者林明德，將我韓國文學史中一向被忽略、冷待之漢文小說，加以整理，編成《韓國漢文小說全集》十卷。因爲整理、編印韓國漢文小說者，並非韓國人，而是一個中國學者，這使我國的學者感到既興奮，又感到慚愧。」❾《全集》顯然對傳統的偏見起了端正的作用，林先生功不可沒。

不過，《韓國漢文小說全集》「似只注意及資料之收集、流通而未及整理、校勘」，「對於一般閱讀甚有補益而難以作爲學術研究

---

❾ 以上參見林明德〈整理、編印韓國漢文小說全集緣由〉（載於《韓國漢文小說全集》卷首，臺北：中國文化大學出版部，1980年5月）、〈我編韓國漢文小說全集〉（載於《國文天地》第26期，1987年7月，頁82—86）。

的根據」，因此，法國國家科學研究中心陳慶浩教授表示：「我們本著集合異本，詳加校勘，作出定本的觀念，將對朝鮮漢文小說全面整理……，廣邀韓國、中國、日本及世界各地學者參加此一工作。各人負責一本或數本之校勘、標點及出版說明的撰寫工作，合起來成一套書。」⑩這套國際合作的《朝鮮漢文小說叢刊》，在蔣經國國際學術交流基金會爲期三年的經費補助之下，從1996年7月起，至1999年6月止，已完成主要的資料搜集工作，並陸續校點整理了《九雲夢》、《九雲記》、《六美堂記》、《謝氏南征記》、《壬辰錄》、《洞仙記》、《一樂亭記》、《花史》、《烏有蘭傳》、《企齋記異》、《淑香傳》、《愁城記》、《達川夢遊錄》（二種）、《金鰲新話》、《天君演義》、《天君本紀》、《天君實錄》、《雲英傳》、《紅白花傳》等書，準備以每十種爲一輯，分期在臺灣、漢城同時出版，合作單位是臺灣東吳大學中文系、韓國高麗大學民族文化研究所與法國法蘭西學院朝鮮研究中心，預估三年後可以推出具體而完整的成果。

㈡越南漢文小說

　　陳慶浩先生長期熱心推動「漢文化整體研究」，不遺餘力，因觀點新穎，又切實可行，頗受臺灣學界支持。1987年4月，由法國遠東學院出版、臺灣學生書局印行的《越南漢文小說叢刊》第一輯便是他與臺灣王三慶教授合作的成果。陳先生也將這套書的編纂，視爲個人從事漢文化整體研究的起點。

⑩　引文俱見陳慶浩〈漢文化整體研究的起點──《越南漢文小說叢刊》編纂經過〉，《國文天地》第29期（1987年10月），頁56。

　　越南漢文小說保存的情況較差，資料散藏越南、法國和日本的一些圖書館中，研究者不易接觸，故如《漢文文學在安南的興替》一書**⑪**，堪稱小型的越南漢文學史，卻僅有隻字片語談及漢文小說。實際上，越南昔日漢化甚深，估計現存越南漢文小說，至少有三百萬字之多。依性質區分，包括神話傳說、傳奇小說、歷史演義、筆記小說與現代小說等五類**⑫**。

　　《越南漢文小說叢刊》第一輯，出版七冊，第一冊是《傳奇漫錄》，第二冊有《傳奇新譜》、《聖宗遺草》、《越南奇逢事錄》（以上為傳奇類）；第三冊是《皇越春秋》，第四冊是《越南開國志傳》，第五冊是《皇黎一統志》（以上為歷史小說類）；第六冊有《南翁夢錄》、《南天忠義實錄》、《人物志》，第七冊有《科榜傳奇》、《南國偉人傳》、《大南行義列女傳》、《南國佳事》、《桑滄偶錄》、《見聞錄》、《大南顯應傳》（以上為筆記小說類）。收書凡十七部，約一百五十萬言。這批資料得來不易，尤可貴者，它網羅了各種異本，委託中國文化大學中文研究所「越南漢文小說校勘小組」詳加校點，並由主編於每部書前，就作者、版本源流、內容等撰述「出版說明」，符合學術要求。所以《叢刊》甫出，即榮獲臺灣新聞局頒發「金鼎獎」（圖書主編獎）；越南學者得知消息，也主動提供資料，加入後續的出版計畫。

　　1992年11月，陳慶浩、鄭阿財、陳義主編的《越南漢文小說叢刊》

---

⑪　鄭永常撰，香港能仁書院中文研究所碩士論文，臺北：臺灣商務印書館出版，1987年4月，凡232頁。

⑫　所謂「現代小說」，陳慶浩先生說明：「這是本世紀以來，受西方文化和中國白話文學影響而創作的現代白話小說，數量不多，勉強算作一類，可以視為上四類的附錄。」語見〈《越南漢文小說叢刊》總序〉，同註❶。

第二輯，繼續由臺灣學生書局印行，內容包括《嶺南摭怪列傳》三種、《天南雲籙》《粵甸幽靈集錄》四種（以上爲神話傳說類），《皇越龍興志》、《驩州記》、《後陳逸史》（以上爲歷史小說類），《南天珍異集》、《聽聞異錄》、《喝東書異》、《安南國古跡列傳》、《南國異人事跡錄》、《雨中隨筆》、《敏軒說類》、《會眞編》、《新傳奇錄》（以上爲筆記、傳奇小說類），共五冊。

截至目前爲止，越南漢文小說仍舊沒有停止搜集，在陳慶浩、陳益源與越南漢喃研究院的通力合作下，已經掌握《南海四位聖娘譜錄》、《大南奇傳》、《陳朝上將事記》、《本國異聞錄》、《綴拾雜記》、《公餘捷記》、《山居雜述》、《花園奇遇集》、《古怪卜師傳》、《雲囊小史》、《鳥探奇案》、《婆心懸鏡錄》、《野史》、《上京記事》、《邯江名將列傳》、《雲葛女神古錄》、《異人略記》、《再生事蹟》等二十種左右的新資料，準備整理出第三輯，將越南漢文小說盡可能全部收齊。

（三）日本漢文小說

日本因和文小說發達較早，漢文小說的數量不及韓國、越南豐富，各種《日本漢文學史》關於它的介紹，幾呈一片空白，與漢詩、漢文比較起來，根本不成比例。然而，1987年4月，王三慶先生前往日本天理大學講學，利用暇餘致力搜求，一年之間，便尋獲數十種，時代分佈奈良、平安、江戶、明治及以後諸朝，可見日本並非沒有漢文小說。這些漢文小說的質量，雖不足與和文小說相抗衡，但亦自有其創

作的歷史和意義⓭。

　　1998年7月起，王三慶與中正大學莊雅州教授等人，共同主持了一項名爲「中日法合作研究日本漢文小說研究計畫」，這項計畫得到了蔣經國國際學術交流基金會的三年經費補助，在王三慶教授過去累積的基礎上，配合日本筑波大學內山知也教授的大力協助，第一年度已搜集菊池純《本朝虞初新志》、《西京傳新記》，磐溪大槻《奇文欣賞》、《刪修近古史談》，近藤元弘《日本虞初新志》，石津發士節《譯準綺語》，藍澤南城《啜茗談柄》，負山樵夫《寒燈夜話》，醉夢居士《鴨東新話》等，近七十種日本漢文小說，其中《本朝虞初新志》、《寒燈夜話》、《開口新語》等三十三種做了初步整理並交付打字，另又開列了《太平記演義》、《春風筆》等二十四種書目，繼續加強訪求。

　　不難預見的是，《日本漢文小說叢刊》若推出，屆時必可塡補眼前日本漢文小說的空白，開啓日本學研究的一個新天地。

三、域外漢文小說在臺灣的研究討論

　　在臺灣，專攻類似「漢文化整體研究」的學者，首推臺灣師範大學的朱雲影教授。他窮數十年之力，爲文倡導「中國文化圈」的研究，結集《中國文化對日韓越的影響》一書。其中收錄〈中國文學對日韓

⓭　詳見其〈日本漢文小說研究初稿〉，「第九屆中國古典文學會議」論文，收入中
　　國古典文學研究會主編：《域外漢文小說論究》（臺北：臺灣學生書局，1989年2
　　月），頁1—27。

越的影響〉一文，曾呼籲重視「日、韓、越各國過去的那些漢文作品」**⓮**；偏偏在其大作中，找不到任域外漢文小說的蹤跡，這可能跟資料的不易取得有關。再者，臺北各大學的中文研究所，歷來雖有日、韓、越籍青年或華僑留學，可是即使他們在撰寫中外文學因緣之類的學位論文時，亦鮮能兼顧本國或域外各國的漢文小說，這想必也跟資料的不爲人知有關。因此，在《韓國漢文小說全集》、《越南漢文小說叢刊》（第一、二輯）整理出版之前，臺灣地區關於域外漢文小說的研究，可以說乏善可陳。至於《全集》、《叢刊》面世之後，研究討論的情況又如何呢？下依研究論文、國際學術會議和座談會三大項，略做介紹。

㈠研究論文

《韓國漢文小說全集》整理期間，林明德先生曾撰〈韓中夢幻小說研究〉**⓯**、〈論韓國漢文小說與漢文學之研究〉**⓰**；《全集》出版之後，他個人發表許多文章，如〈韓國漢文小說的功名思想與中國之關係〉**⓱**、〈韓國漢文小說的舞臺背景與中國的關係〉**⓲**、〈以中國

⓮ 同註**❹**。朱雲影先生「中國文化圈」的研究，可參黃秀政：〈中國對於日韓越的影響——評介朱著《中國文化圈之歷史的研究》〉一文，載於臺灣《中央日報》副刊，1975年5月1—3日。

⓯ 該文係以韓文寫作，載於《國文學研究》第30輯（國文學研究會，1975年），凡118頁。

⓰ 「第一屆中韓文學會議」論文，1979年。

⓱ 「第四屆中國古典文學會議」論文，收入《古典文學》第四集（臺北：臺灣學生書局，1982年12月），頁353—381。

⓲ 載於《國文天地》第18期「海外漢文學」專欄（1985年6月），頁56—57。

為背景的韓國漢文小說〉⑲……等，其中有一篇〈韓國漢文小說之興衰及其研究〉⑳，暢論韓國小說的形式、韓國漢文小說與中國的關係、韓國漢文小說的失傳及其研究；最近另有一篇〈從武術與地位來看江南紅與中國文化〉㉑，研究《玉樓夢》的女主角江南紅與作者的反傳統思想。其他學者利用《全集》資料撰寫論文的也有，如王熙元〈玉樓夢與中國文化〉㉒等是。

目前《朝鮮漢文小說叢刊》雖然還沒有正式推出，不過隨著1998年起東吳大學接連三項和域外漢文小說有關的會議的召開，則已累積了更多的研究成果（詳見下節說明）。

《越南漢文小說叢刊》整理期間，陳慶浩先生曾在雜誌上談〈窮千里目，看漢文學史〉㉓，並於會議中講〈簡介越南漢文小說的內容及其出版計劃〉㉔；《叢刊》出版之後，他幾度重申「漢文化整體研究」的觀念，並撰有〈越南漢文歷史演義初探〉㉕，分析《皇越春秋》、《越南開國志傳》、《皇黎一統志》、《皇越龍興志》四書的特點。後來，鄭阿財〈越南漢文小說的歷史演義〉、〈越南漢文小說中的歷

⑲ 收入《第一屆中國域外漢籍國際學術會議論文集》（臺北：聯合報文化基金會國學文獻館，1987年12月），頁149—168。

⑳ 「第九屆中國古典文學會議」論文，同⑬，頁29—37。

㉑ 「域外漢文小說國際學術研討會」論文，臺北：東吳大學，1999年6月。

㉒ 1985年5月「中韓文化關係研討會」論文，收入王熙元：《古典文學散論》（臺北：臺灣學生書局，1987年3月），頁289—317。

㉓ 戴玉整理，載於《國文天地》第9期（1986年2月），頁17—21。

㉔ 同註⑲，頁1131—1137。

㉕ 收入《第二屆中國域外漢籍國際學術會議論文集》（臺北：聯合報文化基金會國學文獻館，1989年2月），頁393—397。

史演義及其特色〉❷續作發揮。兩位先生一致肯定《叢刊》「歷史小說類」的作品,備載中越官方、民間交往之實,對我們了解兩國關係,很有幫助。

另外,關於「筆記小說類」的越南漢文小說,王三慶〈越南漢文筆記小說〉❷介紹其文學價值有四:可以輯出大量的越南文獻資料、可以發掘出大批的詩文、神話傳說的淵藪及比較文學的富礦、可以發掘越南漢文學的部分理論;史學價值亦有四:補充越南極重要的筆記叢書、制度史的重要參證、越南古今地名流變的參考、豐富中越兩國外交史料。

關於「傳奇類」的越南漢文小說,筆者曾取阮嶼《傳奇漫錄》,與明初瞿佑《剪燈新話》進行比較研究,撰寫碩士論文❷,並發表〈越南漢文小說《傳奇漫話》的淵源與影響〉❷。以往海內外學術界評述《剪燈新話》之作甚多,但始終充滿誤會❸;固知其盛傳東亞,直接帶動韓國李朝小說和日本江戶文學的蓬勃發展,卻對它南傳越南,強烈影響《傳奇漫錄》,掀起該國創作傳奇小說的風氣,所知有限。如

---

❷ 前者收入《域外漢文小說論究》,同註❸,頁93—112;後者載於世界華文作家協會編印:《文學絲路——中華文化與世界漢文學論文集》(1998年8月),頁162—177。

❷ 載於《國文天地》第33期「海外漢文學」專欄(1988年2月),頁90—94。

❷ 名為《剪燈新話與傳奇漫錄之比較研究》(臺北:中國文化大學中文研究所碩士論文,1988年),後來修訂出版,凡243頁,同註❶;該書現已由越南文學院范秀珠教授等人譯成越文,於2000年2月在河內的文學出版社出版。

❷ 同註❸,頁113—155。

❸ 詳參陳益源:〈關於《剪燈新話》的幾個誤會〉,載於《中外文學》第18卷第7期(1990年2月),頁133—172。

今，《傳奇漫錄》諸作隨著《叢刊》的出版再現，提供了我們反省、重估《剪燈新話》成就及地位的新證。除此，曾永義〈從《項王祠記》的劉項論說起〉❸、黃啓方〈從《金華詩話記》看安南黎朝的漢詩發展〉❷，則都是運用《傳奇漫錄》的單篇故事，展開精闢的詮釋。

至於「神話傳說類」的越南漢文小說，林翠萍在王三慶教授指導下撰有《〈搜神記〉與〈嶺南摭怪〉之比較研究》一書❸，就《搜神記》與《嶺南摭怪》的問世與流傳、故事類型及其意涵、內容與情節、藝術成就與文學影響，進行比較研究，肯定《搜神記》「在中國小說史上的地位與貢獻，隨著域外漢文學的拓展，已有了跨國性的意義與價值」，而越南《嶺南摭怪》「則不僅只是越地志怪文學的殊榮，亦是中國志怪文學的傑出表現」。另外，鄭阿財教授也曾討論《嶺南摭怪》卷二的〈李翁仲傳〉，撰有〈越南漢文小說中的「翁仲」〉一文❸。

《日本漢文小說叢刊》雖然未付梓，但是王三慶先生已撰〈日本漢文小說研究初稿〉一文❸，介紹他經眼的日本漢文小說，探討中日交通史、日本漢學和漢文小說間的對應問題；並就內容、文體、思想三方面，分析日本漢文小說的現象；且歸納其創作動機有「只是遊戲

---

❸ 收入《第三屆中國域外漢籍國際學術會議論文集》（臺北：聯合報文化基金會國學文獻館，1990年11月），頁227—261。

❷ 收入《第四屆中國域外漢籍國際學術會議論文集》（臺北：聯合報文化基金會國學文獻館，1991年8月），頁245—254。

❸ 臺南：國立成功大學中文研究所碩士論文，1996年1月。

❸ 「域外漢文小說國際學術研討會」論文，同註❹。

❸ 同註❸。

消閒之作」、「具有改造社會風氣的意圖」、「學習漢文的示範教科書」三點。這篇論文，對學界有突破盲點、振聾啓瞶之功。後來，他還撰有〈明治時期的漢文小說〉、〈日本漢文小說詞彙用字之分析研究〉❸諸作。另外，李進益先生也利用了大量的日本漢文小說資料，撰有《明清小說對日本漢文小說影響之研究》一書❸，與〈日本漢文小說的藝術特色〉、〈《譯準開口新語》初探〉❸等文。

(二)國際學術會議

　　由於體認到我們今天要深入了解中國漢文化，對域外漢文化不可不加研究，而域外漢文獻正是研究域外漢文化的必要依據，所以陳捷先教授領導的「聯合報文化基金會國學文獻館」，在1986年9月27日至29日，假日本東京明治大學會館，主辦了第一屆的「中國域外漢籍國際學術會議」。該會議擬定「域外漢籍流傳與出版的歷史」、「域外漢籍世界收藏的情形」、「域外漢籍的世界研究現況」、「域外漢籍的史料價值」、「域外漢籍的特殊內容與版本評介」、「域外漢籍與亞洲文化交流」等多項議題，邀請中、日、韓、美、法、澳各國一百六十多位學者與會，會中共宣讀學術論文五十九篇，會後又特別安排陳慶浩先生主持「編纂中國域外漢籍聯合書目座談會」。該座談會結論有二：一是肯定「中國域外漢籍國際學術會議」的價值，建議持

---

❸　前者收入《文學絲路——中華文化與世界漢文學論文集》，同註❷，頁121—131；後者爲「域外漢文小說國際學術研討會」論文，同註❷。

❸　臺北：中國文化大學中文研究所博士論文，1993年6月。

❸　前者收入《文學絲路——中華文化與世界漢文學論文集》，同註❷，頁112—120；後者爲「域外漢文小說國際學術研討會」論文，同註❷。

續舉辦；二是支持編纂《中國域外漢籍聯合書目》，認爲對漢學研究
具有長遠的功能❸。果然，1987年起，第二至第八屆「中國域外漢籍
國際學術會議」，每年輪流在臺北、漢城、夏威夷等地召開。第二屆
會議上，昌彼得先生曾有《臺灣公藏域外漢籍聯合書目》編輯擬議，
1991年也獲得了初步的實踐❹。

這項連辦多年的「中國域外漢籍學術會議」，雖非專爲域外漢文
小說而設，但其中不乏域外漢文小說的研究論文。就八屆七冊論文集
而言，除了上述〈以中國爲背景的韓國漢文小說〉、〈簡介越南漢文
小說的內容及其出版計劃〉、〈越南漢文歷史演義初探〉、〈從《項
王祠記》的劉項論說起〉、〈從《金華詩話記》看安南黎朝的漢詩發
展〉等之外，中文部分還有臺灣學者林明德（輔仁大學）〈玉樓夢與中
國文學〉❹、王國良〈論薛仁貴故事的演變──兼談韓國漢文小說《薛
仁貴傳》〉❹。

1988年10月8日至9日，由中國古典文學研究會主辦的「第九屆中
國古典文學會議」，曾經特別以「域外漢文小說」爲主題之一，宣讀
前述〈日本漢文小說初稿〉、〈韓國漢文小說之興衰及其研究〉、〈越
南漢文小說中的歷史演義〉、〈越南漢文小說《傳奇漫錄》的淵源與

---

❸　詳參陳益源記錄整理：〈千里之行，始於足下〉（訪陳慶浩──簡介「中國域外
　　漢籍國際學術會議」暨「編纂中國域外漢籍聯合書目座談會」），載於《國文天
　　地》第18期（1986年11月），頁52─55。

❹　韓國朴現圭先生已完成《臺灣公藏韓國古書籍聯合書目》（臺北：文史哲出版社，
　　1991年1月），凡370頁。

❹　同註❶，頁1110─1111。

❹　同註❸，頁41─55。

影響〉四文，另有丁奎福〈剪燈新話的激盪〉、游娟鐶〈韓國翻版中國小說的研究——兼以「杜十娘怒沉百寶箱」與「青樓義女傳」的比較爲例〉二文，共計六篇，已合併龔鵬程先生主持之「域外漢文學的出版與研究」座談會記錄，匯成《域外漢文小說論究》一書，由臺灣學生書局於1989年2月出版。專程來臺參加「中國古典文學會議」高麗大學教授丁奎福先生，從事韓中文學比較研究數十年，他目睹臺北中文學界關注域外漢文小說，感到無比興奮，會後接受訪問時鄭重表示，希望臺灣中國文學研究者再也不要局限於中國的資料，大家合力來加強東方文學的比較研究，發展博大精深的東方文化❸。丁教授劍及履及，於上述八屆「中國域外漢籍學術會議」中，先後發表了〈乙己本《九雲夢》考〉、〈《洪吉童傳》中的儒家思想與其作用〉、〈《彰善感義錄》中的儒家思想與在小說史上的意義〉、〈《彰善感義錄》與《冤感錄》、《花珍傳》的關聯性——以序跋文爲中心〉、〈漢文本《洪吉童傳》與其原本之研究〉、〈韓國漢文本小說之諸問題〉、〈《九雲夢》與《九雲記》之比較研究〉、〈《南征記》與《彰善感義錄》之相關性〉八篇論文，成果豐碩。

臺灣專門針對域外漢文小說舉辦的國際學術會議，是這兩年才開始的，而且都是由東吳大學中文系王國良教授所策劃主辦，包括1998年6月12至13日的「韓國漢文小說學術研討會」❹，同年8月5至6日的

---

❸ 詳參陳益源：〈東方文學的比較研究——與高麗大學丁奎福教授一夕談〉，載於《國文天地》第44期（1989年1月），頁48—50。

❹ 論文包括丁奎福：〈關於《九雲記》原本問題〉、陳慶浩：〈論《九雲記》及其他〉、朴熙秉：〈新發現的漢文小說《姜虜傳》考〉、王國良：〈《達川夢遊錄》初探〉、張孝鉉：〈《六美堂記》作者及原本〉、鄭阿財：〈《月峰記》版本及

「中華文化與世界漢文學研討會」**⑮**，和1999年6月10至11日的「域外漢文小說國際學術研討會」**⑯**。這三項大型國際會議的密集召開，是歷來域外漢文小說與漢文學研究的一個高潮，盛況空前。

㈢座談會

龔鵬程先生主持之「域外漢文小說的出版研究」座談會，係於1987年9月19日，在臺北舉行，有陳慶浩等十人出席。這項座談會，主要用意是討論域外漢文學出版與研究上整體的意念、當時的成績以及未

其點校問題〉、崔溶澈：〈《紅白花傳》的版本與內容〉、陳益源：〈《金鰲新話》的版本與校勘〉。

⑮ 論文以域外漢文學、漢文小說的研究為主，包括陳慶浩：〈漢字文化圈的過去與未來〉、金達凱：〈漢文學與東亞文化圈〉、丁奎福：〈東方文化的再起與東方文學的相關性〉、章旭昇：〈韓國漢文文學史敘述方法芻議〉、陳慶浩：〈《九雲記》之研究及其作者問題〉、崔溶澈：〈「九雲夢幻九雲樓」——韓中小說史上受注目的《九雲記》的成書過程〉、內山知也：〈藍澤南城的漢文小說〉、黃文樓：〈越南漢文學概況〉、李時人：〈越南漢文古籍《嶺南摭怪》的成書與淵源〉、陳益源：〈越南《金雲翹傳》的漢文譯本〉等等。會議論文集《文學絲路——中華文化與世界漢文學論文集》，已由世界華文作家協會編印出版，1998年8月。

⑯ 論文包括內山知也：〈幕末明治初期的漢文小說——志人小說與花柳小說〉、陳熙中：〈服部南郭《大東世語》淺說〉、金榮華：〈韓國百濟武王傳說試探〉、林辰：〈由借鑒到創新——初識韓國漢文小說〉、王孝廉：〈朴趾源和他的《熱河日記》〉、曹虹：〈《奈城誌》的藝術結構〉、尹在敏：〈韓國漢文傳奇小說的類型及其性格〉、朴現圭：〈《洞仙記》的版本考證與思想結構〉、崔溶澈：〈《春香傳》漢文本的形成及其特色〉、謝明勳：〈韓國漢文小說《淑香傳》初探〉、金健人：〈金萬重的敘事藝術〉、徐杰舜、林建華：〈試談漢文化對越南文學的影響〉、潘文閣：〈越南漢文小說中的女性人物形象初探〉等等。

來的展望。與會者從各個不同的角度踴躍發言，得到的結論爲：長期以來，臺灣比較文學界始終以外文系爲主體，中文系一直站在邊緣，扮演不起眼的配角，今天我們若想讓中國文學居於主位，域外漢文學的出版和漢文化整體研究的觀念，確實是扭轉現勢的一大契機。而《越南漢文小說叢刊》校點文獻的那套方法、體例以及人力的組合、訓練，相信不論對往後《朝鮮漢文小說叢刊》、《日本漢文說叢刊》，或對域外漢文學其他文類，或對中國古籍的整理工作，都是彌足珍貴的經驗❹。

前此，同年8月6日，臺北「明代戲曲小說國際研討會」召開前夕，龔鵬程先生也主持了一次「當前古典小說研究趨勢」座談會，邀請馬幼垣、柳存仁、馬克林、陳慶浩、胡萬川、大塚秀高、王國良諸位教授，鳥瞰世界中國古典小說研究概況。會中言及域外漢文小說，大家都認爲「漢文小說、漢文學的探索」，「能開拓小說研究的視野」❹。

上節所言1998年6月的「韓國漢文小說學術研討會」，和1999年6月的「域外漢文小說國際學術研討會」，會議閉幕前也都各開過一次座談會，前者主要集中討論韓國漢文小說資料之校勘整理，後者則把對象擴大到域外日、韓、越各國。這兩次的座談內容，比較著重校勘整理經驗的相互交流，有益於域外漢文小說的編纂實務。

---

❹ 座談會記錄由陳益源整理，載於《中國書目季刊》第21卷第3期（1987年12月），頁3—12。

❹ 座談會記錄由陳益源整理，載於《中國書目季刊》第21卷第2期（1987年9月），頁3—8。

四、結　語

　　綜觀中國域外漢文小說在臺灣，關於它的整理和出版，包括韓國漢文小說、越南漢文小說與日本漢文小說，皆有熱心的學者大力推動，或已發行流傳，或正積極籌劃之中。關於它的研究和討論，包括研究論文、國際學術會議與座談會，亦不斷出籠，且逐漸形成共識，得出具體成績。雖然在出版、研究的過程裡，不免面臨種種困難，譬如市場的壓力（林明德先生主編《韓國漢文小說全集》，造成自己「血本無歸」；臺灣學生書局印行《越南漢文小說叢刊》，也是「叫好不叫座」），或者心理的障礙（龔鵬程先生曾說：「在現代文學的範疇裡，《文訊》月刊和柏楊先生均曾選編東南亞地區的華文作品，可是並未獲得熱烈的回響，讀者興趣缺缺，對於鄰近的華文人口甚至比對離我們更遠的北美華文作家還要陌生，這是否意謂傳統『漢文化區』的觀念仍難爲大眾所接受？」）❹；但是學術環境與文化氣氛的營造，畢竟不是一蹴可及的，只要大家肯齊心協力，相信現實狀況當能隨之改善，觀念也終有扭轉的一天。

　　可喜的是，今日臺灣地區出版、研究中國域外漢文小說，並不認

---

❹ 語見「域外漢文學的出版與研究」座談會記錄，同註❹，頁6—7。陳慶浩先生解釋：「這本緣於我們傳統文化的某種閉封性。中國是漢文化的主流，自古以來對其他支流文化便採取不聞不問的態度，對這些地區的文化了解甚少，公私藏書中即鮮見域外漢文獻！不僅對外如此，就連對內也一樣，譬如我們根本不曾好好關心自己國土上另外五十幾個少數民族的文學；甚至在中國漢文學裡，民間文學也一直未受到應有的待遇。我想身爲現代知識份子的我們，不能夠讓這種偏狹的心態繼續下去了，否則像今天知道歐美國家的歷史文化比鄰近地區的還多，這不是很奇怪嗎？」

為自己在白白地替他人做嫁裳。蓋目前域外各國已不再使用漢字為書寫工具，一般研究者受到漢文素養局限，不易上溯該國古典漢文獻，整理域外漢文獻的工作，得有中國學者協助，方可事半功倍；而當域外漢文獻整理公佈之後，中國學者仍是實惠的受益者，因為域外漢文化與中國漢文化血肉相連，有同質性，有異質性，要想了解中國漢文化在域外的傳播與發展，真正認識中國漢文化的博大精深，不留心域外漢文，不放大眼光進行整體的比較研究，是很難看清自己的位置的。我們很高興臺灣學者有這樣的體悟：「做為一個漢文化或漢文學的研究者，絕對不可以局限於中國自身的資料為滿足，必須站在宏觀的角度，充分占有資料，了解主流文化的動向和支流文化所呈現的獨特性。」❺我們也希望漢文化區的國家，彼此真正揚棄浮虛的民族自尊，以更寬闊的胸襟，一道來正視域外漢文獻的存在，為它的保存、整理與發揚，貢獻心力。

　　同時，我們更期盼中國大陸的漢文化學者們，也能共襄盛舉。據筆者粗淺得知，大陸學術一向重視東方文學的比較研究，如季羨林先生即一再呼籲「必須加強對東方文學的研究」❺，「正確評估和深入研究東方文學」❺。不過，能夠注意到東方文學中域外漢文學作品（尤其是漢文小說）的，僅限於極少數日本、朝鮮和越南文學的專家。以往發生過誤把北京圖書館藏《九雲夢》、《南征記》等韓國著名漢文小

---

❺　語見王三慶：〈越南漢文筆記小說〉，同註❷，頁94。

❺　〈《東方文學簡史》代序〉（北京：北京出版社，1985年5月），頁1—6。

❺　〈《東方比較文學論文集》代序〉（長沙：湖南文藝出版社，1987年2月），頁1—5。

說，當成中國孤本、善本小說的例子❸，混淆了漢文小說的國籍。（類似的錯誤，大陸以外地區也時有所聞。）然而，從這一例子，我們倒是可以想見，大陸各圖書館或私人藏書中，應當也收藏有大量中國域外漢籍，說不定可以設法清理，提供各地學者參考。

　　陳慶浩先生在回顧八十年代的十年漢文化整體研究時，有段話說：「歐洲的和平合作，為我們提供了一個榜樣。通過經濟上政治上的合作，一個東亞聯邦，是不是也可以在下世紀產生出來？……而漢文化區是東亞的支柱，未來東方的整合，會從漢文化區開始的。畢竟有共同的文化背景，有同質的價值人生觀，彼此的了解和合作是較自然的。漢文化的整體研究，正是為東亞未來的合作，墊一個穩固的基礎。這就不單是學術研究的意義了。」❹如此的理想或許是遙遠了些，但是倘若我們能在地域上跨出「本土」，在觀念上超越「本位」，像中國域外漢文小說在臺灣的發展一樣（例如最近九十年代這十年，域外漢文小說、域外漢文學的研究群，即增加了許多日、韓、越和中國大陸的學者），循序漸進，穩健紮實，則理想的實現，仍是可以預期的。

---

❸　參見《明清小說論叢》第三輯（瀋陽：春風文藝出版社，1985年6月），頁217—313。
❹　語見《剪燈新話與傳奇漫錄之比較研究》之代序，同註❶，頁6。

學會運作概況

龔鵬程*

　　臺灣的中國古典文學研究，在中國古典文學研究會成立以前和以後，是截然不同的。對於這個「劃時代」性質的說明，以及古典文學研究會的功能，李瑞騰〈中國古典文學研究在臺灣〉一文有詳細的分析。底下我先徵錄他的文章，再做些補充：

> 臺灣的中國古典文學之研究，主要以大學中文系和中文研究所為重鎮。直到日前為止，臺灣共有十八所公私立大學設有中文系（三所師範大學稱「國文系」），其中十四所設有中文研究所，而研究所中設有博士班的總計八個。他們把教學與研究依前人的習慣分為辭章、義理、考據三方面。依我的看法，可以用另外一種區分的方式，那就是：
> ①語言、文字之學：包括文學、聲韻、訓詁、文法、語法、修辭等。
> ②文學：包括文學概論、各體文選及習作、專家專著、文學史等。

---

* 　佛光人文社會學院文學所教授

③學術文化：包括國學導讀、經子史方面的專著、思想史等。
他們主要是面對古典。早期的師資都從大陸來臺，各有學術背
景，除臺大、輔仁、東海以外，大部分都可稱之爲章（太炎）
黃（侃）系統，重小學、經學；對詞章之學或「文學」比較不
重視；在詞章方面，則重詩詞、古文而戲曲小說。
但臺灣各大學中文系的古典文學研究人力在七十年代末突然集
結，匯聚成爲一股龐大的學術力量，古典文學的研究展現起飛
之勢。
1979年，由一群中文學術界學者所發起的中國古典文學研究會
成立，引起國內學術界和教育界的廣泛注意：同年並舉辦首屆
中國古典文學會議，由於當年類似的學術活動尚不多見，所以
各媒體有關的報導很多，普遍都持肯定的態度，頗多鼓勵與期
待。
近十三年來，歷經七屆五任理事長（黃永武、王熙元、張夢機、龔鵬
程、李瑞騰），計舉行了十六次古典文學會議，其中包含一次大
規模的國際會議，六次主題式的研討會；以文心雕龍爲中心的
中國文學批評研討會、宋詩研討會、五四文學與文化變遷學術
研討會、大陸地區古典文學的教育與研究研討會、二十世紀中
國文學研討會、文學與傳播關係研討會。除此之外，舉辦兩次
研究生論文發表會，協助陳逢源文教基金會舉辦青年詩人聯吟
大會、古典詩學研修會，並遠赴香港進行三次浸會文學講座。
由於所有的活動幾乎都與各大學的中文系合作，會議實況並有
傳媒加以報導，同時大部分的論文也都結集出版，其所獲致的
效用與影響，不言可喻。

大體來說，十幾年來的中國古典文學研究會，在研究及學術論辯風氣的提倡上有很好的成績：在古典文學研究的論題上，比較有計劃地去發現，並試圖解決有關的問題。除此之外，在新一代研究人力的開發與培養上，它做了很多的努力。目前大學中文系的師資大概都是新式教育所培養出來的學者，年齡在五、六十的很多都已經是博碩士，他們在上一代的期待中成長，比較上帶有保守傾向；而年齡在三、四十之間的年經學者，現今已經逐漸成為中文學術界的主力，他們的知識來源複雜，社會科學或其他人文學的知識多少都有一些，對於西洋思想流派、研究方法等，也或多或少都有所接觸。

古典文學的研究因此而產生變化，首先是打破古今的對立，比較上對於現代文學有所認同，至少是不再排斥；第二是把文學和美學做為一種藝術類型，逐漸脫離文獻式、考證式的研究，而有了比較充分的論述、第三是把文學和社會與文化結合。從時代的意義上來看，1979年正好是大陸文革結束之後力圖開放改革的關鍵年代，面對中共過去非理性的毀滅傳統文化，中國古典文學研究會是以重建、振興中國文化為其主要目標。而對臺灣來說，長期開發經濟的具體成效及各種負面的作用，都很清楚可以看出來，過去文化復興運動的保守性與封閉性使得傳統文化機能日愈萎縮，甚至於逐漸被現實社會所遺棄。在這樣的情況，中國古典文學研究會以比較積極的作法，使古典文學不斷再生，結合現代社會與生活，致力於有關古典文學的出版與研究。

　　1989年，年輕的學術界新銳龔鵬程博士接掌中國古典文學研究
會，以更大的視野、更彈性的方式面對傳統與現代、臺灣與大
陸、中國與世界之間的各種文化性議題。1991年，龔博士因為
出任公職而較難全心推動會務，第七屆理事會改選李瑞騰為理
事長，盼能求新求變而不忘本，在既有的基礎上，走出更寬廣
的道路。

以上是李瑞騰在1991年的描述。這裡有幾個重點：

㈠重建群體內部的倫理關係

　　古典文學會成立，代表中國古典文學研究已正式建立了一個學術
社群，形成了群體意識，出現了群體活動，也重建了這個群體內部的
倫理關係。

　　過去古典文學研究是分散在各個學校、各個中文系所的，彼此互
不隸屬，也不相干，既無社群組織，也無群體意識。現在才開始有一
個可辨識的古典文學研究界、有橫向的整合與聯繫，且出現了新的活
動型態，例如開會員大會、辦學術會議，每個人在活動中擔任分派的
工作角色，議事、接待、聯絡、印務、交通、餐飲……等各司其職。
這種新角色、新活動樣式，對各校之中文系教師來說，乃是全新的經
驗。我至今仍能回憶起當時參與者生疏而又興奮的心情、粗糙卻又隆
重的活動過程，那是對整個中國古典文學研究界的洗禮。在這種新狀
況中，傳統的師生倫理、各校單獨的倫理關係、研究方法及風氣，也
都受到衝擊。特別是古典文學會所辦的學術研討會，以建立客觀之學
術討論規範為目的，完全打破了師生倫理、輩分倫理，對古典文學界，

提供了新的行為典範，有極大的衝擊。

㈡人力結構的改變

瑞騰談到了古典文學會對研究人才的開發與培養，這確實是古典文學會一大功能。順著瑞騰的講法說，我們可以說在臺灣之古典文學研究，可以渡海來臺傳播火種的林尹、高明、潘重規、臺靜農、鄭騫、李辰冬等為第一代。他們所培養出來的黃永武、王熙元、吳宏一、于大成、羅宗濤等博士為第二代。成立古典文學研究會的，也就以這些人為主力。但藉著會務的推動、研討會之辦理，立刻帶起了一批更年輕的博士生、講師，形成了新銳力量。這就是我和瑞騰這一輩人。

這種新研究人力之培養與開發，除了提攜人才、促進學術及權力結構新陳代謝之外，它也具體塑造了新的學風。使整個新一代的思想、視野、方法都與前世代有顯著的差異。我在1989年幼獅月刊所辦「年輕一代的古典文學研究」座談會中曾對此有些分析：

> 年輕一輩和長一輩的研究形態上很不一樣，長一輩常是各做各的，各學校、各系和同儕之間較沒有什麼來往，不擅長以論學的方式來建立彼此的交誼。可是，年輕一輩卻很習慣同輩之間互相討論，慢慢的，他們養成了一種論學的風氣。而且年輕一輩也很習慣共同來進行某項學術研究，長一輩就不習慣如此。早期開會時，我們可以發現，長一輩是不能批評的，一經批評後，立刻交情破裂；他們不太習慣學術討論，而年輕一代卻很習慣這種討論方式。
>
> 其次，在面對時代問題和其他學科的對應上，年輕一代比長一

輩有活力而敏銳，尤其是在傳播媒體的應用和操作上，恐怕不是從前這一輩學者有過的經驗。所以，年輕學者的影響力和影響面也比從前大。事實上，年輕一輩也有心如此。由於他們在教育過程中感覺到壓力和焦慮，所以，他們更願意從事文學的社會教育，如編書、演講、座談。這些工作是長一輩老師們很不以爲然的，他們覺得這都是在「做秀」。

另外，年輕一代的研究量比長一輩多了很多。以古典文學研究會爲例，便可以看出四十歲以上的學者都已經變成主席和講評，寫論文的都是三十多歲的這一批人。而在品質上，我想也比以前好得很多。

新一代和長一輩另一個最大的不同，可能在研究方法上。一是年輕一代整個研究是建立在長一輩長期耕耘的結果，這已經造成立足點的不同。再者，早期的中文系可以說是沒有什麼研究方法，只有一種文獻學的研究方法，譬如屈萬里先生編的《國學導讀》，純粹就是文獻學的東西。我們所謂的「治學方法」，其實就是文獻學方法，也就是目錄、版本、辨僞。表面上看來，方法似乎很多，事實上，方法只有一種，而且很簡單。遠不如現在年輕學者使用得豐富。不過，仔細看來，方法的不同也只是一種表象；他們最大的不同應是方法意識的不一樣。就是說任何方法都可以用，方法本身沒有好壞。但是年輕一代和長一代不同之處，在於他對方法的自覺。如我爲什麼要用這種方法，不用旁的方法，這個方法好在那裡？不好在那裡？而且面臨到研究對象時，會由於對象的不同而有不同的運作方法。我覺得這才是新一代比長一代進步的地方。至於他用了什麼方法，倒

又在其次,主要是方法意識比以前明確。

同時,年輕一代在談方法等問題時,可能老早就脫離套用的模式。現在我們做研究,主要在說明中國為什麼有這樣的講法?它內部的理論結構是什麼?它為什麼可以這麼說?要把這些講清楚是很費力的。這種工作在從前也做得比較少。從前所做的大都延續五四以來學科的模型,以及從劉大杰以來文學史的幾個簡單的研究。而現在其實早已經另闢蹊徑、自成規模了。像李豐楙先生做的道教的文學研究,就是文學社會學的研究,這種研究在早一輩的學者中幾乎沒有做;包括我個人所做的文學觀念史的研究,在早一輩當中也看不到相關的論文。再者,對傳統文學的術語,如神韻、妙悟等,我們也都知道它蘊含很多精微的道理,可是裡面到底如何精微法?為什麼這個觀念可以串到那個觀念?我們要把它講清楚。以目前的情況來說,很多長一輩的先生要不就是不瞭解我們在做什麼?要不就是看年輕一代的論文很吃力。從術語的使用和思考方式,每一步都在做後設思考,這種文章讀起來是很累的。跟從前流暢、清楚的文章比較起來,現在的文章複雜多了。

這樣的學風轉變,縱然不能完全歸功於古典文學研究會,古典文學會也佔有極大的影響份量。這個學會的會員曾經多達五百人,幾乎囊括了當時所有大學中文系所的文學教師與博碩士生,在形塑新學風方面,自有它不可忽視的地位。

㈢文學研究方向之調整

早期的古典文學研究,仍多傳統箋注考證之餘風,且偏於從歷史

背景、作者生平來講作品,對作品之內涵及美學價值亦少抉發。古典
文學會透過研討會所倡行的,則是一種新的學風,所以瑞騰說它將文
學視爲一藝術類型,逐漸脫離文獻式、考證式之研究,而且對新文學
也不再排斥。事實上,古典文學會對比較文學的態度也較開放。這開
放且活潑的學風,固然有整體社會、與學界互動(如與外文系、比較文學
界之互動)之關係,也與當時積極參與研究會的青壯學者有直接關係,
但一個集合各校人士所形成的學術社群,本來就具有打破各校原有藩
籬、原有門戶及本位主義之功能,這樣的學會,其學術性格必然是朝
開放多元發展的。

　　古典文學會後來還主辦國際性研討會,邀請美、日、香港、新加
坡等地學者與會。又與香港浸會學院合作,派員赴香港交流(我本人與
瑞騰、顏崑陽、簡錦松,即於1988年赴港,主講《文心雕龍》,並拜會香港大學、香
港中文大學);與日本文藝研究會合作,舉辦「廿世紀中國文學研討會」;
另並舉辦過域外漢文小說的專題研討會。這些,都開啓了臺灣古典文
學研究者世界性的視野,影響了後來相關研究的方法與方向。

(四)研究議題的開創

　　古典文學會所辦活動,除了被動或靜態的會議(例如每年一度的大會,
以公開徵稿的方式辦理,會議的內容即依來稿狀況而定)之外,另有不少主動企
劃之會議及活動。此類會議與活動,事實上是選擇議題以創造風潮、
鼓動群眾爲目的。此類主題式會議,從題目的規劃、議程的安排、撰
稿人的邀約、主席及講評者的配合,甚或召開的時機與地點,都需縝
密研究。在這方面,古典文學會做了許多創造性的設計。例如時間的
控制,以按鈴來表示;講評人或稱爲特約討論人;會議結束時有觀察

員做觀察報告;會議資料同步出版等,屬於議事程序上的創造,現在已普遍用之於各類會議規範中。因此,如今視之,或以為尋常,而當時規劃,實際上卻花了不少心血。至於議事內容,則古典文學會曾針對《文心雕龍》、宋詩、域外漢文小說、廿世紀中國文學,區域文學與文學傳統、五四運動與文化變遷等,辦過專題研討會;也與各媒體合作、策劃過不少座談會,在導引研究風氣方面,確實是有貢獻的。

(五)與社團及媒體的合作

古典文學會乃社會性人民團體,因此必須與社會互動,這是它與校園團體不同的地方。其出版品主要由學生書局出版。學生書局也是它長期、主要的支持者。事實上出版《古典文學》是蝕本的,但學生書局資助出版長達十多年,此種合作關係,乃古典文學會得以發展之重要條件。而古典文學會活動之宣傳,主要仰賴中國時報、聯合報、中央日報之報導。會議中,報紙上也常會摘選部分論文刊載,以示支持,並促使民眾關心,甚或赴會場聽講。此舉使古典文學研究不僅僅是校園內部學院中人的事,也有不少民眾熱心參與。此外,學會又與中央日報合作過一個民俗文學的星期專刊,與大華晚報合作過一個古典文學星期專刊,都達到內部整合人力、外部宣傳推廣之效果。

在與其他社團合作方面,合作最久的,是陳逢源文教基金會。曾經在陽明山中國大飯店等處合辦過暑期詩詞研習營多年,又在各大學輪流舉辦大專青年詩人聯吟大會,至今不絕,推廣古典詩詞創作及吟唱,頗有成效。這類活動,固然屬於推廣性質,但像吟唱比賽這樣的活動,因涉及學校榮譽,所以各校對於唱腔、曲譜、吟唱方式、舞台表演,頗肆鑽研,對研究仍是極有幫助的。學會另外也與一些宗教團

體如宜蘭玉尊宮等合辦過活動，也都成效不惡。

　　成立於1979年的中國古典文學研究會，在八十年代成立臺灣地區古典文學研究最重要的推動團體，其成效大略可以上述各項來概括。但九十年代以後，這個研究會的功能與活力可說已漸下降，爲什麼會下降呢？大概也有下列諸原因：

　　一是古典文學研究會雖爲一學術社團，但運作這個社團的，卻非契約原則，而是情義。創會諸元老，事實上均頗有交誼；參與辦事的中青輩學者，也多半爲創會人員之朋友與門生。因此，研究會辦事，在缺人、缺錢，也可能毫無權位名分的情況下，仍能有效推動。聚會議事、談諧並作，殊不寂寞。可是歲月不居，幾任理事長黃永武先生退休，漸漸隱居世外，甚且移民加拿大；王熙元先生忽罹癌症，撒手西去；張夢機先生，遽患中風，亦無力過問會務；我則離開中文學界，先是進入政府機關，再則轉入歷史學界，又兼辦教育，更無暇經營這個學會。李瑞騰自己在現代文學、臺灣文學、世界華文文學領域的研究也越來越多，無法專力於古典文學研究會會務。王國良、李立信兩兄相繼接手，辦起來自然也就較爲吃力。至於創會長老們，或退休、或病疾，亦漸乏心力參贊會務。人情漸疏，組織功能卻又甚爲鬆散，維繫或推動便都極感困難。此爲師友論學情義團體之通病，古典文學研究會也不免於此。

　　既知如此，爲何當初不朝健全組織化發展呢？這就是第二個問題了。古典文學會並非工會，所以對從事古典文學研究者來說，此乃一興趣團體，參不參加，並無強制力之權利義務關係，也與其權益無關。相反地，一個學校若它參與古典文學會的活動，它本身固然可以獲得若干好處，但它反而要讓渡一部分權力和利益出來，某些學校或人員

是不甚樂意的。例如在一個學校中，前輩老師說了就算，為什麼要讓古典文學會插進來指手劃腳，教我們怎麼開會、做什麼研究？申請政府機關補助經費時，需要由學校具函；這些經費，學校不會自己用嗎？自己不能申辦嗎？為何要與古典文學會合作？這些問題，即是古典文學研究會因其僅為一學術興趣團體而產生的尷尬處境。

同時，學會固定經費僅賴會員會費；而會費極低，因為要鼓勵研究生參加，故根本無法維持日常運作。亦無固定辦公場所，社址隨理事長更迭而遷移，包括郵局帳戶之開戶資料都是如此，檔案資料當然也無法有效保存與整理。又無固定辦事人員，理事或秘書長在其本職之外，兼辦了這個學會的大部分事務。若逢大型活動，才情商動員，參加者基本上也都是義工無給職。在這種情形下，要健全組織，實在頗為困難。

在臺灣的人民團體中，這些情況甚為普遍。但也非毫無改善之道，因為發展得好的學會及興趣團體仍然不少。然而，這必須仰賴一些社會條件。例如中華民國管理科學學會，每年所辦之會議，可以達到一天300篇論文的規模，57個場次同時召開，會議論文以光碟發行。工程師學會，出席者要繳費，這都是古典文學會望塵莫及的。可是管理學會辦這樣的活動，可以找到安泰保險公司贊助，古典文學會誰來贊助呢？文史哲出版界、文具業，大約是我們僅有的窮朋友；要籌經費，僅有向政府機關申請一途。而九十年代以後，教育部又不接受人民團體的申請，只能透過學校。以致經費的取得日益困難。在媒體合作方面，八十年代中期臺灣解除戒嚴、媒體生態丕變，報刊增張及企業化之發展，又使得報紙原先的人文性格全面改變，文學副刊大多轉型為綜合性生活化副刊，以適應大眾口味；僅剩之版面，亦乏影響力。故

古典文學之論述與研究，越來越難在媒體上表現。發揮的空間，甚爲
侷蹙。連曾與古典文學會合作之大華晚報，本身就都關閉了。中央日
報文史版，雖夙負盛名，該報之經營銷售亦江河日下。大局勢如此，
益發凸顯了古典文學研究界缺乏社會資源，以致發展不易的窘況。

　　第四個問題，在於中文學界內部學術風氣之轉變。八十年代古典
文學研究的主要學術動力，是爲了彰明中國古典文學之審美特質、說
明中國古典文學的優點。關聯著這個目的，才發展出對中國文化與文
學特質的探索，並討論針對中國文學之特性，應該用何種方法，才能
相應地了解。這樣的研究，乃是相較於西方文學而說的，因此其研究
視域及問題意識中，都有一個中西對比的架構。通過中西對比，一方
面說明中國文學之特點與長處；一方面又獲助於現代西方文學理論，
來對中國文學提出新解，闡明中國文學之美。

　　但九十年代以後，隨「解嚴」及兩岸關係之發展，政治社會環境
變動，促使中文學界也形成了變遷。其參照架構已逐漸調整爲「現代/
古典」「臺灣/中國」，而且學術研究之動力，已經是以彰明臺灣現代
文學之特質與優點爲主了。

　　在中文系的研究傳統中，向來重古典而輕視現代。且既是「中國
文學」系或所，對於臺灣，當然甚少專論；偶爾談及時，講的也是臺
灣的中國古典文學而已。九十年代以後，這種態度被批判爲缺乏時代
感與主體性，希望論者能將眼光集中於現代文學，而且是臺灣的現代
文學史。

　　本來，學術史的發展就是不斷矯枉的過程。新一代的研究者，必
然要求重視前一時期遭到冷落輕忽的部分。過去中文學界確實對現代
文學關注不足，對臺灣的文學現象與歷史少有探究。因此，九十年代

以後，逐漸調整視域，正視此類領域，乃是合乎研究規律的。

但臺灣文學研究漸由旁支而成大流（許多人認為它已成為主流或顯學）之理由並不止於此。因為過去古典文學研究同樣不斷遭到「未正視現代」「不關心社會」之類批評，可是它「彰明中國文學傳統之特性與價值」的立場仍被學界廣泛支持，仍具有高度的正當性。大家只會抱怨中文學界在這方面貢獻太少，絕不會說不必致力於這個目標。而也因為這個目標獲得認同，所以中文系才得以繼續將主要氣力用在中國古典文學研究上，忽略現代文學。整個中國古典文學研究，更因此而帶有民族主義氣息，含有文化傳承與發揚的神聖使命。現在則不然，現在臺灣與中國在意識上被切割開來了，只有研究臺灣才具有這種神聖性、正當性。中國文學，在某些人眼中，乃是外國文學。講臺灣文學，儘量避開討論它的中國文學身分與質素，而從它與日本、日文、日本文學、由日本而獲致的現代西洋文藝傳統及社會思潮等處去彰明臺灣文學的特質與優點。

當然，在中文系中，也不是所有人都去研究臺灣文學了；每年古典文學研究仍依學院教育體系之運作，自然生產出若干論文、博士、碩士、學士，也舉辦了不少活動，開了許多研討會。從數量上看，甚或遠超過八十年代。然而，整個古典文學研究的動力已消逝了。依循自然、機械的教育體制製造過程，而泡製的研究，猶如喪失理想與目標的人，仍在繼續吃著、睡著、生活著而已。不只如此，他還常會陷入自我角色認知的困惑中，問：「我是誰？」考慮著要不要改個名字，叫做臺灣文學系；或自我人格分裂，乃至實質人格分裂，成為中國文學系與臺灣文學系兩個體系。

在這樣一個新的學術情境中，中國古典文學研究的正當性已漸降

低，古典文學研究會想要有所作爲，自然就越來越困難；它想爭取社會資源，也日漸不易。連政府補助會議、委託研究、成立獎金獎項、設置基金，中國古典文學研究會都越來越難得到了。

在這樣的時代，古典文學界本身的學術生態也相應地產生了變化。這是第五個原因。亦即：八十年代的古典文學研究會，是在一個大的方向與目標下，對中文系所的人力、研究方法、研究動態的整合。所以它適度地打破了各校的門戶與本位主義。可是，九十年代以後，這個大目標大方向渙散了，統合的力量自然也就消失了，各校乃又逐漸回歸其本位去發展。

從另一個角度說，早期各校亦無以舉辦研討會之類型式來進行研究的習慣與經驗，研究只是個人在書齋裡的活動。但古典文學會在各地舉辦，各校逐漸學會了這種方式，也學會怎麼辦會議了；新一代的研究人才，成長於八十年代，亦已習慣此種活動。因此，也就會自己規劃辦理，不必再仰賴古典文學會主辦或與古典文學會合辦了。

這兩個因素互爲激盪，乃形成九十年代以後各校各自爲政的局面。高師大辦「先秦文學與思想學術研討會」、政大辦「漢代文學與思想研討會」、「明代文學研討會」、成大辦「魏晉南北朝文學與思想學術研討會」、臺大辦「唐代文學研討會」、「宋代文學與思想研討會」、清大辦「明代戲曲小說研討會」、中山辦「清代思想與文學研討會」、中央辦「近代文學與思想研討會」、彰師大辦「中國詩學研討會」、淡江辦「文學與美學」、「社會與文化」研討會……。分別門類，劃地分疆，古典文學會之功能也就萎縮了。

觀察臺灣中國古典文學的研究歷程，透過學會運作，是一條非常有用的線索，因爲與它有關的面向非常廣，以上只能視爲一部分簡單

的勾勒。但有關學會、會議、媒體、出版以及教育體系、社會文化脈絡等，大抵已可看出一些端倪。對於臺灣的中國古典文學研究狀況，我們期待能有更進一步的，以文學社會學角度進行的分析。

國家圖書館出版品預行編目資料

五十年來的中國文學研究(1950－2000)

龔鵬程主編.— 初版.— 臺北市：臺灣學生，2001 [民 90]
面；公分
ISBN 957-15-1071-8 (精裝)
ISBN 957-15-1072-6 (平裝)

1. 中國文學研究 — 歷史

820.3   90003757

五十年來的中國文學研究(1950－2000)（全一冊）

主　編　者：龔　　　鵬　　　程
出　版　者：臺　灣　學　生　書　局
發　行　人：孫　　　善　　　治
發　行　所：臺　灣　學　生　書　局
　　　　　　臺北市和平東路一段一九八號
　　　　　　郵政劃撥帳號：00024668
　　　　　　電　話：(02)23634156
　　　　　　傳　眞：(02)23636334

本書局登
記證字號：行政院新聞局局版北市業字第玖捌壹號

印　刷　所：宏　輝　彩　色　印　刷　公　司
　　　　　　中和市永和路三六三巷四二號
　　　　　　電　話：(02)22268853

定價：精裝新臺幣四二○元
　　　平裝新臺幣三五○元

西　元　二　○　○　一　年　三　月　初　版